LAS AVENTURAS de SHERLOCK HOLMES

ALMA POCKET ILUSTRADOS

Sir Arthur Conan Doyle

Ilustraciones de
Fernando Vicente

Edición revisada y actualizada

Título original: *The Adventures od Sherlock Holmes*

© de esta edición:
Anders Producciones S. L., 2020
info@editorialalma.com
www.editorialalma.com

 @almaeditorial
 @Almaeditorial

La presente edición se ha publicado con la autorización de Editorial EDAF, S. L. U.
© Traducción: Alejandro Pareja Rodríguez
© Ilustraciones: Fernando Vicente

Diseño de la colección: lookatcia.com
Diseño de cubierta: lookatcia.com
Maquetación y revisión: LocTeam

ISBN: 978-84-18008-52-8
Depósito legal: B28114-2019

Impreso en España
Printed in Spain

Este libro contiene papel de color natural de alta calidad que no amarillea (deterioro por oxidación) con el paso del tiempo y proviene de bosques gestionados de manera sostenible.

Índice

Escándalo en Bohemia

I

Para Sherlock Holmes, ella es siempre la Mujer. Rara vez le he oído llamarla por otro nombre. Ante sus ojos, eclipsa y empequeñece al resto de su sexo. No es que albergara hacia Irene Adler ninguna sensación semejante al amor. Su mente fría y precisa, aunque de equilibrio admirable, aborrecía todas las emociones, y ésta en especial. Me parece que Sherlock Holmes ha sido la máquina de razonar y de observar más perfecta que jamás haya contemplado el mundo; pero como amante se habría encontrado en una situación comprometida. Siempre que hablaba de las pasiones lo hacía con un deje de sarcasmo y una mueca burlona. Esas pasiones eran cosa admirable para el observador; excelentes para descorrer el velo que ocultaba los motivos y los actos de los hombres. Pero si un razonador avezado aceptara tales intromisiones en su propio temperamento delicado y bien afinado, permitiría entrar un factor de distracción capaz de poner en tela de juicio todos los resultados salidos de su mente. Una pasión fuerte produciría en un carácter como el suyo un desarreglo similar al que ocasionarían un puñado de arena arrojado sobre un instrumento de precisión o una grieta en una de sus lentes de gran aumento. Con todo, para él no había más que una mujer, y esa mujer era la difunta Irene Adler, que dejó fama dudosa y discutible.

Yo había visto poco a Holmes últimamente. Mi matrimonio nos había distanciado. Mi felicidad absoluta, así como las ocupaciones domésticas propias del hombre que, por primera vez en su vida, se ve como señor de la casa en que vive, bastaron para absorber toda mi atención, mientras que Holmes, que despreciaba con toda su alma bohemia la vida social en cualquiera de sus manifestaciones, siguió en nuestro antiguo apartamento de Baker Street, enterrado entre sus libros viejos y alternando de semana en semana la cocaína y la ambición, el sopor de la droga y la energía intensa de su propio carácter entusiasta. Sentía, como siempre, un profundo interés por el estudio de la criminología, y consagraba sus facultades inmensas y sus dotes extraordinarias de observación a seguir las pistas y a desentrañar los misterios que la policía oficial había dejado por imposibles. De vez en cuando me llegaban algunas crónicas sucintas de sus hazañas: de cómo lo habían llamado a Odesa para que interviniera en el caso del asesinato de Trepoff; de cómo había desentrañado la extraña tragedia de los hermanos Atkinson en Trincomalee y, por último, de la misión que con tanta delicadeza y acierto había llevado a cabo para la familia real de los Países Bajos. Sin embargo, aparte de estos indicios de su actividad, que yo me limitaba a compartir como cualquier lector de la prensa diaria, apenas tenía noticias de mi antiguo amigo y compañero.

Cierta noche, la del 20 de marzo de 1888, mientras regresaba de visitar a un paciente (pues había vuelto a ejercer la medicina civil), mi camino me llevó por Baker Street. Al pasar ante aquella puerta que tan bien recordaba, y que mi memoria siempre asociará a mi noviazgo, así como a los episodios tenebrosos del *Estudio en Escarlata,* me invadió el vivo deseo de ver de nuevo a Holmes y saber en qué ocupaba sus poderes extraordinarios. Sus habitaciones estaban muy iluminadas. Al levantar la vista, vi pasar dos veces la oscura silueta de su figura alta y delgada sobre la persiana. Recorría la sala a paso vivo, con impaciencia, la cabeza hundida en el pecho y las manos unidas a la espalda. A mí, que conocía todas sus costumbres y sus estados de ánimo, aquella actitud y postura me resultaban muy reveladoras. Volvía al trabajo. Había salido de sus sueños inspirados por las drogas y seguía de cerca el rastro de algún problema nuevo. Tiré de la campanilla y me hicieron pasar al apartamento que antaño fuera también mío.

No estuvo efusivo. Rara vez lo estaba; pero creo que se alegró de verme. Sin apenas decir palabra, pero con amabilidad en la mirada, me señaló un sillón con la mano, me acercó su caja de puros y me indicó una licorera y un sifón que estaban en la esquina. Después se plantó ante la lumbre y me contempló de la cabeza a los pies, de esa manera introspectiva tan peculiar.

—El matrimonio le sienta bien, Watson —comentó—. Creo que ha ganado siete libras y media de peso desde la última vez que lo vi.

—¡Siete! —repuse yo.

—Francamente, me habría parecido que un poco más. Un poquito más, creo yo, Watson. Y observo que ejerce de nuevo. No me había dicho que tuviera pensado volver al trabajo.

—¿Cómo lo sabe, entonces?

—Lo veo, lo deduzco. ¿Cómo sé que se ha mojado mucho últimamente, y que tiene una criada muy torpe y descuidada?

—Mi querido Holmes, esto ya es demasiado —protesté—. Si hubiera vivido usted hace unos cuantos siglos, lo habrían quemado, sin duda alguna. Es cierto que el jueves me di un paseo por el campo y que llegué a casa empapado; pero no se me ocurre cómo puede deducirlo, en vista de que me he cambiado de ropa. En cuanto a Mary Jane, es incorregible, y mi mujer la ha despedido; pero tampoco en este caso consigo ver cómo ha dado usted con ello.

Se rio para sus adentros frotándose las manos, largas y nerviosas.

—Es la sencillez misma —respondió—. Los ojos me dicen que en el lateral interior de su zapato izquierdo, allí donde le da la luz de la lumbre, hay seis incisiones casi paralelas en el cuero. Es evidente que las hizo alguien que ha rascado con mucho descuido el borde de la suela para limpiarlo de barro seco. De ahí, ya ve usted, mi doble deducción de que usted había salido con un tiempo pésimo y de que tenía en su casa un ejemplar especialmente maligno y dado a rajar calzado de la especie de las menegildas londinenses. Con respecto al ejercicio de su profesión, si entra en mis aposentos un caballero que huele a yodoformo, lleva una mancha negra de nitrato de plata en el índice derecho y un bulto en el lado derecho de su sombrero de copa que me indica dónde se ha guardado el estetoscopio, muy corto de entendederas tendría que ser yo si no lo catalogase como miembro activo de la profesión médica.

No pude por menos que reírme de la facilidad con que me explicó su proceso de deducción.

—Siempre que le oigo a usted exponerme sus razones, la cosa me parece de una sencillez tan ridícula que me cuesta creer que no pueda hacerlo yo mismo —comenté—. Me desconcierta cada uno de sus razonamientos hasta que explica su proceso. Y eso que creo tener unos ojos tan sanos como los suyos.

—Desde luego —respondió él, mientras encendía un cigarrillo y se sentaba en un sillón—. Usted ve, pero no observa. La diferencia es clara. Por ejemplo, ha visto con frecuencia los escalones que conducen del vestíbulo a esta habitación.

—Con frecuencia.

—¿Cuántas veces?

—Bueno... Centenares de veces.

—Entonces, ¿cuántos escalones hay?

—¿Cuántos? No lo sé.

—¡Así es! Ha visto, pero no ha observado. Es precisamente lo que quiero dar a entender. Y bien, yo sé que hay diecisiete escalones, porque he visto y he observado. Dicho sea de paso, ya que a usted le interesan estas cuestiones, y ya que ha tenido la bondad de redactar la crónica de una o dos de mis nimias experiencias, quizá le interese esto —dijo, y me acercó una cuartilla de papel grueso, teñido de color rosado, que estaba abierta sobre la mesa—. Llegó con el último correo —añadió—. Léala en voz alta.

La nota no llevaba fecha, firma ni nombre del remitente.

Esta noche, a las ocho menos cuarto —decía—, le visitará a usted un caballero que desea consultarle una cuestión de máxima importancia. Los servicios que ha prestado usted recientemente a una de las casas reales de Europa han puesto de manifiesto que usted es persona a la que se pueden confiar cuestiones de una importancia por encima de toda ponderación. Estos informes suyos de todas partes los hemos recibido. Esté usted, pues, en su domicilio a la hora expresada, y no lo tome a mal si su visitante lleva antifaz.

—¡Esto sí que es un misterio! —comenté—. ¿Qué se figura usted que significa?

—Todavía no tengo datos. Es un error de primer orden emitir teorías antes de tener datos. Uno empieza, sin darse cuenta, a alterar los hechos para ajustarlos a las teorías, en vez de alterar las teorías para ajustarlas a los hechos. Pero... ¿qué deduce usted de la nota propiamente dicha?

Examiné con cuidado el texto y el papel en que estaba escrita.

—Cabe suponer que la persona que escribió esto era de clase acomodada —observé, procurando imitar los procesos de mi compañero—. Este papel no se puede comprar por menos de media corona el paquete. Tiene una firmeza y una rigidez peculiares.

—Peculiar... Ésa es la palabra justa —dijo Holmes—. No se trata en absoluto de un papel inglés. Mírelo al trasluz.

Así lo hice, y vi en la filigrana del papel una «E» mayúscula seguida de una «g» minúscula, una «P» y una «G» mayúsculas con una «t» minúscula.

—¿Cómo interpreta usted eso? —me preguntó Holmes.

—Se trata del nombre del fabricante, sin duda; o, mejor dicho, de su monograma.

—En absoluto. La «G» mayúscula seguida de una «t» minúscula significa *Gesellschaft,* que es "Compañía" en alemán. Es una abreviatura habitual, como la nuestra de «Cía». «P» significa *«Papier»,* por supuesto. Sólo nos falta el «Eg.». Vamos a echarle una ojeada a nuestra *Guía de Europa* —dijo, tomando de su estantería un grueso volumen marrón—. Eglow, Eglonitz... Aquí está: Egria. Se halla en un país de habla alemana, en Bohemia, no lejos de Carlsbad. «Célebre por haberse producido allí la muerte de Wallenstein y por sus muchas fábricas de cristal y de papel.» Ja, ja, amigo mío, ¿qué le parece?

Le brillaban los ojos, y exhaló en son triunfal una gran nube de humo de su cigarrillo.

—El papel se fabricó en Bohemia —aseguré.

—Exactamente. Y el hombre que escribió la nota es alemán. Advierta usted la construcción peculiar de la frase: «Estos informes suyos de todas partes los hemos recibido». Esto no lo podría haber escrito ni un francés ni un ruso. Sólo el alemán trata a sus verbos con tan poca cortesía. Por tanto, sólo nos queda descubrir qué quiere este alemán que escribe en papel de Bohemia y que prefiere llevar antifaz a enseñar el rostro. Y, si no me equivoco, aquí llega para resolver todas nuestras dudas.

Mientras hablaba Holmes, oyeron un ruido agudo de cascos de caballos y el roce de las ruedas contra el bordillo de la acera, seguido de un campanillazo agudo. Holmes soltó un silbido.

—Por el sonido, es un carruaje de dos caballos —aventuró—. Sí —prosiguió, mirando por la ventana—: una berlina muy hermosa con un par de bellos animales, de ciento cincuenta guineas por cabeza. Watson, no sé qué más habrá en este caso, pero de lo que no cabe duda es de que hay dinero.

—Creo que más vale que me marche, Holmes.

—Nada de eso, doctor. Quédese donde está. Estoy perdido sin mi Boswell. Y esto promete ser interesante. Sería una lástima que se lo perdiera.

—Pero su cliente...

—No se preocupe por él. Su ayuda quizá nos resulte útil, tanto a mí como al cliente. Aquí llega. Siéntese en ese sillón, doctor, y préstenos toda su atención.

Unos pasos lentos y pesados, que se habían oído en las escaleras y en el pasillo, se detuvieron justo delante de la puerta. Después se oyó un golpe sonoro y autoritario.

—¡Adelante! —dijo Holmes.

Entró un hombre que no debía de medir menos de seis pies y seis pulgadas de altura, con el pecho y los miembros dignos de un hércules. Iba ricamente vestido, con una riqueza que en Inglaterra se habría considerado cercana al mal gusto. Llevaba un gabán de doble pechera con gruesas franjas de astracán en las mangas y en el frente. La capa azul oscuro que llevaba a los hombros tenía forro de seda de color de fuego, e iba sujeta al cuello con un broche que consistía en una única aguamarina reluciente. Unas botas que le llegaban a la mitad de las pantorrillas, con los bordes superiores forrados de rica piel marrón, remachaban la impresión de opulencia bárbara que se desprendía a tenor de su aspecto. Llevaba en la mano un sombrero de ala ancha, y en la parte alta del rostro un antifaz negro que le cubría hasta más abajo de los pómulos y que, al parecer, acababa de ponerse, pues todavía se llevaba la mano a él en el momento de entrar. A juzgar por el mentón, parecía hombre de carácter fuerte, de labio grueso y colgante y mandíbula recta y saliente que indicaba una determinación que rayaba en terquedad.

—¿Recibió usted mi nota? —preguntó con voz grave y áspera y acento alemán muy marcado—. Le avisé de mi visita —añadió, mirándonos alternativamente, como si no supiera a cuál de los dos debía dirigirse.

—Tome asiento, se lo ruego —dijo Holmes—. Le presento a mi amigo y colega el doctor Watson, que tiene a veces la bondad de ayudarme en mis casos. ¿A quién tengo el honor de dirigirme?

—Puede llamarme usted conde Von Kramm, de la nobleza bohemia. Supongo que este caballero amigo suyo es hombre de honor y discreción, a quien puedo confiarle una cuestión de enorme importancia. Caso contrario, preferiría con mucho tratar con usted a solas.

Me levanté para marcharme, pero Holmes me sujetó de la muñeca y me hizo sentarme de nuevo.

—O con los dos, o con ninguno —dijo—. Puede decir usted delante de este caballero cualquier cosa que pudiera decir delante de mí.

El conde encogió los anchos hombros.

—Entonces debo comenzar por exigirles un secreto absoluto durante el plazo de dos años. Transcurrido ese plazo, la cuestión no tendrá importancia. Ahora mismo no exagero si afirmo que tiene tal trascendencia que puede influir sobre la historia de Europa.

—Doy mi palabra —le aseguró Holmes.

—Yo también.

—Disculparán ustedes el antifaz —prosiguió nuestro extraño visitante—. La augusta persona que me tiene a su servicio desea que su agente sea desconocido para ustedes. Debo confesarles de entrada que el título que acabo de atribuirme no es exactamente el mío.

—Ya era consciente de ello —repuso Holmes con sequedad.

—Las circunstancias son muy delicadas, y es preciso adoptar todas las precauciones necesarias para neutralizar lo que podría convertirse en un escándalo inmenso, capaz de poner en un serio compromiso a una de las casas reales de Europa. Sin más rodeos, la cuestión afecta a la gran casa de Ormstein, la monarquía hereditaria de Bohemia.

—También era consciente de eso —murmuró Holmes, arrellanándose en su sillón y cerrando los ojos.

Nuestro visitante le dirigió una mirada no exenta de sorpresa a la figura lánguida y relajada de aquel hombre, a quien sin duda habían descrito como el razonador más incisivo y el agente más enérgico de Europa. Holmes abrió los ojos poco a poco y miró con impaciencia a su gigantesco cliente.

—Si vuestra majestad se sirve exponer su caso, me encontraré en mejores condiciones de aconsejarle —observó.

El hombre saltó de su asiento y empezó a pasearse por la sala, presa de una agitación incontrolable. Luego, con gesto desesperado, se arrancó el antifaz del rostro y lo arrojó al suelo.

—Tiene razón —exclamó—. Yo soy el rey. ¿Por qué intentar ocultarlo?

—Eso digo yo: ¿por qué? —murmuró Holmes—. Antes de que vuestra majestad tomara la palabra, ya era consciente de que me encontraba ante Wilhelm Gottsreich Sigismond von Ormstein, gran duque de Cassel-Felstein y rey hereditario de Bohemia.

—Pero ya comprenderá usted —dijo nuestro extraño visitante, mientras tomaba asiento de nuevo y se pasaba la mano por la frente, ancha y blanca—, ya comprenderá usted que no estoy acostumbrado a despachar asuntos como éste en persona. Sin embargo, la cuestión era tan delicada que no he podido confiársela a ningún intermediario, pues yo habría quedado en sus manos. He venido de Praga de incógnito con el fin de consultarle.

—Pues consulte, se lo ruego —dijo Holmes, cerrando los ojos de nuevo.

—Los hechos, expuestos de manera sucinta, son los siguientes: hace cosa de cinco años, en el transcurso de una larga visita a Varsovia, trabé conocimiento con una aventurera muy conocida, Irene Adler. Su nombre le resultará familiar, sin duda.

—Tenga la bondad de buscarlo en mi fichero, doctor —murmuró Holmes sin abrir los ojos. Años atrás había adoptado un sistema de registro de toda clase de informaciones sobre personas y cosas, de tal modo que era difícil citar ningún asunto o persona sin que él proporcionase información al respecto de inmediato. En este caso, encontré su biografía entre la de un rabino hebreo y la de un comandante del Estado Mayor que había escrito una monografía sobre la pesca de altura.

—¡Veamos! —dijo Holmes—. ¡Hum! Nacida en Nueva Jersey en el año 1858. Contralto... ¡Hum! La Scala... ¡hum! Prima donna en la Ópera Imperial de Varsovia... ¡En efecto! Retirada de los escenarios operísticos... ¡Ajá! Vive en Londres... ¡Ya veo! A mi entender, vuestra majestad se enredó con esta joven, le escribió algunas cartas comprometedoras y ahora desea recuperar dichas cartas.

—Precisamente. Pero ¿cómo...?

—¿Hubo boda secreta?

—No.

—¿Ni documentos legales ni contratos por escrito?

—No.

—Entonces, no sigo a vuestra majestad. Si esta joven presenta sus cartas o bien para hacerle chantaje o bien con algún otro propósito, ¿cómo demostrará que son auténticas?

—Está mi letra...

—¡Bah! Falsificada.

—En mi propio papel de cartas privado.

—Robado.

—Con mi propio sello.

—Imitado.

—Mi fotografía...

—Comprada.

—Aparecemos los dos en la fotografía.

—¡Ay, ay! ¡Eso es peor! Vuestra majestad ha cometido una imprudencia, en efecto.

—Estaba loco... Trastornado.

—Se ha puesto en un serio compromiso.

—Por entonces sólo era príncipe heredero. Era joven. Ahora mismo sólo tengo treinta años.

—Debe recuperarse.

—Lo hemos intentado sin éxito.

—Vuestra majestad debe pagar. Es preciso comprarla.

—Ella no quiere vender.

—Robarla, entonces.

—Se han hecho cinco intentos. Pagué a dos ladrones a sueldo para que registrasen su casa. En una ocasión nos apoderamos de su equipaje cuando viajaba. La han atracado en persona dos veces. Todo ello, sin resultado alguno.

—¿No hay señal de la fotografía?

—Ninguna en absoluto.

Holmes se rio.

—Es un lindo problema, a decir verdad —dijo.

—Pero es muy grave para mí —repuso el rey con tono de reproche.

—Mucho, en efecto. ¿Y qué piensa hacer ella con la fotografía?

—Arruinarme.

—Pero ¿cómo?

—Voy a casarme.

—Ya tenía noticias de ello.

—Con Clotilde Lothman von Saxe-Meningen, hija segunda del rey de Escandinavia. Quizá conozca usted la rigidez de principios por la que se guía su familia. Ella misma es la delicadeza personificada. La menor sombra de duda acerca de mi conducta pondría fin al acuerdo.

—¿E Irene Adler?

—Amenaza con enviarles la fotografía. Y lo hará, sé que lo hará. Usted no la conoce, pero tiene alma de acero. Tiene el rostro de la más hermosa de las mujeres y la mente del más decidido de los hombres. Con tal de que yo no me case con otra mujer, está dispuesta a hacer cualquier cosa... Cualquier cosa.

—¿Está vuestra majestad seguro de que no la ha enviado ya?

—Lo estoy.

—¿Y por qué?

—Porque dijo que la enviaría el día en que se hiciera público el compromiso. Eso sucederá el lunes próximo.

—Ah, entonces disponemos aún de tres días —respondió Holmes, bostezando—. Es toda una suerte, ya que ahora mismo tengo que ocuparme de un par de asuntos importantes. ¿Vuestra majestad seguirá alojado en Londres de momento, como es natural?

—Desde luego. Me encontrarán en el hotel Langham, bajo el nombre de conde Von Kramm.

—Entonces, le enviaré unas líneas para tenerlo al corriente de nuestros progresos.

—Se lo ruego. Estaré fuera de mí debido a la impaciencia.

—Y en cuanto al dinero...

—Tiene usted carta blanca.

—¿Absoluta?

—Le digo que daría una provincia entera de mi reino con tal de recuperar esa fotografía.

—Y para los primeros gastos...

El rey extrajo de debajo de su capa una pesada bolsa de gamuza y la dejó sobre la mesa.

—Hay trescientas libras esterlinas en oro y setecientas en billetes —dijo.

Holmes garrapateó un recibo en una hoja de su cuaderno y se lo entregó.

—¿Y la dirección de la señorita? —preguntó.

—Casa Briony, en Serpentine Avenue, en Saint John's Wood.

Holmes tomó nota.

—Una pregunta más —dijo—. ¿La fotografía era de tamaño media placa?

—Así es.

—Entonces, tenga vuestra majestad muy buenas noches, y confío en que no tardemos en tener buenas noticias para vuestra majestad. Y buenas noches, Watson —añadió cuando se oyó rodar por la calle la berlina real—. Si tiene usted la bondad de pasarse por aquí mañana por la tarde, a las tres, me gustaría charlar con usted sobre el asunto que nos ocupa.

II

Llegué a Baker Street a las tres en punto de la tarde, pero Holmes no había regresado todavía. La patrona me dijo que había salido de la casa poco después de las ocho de la mañana. No obstante, me senté junto a la lumbre decidido a esperarlo tardara lo que tardara. Su investigación había captado toda mi atención, pues, si bien no la rodeaba ninguna de las circunstancias siniestras y extrañas presentes en los dos crímenes cuyas crónicas ya he escrito, la naturaleza del caso y la elevada alcurnia de su cliente le conferían una idiosincrasia muy particular. De hecho, con independencia de la naturaleza de la investigación que tuviera entre manos mi amigo, su dominio magistral de las situaciones y sus razonamientos agudos y penetrantes tenían algo que me hacía muy agradable estudiar su sistema de trabajo y seguir los métodos rápidos y sutiles con los que desenmarañaba los misterios más intrincados. Estaba tan acostumbrado a sus éxitos constantes que había desterrado la posibilidad misma de que fracasara.

Eran casi las cuatro cuando se abrió la puerta y entró en la sala un palafrenero con aire de borrachín, desgreñado y con largas patillas, con el rostro enrojecido y la ropa desaliñada. Pese a lo familiarizado que estaba con las dotes maravillosas de mi amigo en el arte del disfraz, tuve que mirarlo tres veces antes de asegurarme de que se trataba, en efecto, de él. Me saludó con un gesto y pasó al dormitorio, del que salió a los cinco minutos vestido de *tweed* y con su aspecto respetable de siempre. Se metió las manos en los bolsillos, estiró las piernas ante la lumbre y se rio de buena gana durante unos momentos.

—¡Muy bien, desde luego! —exclamó; y volvió a faltarle el habla y a soltársele la risa hasta que tuvo que recostarse en el sillón, desmadejado e incapaz de moverse.

—¿De qué se trata?

—Esto tiene una gracia loca. Ni en cien años adivinaría usted a qué me he dedicado esta mañana, ni lo que he acabado haciendo.

—No se me ocurre. Supongo que habrá observado las costumbres de la señorita Irene Adler, y quizá su casa.

—Pues sí; pero el desenlace se ha salido bastante de lo común. No obstante, se lo contaré a usted. Salí de casa esta mañana, poco después de las ocho, caracterizado de palafrenero sin empleo. Entre las gentes del mundo de los caballos existen una simpatía y una masonería maravillosas. Al convertirse en uno de ellos, se entera uno de todo lo que es posible enterarse. No tardé en encontrar la casa Briony. Es un hotelito de dos pisos, con jardín en la parte trasera y fachada delantera a la calle. Puerta principal con cerradura Chubb. Sala de estar grande a la derecha, bien amueblada, con ventanas largas que llegan casi hasta el suelo y con esos pestillos ridículos de las ventanas inglesas que podría abrir un niño. Por la parte trasera no había nada digno de destacar, con la salvedad de que se podía alcanzar la ventana del pasillo desde el tejadillo de la cochera. Rodeé la casa y la examiné con cuidado desde todos los puntos de vista, pero no advertí nada más que tuviera interés.

»Después me paseé calle abajo con aire de desocupado y encontré, tal como esperaba, que en un callejón que transcurre junto a una de las paredes del jardín había unas caballerizas. Eché una mano a los caballerizos, ayudándoles a almohazar los caballos, y a cambio me dieron dos peniques, un vaso de *half and half,* dos pipas de tabaco de cuarterón y todos los datos que yo pudiera desear sobre la señorita Adler, además de sobre otra media docena de personas del barrio que no me interesaban en absoluto, pero cuyas biografías me vi obligado a escuchar también.

—¿Y qué hay de Irene Adler? —pregunté.

—Ah, tiene rendidos a todos los hombres de aquella zona. Es la cosa más linda que lleva sombrero de mujer en todo el planeta. Eso dicen los de las caballerizas de Serpentine, como un solo hombre. Hace vida tranquila, canta en conciertos, sale en su coche todos los días a las cinco y vuelve a las siete en punto para cenar. Rara vez sale a otras horas, salvo cuando canta. Visitante masculino sólo tiene uno, pero muy asiduo. Es moreno, apuesto y gallardo, acude todos los días al menos una vez, y con frecuencia dos veces. Es un tal señor Godfrey Norton, del Inner Temple. Ya ve usted las ventajas de contar como confidente a un cochero de punto. Lo habían llevado a su casa una docena de veces desde las caballerizas de Serpentine, y lo sabían todo de él. Después de haber oído todo lo que podían contar, seguí paseando por las inmediaciones de la casa Briony, trazando mi plan de campaña.

»Como es evidente, este Godfrey Norton era un factor importante en el asunto. Era abogado. Eso parecía un mal presagio. ¿Qué relación existía entre ellos y cuál era el objeto de sus frecuentes visitas? ¿Qué era ella para él: clienta, amiga o amante? Si respondía a lo primero, podría haber dejado la foto en poder de él para que se la custodiara. Si se trataba de lo último, era menos probable. De esto dependía el que yo prosiguiera mi labor en la casa Briony o dedicase mi atención al despacho del caballero en el Temple. Era un asunto delicado y aumentaba el alcance de mi investigación. Me temo que lo aburro con estos detalles, pero es preciso hacerle valorar las pequeñas dificultades a que me enfrento para que se haga cargo de la situación.

—Lo sigo con mucha atención —respondí.

—Inmerso aún en todas estas cavilaciones, llegó a la casa Briony un coche de punto del que saltó un caballero. Era un hombre notablemente apuesto, moreno, aguileño y con bigotes: se trataba, como es evidente, del hombre del que me habían hablado. A todas luces iba con mucha prisa; le gritó al cochero que lo aguardara y pasó sin detenerse ante la doncella que le abrió la puerta, como si a todos los efectos estuviera en su casa.

»Se pasó allí cerca de media hora, y lo atisbé varias veces por las ventanas de la sala de estar: se paseaba de un lado a otro, hablaba enardecido y agitaba los brazos. A ella no la pude ver. Salió por fin, con aspecto más nervioso que antes, si cabe. Cuando llegó junto al coche, se sacó del bolsillo un reloj de oro y lo miró con atención. "Corra como un demonio —gritó—; primero, a la joyería Gross y Hankey's, en Regent Street; después, a la iglesia de Santa Mónica, en Edgware Road. ¡Media guinea si llegamos en veinte minutos!"

»Se pusieron en camino, y yo me estaba preguntando si no haría bien en seguirlos cuando llegó por la calle un bonito landó, cuyo cochero llevaba el capote a medio abotonar y la corbata bajo la oreja, mientras que las puntas de todo el correaje del coche iban sin meter en las hebillas. Aunque el landó seguía en marcha, ella salió disparada por la puerta del vestíbulo y se subió al vehículo. Sólo la vi de pasada en ese momento, pero era una mujer encantadora, con una cara por la que podría dejarse matar un hombre.

»—A la iglesia de Santa Mónica, John —exclamó—, y medio soberano para usted si llega antes de veinte minutos.

»Aquello no era como para perdérselo, Watson. Estaba planteándome si debía echar a correr o colgarme de la trasera de su landó cuando llegó por la calle un coche de punto. El cochero se lo estaba pensando dos veces antes de aceptar a un pasajero tan mal vestido, pero me subí de un salto sin darle tiempo de protestar. "A la iglesia de Santa Mónica —le dije—, y medio soberano si llega antes de veinte minutos." Eran las doce menos veinticinco y, por supuesto, estaba claro lo que se avecinaba.

»Mi cochero llevó el coche deprisa. Creo que nunca he ido a tanta velocidad, pero los otros habían llegado antes que nosotros. El otro coche de punto y el landó, con los caballos echando humo, estaban ante la puerta cuando llegué. Le pagué a mi cochero y me apresuré a entrar en la iglesia. Allí no había un alma, a excepción de los dos a quienes había seguido y un clérigo con sobrepelliz, que al parecer discutía con ellos. Los tres formaban un corrillo ante el altar. Subí tranquilamente por el pasillo lateral como un desocupado cualquiera que se ha dejado caer en una iglesia. De repente, para mi sorpresa, los tres que estaban ante el altar se volvieron hacia mí y Godfrey Norton vino corriendo como si le fuera la vida en ello.

»—¡Gracias a Dios! —exclamó—. Usted servirá. ¡Venga usted! ¡Venga!

»—¿Qué pasa? —pregunté.

»—Venga usted, hombre. Sólo serán tres minutos; de lo contrario, no será válido.

»Me llevaron ante el altar casi a rastras, y cuando quise darme cuenta estaba mascullando frases que me soplaban al oído, dando fe de cosas de las que no tenía la menor idea, y colaborando en general en el sólido enlace de Irene Adler, soltera, con Godfrey Norton, soltero. Todo se hizo en un momento, y enseguida me encontré entre el caballero, que me daba las gracias por un lado, y la dama, que me las daba por el otro, mientras el clérigo me dedicaba una gran sonrisa. Era la situación más absurda en la que me he encontrado en toda mi vida. Mi ataque de risa de hace un rato se debió a su recuerdo. Al parecer, había alguna irregularidad en la licencia matrimonial, el clérigo se negaba en redondo a casarlos sin presencia de testigos y mi afortunada aparición le había ahorrado al novio la necesidad de echarse a la calle en busca de alguien que hiciera las veces de padrino. La novia me dio una moneda de un soberano, que pienso colgarme de la leontina del reloj en recuerdo del caso.

—Un giro muy inesperado de los acontecimientos —resumí—. ¿Y qué pasó después?

—Pues bien, entendí que ponía mis planes en un serio compromiso. La pareja bien podría partir de inmediato, lo que me habría obligado a tomar medidas rápidas y enérgicas. Sin embargo, a la puerta de la iglesia se separaron; él volvió en su coche al Temple y ella en el suyo a su casa. Al despedirse, ella le dijo: «Iré a dar un paseo en coche por el parque a las cinco, como de costumbre». No oí más. Partieron en direcciones distintas, y yo me marché en busca de algunas cosas que me hacían falta.

—¿Qué cosas?

—Algo de rosbif frío y un vaso de cerveza —me respondió, tirando de la campanilla—. Estuve demasiado ocupado como para acordarme de comer, y es probable que esta tarde esté más ocupado todavía. Por cierto, doctor, me haría falta su colaboración.

—Tendré mucho gusto en brindársela.

—¿No le importa transgredir la ley?

—En absoluto.

—¿Ni arriesgarse a que lo detengan?

—No, si es por una causa justa.

—¡Ah, la causa es excelente!

—Entonces, estoy a su disposición.

—Estaba seguro de poder contar con usted.

—Pero ¿qué quiere usted de mí?

—Se lo explicaré cuando la señora Turner haya traído la bandeja. Y ahora —dijo, mientras atacaba con apetito el sencillo almuerzo que le había servido nuestra patrona—, permítame exponérselo mientras como, pues no dispongo de mucho tiempo. Ya son casi las cinco. Deberemos estar en el escenario de los hechos de aquí a dos horas. La señorita Irene, o mejor dicho la señora, regresa de su paseo en coche a las siete. Tendremos que esperarla en la casa Briony.

—Y entonces, ¿qué pasará?

—Eso déjelo en mis manos. Ya he dispuesto lo que ha de suceder. Sólo debo recalcarle una cosa: pase lo que pase, no intervenga. ¿Comprendido?

—¿Debo ser neutral?

—No debe hacer nada en absoluto. Tal vez se produzca un leve alboroto. No intervenga usted. Al final, me conducirán al interior de la casa. Al cabo de unos cinco minutos se abrirá la ventana de la sala de estar. Usted se situará cerca de esa ventana abierta.

—De acuerdo.

—Deberá observarme, pues quedaré a su vista.

—De acuerdo.

—Y cuando yo levante la mano... así... arrojará usted al interior de la sala una cosa que le voy a dar y, al mismo tiempo, gritará usted: «¡Fuego!». ¿Me ha entendido?

—Por supuesto.

—No es nada del otro mundo —dijo, mientras se sacaba del bolsillo un bulto largo en forma de cigarro puro—. Es un petardo de humo corriente de los que usan los fontaneros, al que se ha montado un fulminante en cada extremo para que se encienda solo. Cuando usted dé la voz de «fuego», la secundará bastante gente. Entonces podrá irse hasta el final de la calle, donde me reuniré con usted al cabo de diez minutos. ¿Me he explicado bien? Espero que sí.

—Debo mantenerme neutral, acercarme a la ventana, observarlo a usted y, cuando me dé la señal, arrojar al interior este objeto; acto seguido, dar la voz de «fuego» y esperarlo a usted en la esquina de la calle.

—Exactamente.

—Entonces, puede contar conmigo por completo.

—Excelente. Me parece que tal vez sea ya hora de prepararme para el nuevo papel que debo representar.

Entró en su dormitorio y, al cabo de unos minutos, salió caracterizado de clérigo contracorriente amable y sencillo. Tan sólo un actor de la talla del señor John Hare podría haber igualado el ancho sombrero negro, los pantalones holgados, la corbata blanca, la sonrisa simpática y el aspecto general de curiosidad miope y benévola. Holmes no se limitaba a cambiarse de ropa. Con cada nuevo papel que interpretaba, parecía mudar también la expresión, los ademanes y el alma misma. Qué gran actor perdió el teatro cuando Sherlock Holmes decidió dedicarse a la criminología, en la misma medida en que las ciencias especulativas perdieron a un razonador sutil.

Salimos de Baker Street a las seis y cuarto, y llegamos a Serpentine Avenue con diez minutos de margen. Ya caía la tarde y estaban encendiendo las farolas mientras nos paseábamos por delante de la casa Briony esperando la llegada de su inquilina. La casa era ni más ni menos como me la había imaginado por la breve descripción de Holmes, pero la zona parecía ser menos solitaria de lo que yo había esperado. Por el contrario, la animación era notable para tratarse de una calle secundaria de un barrio tranquilo. Había un grupo de hombres mal vestidos que fumaban y reían en una esquina; un afilador con su rueda de amolar; dos soldados que requebraban a una niñera, y varios señoritos bien vestidos que deambulaban calle arriba y calle abajo con puros en la boca.

—Verá usted —me comentó Holmes mientras nos paseábamos por delante de la casa—, esta boda tiende a simplificar las cosas. La fotografía se ha convertido ahora en un arma de doble filo. Lo más seguro es que la señora sea tan poco proclive a que la vea el señor Godfrey Norton como nuestro cliente a que llegue a ojos de su princesa. Y he aquí la cuestión: ¿dónde encontraremos la fotografía?

—¿Dónde, en efecto?

—Es muy poco probable que ella la lleve encima. El retrato es de tamaño media placa. Demasiado grande para ocultarlo sin problemas en un vestido de mujer. Sabe que el rey es muy capaz de hacer que la atraquen y la registren. Ya se han producido dos tentativas. Demos, pues, por sentado que no lo lleva encima.

—¿Dónde está, entonces?

—Tal vez la guarden su banco o su abogado. Existe esa doble posibilidad. Pero me inclino a creer que no está en ninguno de los dos sitios. Las mujeres son reservadas por naturaleza, y les gusta guardar sus propios secretos. ¿Por qué entregárselo a otra persona? Puede confiar en su propia custodia, pero no sabe a qué influencias indirectas o políticas podría verse sometido un profesional. Recuerde, además, su disposición a servirse de ella dentro de pocos días. Debía tenerla a mano. Debe de estar en su propia casa.

—Pero la han registrado dos veces.

—¡Bah! No han sabido buscar.

—Pero ¿cómo la buscará usted?

—No la buscaré.

—¿Qué hará entonces?

—Haré que ella me la enseñe.

—Pero no querrá...

—No podrá evitarlo. Pero oigo ruido de ruedas. Es su coche. Y ahora, lleve usted a cabo mis instrucciones al pie de la letra.

Mientras hablaba se vieron asomar los faroles de un carruaje por la esquina de la avenida. Era un landó pequeño y elegante que llegó hasta la puerta de la casa Briony. Al detenerse, uno de los golfos del grupo de la esquina se apresuró a abrir la portezuela del coche con la esperanza de ganarse una moneda, pero lo apartó de un empujón otro golfo que había llegado corriendo con el mismo propósito. Se produjo un violento altercado, al que se sumaron los dos soldados, que tomaron partido por uno de los golfos, y el afilador, que se erigió en partidario igualmente fervoroso del otro bando. Hubo un golpe, y al cabo de un instante, la dama, que se había apeado de su coche, se encontró en el centro de un corrillo de hombres acalorados que se intercambiaban golpes brutales con puños y bastones. Holmes se arrojó entre la multitud para proteger a la dama; pero, en cuanto llegó hasta ella, soltó un grito y cayó al suelo con la cara llena de sangre. Al verlo caer, los soldados pusieron pies en polvorosa hacia un lado y los golfos hacia el otro, mientras algunas personas mejor vestidas, que habían presenciado la reyerta sin intervenir en ella, acudieron a ayudar a la dama y a asistir al herido. Irene Adler, como la seguiré llamando, había subido apresuradamente los escalones de entrada de su casa, pero había permanecido arriba con su hermosa figura recortándose sobre la luz del vestíbulo, mirando hacia la calle.

—¿Está muy mal el pobre caballero? —preguntó.

—Está muerto —exclamaron varias voces.

—¡No, no! ¡Todavía vive! —gritó otro—. Pero no dará tiempo de que llegue al hospital con vida.

—¡Es un valiente! —añadió una mujer—. Le habrían robado a la señora el bolso y el reloj de no haber sido por él. Eran una banda, y muy violenta. ¡Ah, ya respira!

—No puede quedarse tendido en la calle. ¿Podemos llevarlo a su casa, señora?

—Desde luego. Tráiganlo a la sala de estar. Hay un sofá cómodo. ¡Por aquí, por favor!

Lo llevaron en vilo, despacio y con solemnidad, hasta el interior de la casa Briony, y lo acostaron en la sala principal, mientras yo seguía observando los hechos desde mi puesto junto a la ventana. Se habían encendido las lámparas, pero no se habían corrido las persianas, de modo que pude ver a Holmes tendido en el diván. No sé si él sentía en aquellos momentos el menor remordimiento por hallarse representando aquel papel, pero sí sé que nunca me he sentido más avergonzado de mí mismo que cuando vi a aquella hermosa criatura contra la que estaba conspirando, y la bondad y la amabilidad con que cuidaba del herido. Y, sin embargo, renunciar entonces a la misión que me había encomendado Holmes habría sido la más vil de las traiciones contra éste. Endurecí el corazón y saqué el petardo de humo de debajo del gabán. «Al fin y al cabo, no le estamos haciendo ningún daño —pensé—. No hacemos más que impedir que haga daño a otro.»

Holmes se había sentado en el diván y lo vi hacer gestos propios de un hombre al que le falta aire. Una doncella cruzó rápidamente la habitación y abrió la ventana de par en par. En el mismo instante vi que Holmes levantaba la mano, y a su señal arrojé mi petardo al interior de la sala a la vez que gritaba: «¡Fuego!». Apenas había salido de mi boca esta palabra cuando toda la multitud de espectadores, tanto los bien vestidos como los mal vestidos, señoritos, palafreneros y criadas, se sumaron a un alarido general de

«¡Fuego!». La sala se llenó de espesas volutas de humo que salían por la ventana abierta. Percibí movimiento de personas que corrían, y oí al cabo de un instante la voz de Holmes, dentro de la casa, que les aseguraba que se trataba de una falsa alarma. Me escabullí entre la multitud que gritaba y llegué hasta la esquina de la calle. Al cabo de diez minutos, sentí con alegría que mi amigo me tomaba del brazo y nos alejamos juntos del epicentro de tanto alboroto. Holmes siguió caminando a paso vivo y en silencio durante unos minutos hasta que doblamos por una de las calles tranquilas que conducen hasta Edgware Road.

—Lo ha hecho usted muy bien, doctor —comentó—. Mejor, imposible. Todo va bien.

—¿Tiene usted el retrato?

—Sé dónde está.

—¿Y cómo lo ha descubierto?

—Tal como le dije a usted, ella me lo enseñó.

—Sigo a oscuras.

—No pretendo rodear esto de misterio —dijo, riéndose—. La cuestión era absolutamente sencilla. Usted advirtió, por supuesto, que todos los transeúntes eran cómplices. Los contraté a todos por una tarde.

—Ya me lo figuré.

—Después, cuando estalló la reyerta, yo llevaba un poco de pintura roja húmeda en la palma de la mano. Me abalancé hacia delante, caí, me llevé la mano a la cara y me convertí en una figura lastimosa. Es un truco viejo.

—Eso también lo entendí.

—Entonces me llevaron a cuestas al interior de la casa. Ella estaba obligada a aceptarme. ¿Qué iba a hacer si no? Y a su sala de estar, que era la estancia misma de la que sospechaba yo. Se trataba de la sala de estar o del dormitorio de ella, y yo estaba decidido a descubrir cuál de los dos era. Me tendieron en un diván, pedí aire, tuvieron que abrir la ventana, y entonces tuvo usted ocasión de intervenir.

—¿En qué modo le sirvió mi intervención?

—Fue fundamental. Cuando una mujer cree que su casa está ardiendo, su reacción instintiva es acudir a toda prisa a la cosa que más valora.

Se trata de un impulso absolutamente abrumador, y yo lo he aprovechado en más de una ocasión. Me resultó útil en el caso del escándalo de la suplantación de Darlington, así como en el asunto del castillo de Arnsworth. La mujer casada recoge a su criatura; la soltera busca su joyero. Ahora bien, yo tenía claro que la dama del caso de hoy no tenía en su casa ningún objeto más precioso que aquel que nosotros buscamos. Correría a rescatarlo. La manera en que se representó la alarma de incendio fue admirable. El humo y los gritos habrían socavado unos nervios de acero. Ella reaccionó de maravilla. La fotografía está en una hornacina oculta tras un panel que se desliza, justo por encima del cordón de la campanilla de la derecha. La dama pasó allí unos instantes, y llegué a atisbar el retrato cuando lo extrajo en parte. Cuando exclamé que se trataba de una falsa alarma, lo devolvió a su sitio, le echó una mirada al petardo, salió aprisa de la sala y no he vuelto a verla. Me levanté y, después de disculparme, huí de la casa. Pensé en intentar apoderarme de la fotografía allí mismo; pero como el cochero había entrado en la sala y no me quitaba ojo de encima, parecía más prudente esperar. Un leve exceso de precipitación podía echarlo todo a perder.

—¿Y ahora, qué? —pregunté.

—Nuestra misión está prácticamente terminada. Mañana iremos a hacerle una visita el rey y yo, y usted también, si quiere acompañarnos. Nos harán pasar a la sala de estar para que esperemos allí a la dama, pero lo más probable es que, cuando ella llegue, no nos encuentre a nosotros ni encuentre la fotografía. A su majestad lo puede llenar de satisfacción recuperarla con sus propias manos.

—¿Y a qué hora harán la visita?

—A las ocho de la mañana. No se habrá levantado, con lo que tendremos el campo libre. Además, debemos obrar con celeridad, pues es posible que cambie por completo de vida y costumbres a consecuencia de la boda. Debo enviarle un telegrama al rey sin demora.

Habíamos llegado a Baker Street y nos habíamos detenido ante la puerta. Holmes estaba buscando el llavín en su bolsillo, cuando un transeúnte dijo:

—Buenas noches, señor Sherlock Holmes.

Había en ese momento varias personas en la acera, pero el saludo lo había pronunciado, al parecer, un joven delgado, vestido de gabán, que había pasado deprisa ante nosotros.

—Esa voz me suena —dijo Holmes, mirando hacia el fondo de la calle, poco iluminada—. Me pregunto quién diantres sería.

III

Aquella noche dormí en Baker Street. Estábamos tomando nuestro café con tostadas de la mañana cuando irrumpió en la sala el rey de Bohemia.

—¿Es verdad que lo tiene? —exclamó, asiendo a Holmes de ambos hombros y mirándolo a la cara con fervor.

—Todavía no.

—¿Pero tiene esperanzas?

—Tengo esperanzas.

—Vamos, pues. No veo el momento de salir.

—Debemos llamar un coche de punto.

—No; mi berlina me espera.

—Así será todo más sencillo.

Bajamos a la calle y partimos de nuevo camino de la casa Briony.

—Irene Adler se ha casado —comentó Holmes.

—¡Que se ha casado! ¿Cuándo?

—Ayer.

—Pero ¿con quién?

—Con un abogado inglés apellidado Norton.

—Pero no puede amarlo.

—Confío en que lo ame.

—¿Que «confía» usted? ¿Por qué?

—Porque así se libraría vuestra majestad de todo temor a molestias en el futuro. Si la dama ama a su marido, es que no ama a vuestra majestad. Si no ama a vuestra majestad, no tiene ningún motivo para entorpecer los planes de vuestra majestad.

—Es cierto. Sin embargo... ¡Vaya! ¡Ojalá hubiera tenido ella mi alcurnia! ¡Qué reina habría sido! —exclamó, y se sumió en un silencio melancólico del que no salió hasta que nos detuvimos en Serpentine Avenue.

La puerta principal de la casa Briony estaba abierta, y en lo alto de los escalones estaba de pie una mujer entrada en años. Nos vio apearnos de la berlina, contemplándonos con una mirada burlona.

—¿El señor Sherlock Holmes, supongo? —dijo.

—Yo soy el señor Holmes —respondió mi compañero, mirándola con gesto de interrogación, y también de sorpresa.

—¡Ah! Mi señora me dijo que era probable que se pasara usted por aquí. Salió esta mañana con su marido, de la estación de Charing Cross, en el tren de las cinco y cuarto, camino del continente.

—¿Cómo? —exclamó Sherlock Holmes, dando un paso atrás, pálido de mortificación y sorpresa—. ¿Quiere usted decir que se ha marchado de Inglaterra?

—Para no regresar jamás.

—¿Y los documentos? —preguntó el rey con voz ronca—. ¡Todo está perdido!

—Ahora lo veremos —dijo Holmes. Entró en la casa sin atender a las protestas de la criada e irrumpió en la sala de estar, seguido del rey y de mí mismo. Los muebles estaban dispersos por todas partes; había estanterías desmontadas y cajones abiertos, como si la dama los hubiera vaciado rápidamente antes de huir. Holmes corrió hasta el tirador de la campanilla, retiró una pequeña trampilla corredera y, tras meter la mano, extrajo una fotografía y una carta. La fotografía era un retrato de la propia Irene Adler en traje de noche; la carta iba dirigida: «Señor don Sherlock Holmes. Pasará a recoger». Mi amigo abrió el sobre y los tres la leímos juntos. Tenía fecha y hora de la medianoche anterior, y decía así:

Estimado señor Sherlock Holmes:

Lo ha hecho usted francamente bien. Me engañó por completo. No tuve la menor sospecha hasta la alarma de fuego. Pero entonces, cuando me di cuenta de cómo me había descubierto a mí misma, me puse a pensar.

Hacía meses que me habían prevenido contra usted. Me habían dicho que si el rey se servía de un agente, éste sería usted, sin duda. Y me habían dado su dirección. Y, con todo esto, me hizo usted desvelar lo que usted quería saber. Aun después de albergar sospechas, me costó trabajo pensar mal de un clérigo anciano tan amable y encantador. Pero ya sabe usted que yo misma he estudiado el oficio de actriz. No es nada nuevo para mí disfrazarme de hombre. Suelo aprovechar la libertad que me otorga. Mandé a John, el cochero, a que lo vigilara a usted, subí corriendo las escaleras, me puse mi «ropa de paseo a pie», como la llamo, y bajé cuando usted ya salía.

Y bien, lo seguí hasta la puerta de su casa y comprobé así que, en efecto, me había ganado la atención del célebre señor Sherlock Holmes. Entonces le di a usted las buenas noches, cosa que fue algo imprudente por mi parte, y partí hacia el Temple para ver a mi marido. Los dos consideramos que, cuando nos perseguía un antagonista tan temible, el mejor recurso era la huida; de modo que cuando venga usted de visita mañana se encontrará el nido vacío. En lo que se refiere a la fotografía, su cliente puede descansar en paz. Amo y me ama un hombre mejor que él. El rey puede hacer lo que quiera sin que lo estorbe una a la que ha agraviado de una manera cruel. Si la conservo, es sólo para protegerme, para disponer de un arma que siempre me amparará ante cualquier medida que pudiera tomar él en el futuro. Dejo un retrato que quizá le interese poseer, y queda, señor Sherlock Holmes, suya afectísima, que lo es:

Irene Norton, de soltera Adler

—¡Qué mujer...! ¡Oh, qué mujer! —exclamó el rey de Bohemia cuando hubimos terminado de leer la carta los tres—. ¿No les había dicho a ustedes lo viva y decidida que era? ¿Verdad que habría sido una reina admirable? ¿No es una lástima que no fuera de mi categoría?

—Por lo que he visto de la dama, parece, en efecto, que es de una categoría muy distinta de la de vuestra majestad —dijo Holmes con frialdad—. Lamento no haber podido concluir el asunto de vuestra majestad con mayor éxito.

—Al contrario, señor mío —exclamó el rey—: sería imposible imaginarse un éxito mayor. Sé que esa mujer es fiel a su palabra. La fotografía ya está tan a buen recaudo como si estuviera en el fuego.

—Me alegro de oírselo decir a vuestra majestad.

—Tengo una deuda inmensa con usted. Le ruego que me indique cómo puedo pagársela. Este anillo... —dijo, quitándose del dedo un anillo en forma de serpiente con esmeraldas, que ofreció a Holmes en la palma de la mano.

—Vuestra majestad posee algo que yo apreciaría más todavía —dijo Holmes.

—Sólo tiene usted que decir de qué se trata.

—¡Este retrato!

El rey lo miró con asombro.

—¡El retrato de Irene! —exclamó—. Desde luego, si así lo desea.

—Se lo agradezco a vuestra majestad. Entonces, ya no queda nada por hacer en este asunto. Tengo el honor de desearle muy buenos días.

Hizo una reverencia y, tras retirarse sin reparar en la mano que el rey le había tendido, salió en mi compañía camino de su apartamento.

Y así fue como un gran escándalo amenazó al reino de Bohemia, y como el ingenio de una mujer pudo más que los mejores planes del señor Sherlock Holmes. Éste tenía la costumbre de burlarse de la inteligencia de las mujeres, pero últimamente no le he oído hacerlo. Y cuando habla de Irene Adler, o cuando alude a su retrato, siempre se refiere a ella con el honroso título de la Mujer.

La Liga de los Pelirrojos

Un día de otoño del año pasado le hice una visita a mi amigo, el señor Sherlock Holmes, y me lo encontré enfrascado en una conversación con un caballero entrado en años, orondo, de cara colorada y pelo de color rojo fuego. Me disculpé por haberlos molestado, y me disponía a retirarme cuando Holmes me hizo entrar en la sala de un brusco tirón y cerró la puerta tras de mí.

—No podría haber llegado usted en mejor momento, mi querido Watson —dijo con tono cordial.

—Me pareció que estaba usted ocupado.

—Y lo estoy. Mucho.

—Entonces puedo esperar en la habitación contigua.

—Nada de eso. Señor Wilson, este caballero ha sido compañero y ayudante mío en muchos de mis casos más célebres, y no me cabe duda de que también me resultará enormemente útil en el de usted.

El orondo caballero se medio incorporó del asiento y me saludó con un cabeceo, acompañado por una leve mirada viva de interrogación de sus ojillos rodeados de carnes fofas.

—Pruebe el sofá —sugirió Holmes, que regresó a su sillón y juntó las puntas de los dedos, como tenía por costumbre cuando se encontraba con ánimo judicial—. Ya sé, mi querido Watson, que comparte usted mi aprecio por todo lo que es extraño y se sale de lo convencional y de la rutina tediosa de la vida cotidiana. Me ha demostrado su afición hacia ello por el entusiasmo que lo ha llevado a escribir la crónica de tantas de mis pequeñas aventuras, aunque un poco adornadas, si me permite que se lo diga.

—En efecto, sus casos han suscitado un enorme interés en mí —observé.

—Recordará usted lo que comenté el otro día, antes de enfrascarnos en aquel problema tan sencillo que nos planteó la señorita Mary Sutherland: que si queremos encontrar efectos extraños y combinaciones extraordinarias, debemos buscarlos en la vida misma, que siempre es más atrevida que cualquier esfuerzo de la imaginación.

—Una proposición que yo me tomé la libertad de poner en tela de juicio.

—Así lo hizo, doctor; sin embargo, tendrá usted que coincidir conmigo, pues, de lo contrario, lo abrumaré con datos y más datos hasta que su razón se quiebre por el peso y reconozca que estoy en lo cierto. Pues bien, el señor Jabez Wilson, aquí presente, ha tenido la bondad de venir a visitarme esta mañana y referirme la que promete ser una de las historias más singulares que haya escuchado de un tiempo a esta parte. Ya me ha oído usted comentar que las cosas más extrañas e inauditas no suelen estar relacionadas con los grandes crímenes, sino con delitos menores y a veces, incluso, con casos en los que cabe dudar incluso que se haya cometido delito alguno. Por lo que he oído hasta el momento, soy incapaz de determinar si en el caso que nos ocupa hay o no hay elementos delictivos, pero el curso de los acontecimientos se encuentra, desde luego, entre los más singulares que jamás haya oído. Señor Wilson, ¿tendría usted la inmensa deferencia de volver a comenzar su narración? Si se lo pido, no es sólo porque mi amigo el doctor Watson no ha oído la primera parte, sino también porque las peculiaridades de este relato me impulsan a oír de sus labios todos los detalles posibles. Por lo general, me basta oír el menor indicio del curso de los acontecimientos para orientarme a la luz de los millares de casos semejantes que me acuden a la memoria. En el caso que nos ocupa, me veo obligado a reconocer que los hechos son únicos; al menos, que yo sepa.

El orondo cliente sacó pecho, sin duda henchido de orgullo, y extrajo del bolsillo interior del abrigo un periódico sucio y arrugado. Mientras el hombre recorría con la mirada la columna de anuncios por palabras, la cabeza inclinada hacia delante y el periódico alisado sobre la rodilla, lo observé a fondo, tratando de interpretar, tal como hacía mi compañero, los indicios que pudieran aportar su ropa y su aspecto.

Pero poco pude sacar en claro de mi escrutinio. Nuestro visitante era la viva imagen de un comerciante británico común y corriente, obeso, pomposo y poco vivo de ingenio. Llevaba pantalones grises de cuadros «de pastor», más bien holgados, levita negra no demasiado limpia, desabotonada por delante, y chaleco pardo con pesada leontina de latón estilo Alberto, de la que colgaba a modo de dije una pieza de metal cuadrada con un agujero. En una silla, a su lado, había un sombrero de copa raído y un abrigo marrón desteñido con cuello de terciopelo arrugado. En conjunto, y por mucho que lo observara, no veía en él nada notable, aparte de su cabellera de color rojo intenso y del enorme fastidio y disgusto que traslucía su rostro.

Sherlock Holmes, siempre sagaz, advirtió en qué me ocupaba, y sacudió la cabeza con una sonrisa al advertir mis miradas interrogadoras.

—Aparte de las evidencias palmarias de que en algún momento realizó labores manuales, de que toma rapé, de que es masón, de que ha estado en China y de que ha escrito bastante de un tiempo a esta parte, no puedo deducir nada más.

El señor Jabez Wilson dio un respingo en su silla y taladró con la mirada a mi compañero, todo ello sin apartar el dedo índice del periódico.

—¿Cómo ha tenido el tino de adivinar todo eso, señor Holmes? —preguntó—. ¿Cómo ha sabido que me he dedicado a labores manuales, por ejemplo? Es tan cierto como el evangelio, pues empecé de carpintero de a bordo en un barco.

—Por sus manos, señor mío. Su mano derecha es más grande que la izquierda, una talla entera. Ha trabajado con ella y tiene más desarrollados los músculos.

—Pero ¿y lo del rapé, entonces, y lo de la masonería?

—No ofenderé su inteligencia explicándole cómo lo deduje, máxime si tenemos en cuenta que, en una clara infracción de las reglas estrictas de su orden, lleva usted un alfiler de corbata con la escuadra y el compás.

—Ah, claro, se me olvidó. Pero ¿lo de que he estado escribiendo?

—¿Qué otra cosa podía deducirse de esa manga derecha tan brillante en una extensión de cinco pulgadas, y de la izquierda con una parte lisa cerca del codo, donde lo apoya usted en el escritorio?

—Bueno, pero ¿y lo de China?

—Ese pez que lleva usted tatuado un poco más arriba de la muñeca derecha sólo puede haberse hecho en China. He estudiado un poco los tatuajes, e incluso he aportado algo a la bibliografía sobre la materia. Ese modo de teñir las escamas del pez de un delicado color rosa es muy propio de China. Si veo, además, una moneda china colgada de su leontina, la cuestión resulta más sencilla todavía.

El señor Jabez Wilson se rio fuertemente.

—¡Cáspita! —exclamó—. Al principio me había parecido que había estado usted muy listo, pero ahora caigo en que, a fin de cuentas, no era para tanto.

—Watson, empiezo a creer que hago mal en explicarme —rezongó Holmes—. *Omne ignotum pro magnifico,* ya sabe usted. Y, para serle sincero, mi modesta reputación se va a ir al garete. ¿No encuentra usted el anuncio, señor Wilson?

—Sí, ya lo tengo —respondió éste, con el dedo fofo y rojo plantado hacia la mitad de la columna—. Aquí está. Así empezó todo. Haga el favor de leerlo usted mismo, señor mío.

Tomé el periódico de sus manos y leí lo siguiente:

Para la Liga de los Pelirrojos: en cumplimiento del legado del difunto Ezekiah Hopkins, de Lebanon, Pensilvania, EE. UU., ha quedado libre otro puesto que otorga a un miembro de la Liga un sueldo de 4 libras esterlinas por semana a cambio de servicios meramente simbólicos. Pueden aspirar al cargo todos los hombres pelirrojos de buena salud física y mental y que tengan veintiún años cumplidos. Presentarse en persona el lunes, a las 11 de la mañana, ante Duncan Ross, en las oficinas de la Liga, Pope's Court número 7, Fleet Street.

—¿Qué demonios significa esto? —exclamé después de haber leído dos veces aquel anuncio tan extraordinario.

Holmes se rio por lo bajo y se revolvió en su asiento, como tenía por costumbre cuando estaba de buen humor.

—Se sale un poco de lo trillado, ¿verdad? Y ahora, señor Wilson, haga borrón y cuenta nueva y cuéntenos todo lo relativo a usted mismo, a su casa y las vicisitudes que sufrió como consecuencia de este anuncio. Doctor, empiece por tomar nota del periódico y la fecha.

—Es el *Morning Chronicle* del 27 de abril de 1890. Hace dos meses.

—Muy bien. ¿Entonces, señor Wilson?

—Pues bien, todo sucedió tal como se lo estaba contando, señor Sherlock Holmes —comenzó Jabez Wilson, secándose el sudor de la frente con el pañuelo—. Tengo una pequeña casa de empeños en la plaza de Saxe-Coburg, cerca de la City. No es un negocio muy boyante, y en los últimos años sólo me ha servido para ir tirando. Antes podía permitirme dos dependientes, pero ahora sólo tengo uno, y a duras penas podría pagarle de no estar él dispuesto a trabajar por la mitad del sueldo para aprender el oficio.

—¿Cómo se llama ese joven tan considerado? —preguntó Sherlock Holmes.

—Se llama Vincent Spaulding, y tampoco es que sea tan joven. Sería difícil determinar su edad. Es un dependiente tan listo que no puedo pedir más, señor Holmes, y me consta que podría aspirar a ganar el doble de lo que yo puedo pagarle. Pero, al fin y al cabo, si él está contento, ¿para qué voy a meterle ideas en la cabeza?

—Eso digo yo, ¿para qué? Parece que ha tenido usted mucha suerte al contar con un empleado que trabaja por debajo de las tarifas de mercado. En los tiempos que corren no es habitual encontrarse con cosas así. Casi me parece que su dependiente es tan notable como el anuncio.

—Oh, también tiene sus defectos —convino el señor Wilson—. No he visto nunca a un aficionado a la fotografía como él. Se dedica a hacer retratos con una cámara cuando debería estar culturizándose, y después se mete de cabeza en el sótano como un conejo en su madriguera para revelar las fotografías. Ése es su defecto principal, pero en conjunto es buen trabajador. No tiene ningún vicio.

—Sigue a su servicio, ¿no es así?

—Sí, señor. Además de una muchacha de catorce años, que cocina platos sencillos y limpia. No tengo a nadie más a mi servicio, pues soy viudo y no he tenido hijos. Hacemos una vida muy tranquila los tres, señor mío, y al menos tenemos un techo bajo el que cobijarnos y pagamos las facturas.

»Lo primero que nos apartó de la rutina fue ese anuncio. Hace hoy ocho semanas justas, Spaulding bajó al despacho con este mismo periódico en la mano, y me dijo:

»—Ojalá me hubiera concedido el Señor el don de ser pelirrojo, señor Wilson.

»—¿Y por qué? —le pregunté yo.

»—Vaya —me dice—, pues porque ha aparecido una vacante en la Liga de los Pelirrojos. Le costará una pequeña fortuna al que lo consiga, y tengo entendido que hay más vacantes que candidatos, hasta el punto de que los albaceas ya no saben qué hacer con el dinero. Me bastaría con cambiarme el color el pelo para tener un bonito empleo sin más que pedirlo.

»—¿Cómo? ¿De qué se trata, entonces? —le pregunté. Verá usted, señor Holmes, yo soy un hombre muy hogareño, y como mis clientes venían a mi casa en vez de tener que salir yo a buscarlos, a veces me pasaba semanas enteras sin pisar el felpudo de la puerta de la calle. Por tanto, apenas me enteraba de lo que pasaba fuera, y siempre me alegraba que me contaran alguna novedad.

»—Pero ¿es que no ha oído hablar de la Liga de los Pelirrojos? —me preguntó, abriendo mucho los ojos.

»—Nunca.

»—Vaya, pues me extraña, ya que usted mismo podría aspirar a uno de los puestos.

»—¿Y qué sueldo ofrecen? —le pregunté.

»—Oh, sólo un par de centenares de libras al año; pero el trabajo es llevadero y no tendría por qué distraerlo mucho de sus demás ocupaciones.

»Y bien, ya se harán cargo ustedes de que eso suscitó mi interés, pues el negocio llevaba años sin ir del todo bien, y un par de cientos de libras más al año me habrían venido de perillas.

»—Cuénteme más —le rogué.

»—Pues bien —contestó, mostrándome el anuncio—, vea por sí mismo que la Liga ofrece un puesto vacante, y aquí viene la dirección donde se deben pedir informes. Por lo que tengo oído, la Liga la fundó un millonario estadounidense, Ezekiah Hopkins, que era muy excéntrico. Él mismo era pelirrojo y profesaba una gran simpatía por todos los pelirrojos. Por eso, al morir él, resultó que había dejado su inmensa fortuna en manos de albaceas, con instrucciones de que se destinaran sus rentas para ofrecer puestos cómodos a hombres con el pelo de ese color. Según he oído decir, los sueldos son espléndidos, y requieren muy poco trabajo.

»—Pero habrá millones de pelirrojos que los solicitarán —repuse.

»—No tantos como cabría imaginar —me respondió—. Verá, en realidad la cosa se limita a los londinenses y a los hombres adultos. Este estadounidense era oriundo de Londres, de donde partió en su juventud, y quiso hacerle un favor a su patria chica. Además, he oído decir que es inútil presentarse si se tiene el pelo de color rojo claro, o rojo oscuro, o de cualquier otro color que no sea el verdadero rojo intenso como el fuego. Y bien, señor Wilson, si a usted le interesara solicitarlo, lo conseguiría sin mover un dedo; pero quizá no quiera tomarse la molestia por unos cuantos cientos de libras.

»Pues bien, caballeros, como podrán ver por sí mismos, es cierto que tengo el pelo de un color muy rico y vivo, de modo que me pareció que si iba a haber alguna competencia en el asunto, yo tenía tantas posibilidades como cualquier persona que hubiera conocido en mi vida. Vincent Spaulding parecía tan enterado que pensé que podría resultarme útil, de manera que le mandé que echara el cierre hasta el día siguiente y que se viniera conmigo sin más. Él estaba muy dispuesto a tomarse el día libre, así que cerramos la tienda y partimos hacia la dirección que proporcionaba el anuncio.

»Creo que nunca volveré a ver un espectáculo como aquél, señor Holmes. Todos los hombres que tenían algún matiz rojo en el cabello habían convergido en la City desde todos los puntos cardinales para responder al anuncio. Fleet Street estaba abarrotada de gente pelirroja, y Pope's Court parecía el puesto de un vendedor de naranjas. Yo no habría creído posible que en todo el país hubiera tantos pelirrojos como los que se reunieron por aquel único anuncio. Eran de todos los matices: pajizos, limón, anaranjado, ladrillo, pelo de *setter* irlandés, hígado, arcilla... Pero, tal como había dicho Spaulding, éramos pocos los que teníamos el verdadero tono vivo de color de llama. Cuando vi aquella multitud, se me pasó por la cabeza claudicar, desesperado; pero Spaulding no quiso ni oír hablar de ello. No entiendo cómo se las arregló, pero me abrió paso entre la multitud a fuerza de empujones, tirones y codazos hasta dejarme en los escalones que conducían a la oficina. Por las escaleras transcurría un doble flujo de personas, los que subían llenos de esperanzas y los que bajaban desilusionados; pero nos metimos como pudimos y no tardamos en encontrarnos en la oficina.

—Su experiencia ha sido muy entretenida —comentó Holmes, mientras su cliente hacía una pausa y tomaba una gran pulgarada de rapé para refrescarse la memoria—. Le ruego que prosiga con su interesante relación.

—En el despacho no había más que un par de sillas de madera y una mesa de pino, tras la cual estaba sentado un hombre pequeño con la cabellera aún más roja que la mía. Cruzaba algunas palabras con cada candidato que llegaba ante él, y siempre se las arreglaba para encontrarle algún defecto que lo descalificaba. Al fin y al cabo, no parecía tan fácil hacerse con el puesto. Sin embargo, cuando nos llegó el turno, el hombrecillo estuvo mucho mejor dispuesto conmigo que con ninguno de los demás, y cerró la puerta cuando hubimos pasado para poder hablar a solas con nosotros.

»—Éste es el señor Jabez Wilson —dijo mi dependiente—, que está dispuesto a cubrir la vacante de la Liga.

»—Y está admirablemente dotado para ello —respondió el otro—. Cumple todos los requisitos. No recuerdo haber visto nada tan excelente.

»Retrocedió, inclinó la cabeza a un lado y me miró fijamente el pelo hasta que me hizo sentir bastante avergonzado. De repente, se adelantó de un salto, me apretó la mano y me felicitó efusivamente por mi éxito.

»—Sería injusto dudarlo más —dijo—. Con todo, estoy seguro de que me permitirá que tome una precaución evidente.

»Dicho esto, me asió del pelo con las dos manos y tiró hasta que me hizo proferir un grito de dolor.

»—Le lloran los ojos —observó al soltarme—. Veo que todo es como debe ser. Pero debemos ir con cuidado, pues nos han engañado dos veces con pelucas y una con tinte. Si yo le contara lo que se hace con cerote de zapatero, quedaría usted asqueado de la humanidad...

»Se asomó a la ventana y gritó con todas sus fuerzas que la vacante estaba cubierta. Se oyó un lamento de desilusión, y la gente se dispersó en diversas direcciones hasta que no quedaron a la vista más cabelleras pelirrojas que la mía y la del administrador.

»—Me llamo señor Duncan Ross —dijo éste— y soy uno de los beneficiarios de la fundación que dejó nuestro noble benefactor. ¿Es usted casado, señor Wilson? ¿Tiene familia?

»Le respondí que no. Se puso serio al instante.

»—¡Ay! —exclamó, apesadumbrado—. ¡Eso es gravísimo! Cuánto lamento que me lo diga. Como es natural, el propósito de la fundación es la propagación y expansión de los pelirrojos, además de su sustento. Es una gran desventura que sea usted soltero.

»Me desanimé al oír eso, señor Holmes, creí que me iba a quedar sin el puesto. Pero, tras pensárselo unos momentos, me dijo que todo se arreglaría.

»—Si se tratara de otra persona, el impedimento podría ser definitivo —dijo—, pero debemos forzar un poco los reglamentos para favorecer a un hombre con una cabellera como la de usted. ¿Cuándo podrá tomar posesión de su nuevo cargo?

»—Bueno, resulta un poco complicado, puesto que ya tengo un negocio —repliqué.

»—Ah, ¡no se apure por eso, señor Wilson! —respondió Vincent Spaulding—. Yo podré hacerme cargo del negocio en su lugar.

»—¿Cuál sería el horario de trabajo? —pregunté.

»—De diez a dos.

»Y bien, señor Holmes, los prestamistas trabajamos más por las tardes, sobre todo las tardes del jueves y el viernes, pues los trabajadores cobran su salario semanal los sábados; de manera que me venía muy bien ganar un poco por las mañanas. Además, sabía que mi dependiente trabajaba bien y que se haría cargo de cualquier imprevisto.

»—Me vendría muy bien —convine—. ¿Y el sueldo?

»—Es de cuatro libras por semana.

»—¿Y el trabajo?

»—Es meramente simbólico.

»—¿A qué llama usted meramente simbólico?

»—Pues bien, tendrá usted que estar en el despacho, o al menos en el edificio, durante todo el horario. Si sale, pierde el puesto para siempre. Así lo estipula el testamento con claridad meridiana. Si sale usted del despacho durante ese horario, no habrá cumplido las condiciones.

»—Son sólo cuatro horas al día, y no se me ocurriría ni salir —respondí.

»—No se aceptará ningún pretexto —prosiguió el señor Duncan Ross—; ni enfermedad, ni otras ocupaciones, ni nada en absoluto. Deberá estar allí, o de lo contrario perderá el empleo.

»—¿Y el trabajo?

»—Consiste en copiar a mano la *Enciclopedia Británica*. Allí, en esa estantería, tiene usted el primer volumen. Deberá poner usted la tinta, las plumas y el papel secante; pero nosotros proporcionamos esta mesa y esta silla. ¿Estará usted dispuesto mañana?

»—Desde luego —respondí.

»—Entonces, adiós, señor Jabez Wilson, y permítame que lo felicite una vez más por haber tenido la fortuna de conseguir un puesto tan importante.

»Me despidió con una reverencia, y regresé a mi casa con mi dependiente, casi sin saber qué decía ni qué hacía, de contento que estaba por mi buena suerte. Y bien, me pasé todo el día dándole vueltas al asunto, y al caer la tarde ya estaba desanimado otra vez, pues me había convencido a mí mismo de que todo aquello debía de ser un gran engaño o estafa, aunque no se me ocurría el propósito de ésta. En suma, parecía inconcebible que una persona pudiera hacer un testamento como aquél, o que pagasen tal cantidad por hacer una cosa tan sencilla como copiar a mano la *Enciclopedia Británica*. Vincent Spaulding hizo lo que pudo por animarme, pero, a la hora de acostarme, yo había cedido al desengaño. Sin embargo, a la mañana siguiente tomé la determinación de ponerlo a prueba en cualquier caso, por lo que me compré un tintero de a penique y, provisto de un palillero y plumilla y de siete hojas de papel de a folio, partí camino de Pope's Court.

»Pues bien, descubrí con sorpresa y agrado que todo estaba tan en regla como se podía desear. La mesa ya se había dispuesto para mí, y el señor Duncan Ross estaba allí para asegurarse de que me ponía a trabajar. Me hizo empezar en la letra A y luego me dejó solo; pero se dejaba caer por allí de cuando en cuando para asegurarse de que todo iba bien. A las dos en punto me dio las buenas tardes, me felicitó por lo mucho que había escrito y cerró con llave la puerta del despacho tras de mí.

»La cosa siguió así día tras día, señor Holmes, y el sábado se presentó el administrador y me puso en la mesa cuatro soberanos de oro por mi trabajo durante la semana. A la semana siguiente, lo mismo, y a la otra también. Yo estaba allí todas las mañanas a las diez, y me marchaba todas las tardes a las dos. Poco a poco, el señor Duncan Ross empezó a visitarme sólo una vez por la mañana, y después, al cabo de un tiempo, ya no venía en absoluto. Sin embargo, como es natural, yo no me atrevía a salir del despacho ni por un momento, pues no podía saber cuándo vendría: el empleo era tan bueno y me convenía tanto que no podía arriesgarme a perderlo.

»Transcurrieron ocho semanas de este modo, y había escrito ya todo lo relativo a las Abadías, los Arcos, las Armaduras, la Arquitectura y el Ática, y esperaba llegar a la B pronto con algo de aplicación. Ya llevaba gastado algún dinero en folios, y casi había llenado un estante entero con mis escritos. Y entonces, de pronto, todo el asunto terminó.

—¿Terminó?

—Sí, señor. Y fue esta misma mañana. Me presenté en mi trabajo a las diez de la mañana, como de costumbre, pero la puerta estaba cerrada con llave, y en ella había un cartoncito clavado con una chincheta. Aquí lo tengo, y puede leerlo usted mismo.

Nos enseñó un cartoncito blanco, del tamaño aproximado de una cuartilla. Decía así:

La Liga de los Pelirrojos

ha quedado

disuelta.

9 de octubre de 1890

Sherlock Holmes y yo contemplamos este escueto anuncio y el semblante pesaroso que estaba tras él, hasta que el lado cómico del asunto superó de tal manera todas las demás consideraciones que ambos nos echamos a reír a carcajadas.

—Pues yo no le veo la menor gracia —exclamó nuestro cliente, enrojeciendo hasta las raíces de su cabellera de fuego—. Si lo único que van a hacer es reírse de mí, mejor me voy a otro sitio.

—¡No, no! —exclamó Holmes, quien lo obligó a sentarse de nuevo en la silla de la que ya estaba levantándose—. La verdad es que no me perdería su caso por nada del mundo. Se trata de una novedad muy de agradecer. Sin embargo, si usted me lo permite, también tiene un poquito de gracioso. Dígame, se lo ruego, ¿qué medidas tomó usted cuando se encontró con la tarjeta en la puerta?

—Me quedé atónito, señor mío. No supe qué hacer. Después, me pasé por los despachos contiguos, pero no parecía que nadie supiera nada de aquello. Por fin, recurrí al casero, que es un contable que reside en la planta baja, y le pregunté si podía decirme qué había sido de la Liga de los Pelirrojos. Me dijo que no había oído hablar jamás de tal entidad. Después le pregunté quién era el señor Duncan Ross. Respondió que era la primera vez que oía tal nombre.

»—Vaya, el caballero del número 4 —le dije.

»—Cómo, ¿el pelirrojo?

»—Sí.

»—Ah, se llamaba William Morris — explicó—. Era abogado, y se estaba sirviendo de mi despacho de manera provisional, mientras terminaban de prepararle su nuevo local. Se marchó ayer.

»—¿Dónde puedo encontrarlo?

»—Ah, en su nuevo despacho. Me dejó la dirección... Sí: King Edward Street, número 17, cerca de la catedral de San Pablo.

»Me puse en camino, señor Holmes, pero cuando di con esa dirección, se trataba de una fábrica de prótesis para rodillas, y allí no habían oído hablar nunca del señor William Morris ni del señor Duncan Ross.

—¿Y qué hizo usted entonces? —preguntó Holmes.

—Me volví a mi casa, en la plaza de Saxe-Coburg, y pedí consejo a mi dependiente. Pero éste no pudo ayudarme de ningún modo. Lo único que acertó a decirme fue que esperara y que ya recibiría noticias por correo. Pero aquello no me bastaba, señor Holmes. No quería perder un puesto como aquél sin resistirme; de manera que, como había oído decir que usted tenía la bondad de asesorar a los desventurados que lo necesitan, he acudido a usted sin más dilación.

—Y ha hecho usted muy bien —respondió Holmes—. Su caso es extraordinario, y tendré mucho gusto en estudiarlo. Por lo que me ha contado, me parece posible que estén en juego cuestiones más graves de lo que podría parecer a primera vista.

—¡Ya es grave de por sí! —exclamó el señor Jabez Wilson—. Vaya, si he perdido cuatro libras por semana.

—En lo que se refiere a usted, personalmente, no me parece que tenga motivo de queja contra esa liga tan extraordinaria —observó Holmes—. Antes bien, ha ganado unas treinta libras, según creo, sin contar los conocimientos minuciosos que ha adquirido acerca de todas las materias que empiezan por la letra A. No le han hecho perder nada.

—No, señor. Pero quiero investigarlos, averiguar quiénes son y qué se proponían al hacerme objeto de esta burla, si es que realmente ha sido una burla. La broma les ha salido bastante cara, pues les ha costado treinta y dos libras.

—Procuraremos aclararle estos puntos. Y, en primer lugar, un par de preguntas, señor Wilson. Ese dependiente suyo, que fue el primero que le hizo notar el anuncio, ¿cuánto tiempo llevaba a su servicio?

—Por entonces llevaba cerca de un mes.

—¿Cómo lo conoció?

—Respondió a un anuncio que publiqué.

—¿Era el único candidato?

—No, se presentaron una docena.

—¿Por qué lo eligió?

—Porque era listo y estaba dispuesto a trabajar por poco dinero.

—Para ser más exactos, por la mitad del salario normal.

—Sí.

—¿Cómo es ese tal Vincent Spaulding?

—Pequeño, grueso, muy vivo, sin barba ni bigote, aunque debe de rondar la treintena. Tiene una mancha blanca en la frente, de una salpicadura de ácido.

Holmes se incorporó en su asiento, notablemente emocionado.

—Ya me parecía a mí. ¿Ha observado usted alguna vez si lleva perforados los lóbulos de las orejas, como para ponerse pendientes?

—Sí, señor. Me dijo que se lo hizo una gitana cuando era niño.

—¡Hum! —rumió Holmes, sumido en sus pensamientos—. ¿Sigue a su servicio?

—Ah, sí, señor; acabo de estar con él.

—¿Y ha llevado bien su negocio durante su ausencia?

—No tengo queja, señor. Por las mañanas no suele haber mucho que hacer.

—Es suficiente, señor Wilson. Tendré mucho gusto en dictaminar sobre su caso de aquí a uno o dos días. Hoy es sábado, y espero que el lunes podamos ofrecerle alguna conclusión.

—Y bien, Watson —dijo Holmes cuando nuestro visitante nos hubo dejado—, ¿qué saca usted en limpio de todo esto?

—No saco nada en limpio —contesté con franqueza—. Es un asunto muy misterioso.

—Por norma general, cuanto más estrambótico parezca un suceso, menos misterioso será en realidad —replicó Holmes—. Los crímenes normales y corrientes son los que causan desconcierto, del mismo modo que las caras corrientes son las más difíciles de identificar. Pero debo conducirme con rapidez en este asunto.

—¿Qué va a hacer usted, entonces? —le pregunté.

—Voy a fumar —respondió—. Este problema se merece tres pipas enteras, y le ruego que no me hable durante los próximos cincuenta minutos.

Se acurrucó en su sillón, con las rodillas delgadas bajo la nariz de halcón. Siguió en esa postura con los ojos cerrados y la pipa de arcilla negra que le asomaba como si fuera el pico de algún ave extraña. Llegué a la conclusión de que se había quedado dormido, y empezaba yo a dar cabezadas cuando se levantó de pronto de su asiento con el gesto del hombre que ha tomado una decisión y dejó la pipa en la repisa de la chimenea.

—Esta tarde toca Sarasate en el Saint James's Hall —comentó—. ¿Qué le parece, Watson? ¿Podrán prescindir de usted sus pacientes durante unas horas?

—Hoy no tengo nada que hacer. La consulta no me suele robar mucho tiempo.

—Entonces, póngase el sombrero y venga conmigo. Me pasaré en primer lugar por la City. Podemos almorzar algo por el camino. Debo advertirle que en el programa hay bastante música alemana, más acorde a mis gustos que la italiana y que la francesa. Es introspectiva, y yo quiero introspección. ¡Venga usted!

Fuimos en el metro hasta la estación de Aldersgate, y un corto paseo nos llevó hasta la plaza de Saxe-Coburg, escenario del relato tan singular que habíamos oído aquella mañana. Era una plaza pequeña, sombría, de medio pelo, con cuatro hileras de casas de ladrillos de dos pisos que daban a un jardincillo cerrado por una verja, donde un césped lleno de malas hierbas y unos cuantos grupos de laureles mustios se debatían penosamente con la atmósfera desapacible y cargada de humo. Tres bolas doradas y un tablero marrón donde estaba escrito «JABEZ WILSON» con letras blancas anunciaban el lugar donde ejercía su negocio nuestro cliente pelirrojo. Sherlock Holmes se detuvo ante la casa con la cabeza ladeada y la contempló de arriba abajo, con los ojos relucientes entre los párpados entrecerrados. Después subió despacio por la calle y volvió a bajar hasta la esquina, sin dejar de mirar las casas con atención. Volvió por fin ante la casa de empeños y, después de dar dos o tres golpes vigorosos en la acera con el bastón, se dirigió a la puerta y llamó. Abrió al instante un joven afeitado y de aspecto inteligente que lo invitó a pasar.

—No, gracias —dijo Holmes—. Sólo quería preguntarle cómo se va de aquí al Strand.

—Tercera a la derecha y cuarta a la izquierda —respondió sin titubear el dependiente, y cerró la puerta.

—Un sujeto muy listo —observó Holmes cuando nos marchábamos—. A mi juicio, es el cuarto hombre más listo de Londres, y no sé si se merece el tercer puesto en cuanto a arrojo. Ya he tenido noticias de él.

—Es evidente que el dependiente del señor Wilson desempeña un papel muy importante en este misterio de la Liga de los Pelirrojos —repuse—. Estoy seguro de que le ha preguntado el camino sólo para tener ocasión de verlo.

—No de verlo a él.

—¿Qué, entonces?

—Las rodilleras de sus pantalones.

—¿Y qué ha visto?

—Lo que esperaba ver.

—¿Por qué ha dado esos golpes en la acera?

—Querido doctor, es momento de observar, no de hablar. Somos espías en territorio enemigo. Ya sabemos algo de la plaza de Saxe-Coburg. Vamos a explorar ahora el terreno que tiene a sus espaldas.

Cuando doblamos la esquina, dejando atrás la apartada plaza de Saxe-Coburg, nos encontramos en una calle que contrastaba con ésta tanto como el anverso de un cuadro con su reverso. Era una de las arterias principales que desviaban el tráfico de la City hacia el norte y el oeste. La inmensa corriente de tráfico que abarrotaba la calzada fluía como una marea doble, de entrada y de salida. El enjambre apresurado de los peatones oscurecía las aceras. A quien contemplara esas magníficas tiendas y locales comerciales majestuosos le costaría creer que, en realidad, sus fachadas posteriores daban a la plaza deslustrada e inane de la que acabábamos de salir.

—Vamos a ver —dijo Holmes, plantado en la esquina mientras recorría la manzana con la mirada—. Quisiera recordar el orden que siguen las casas de aquí. El conocimiento exacto de Londres es una de mis aficiones. Ahí está la casa de tabacos Mortimer, la pequeña tienda de periódicos, la sucursal de Coburg del banco City and Suburban, el restaurante vegetariano y el depósito de los carroceros McFarlane. Después, ya llegamos a la manzana siguiente. Y ahora, doctor, como ya hemos trabajado lo nuestro, ha llegado la hora de entretenernos un poco. Un emparedado y un café, y después partiremos para violinlandia, donde todo es dulzura y delicadeza y armonía, y no hay clientes pelirrojos que nos incomoden con sus acertijos.

Mi amigo era músico entusiasta; no sólo tenía grandes dotes de intérprete, sino que además poseía un mérito poco común como compositor. Se pasó toda la tarde sentado en su butaca, sumido en la más perfecta de las felicidades, llevando el compás suavemente con los dedos largos y delgados, al tiempo que su rostro, de suave sonrisa, y sus ojos lánguidos y soñadores eran tan diferentes de los de Holmes el sabueso y de los de Holmes el cazador de criminales implacable, sagaz y dinámico que apenas se podía concebir contraste tan marcado. Las dos naturalezas de su carácter singular se alternaban, y su precisión y astucia extremadas representaban, tal como he pensado muchas veces, una reacción contra el estado de ánimo poético y contemplativo que predominaba en él de cuando en cuando. Aquellas oscilaciones de su naturaleza lo hacían pasar de una languidez extrema a una energía devoradora. Y yo sabía bien que nunca alcanzaba un nivel tan verdaderamente impresionante como después de haberse pasado varios días arrellanado en su sofá, entre sus improvisaciones musicales y sus libros antiguos, impresos en letra gótica. Era entonces cuando lo invadía de pronto el ansia de caza, y cuando sus poderes brillantes de raciocinio alcanzaban el grado de verdadera intuición, hasta el punto de que quienes no estaban familiarizados con sus métodos lo miraban recelosos, como a un hombre cuyo conocimiento no era el de los demás mortales.

Aquella tarde, al verlo tan absorto en la música del St. James's Hall, tuve la impresión de que se avecinaban malos tiempos para aquéllos a quienes se había propuesto cazar.

—Sin duda querrá regresar a su casa, doctor —me comentó cuando salíamos.

—Sí, no estaría de más.

—Y yo tengo que ocuparme de algunas cosas que me llevarán unas cuantas horas. Este asunto de la plaza de Coburg es grave.

—¿Por qué grave?

—Se está preparando un delito grave. Tengo razones poderosas para confiar en que llegaremos a tiempo de impedirlo. Pero el hecho de que hoy sea sábado complica las cosas, más bien. Esta noche me hará falta su ayuda.

—¿A qué hora?

—A las diez será buena hora.

—Estaré en Baker Street a las diez.

—Muy bien. Escuche, doctor. Puede que haya algo de peligro, por lo que le ruego tenga la bondad de echarse al bolsillo su revólver militar.

Se despidió de mí agitando la mano, dio media vuelta y se perdió entre la multitud al cabo de un instante.

Aunque me parece que no soy más obtuso que quienes me rodean, en mi trato con Sherlock Holmes siempre me abrumaba la conciencia de mi propia estupidez. En este caso, yo había oído lo mismo que él y había visto lo mismo que él, y no obstante saltaba a la vista por sus palabras que él veía con claridad no sólo lo que había sucedido sino también lo que iba a suceder, mientras que yo seguía encontrando aquel asunto confuso y grotesco. Recapitulé mientras volvía en un carruaje a mi casa de Kensington, desde la historia extraordinaria del copista pelirrojo de la *Enciclopedia* hasta la visita a la plaza de Saxe-Coburg y las palabras preñadas de presagios con las que Holmes se había despedido de mí. Cuál era el propósito de aquella salida nocturna, y por qué debía ir armado? ¿Adónde íbamos y qué debíamos hacer? Holmes me había dado a entender que aquel dependiente barbilampiño de la casa de empeños era un hombre temible, un hombre capaz de jugar fuerte. Intenté interpretar el asunto, pero, desesperado, tuve que dejarlo por imposible hasta la noche; entonces me llegaría una explicación.

Eran las nueve y cuarto cuando salí de mi casa caminando. Atravesé el parque y subí por Oxford Street hasta llegar a Baker Street. Había dos coches de punto esperando delante de la puerta, y cuando entré en el zaguán oí ruido de voces procedentes del piso superior. Al entrar en la habitación de Holmes, me lo encontré en animada conversación con dos hombres, a uno de los cuales reconocí: era Peter Jones, agente de la policía oficial. El otro era un hombre alto, delgado, de cara triste, ataviado con un sombrero de copa muy reluciente y una levita de una respetabilidad abrumadora.

—¡Ajá! Nuestro equipo está completo —exclamó Holmes, abotonándose el abrigo y tomando de la bastonera su pesada fusta de cazador—. Watson, creo que ya conoce al señor Jones, de Scotland Yard, ¿no es así? Permítame que le presente al señor Merryweather, que nos acompañará en la aventura de esta noche.

—Como ve usted, volvemos a cazar por parejas, doctor —dijo Jones, con el empaque que lo caracterizaba—. A nuestro amigo, aquí presente, se le da de maravilla levantar la caza. Sólo le falta un perro viejo para ayudarlo a alcanzarla.

—Espero que no salgamos a cazar moscas —observó el señor Merryweather con melancolía.

—Puede usted confiar bastante en el señor Holmes, caballero —respondió con arrogancia el agente de policía—. Tiene sus métodos propios, que son, si me permite decirlo, tal vez demasiado teóricos y fantásticos; pero tiene madera de buen detective. Podría incluso decirse que, en una o dos ocasiones, como en aquel asunto del asesinato de Sholto y el tesoro de Agra, se ha acercado más a la verdad que la policía oficial.

—Ah, si usted lo dice, señor Jones, será verdad —repuso el desconocido con amabilidad—. Con todo, confieso que echo en falta mi partidita de cartas. Es la primera noche de domingo que paso sin echar mi partidita desde hace veintisiete años.

—Creo que descubrirá que esta noche se jugará mucho más que nunca en su vida —replicó Sherlock Holmes—, y que la partida será más emocionante. Para usted, señor Merryweather, la apuesta será de unas treinta mil libras esterlinas, y para usted, Jones, la oportunidad de poner las manos encima al hombre al que persigue.

—John Clay, asesino, ladrón, reventador de cajas fuertes y falsificador. Es un hombre joven, señor Merryweather, pero está en la cúspide de su profesión, y antes preferiría ponerle las esposas a él que a ningún otro delincuente de Londres. El joven John Clay es un hombre notable. Su abuelo era duque de la familia real, y él ha estudiado en Eton y en Oxford. Tiene el cerebro tan ágil como los dedos, y aunque vemos indicios de él a cada paso, nunca sabemos dónde encontrarlo. A lo mejor revienta una caja fuerte en Escocia un día, y a la semana siguiente está en Cornualles recaudando donativos para construir un orfanato. Aunque hace años que le sigo la pista, todavía no le he puesto los ojos encima.

—Espero tener el placer de presentárselo esta noche. Yo también he tenido uno o dos roces con el señor John Clay, y coincido con usted en que se encuentra en la cúspide de su profesión. Pero ya son pasadas las diez; va siendo hora de que nos pongamos en camino. Si ustedes dos van en el primer coche de punto, Watson y yo los seguiremos en el segundo.

Sherlock Holmes no estuvo muy comunicativo durante el largo viaje, que pasó arrellanado en el asiento del vehículo, tarareando las melodías que había oído aquella tarde. Recorrimos, traqueteando, un laberinto interminable de calles iluminadas por las farolas de gas, hasta que llegamos a la calle Farringdon.

—Ya estamos cerca —observó mi amigo—. Este tal Merryweather es uno de los directores del banco, y el asunto le afecta a su propio bolsillo. Me pareció que no estaría de más que nos acompañara también Jones. No es mal sujeto, aunque es un imbécil absoluto en su profesión. Sí que posee una virtud positiva: tiene el valor de un bulldog y la tenacidad de una langosta cuando atrapa a alguien entre sus pinzas. Ya llegamos. Nos están esperando.

Habíamos llegado a la misma vía transitada en la que nos habíamos encontrado aquella mañana. Despedimos nuestros coches y, siguiendo al señor Merryweather, recorrimos un pasadizo estrecho y entramos por una puerta lateral que él nos abrió. Había dentro un pequeño pasillo que iba a dar a un enorme portón de hierro macizo. También éste se abrió y nos dio paso a una escalera de piedra sinuosa que terminaba en otra puerta de solidez imponente. El señor Merryweather se detuvo para encender una linterna y nos guio después por un pasadizo oscuro que olía a tierra. Por fin, tras abrir una tercera puerta, llegamos a un enorme sótano o cámara acorazada repleta de baúles y grandes cajas.

—No son ustedes muy vulnerables por arriba —comentó Holmes, mientras levantaba la linterna y echaba una mirada a su alrededor.

—Ni tampoco por abajo —respondió el señor Merryweather, y dio un bastonazo en las losas del suelo—. Vaya, ¡ay de mí! ¡Suena bastante hueco! —observó, levantando la vista sorprendido.

—¡Francamente, debo pedirle que guarde un poco más de silencio! —ordenó Holmes con severidad—. ¡Ya ha comprometido usted todo el éxito de nuestra misión! ¿Puedo pedirle que tenga la bondad de sentarse en una de esas cajas y no estorbe?

El solemne señor Merryweather se acomodó sobre un cajón, con gesto de dignidad ofendida, mientras Holmes se arrodillaba y se ponía a examinar minuciosamente las grietas entre las losas, para lo cual se sirvió de la linterna y de una lupa. Le bastaron unos instantes para averiguar lo que quería, pues se incorporó de nuevo de un salto y se guardó la lupa en el bolsillo.

—Tenemos al menos una hora por delante —observó—, pues difícilmente harán nada hasta que el buen prestamista esté a buen recaudo en su cama. A partir de ese momento, no perderán un instante, pues cuanto antes hagan su trabajo, de más tiempo dispondrán para escapar. Nos encontramos en estos momentos, doctor (como habrá adivinado ya, sin duda), en la cámara de la sucursal de la City de uno de los bancos más importantes de Londres. El señor Merryweather es el presidente del consejo de administración, y él le explicará los motivos por los que esta cámara puede interesar mucho en estos momentos a los delincuentes más osados de Londres.

—Se trata de nuestro oro francés —susurró el director—. Ya hemos recibido varios avisos de que podíamos sufrir un intento de robo.

—¿Su oro francés?

—Sí. Hace unos meses tuvimos ocasión de reforzar nuestros recursos, y con tal fin tomamos prestados treinta mil napoleones del Banco de Francia. Ha trascendido que no hemos tenido ocasión de desembalar el dinero y que éste sigue guardado en nuestra cámara. Esta caja en la que estoy sentado contiene dos mil napoleones, conservados entre hojas de plomo. En la actualidad, nuestra reserva de metales preciosos es muy superior a la que se suele custodiar en una sola sucursal, y los miembros del consejo de administración han manifestado alguna desconfianza al respecto.

—Y muy justificada —observó Holmes—. Y ya es hora de que dispongamos nuestro pequeño plan. Espero que el desenlace se produzca en apenas una hora. Mientras tanto, señor Merryweather, debemos cerrar la pantalla de esta linterna sorda.

—¿Y quedarnos a oscuras?

—Eso me temo. Me había traído una baraja en el bolsillo, y había pensado que, como somos *partie carrée,* podría echar usted su partidita después de todo. Pero veo que los preparativos del enemigo están tan avanzados que no podemos arriesgarnos a tener luz. Y, en primer lugar, debemos elegir nuestras posiciones. Estos hombres son arrojados y, si bien los pillaremos con ventaja, podrían hacernos daño si no tomamos precauciones. Yo me quedaré de pie detrás de esta caja, y ustedes escóndanse tras aquéllas de allí. Después, cuando yo les arroje la luz, caigan sobre ellos deprisa. Si disparan, Watson, dispare usted a matar sin dudarlo.

Dejé mi revólver, amartillado, sobre la parte superior de la caja de madera tras la que me quedé agazapado. Holmes corrió la pantalla ante su linterna sorda y nos dejó sumidos en una oscuridad de boca de lobo; yo no había conocido jamás una oscuridad tan absoluta. Quedaba el olor del metal caliente para asegurarnos de que la luz seguía allí, dispuesta a brillar justo en el momento necesario. A mí, que tenía los nervios estimulados por la expectación, me deprimieron y me abatieron en cierto modo aquellas tinieblas repentinas, así como el aire frío y húmedo de la cámara.

—Sólo tienen una posible escapatoria —susurró Holmes—. Volviendo a través de la casa hasta la plaza de Saxe-Coburg. Espero que haya hecho lo que le pedí, ¿verdad, Jones?

—He dejado de guardia ante la puerta principal a un inspector con dos agentes.

—Entonces ya hemos tapado todos los agujeros. Y ahora debemos guardar silencio y esperar.

¡Cuán largo se hizo aquel rato! Al consultar el reloj más tarde, descubrí que sólo había durado una hora y cuarto, pero a mí me pareció que había transcurrido casi toda la noche y que debía de estar amaneciendo por encima de nosotros. Tenía los miembros cansados y entumecidos, pues no me atrevía a cambiar de postura; sin embargo, mis nervios se hallaban en un estado de tensión máxima, y el oído tan agudizado que no sólo percibía la suave respiración de mis compañeros, sino que además era capaz de distinguir entre las inspiraciones más pesadas y profundas del corpulento Jones y las notas finas, como suspiros, del director del banco. Desde mi posición podía mirar hacia el suelo por encima de la caja. De pronto, mis ojos captaron el destello de una luz.

Al principio no era más que una chispa pálida en el enlosado de piedra. Después se fue alargando hasta convertirse en una línea amarilla; y luego, sin previo aviso ni ruido alguno, pareció como si se abriera una grieta y apareció una mano; una mano blanca, casi femenina, que tanteaba en el centro de la pequeña zona de luz. La mano, con sus dedos que se agitaban, asomó del suelo durante un minuto o más. Después se retiró de manera tan repentina como había aparecido, y todo volvió a quedar a oscuras de nuevo, salvo aquella única chispa pálida que señalaba la ranura entre las losas.

Pero su desaparición fue sólo momentánea. Una de las anchas losas blancas se levantó sobre uno de sus lados con un crujido estridente y dejó un ancho agujero cuadrado del que salía a raudales la luz de una linterna. Se asomó sobre su borde un rostro imberbe, juvenil, de un hombre que miró con atención a un lado y otro y después, apoyando una mano en cada lado de la abertura, se izó hasta los hombros, hasta la cintura, y apoyó por fin una rodilla en el borde. Al cabo de un instante estaba de pie al borde del agujero y ayudaba a subir a un compañero, ágil y pequeño de cuerpo como él, de cara pálida y cabellos de color rojo subido.

—No hay moros en la costa —susurró el primer hombre—. ¿Llevas el escoplo y los sacos? ¡Cáspita! Salta, Archie, salta, que me ahorquen sólo a mí.

Sherlock Holmes se había abalanzado sobre el intruso y lo había agarrado del cuello de la chaqueta. El otro se tiró de cabeza por el agujero, y Jones lo atrapó por los faldones de la chaqueta; oí el ruido del paño al desgarrarse. El cañón de un revólver brilló a la luz, pero la fusta de Holmes golpeó la muñeca del hombre y el arma cayó al suelo de piedra con ruido metálico.

—Es inútil, John Clay —dijo Holmes con suavidad—. No tiene usted nada que hacer.

—Ya lo veo —respondió el otro, con tranquilidad absoluta—. Me parece que mi amigo se ha salvado, aunque observo que se han quedado con los faldones de su chaqueta.

—Hay tres hombres esperándolo a la puerta —replicó Holmes.

—Ah, no me diga. Parece que lo ha organizado todo a conciencia. He de felicitarlo.

—Y yo a usted —respondió Holmes—. Su idea de los pelirrojos fue muy novedosa y eficaz.

—Verás a tu compañero enseguida —dijo Jones—. Es más rápido que yo gateando por agujeros. Levanta las manos para que te ponga las esposas.

—Le ruego que no me toque con sus sucias manos —exclamó nuestro prisionero cuando las esposas le sonaron en las muñecas—. Quizá no sepa usted que llevo sangre real en las venas. Y tenga, además, la bondad de llamarme «señor» y de pedirme las cosas por favor.

—Está bien —admitió Jones, mientras lo miraba fijamente y soltaba una risita—. Pues bien, ¿tendría el señor, por favor, la bondad de subir las escaleras, para que tomemos un carruaje y llevemos a vuestra alteza a la comisaría?

—Así está mejor —dijo John Clay con serenidad. Se despidió de nosotros tres con una gran reverencia y se puso en camino tranquilamente, custodiado por el detective.

—La verdad, señor Holmes —intervino el señor Merryweather mientras salíamos del sótano tras ellos—, no sé cómo podrá agradecérselo a usted o pagárselo el banco. No cabe duda de que ha detectado y ha frustrado de la manera más completa uno de los intentos de robo en un banco más audaces de los que tengo noticia.

—Yo mismo tenía una o dos cuentas pendientes con el señor John Clay —dijo Holmes—. Este asunto me ha supuesto algunos pequeños gastos, y espero que el banco me los reembolse; pero, aparte de esto, me considero bien pagado por haber tenido una experiencia única en muchos sentidos, y por haber escuchado la narración, tan notable, de la Liga de los Pelirrojos.

—Ya lo ve usted, Watson —me explicó Holmes mientras nos tomábamos unos güisquis con soda en Baker Street, de madrugada—: desde el primer momento saltaba a la vista que el único propósito posible de aquel asunto, más bien fantástico, del anuncio de la Liga y del trabajo de copiar la *Enciclopedia* debía ser quitarse de en medio durante varias horas al día a aquel prestamista tan corto de luces. La manera de resolverlo fue curiosa, pero en realidad habría sido difícil proponer otra mejor. Sin duda, fue el color del pelo del cómplice de Clay lo que inspiró la idea a la mente ingeniosa de éste. Las cuatro libras semanales eran un cebo que debía atraerlo sin falta, ¿y qué era aquella cantidad para ellos, que jugaban para ganar miles? Publican el anuncio; uno de los bandidos alquila temporalmente el despacho, el otro anima al hombre a que solicite el puesto, y entre los dos consiguen asegurarse de que esté fuera todas las mañanas de los días laborables. Desde el momento en que oí que el dependiente había aceptado trabajar por la mitad del sueldo, me pareció evidente que tenía algún motivo poderoso para hacerse con aquel trabajo.

—Pero ¿cómo pudo adivinar usted cuál sería aquel motivo?

—Si hubiera habido mujeres en la casa, yo habría sospechado una vulgar intriga amorosa. Pero aquello no era posible. El negocio de aquel hombre era modesto, y en su casa no había nada que pudiera justificar unos preparativos tan complicados, ni los gastos en los que estaban incurriendo. Debía tratarse, por tanto, de algo que estaba fuera de la casa. ¿Qué podía ser? Pensé en la afición del dependiente a la fotografía, y en su costumbre de desaparecer en el sótano. ¡El sótano! Ahí estaba el cabo de la madeja. Hice entonces averiguaciones sobre este dependiente misterioso, y descubrí que tenía que habérmelas con uno de los criminales más fríos y osados de todo Londres. Estaba haciendo algo en el sótano, algo que le ocupaba muchas horas al día, durante meses enteros. «¿Qué podrá ser?», me pregunté de nuevo. Lo único que se me ocurrió fue que estaría excavando un túnel hasta algún otro edificio.

»Había llegado hasta aquí cuando fuimos a visitar el escenario de los hechos. Usted se sorprendió cuando me vio golpear la acera con mi bastón. Estaba comprobando si el sótano se extendía por delante de la casa o por detrás. No era por delante. Después llamé a la puerta y, tal como yo esperaba, salió el dependiente. Ya habíamos mantenido algunas escaramuzas él y yo, pero jamás nos habíamos puesto los ojos encima hasta entonces. Apenas lo miré a la cara. Lo que quería verle eran las rodillas. Usted mismo debió de observar lo desgastadas, arrugadas y manchadas que las tenía. Daban fe de las muchas horas dedicadas a excavar. Ya sólo me quedaba averiguar con qué fin estaban excavando. Volví la esquina, vi que la parte trasera del banco City and Suburban daba al establecimiento de nuestro amigo, y tuve la impresión de haber resuelto ya el problema. Después del concierto, cuando usted volvió a su casa, visité Scotland Yard y al presidente del consejo de administración del banco, con los resultados que ha visto usted.

—¿Y cómo sabía usted que realizarían el intento de robo esta noche? —le pregunté.

—Bueno, el hecho de que hubieran cerrado las oficinas de su Liga era señal de que ya no les importaba la presencia del señor Jabez Wilson; en otras palabras, que ya habían concluido su túnel. Pero era fundamental para ellos usarlo enseguida, pues podía ser descubierto, o podían retirar del banco el oro. El sábado sería el día más conveniente para ellos, pues les dejaría dos días por delante para huir. Por todos esos motivos, esperé que vinieran esta noche.

—Su razonamiento fue hermosísimo —exclamé con admiración sincera—. Es una cadena lógica muy larga, pero todos sus eslabones son sólidos.

—Me libró del tedio —respondió él, bostezando—. ¡Ay! Ya noto que se me echa encima. Dedico mi vida a un largo esfuerzo por huir de las vulgaridades de la existencia. Estos pequeños problemas me ayudan a conseguirlo.

—Y es usted un benefactor de la raza humana —dije yo.

—Bueno, quizá tenga una pequeña utilidad, después de todo —dijo, encogiéndose de hombros—. *L'homme c'est rien — l'œuvre c'est tout,* como escribió Gustave Flaubert a George Sand.

Un caso de identidad

—Mi querido amigo —dijo Sherlock Holmes, una vez que estábamos sentados los dos ante la lumbre de la chimenea de su apartamento en Baker Street—, la vida es infinitamente más extraña que cualquier invención de la mente humana. Algunas cosas no son sino vulgaridades de la existencia, pero nos resultan inconcebibles. Si pudiésemos salir volando juntos por esa ventana, flotar sobre esta gran ciudad, retirar con suavidad los tejados y atisbar las cosas raras que pasan, las casualidades extrañas, los planes, los malos entendidos, las series maravillosas de hechos que se suceden a lo largo de varias generaciones y que conducen a los resultados más chocantes, entonces todas las obras de ficción, con sus convencionalismos y sus conclusiones previstas, nos parecerían harto trilladas y estériles.

—Y, sin embargo, yo no estoy convencido de ello —repuse—. Es verdad que los casos que salen a la luz en los periódicos son, por lo general, bastante claros y vulgares. En las crónicas de los tribunales encontramos el realismo llevado hasta sus últimos extremos, no obstante lo cual debemos reconocer que el resultado no es seductor ni artístico.

—Para producir un efecto realista hay que ser ciertamente discreto y selectivo —observó Holmes—. Ambas cualidades faltan en la crónica de los tribunales, donde se presta más atención, quizá, a las trivialidades que dijo el magistrado que a los detalles, que contienen la esencia vital de todo el asunto para el observador. Tenga por segura una cosa: nada hay tan poco natural como lo vulgar.

Sonreí y sacudí la cabeza.

—Entiendo bien que usted lo crea así —comencé—. Es natural que su calidad de asesor y asistente extraoficial de todas las personas que, a lo largo y ancho de tres continentes, se encuentran absolutamente desconcertadas, lo ponga a usted en contacto con todo lo raro y extraño. Pero veamos —añadí, tomando del suelo el periódico de la mañana—, vamos a someterlo a una prueba práctica. He aquí el primer titular que me encuentro: «La crueldad de un marido hacia su esposa». Hay media columna de texto, pero no me hace falta leerlo para saber que todo ello me resulta perfectamente familiar. Están, por supuesto, la otra mujer, el alcohol, el empujón, el golpe, la contusión, la hermana o la patrona comprensiva. Ni el más tosco de los escritores sería capaz de inventar nada más tosco.

—La verdad es que ha elegido usted un ejemplo poco afortunado para apoyar su argumento —me rebatió Holmes, tomando el periódico y recorriendo el artículo con la mirada—. Se trata del caso de separación de los Dunda, en el que intervine yo para aclarar ciertas cuestiones menores. El marido era abstemio; no había ninguna otra mujer, y la conducta que denunciaba su esposa era la costumbre que había adoptado de quitarse la dentadura postiza después de cada comida y arrojársela a ella; lo cual, convendrá usted conmigo, no es algo que se le ocurra a un autor de ficción corriente. Tome usted un pellizco de rapé, doctor, y reconozca que lo he superado con su propio ejemplo.

Me ofreció su cajita de rapé de oro viejo con una gran amatista en el centro de la tapa. El esplendor de aquel objeto contrastaba hasta tal punto con los hábitos sencillos de Holmes y la sobriedad de su vida que no pude por menos que hacerle un comentario al respecto.

—Ah —dijo—, me olvidaba de que llevábamos unas semanas sin vernos. Es un pequeño presente que me envió el rey de Bohemia por haberlo ayudado en el caso de los papeles de Irene Adler.

—¿Y el anillo? —le pregunté, echando una mirada a un notable brillante que le relucía en el dedo.

—Es un obsequio de la familia real de los Países Bajos, aunque el asunto en que les presté mis servicios era tan delicado que no puedo confiárselo ni siquiera a usted, que ha tenido la bondad de escribir la crónica de algunos de estos pequeños asuntos míos.

—¿Y se trae usted alguno entre manos ahora mismo? —le pregunté con interés.

—Unos diez o doce; pero ninguno dotado del menor interés. Son importantes, entiéndame, pero sin ser interesantes. De hecho, he descubierto que los asuntos irrelevantes son campo abonado para la observación y para el análisis rápido de las causas y efectos que le aportan encanto a una investigación. Tal vez los delitos mayores sean los más sencillos, pues, por lo general, cuanto más grave es el delito, más evidente es su motivo. En estos casos, con la única excepción de una consulta bastante intrincada que me han remitido desde Marsella, no existe nada que presente ningún rasgo de interés. Sin embargo, de aquí a escasos minutos es posible que me encuentre ante algo mejor, pues o mucho me equivoco o he ahí uno de mis clientes.

Se había levantado de su asiento y, de pie entre las contraventanas abiertas, contemplaba la calle londinense, de tonos apagados y neutros. Al asomarme desde detrás de él vi que en la acera de enfrente estaba una mujer grande con una espesa boa de piel al cuello y una gran pluma roja rizada sobre un sombrero de ala ancha que llevaba inclinado sobre la oreja con coquetería, al estilo de la duquesa de Devonshire. Miraba de manera nerviosa y vacilante hacia nuestras ventanas desde debajo de aquella gran panoplia, mientras su cuerpo oscilaba hacia delante y hacia atrás y sus dedos jugueteaban con los botones de los guantes. De pronto, se lanzó hacia delante como un nadador que se arroja al agua de cabeza, y oímos el sonido metálico agudo de la campanilla.

—Ya he visto antes estos síntomas —explicó Holmes, mientras arrojaba el cigarrillo a la chimenea—. La oscilación en la acera siempre anuncia un asunto del corazón. La señora querría un consejo, pero no está segura de que el asunto sea demasiado delicado para comunicarlo. Con todo, seguro que la situación admite matices. Cuando un hombre le ha infligido un serio agravio a una mujer, esta ya no oscila, y el síntoma habitual es la rotura del alambre de la campanilla. En nuestro caso, cabe suponer que se trata de un asunto amoroso, pero que la señorita, más que airada, está perpleja o dolida. Pero hela aquí para resolver nuestras dudas en persona.

Mientras Holmes decía esto, sonó un golpecito en la puerta y entró el botones para anunciar a la señorita Mary Sutherland, quien se cernía tras la pequeña figura negra del chico como un barco mercante a toda vela que siguiese a la minúscula lancha del práctico. Sherlock Holmes la recibió con esa notable cortesía suya, llena de naturalidad. Una vez hubo cerrado la puerta e invitado a la dama a sentarse en un sillón con una reverencia, la observó de pies a cabeza con esa mezcla de minuciosidad y abstracción que le era tan peculiar.

—Con lo corta de vista que es, ¿no le resulta un poco penoso escribir tanto a máquina? —preguntó.

—Al principio sí, pero ahora ya sé dónde están las letras sin mirar —respondió ella. Luego, al advertir de repente el alcance de las palabras de Holmes, dio un respingo violento y levantó la vista, con el susto y el asombro reflejados en su cara ancha y jovial—. Ha oído usted hablar de mí, señor Holmes —exclamó—. ¿De qué otro modo puede saber todo eso?

—No se preocupe —la tranquilizó Holmes con una sonrisa—. Enterarme de las cosas es mi oficio. Quizá haya aprendido a ver lo que pasan por alto los demás. De otro modo, ¿por qué iba a acudir usted a consultarme?

—Lo he hecho, señor mío, porque oí hablar de usted a la señora de Etherege, a cuyo marido encontró usted con tanta facilidad cuando todos lo habían dado por muerto. ¡Ay, señor Holmes!, ojalá haga usted otro tanto por mí. No soy rica, pero tengo una renta propia de cien libras esterlinas al año, y gano aparte un poco más con la máquina, y lo daría todo por averiguar qué ha sido del señor Hosmer Angel.

—¿Por qué ha venido a consultarme con tanta prisa? —preguntó Sherlock Holmes, juntando las puntas de los dedos y levantando los ojos hacia el techo.

Volvió a asomarse de nuevo una expresión de sorpresa al rostro algo vacuo de la señorita Mary Sutherland.

—Sí, es verdad que salí de la casa a escape —concedió—, pues me enfadé al ver la tranquilidad con que se lo tomaba todo el señor Windibank... que es mi padre. No quiso acudir a la policía, y no quería acudir a usted, de modo que al final, como no quería hacer nada y no hacía más que repetir que no había pasado nada malo, me ha sacado de quicio, me he echado encima mis cosas y he venido directamente a hablar con usted.

—Su padre... —reflexionó Holmes—. Su padrastro, sin duda, ya que el apellido difiere.

—Sí, mi padrastro. Lo llamo padre, si bien es cierto que suena raro, pues sólo es cinco años y dos meses mayor que yo.

—¿Y la madre de usted vive?

—Ah, sí, mi madre está viva y sana. Señor Holmes, no me gustó mucho que volviera a casarse tan pronto tras la muerte de mi padre, y con un hombre casi quince años más joven que ella. Mi padre era fontanero y tenía el negocio en Tottenham Court Road. Al morir dejó un buen negocio que mi madre sacó adelante con el señor Hardy, el capataz. Pero cuando llegó el señor Windibank, le hizo vender el negocio, pues él tenía mucha más categoría: era viajante de vinos. Percibieron cuatro mil setecientas libras esterlinas por su parte del negocio y por la clientela, que no era ni con mucho lo que habría recibido mi padre de haber estado vivo.

Cabría suponer que Sherlock Holmes se impacientaría con esta narración enmarañada e intrascendente; pero, por el contrario, la escuchaba con su mayor capacidad de atención y concentración.

—Esa rentita propia que tiene usted, ¿procede del negocio? —le preguntó.

—Oh, no, señor. Es una cosa completamente aparte, que me dejó mi tío Ned, de Auckland. Son títulos de la deuda de Nueva Zelanda, al cuatro y medio por ciento. La suma era de dos mil quinientas libras, pero yo sólo puedo percibir los intereses.

—Lo que me cuenta usted me parece muy interesante —dijo Holmes—. Y en vista de que percibe usted una cantidad tan respetable como son cien libras al año, a lo que se suma lo que gana con su trabajo, no cabe duda de que viajará usted un poco y se permitirá todo tipo de caprichos. Tengo entendido que una señorita soltera puede vivir muy bien con unas sesenta libras al año.

—Me las podría arreglar con mucho menos que eso, señor Holmes; pero entenderá usted que, mientras viva en mi casa, no quiero ser una carga para mi familia. Por eso les cedo el dinero, al menos mientras me aloje con ellos. Por supuesto, sólo de momento. El señor Windibank cobra mis rentas todos los trimestres y se las entrega a mi madre, y yo veo que me las arreglo bastante bien con lo que gano escribiendo a máquina. Me pagan a dos peniques la página, y muchas veces puedo escribir de quince a veinte páginas al día.

—Me ha dejado usted muy clara su situación —contestó Holmes—. Este caballero es mi amigo, el doctor Watson, ante el cual puede hablar usted con tanta libertad como ante mí mismo. Ahora, tenga la bondad de contárnoslo todo acerca de su relación con el señor Hosmer Angel.

El rubor afloró al rostro de la señorita Sutherland, que jugueteó, nerviosa, con el borde de la chaqueta.

—Lo conocí en el baile de los fontaneros —dijo—. Cuando mi padre vivía, solían enviarle billetes, y después se acordaban de nosotros y se los seguían enviando a mi madre. El señor Windibank no quería que fuésemos. Nunca quería que fuésemos a ninguna parte. Se ponía francamente furioso si se me ocurría asistir aunque sólo fuera a una merienda de la parroquia. Pero esta vez quise ir y me empeñé en ir, pues ¿qué derecho tenía él a impedírmelo? Él decía que aquella gente no era digna de nuestro trato... y eso que allí estaban todos los amigos de mi padre. Y me decía que yo no tenía nada que ponerme, aunque tenía un vestido de felpa morado que ni siquiera había sacado del cajón. Por fin, cuando vio que era inútil, se marchó a Francia, por asuntos de su empresa; pero nosotras, mi madre y yo, nos fuimos al baile con el señor Hardy, nuestro antiguo capataz, y allí fue donde conocí al señor Hosmer Angel.

—Supongo que cuando el señor Windibank volvió de Francia, se enfadaría mucho por haber ido usted al baile —aventuró Holmes.

—Ah, bueno, se lo tomó muy bien. Recuerdo que se rio, se encogió de hombros y dijo que era inútil negarles nada a las mujeres, porque siempre se salen con la suya.

—Ya veo. Y en el baile de los fontaneros conoció usted, según he entendido, a un caballero, el señor Hosmer Angel.

—Sí, señor. Lo conocí aquella noche, y él nos visitó al día siguiente para interesarse por si habíamos llegado bien a casa, y después lo vimos... Es decir, señor Holmes, salí con él de paseo dos veces; pero después volvió mi padre y el señor Hosmer Angel ya no pudo volver a la casa.

—¿No?

—Bueno, a mi padre no le gustaban esas cosas, ya sabe usted. No consentía las visitas, si podía evitarlas, y solía decir que una mujer debe ser feliz en su propio círculo familiar. Pero, por otra parte, como le decía yo a mi madre, la mujer quiere tener su propio círculo, para empezar, y yo no tenía el mío todavía.

—Pero ¿y el señor Hosmer Angel? ¿No intentó verla?

—Bueno, mi padre se iba a Francia otra vez al cabo de una semana, y Hosmer me escribió y me dijo que lo mejor y más prudente sería que no nos viésemos hasta que se hubiera marchado. Hasta entonces, podríamos escribirnos, y él me solía escribir todos los días. Yo recogía las cartas por la mañana, así que mi padre no tenía por qué enterarse.

—¿Estaba usted comprometida con el caballero en esos momentos?

—Ay, sí, señor Holmes. Nos comprometimos al final del primer paseo que dimos juntos. Hosmer... el señor Angel era cajero en unas oficinas de Leadenhall Street, y...

—¿En qué oficinas?

—Eso es lo peor, señor Holmes: no lo sé.

—¿Dónde vivía, entonces?

—Dormía en el local de la empresa.

—¿Y no conoce usted su dirección?

—No; sólo que estaba en Leadenhall Street.

—Pero entonces, ¿adónde dirigía usted las cartas?

—A la lista de correos en la oficina de correos de Leadenhall Street. Me dijo que si se las enviaba a la oficina, todos los demás oficinistas le tomarían el pelo al ver que recibía cartas de una dama. Por eso le propuse escribírselas a máquina, tal como me escribía él, pero no lo consintió, pues decía que cuando le escribía a mano le parecía que las cartas venían de mí, pero cuando estaban mecanografiadas siempre sentía que la máquina se había interpuesto entre los dos. Con esto verá usted cuánto me quería, señor Holmes, y cuánto se fijaba en las cosas pequeñas.

—Muy sugerente —concedió Holmes—. Hace mucho tiempo que sigo el axioma de que las cosas pequeñas son, con mucho, las más importantes. ¿Recuerda usted algo más del señor Hosmer Angel?

—Era un hombre muy tímido, señor Holmes. Prefería pasear conmigo al anochecer, más que de día, pues sostenía que no le gustaba nada llamar la atención. Era muy retraído y caballeroso. Hasta su voz era delicada. Me explicó que de joven había tenido amigdalitis purulenta con inflamación, y que la enfermedad le había dejado debilitada la garganta, y una voz insegura, como un susurro. Iba siempre bien vestido, muy correcto y sencillo, pero estaba mal de la vista, igual que yo, y llevaba gafas oscuras para protegerse de la luz.

—Bueno, ¿y qué sucedió cuando su padrastro, el señor Windibank, volvió a viajar a Francia?

—El señor Hosmer Angel vino de nuevo a la casa y me propuso que nos casáramos antes de que volviera mi padre. Estaba muy decidido, y me hizo jurar, con las manos sobre la Biblia, que siempre le sería fiel, pasara lo que pasara. Mi madre me dijo que había hecho muy bien al hacerme jurar, y que aquello era una muestra de su pasión. Mi madre estaba muy de su parte desde el principio, y lo apreciaba todavía más que yo. Luego, cuando hablaron de boda para esa misma semana, empecé a preguntar por lo que diría mi padre, pero los dos dijeron que no me preocupara por él, que ya se lo diría más tarde, y mi madre aseguró que ya se encargaría ella de todo. Eso no me pareció bien del todo, señor Holmes. Me parecía raro tener que pedirle permiso a mi padre, ya que sólo era unos pocos años mayor que yo; pero tampoco quise hacer nada a hurtadillas, de modo que le escribí a mi padre a Burdeos, donde la empresa tiene sus oficinas de Francia, pero la carta me llegó devuelta la mañana misma de la boda.

—¿No la recibió él, entonces?

—Así es, señor Holmes, pues había salido para Inglaterra poco antes de que llegara la carta.

—¡Ah! Qué mala suerte. De modo que su boda se dispuso para el viernes. ¿Se iba a celebrar por la iglesia?

—Sí, señor Holmes, pero de una manera muy discreta. Sería en la iglesia de San Salvador, cerca de King's Cross, y después desayunaríamos en el Hotel Saint Pancras. Hosmer vino a recogernos en un coche de punto; pero, como éramos dos, nos metió a las dos dentro y él tomó un coche de cuatro ruedas, pues era el único que había disponible en la calle. Nosotras llegamos primero a la iglesia, y cuando llegó el coche de cuatro ruedas, esperamos que se apeara él; pero no lo hizo y, cuando el cochero bajó del pescante y miró dentro, ¡no había nadie! El cochero dijo que no se figuraba qué había podido ser de él, pues lo había visto subir con sus propios ojos. Esto sucedió el viernes pasado, señor Holmes, y desde entonces no he visto ni oído nada que arroje luz alguna sobre su paradero.

—Me parece que la han tratado a usted de una manera muy deshonrosa —dijo Holmes.

—¡Oh, no, señor Holmes! Hosmer era tan bueno y tan amable que no habría sido capaz de dejarme así. Vaya, si se había pasado toda la mañana diciéndome que, pasara lo que pasara, yo debía serle fiel; y que aunque sucediera algo absolutamente imprevisto que nos separara, debería recordar siempre que estaba comprometida con él, y que él volvería a hacer valer el compromiso, tarde o temprano. Es raro decir esas cosas en la mañana de la boda; pero sus motivos tendría para decirlo, en vista de lo que pasó después.

—Desde luego que sí. ¿Opina usted, entonces, que le habrá sucedido alguna desgracia imprevista?

—Sí, señor Holmes. Creo que temía algún peligro; de lo contrario, no habría hablado de ese modo. Y creo que entonces sucedió lo que él había temido.

—¿Pero no tiene idea de qué podía tratarse?

—No.

—Una pregunta más. ¿Cómo llevó el asunto su madre?

—Se enfadó, y me dijo que no volviera a hablar de ello jamás.

—¿Y su padre? ¿Se lo dijeron?

—Sí; y pareció coincidir conmigo en que había sucedido algo y que volvería a tener noticias de Hosmer. Como dijo él, ¿qué interés podía tener nadie en hacerme ir hasta las puertas de la iglesia para dejarme plantada? Y bien, si me hubiera tomado dinero prestado, o si se hubiera casado conmigo y hubiera puesto mi dinero a su nombre, entonces podría haber algún motivo; pero Hosmer era muy independiente en lo relativo al dinero y nunca quiso mirar siquiera ni un chelín mío. Y, sin embargo, ¿qué puede haber pasado? ¿Y por qué no ha podido escribir? Ay, me vuelvo medio loca sólo de pensarlo, y no puedo pegar ojo de noche.

Se sacó un pañuelo pequeño del manguito y se lo llevó a la cara mientras sollozaba con fuerza.

—Le estudiaré a usted el caso —se comprometió Holmes, poniéndose de pie—, y no me cabe duda de que llegaremos a algún resultado definitivo. Ahora, déjeme hacerme cargo del asunto, y no le dé usted más vueltas. Por encima de todo, procure quitarse de la cabeza al señor Hosmer Angel, del mismo modo que ha desaparecido de su vida.

—Pero ¿cree usted que no lo volveré a ver?

—Me temo que no.

—Entonces, ¿qué puede haberle pasado?

—Déjelo usted en mis manos. Le ruego me proporcione una descripción detallada del caballero y todas las cartas suyas que me pueda dejar.

—Puse un anuncio preguntando por su paradero en el *Chronicle* del sábado pasado —respondió ella—. Aquí está el recorte, y aquí tiene cuatro cartas suyas.

—Muchas gracias. ¿Y la dirección de usted?

—Lyon Place, 31, en Camberwell.

—Según he entendido, nunca llegó a tener la dirección del señor Angel. ¿Dónde está la empresa de su padre?

—Es viajante de Westhouse & Marbank, los grandes importadores de clarete de Fenchurch Street.

—Muchas gracias. Ha expuesto usted su caso con mucha claridad. Dejará usted aquí los papeles, y recuerde el consejo que le he dado. Que todo el incidente quede cerrado como un libro, y no permita que afecte a su vida.

—Es usted muy amable, señor Holmes; pero no puedo hacer eso. Le seré fiel a Hosmer. Cuando vuelva, me encontrará a su disposición.

A pesar de su estrafalario sombrero y de su vacuo rostro, la fe sencilla de nuestra visitante poseía cierta nobleza que nos inspiró respeto. Dejó en la mesa su pequeño fajo de papeles y se marchó, después de haber prometido que volvería cuando la llamásemos.

Sherlock Holmes se quedó unos minutos sentado en silencio, con las puntas de los dedos todavía unidas, las piernas estiradas hacia delante y la mirada dirigida hacia el techo. Luego tomó del soporte la pipa de arcilla, vieja y grasienta, que era para él como una consejera. Una vez la hubo encendido, se recostó en su asiento, exhalando espesas bocanadas de humo azulado y con una expresión de languidez absoluta en el rostro.

—Esa señorita es muy interesante como objeto de estudio —observó—. Me ha resultado mucho más interesante que su problema, que, dicho sea de paso, es más bien trivial. Si consulta usted mi registro, encontrará un caso paralelo en Andover en el 77, y sucedió algo parecido en La Haya el año pasado. Sin embargo, aunque la idea es vieja, había uno o dos detalles nuevos para mí. No obstante, la señorita era muy instructiva de por sí.

—Parece que vio en ella muchas cosas que eran completamente invisibles para mí —comenté.

—No invisibles, Watson, sino inadvertidas. Usted no sabía adónde mirar, y por eso se le pasó por alto todo lo importante. No consigo hacerle comprender la importancia de las mangas, ni lo expresivas que son las uñas de los pulgares, ni lo trascendente que puede ser el cordón de un zapato. Y bien, ¿qué dedujo usted del aspecto de esa mujer? Descríbamelo.

—Veamos, llevaba un sombrero de paja de ala ancha, de color pizarra, con una pluma de color rojo ladrillo. La chaqueta era negra, con cuentas negras cosidas y un ribete de abalorios pequeños de azabache. El vestido era marrón, algo más oscuro que el color café, con felpa morada en el cuello y en las mangas. Los guantes eran grisáceos y estaban desgastados hasta tener un agujero en el índice derecho. En los zapatos no me fijé. Llevaba unos pendientes pequeños, redondos, que colgaban, de oro, y daba la impresión general de persona relativamente acomodada, aunque con cierto descuido y desaliño en el vestir.

El señor Holmes aplaudió con suavidad y se rio por lo bajo.

—Palabra, Watson, está usted haciendo grandes progresos. Lo cierto es que lo ha hecho muy bien. Por otro lado, se le ha pasado por alto todo lo que tenía alguna importancia, pero ha dado usted con el método, y tiene buen ojo para los colores. No se fíe nunca de las impresiones generales; concéntrese en los detalles. En una mujer, lo primero que miro son las mangas. En el caso de los hombres, quizá sea más conveniente observar primero las rodillas de los pantalones. Como observó usted, esta mujer llevaba felpa en las mangas, un material muy útil por su capacidad para mostrar huellas. La línea doble, un poco por encima de la muñeca, allí donde la mecanógrafa se apoya en la mesa, estaba marcada a la perfección. La máquina de coser de tipo manual deja una huella semejante, pero sólo en el brazo izquierdo, y en el lado más lejano del pulgar, en vez de cruzar la parte más ancha del brazo, como en este caso. Acto seguido, la miré a la cara. Tras observar la marca de unos quevedos a cada lado de su nariz, me aventuré a comentar que era corta de vista y escribía a máquina; cosa que, al parecer, la sorprendió.

—A mí me sorprendió.

—Pero era evidente, ¿no? A continuación, bajé la vista y vi con gran sorpresa e interés que, aunque los botines que calzaba eran semejantes, en realidad eran de pares distintos: uno tenía una puntera algo decorada, y el otro no. El primero sólo llevaba abrochados los dos botones inferiores, de los cinco que tenía, y el otro tenía abotonados el primero, el tercero y el quinto. Y bien, cuando se ve que una señorita joven, bien vestida por lo demás, ha salido de su casa con botines de pares distintos, a medio abrochar, no es una gran deducción afirmar que ha salido con prisa.

—¿Y qué más? —pregunté, vivamente interesado, como lo estaba siempre, por los razonamientos penetrantes de mi amigo.

—Advertí, de paso, que la señorita había escrito una nota antes de salir de su casa, pero después de estar vestida del todo. Usted mismo observó que tenía roto el dedo índice del guante derecho; pero no vio, al parecer, que tanto el dedo como el guante estaban manchados de tinta de color violeta. Había escrito con prisa y había metido la pluma demasiado honda en el tintero. Debió de suceder esta mañana. De lo contrario, la marca no quedaría tan clara en el dedo. Todo esto es entretenido, aunque bastante elemental. Pero debo volver al trabajo, Watson. ¿Le importaría leerme la descripción del señor Hosmer Angel que se publicó en el anuncio?

Acerqué a la luz el pequeño recorte de papel impreso. Decía así:

Desaparecido, la mañana del día 14, un caballero llamado Hosmer Angel. De unos 5 pies y 7 pulgadas de altura; complexión fuerte; tez cetrina; pelo negro, un poco calvo por el centro; bigote y patillas negros y poblados; gafas oscuras; cierta debilidad en la voz. La última vez que se lo vio llevaba levita negra con forro de seda; chaleco negro; chalina Alberto de oro y pantalones grises de Harris Tweed, con polainas marrones sobre botas de lados elásticos. Se sabe que trabajaba en unas oficinas de Leadenhall Street. Cualquier persona que aporte...

—Es suficiente —me cortó Holmes—. En cuanto a las cartas —prosiguió, ojeándolas—, son muy corrientes. En ellas no aparece la más mínima pista sobre el señor Angel, salvo que cita a Balzac en una ocasión. Pero sí que hay un punto notable que, sin duda, le llamará la atención.

—Están escritas a máquina —observé.

—No sólo eso, sino que también la firma está escrita a máquina. Fíjese en ese «Homer Angel» tan pulcro y tan aseado al final. La carta está fechada, como puede comprobar, pero junto a la fecha no se indica más dirección que «Leadenhall Street», cosa bastante imprecisa. Lo relativo a la firma es muy sugerente... De hecho, podríamos calificarlo de concluyente.

—¿En qué sentido?

—Mi querido amigo, ¿cómo puede no hacerse cargo de la importancia de este punto para resolver el caso?

—Debo decir que no, a no ser que el autor quisiera cubrirse, para no tener que reconocer su firma si se le entablaba pleito por incumplimiento de promesa.

—No, no era ésa la cuestión. Pero voy a escribir dos cartas que deberán dejar resuelto el asunto. Una es para una empresa de la City. La segunda, para el padrastro de la joven, el señor Windibank, pidiéndole que se reúna aquí con nosotros mañana a las seis de la tarde. No está de más que nos entendamos con los familiares varones. Y ahora, doctor, ya no podemos hacer nada hasta que lleguen las respuestas a esta carta, así que, mientras tanto, dejemos aparte nuestro pequeño problema.

Yo estaba tan predispuesto a creer en las dotes sutiles de razonamiento de mi amigo y en su energía extraordinaria para la acción que me pareció que algún motivo debía de tener para mostrarse tan predispuesto y seguro con aquel misterio singular que le habían pedido que desentrañara. Sólo le había conocido un fracaso hasta entonces, en el caso del rey de Bohemia y de la fotografía de Irene Adler, pero, al acordarme del extraño misterio del Signo de los Cuatro y las circunstancias extraordinarias que rodearon el Estudio en Escarlata, me pareció que muy enrevesada debía de ser una maraña que él no pudiera desenredar.

Lo dejé entonces, todavía fumando su pipa negra de arcilla, y me marché convencido de que cuando volviera a visitarlo, a la tarde siguiente, tendría en las manos todas las claves que conducirían a esclarecer la identidad del desaparecido novio de la señorita Mary Sutherland.

Debí hacerme cargo de un caso profesional de suma gravedad, y me pasé todo el día siguiente ocupado junto al lecho del paciente. Poco antes de las seis quedé libre y pude subir a un coche de punto y emprender el camino de Baker Street. Casi temía llegar demasiado tarde para asistir al desenlace del pequeño misterio. Pero me encontré a Sherlock Holmes solo, adormilado, con su figura larga y delgada recostada en los pliegues de su sofá. El despliegue imponente de frascos y tubos de ensayo, unido al olor acre, como a detergente, del ácido hidroclorhídrico, me dio a entender que había dedicado el día a la química, ocupación que le era tan querida.

—Y bien, ¿lo ha resuelto? —le pregunté al entrar.

—Sí. Era el bisulfato de bario.

—¡No, no, el misterio! —exclamé.

—¡Ah, eso! Estaba pensando en la sal con la que he estado trabajando. Con ese asunto no ha habido nunca ningún misterio, aunque, como dije ayer, algunos detalles tienen interés. Sólo hay un inconveniente: me temo que no haya ninguna ley que pueda condenar a ese canalla.

—¿Quién era, entonces, y qué propósito albergaba al dejar plantada a la señorita Sutherland?

Recién salida la pregunta de mi boca, y sin darle tiempo a Holmes a despegar los labios para responder, oímos unos pasos pesados en el pasillo y un golpe en la puerta.

—Éste es el padrastro de la muchacha, el señor James Windibank —dijo Holmes—. Me ha escrito para decirme que estaría aquí a las seis. ¡Adelante!

El hombre que entró era un sujeto robusto, de estatura media, de unos treinta años de edad, afeitado y de tez cetrina, de ademanes suaves e insinuantes, y unos ojos grises maravillosamente agudos y penetrantes. Nos dirigió una mirada interrogadora a cada uno de los dos, dejó su reluciente sombrero de copa sobre el aparador y, tras hacer una leve reverencia, se sentó con cautela en la silla más cercana.

—Buenas tardes, señor James Windibank —saludó Holmes—. Me parece que es usted el autor de esta carta escrita a máquina, en la que confirma que vendría a verme hoy a las seis, ¿no es así?

—Sí, señor. Me temo que llego un poco tarde, pero es que dependo de un jefe, ¿sabe usted? Lamento que la señorita Sutherland lo haya molestado con este asunto de poca monta, pues soy de la opinión de que no hay que lavar en público los trapos sucios de esta especie. Acudió aquí muy en contra de mi voluntad; pero es una muchacha muy excitable e impulsiva, como quizá haya notado, y no es fácil controlarla cuando ha tomado una decisión. Desde luego, no me importó tanto acudir a usted, ya que no está relacionado con la policía oficial, pero tampoco es agradable que salga a relucir fuera de casa una desgracia familiar como ésta. Además, es un gasto inútil, pues ¿cómo es posible que encuentre usted a ese tal Hosmer Angel?

—Muy al contrario —replicó Holmes con voz tranquila—. Tengo motivos poderosos para creer que conseguiré descubrir al señor Hosmer Angel.

El señor Windibank dio un respingo violento y se le cayeron los guantes.

—Estoy encantado de saberlo —respondió.

—Resulta curioso que las máquinas de escribir tengan en realidad un carácter tan individual como la letra de una persona —comentó Holmes—. No hay dos que escriban exactamente igual, a no ser que sean completamente nuevas. Unas letras se desgastan más que otras, y algunas sólo se desgastan por un lado. Ahora bien, señor Windibank, observará usted que en esta nota suya se aprecia que todas las «e» están algo borrosas, así como un leve defecto en la cola de las «r». Hay otras catorce características, pero las que le he citado son las más evidentes.

—En la oficina escribimos toda la correspondencia con esta máquina, y sin duda está algo desgastada —respondió nuestro visitante, mirando fijamente a Holmes con sus ojillos brillantes.

—Y ahora le enseñaré a usted un estudio muy interesante, señor Windibank —prosiguió Holmes—. Estoy pensando en escribir un día de éstos otra pequeña monografía sobre la máquina de escribir y su relación con el delito. Es un asunto al que he dedicado cierta atención. He aquí cuatro cartas que se dice que proceden del hombre desaparecido. Todas están escritas a máquina. En cada uno de los casos, no sólo las «e» aparecen borrosas y las «r» sin cola, sino que además, si se sirve usted de mi lupa, observará que están presentes también las otras catorce características a las que he aludido.

El señor Windibank saltó de su silla y recogió su sombrero.

—No puedo perder el tiempo charlando acerca de fantasías, señor Holmes —dijo—. Si puede usted atrapar a ese hombre, atrápelo, y avíseme cuando lo tenga.

—Desde luego —le aseguró Holmes, quien se adelantó y echó la llave a la puerta—. ¡Le aviso a usted, por tanto, de que lo he atrapado!

—¡Qué! ¿Dónde...? —gritó el señor Windibank, al que se le habían puesto pálidos hasta los labios, mientras miraba a un lado y a otro como una rata atrapada.

—Ah, es inútil... es completamente inútil —advirtió Holmes con suavidad—. No tiene usted escapatoria posible, señor Windibank. Todo es demasiado transparente, y me dejó usted en muy mal lugar cuando dijo que era imposible que resolviera un asunto tan sencillo. ¡Eso es! Siéntese usted, y hablemos del asunto.

Nuestro visitante se derrumbó en una silla, con gesto de espanto y la frente brillante de sudor.

—No... no se me puede acusar de nada —balbució.

—Me temo mucho que así sea. Pero, dicho sea entre nosotros, Windibank, ha sido la jugada más cruel, egoísta y despiadada que me he echado a los ojos, hablando siempre de asuntos menores, claro está. Ahora recapitularé acerca de los hechos, y usted me corregirá si me equivoco.

El hombre se acurrucaba en la silla con la cabeza hundida sobre el pecho, como si estuviera completamente abatido. Holmes puso los pies sobre la esquina de la repisa de la chimenea y, recostándose con las manos en los bolsillos, empezó a hablar, dando la impresión de que hablaba más para sí mismo que para nosotros.

—Se casó con una mujer mucho mayor que él por su dinero —comenzó—, y disfrutaba de la gestión del dinero de la hija mientras ésta viviera con ellos. Se trataba de una suma considerable para gentes de su posición, y su pérdida se habría dejado sentir de manera notable. Merecía la pena esforzarse por mantenerla. La hija era bondadosa y no ponía reparos, pero tenía un carácter afectuoso y tierno, con lo que saltaba a la vista que, con su atractivo personal y su pequeña renta, no habría de seguir soltera mucho tiempo. Y bien, su matrimonio significaría, por supuesto, la pérdida de cien libras al año. ¿Y qué hace el padrastro para evitarlo? Sigue el camino evidente de hacerla quedarse en casa, prohibiéndole que busque el trato de personas de su edad. Pero no tardó en descubrir que aquello no podía durar para siempre. La muchacha estaba inquieta, reclamaba sus derechos y anunció por fin que estaba decidida a asistir a cierto baile. ¿Qué hace entonces su astuto padrastro? Concibe una idea que dice más de su cabeza que de su corazón. Con la complicidad y ayuda de su esposa, se disfrazó, se cubrió esos ojos penetrantes con unas gafas oscuras, se enmascaró el rostro con un bigote y unas patillas pobladas, bajó esa voz clara que tiene hasta dejarla en un susurro insinuante y, contando además con la seguridad que le daba el hecho de que la muchacha era corta de vista, aparece convertido en el señor Hosmer Angel, y se quita de encima a los demás pretendientes al cortejarla él mismo.

—Al principio no fue más que una broma —se defendió nuestro visitante con voz quejumbrosa—. No creíamos que pudiera entusiasmarse hasta ese punto.

—Es muy probable que no lo creyeran. Sea como fuere, la joven se quedó francamente entusiasmada y, convencida de que su padrastro se hallaba en Francia, ni se le pasó por la cabeza la posibilidad de una traición. Las atenciones del caballero la halagaban, y las sonoras muestras de admiración por parte de su madre no hacían sino aumentar el efecto. Luego, el señor Angel empezó a hacer visitas, pues saltaba a la vista que si se quería producir un efecto creíble, era preciso forzar la situación hasta donde fuera posible. Hubo citas, y un compromiso de matrimonio que serviría para impedir de manera definitiva que la muchacha le profesara su afecto a ninguna otra persona. Pero el engaño no podía mantenerse indefinidamente. Esos viajes fingidos a Francia resultaban más bien engorrosos. Estaba claro qué había que hacer: poner fin al asunto de un modo tan dramático que produjera una impresión permanente en la imaginación de la joven, impidiendo que ésta atendiera a nuevos pretendientes durante algún tiempo. De aquí los juramentos de fidelidad que se le hicieron pronunciar sobre la Biblia, y de aquí también las alusiones a la posibilidad de que sucediera algo la mañana misma de la boda. James Windibank quería que la señorita Sutherland estuviera tan comprometida con Hosmer Angel, y tan insegura acerca de la suerte que había corrido éste, que no volviera a atender a ningún otro hombre durante diez años como mínimo. La llevó hasta la puerta de la iglesia, y después, como no podía pasar de allí, desapareció de manera harto conveniente con el viejo truco de entrar por una puerta de un coche de cuatro ruedas y salir por la otra. ¡Me parece que así transcurrieron los hechos, señor Windibank!

Nuestro visitante había recuperado parte de su aplomo mientras Holmes hablaba, y se levantó de su asiento con una sonrisa fría y burlona en el pálido rostro.

—Puede que así sea, señor Holmes, y puede que no —respondió—, pero si es usted tan listo, debería ser también lo bastante listo para saber que es usted quien está quebrantando la ley ahora mismo, y no yo. Yo no he hecho, desde el primer momento, nada de lo que se me pueda acusar, pero mientras usted tenga cerrada con llave esa puerta lo puedo demandar por agresión y retención ilegal.

—En efecto, la ley no puede hacerle nada —aseguró Holmes, haciendo girar la llave y abriendo las puertas de par en par—, pero ningún hombre se ha hecho tan merecedor como usted de un castigo. Si la joven tuviera un hermano o un amigo, éste debería acribillarlo a latigazos. ¡Por Júpiter! —prosiguió, acalorado al ver la sonrisa burlona y amarga en el rostro del hombre—. Aunque no entra en mis deberes hacia mi cliente, tengo una fusta a mano y creo que me voy a dar el gusto de...

Dio dos pasos rápidos hacia la fusta, pero antes de que le diera tiempo de empuñarla se oyó un ruido desenfrenado de pasos por las escaleras y el fuerte portazo de la puerta principal, y vimos por la ventana al señor James Windibank que corría calle abajo con todas sus fuerzas.

—¡Allá va un canalla despiadado! —gritó Holmes, riéndose, mientras volvía a dejarse caer en su sillón—. Ese sujeto irá ascendiendo de delito en delito hasta que perpetre alguno muy grave y acabe en la horca. El caso no ha estado absolutamente desprovisto de interés en cierto modo.

—Sigo sin ver claros todos los pasos de su razonamiento —observé.

—Pues bien, saltaba a la vista desde el principio, por supuesto, que la curiosa conducta de ese señor Hosmer Angel debía de tener algún objetivo definido, y también estaba claro que el único hombre de quien tuviéramos constancia que el incidente beneficiaba sin el menor asomo de duda era el padrastro. Después, también era sugerente el hecho de que los dos hombres no estuvieran nunca juntos, sino que el uno apareciera cuando el otro estaba ausente. También lo eran los anteojos oscuros y la extraña voz, dos detalles que hacían pensar en un disfraz, como también lo indicaban los bigotes poblados. Todas mis sospechas se vieron confirmadas por ese detalle tan curioso suyo de escribir su firma a máquina, lo que daba a entender, por supuesto, que la señorita conocía su letra hasta tal punto que a ella le bastaría una muestra mínima para reconocerla. Como puede usted comprobar, todos estos hechos aislados, sumados a otros muchos menores, apuntaban en una misma dirección.

—¿Y cómo los comprobó usted?

—Una vez tuve localizado a mi hombre, fue fácil cerciorarme de ello. Conocía el nombre de la empresa para la que trabajaba. A partir de la descripción del anuncio, eliminé todo lo que pudiera ser un disfraz: los bigotes, las gafas, la voz… y le envié la descripción resultante a la empresa, a cuyos responsables les rogué que me informaran de si respondía al aspecto de alguno de sus viajantes. Ya había observado las características peculiares de la máquina de escribir, y le envié una nota a él en persona, en su oficina, rogándole que viniera a verme aquí. Tal como yo esperaba, su respuesta llegó escrita a máquina y en ella se apreciaban los mismos defectos, triviales pero característicos. Con aquel mismo correo recibí una carta de Westhouse & Marbank, de Fenchurch Street, en el sentido de que la descripción se ajustaba en todos los sentidos a la de su empleado James Windibank. *Voilà tout!*

—¿Y la señorita Sutherland?

—Si se lo cuento, no me creerá. Quizá recuerde usted un viejo dicho persa: «Corre peligro el que le quita a la tigresa su cachorro, como corre peligro el que le quita a una mujer su ilusión». Hafiz tiene tan buen juicio y tanto conocimiento del mundo como Horacio.

El misterio del valle de Boscombe

Cierta mañana, cuando mi esposa y yo estábamos desayunando, la doncella nos entregó un telegrama. Era de Sherlock Holmes y decía lo siguiente:

> ¿Tiene un par de días libres? Acaban de llamarme por telegrama al oeste de Inglaterra por la tragedia del valle de Boscombe. Me alegraría que pudiera acompañarme. Aire y paisajes ideales. Tomo el tren de las 11.15 en la estación de Paddington.

—¿Qué te parece, querido? —preguntó mi esposa, mientras levantaba la vista hacia mí—. ¿Irás?

—La verdad es que no sé qué decir. Ahora mismo tengo bastantes pacientes.

—Ah, Anstruther estará dispuesto a sustituirte. Estás un poco pálido de un tiempo a esta parte. Creo que te sentará bien el cambio de aires, y como siempre te interesan tanto los casos del señor Sherlock Holmes...

—Es lo menos que puedo hacer, en vista de lo que gané con uno de ellos —respondí—. Pero, si voy, debo preparar el equipaje enseguida, pues solo dispongo de media hora.

Mi experiencia en la vida de campaña en Afganistán me había enseñado, al menos, a estar siempre dispuesto para partir de viaje de un momento para otro. Necesitaba pocas cosas y sencillas. Por tanto, en menos de la media hora que había dicho ya estaba en un coche de punto con mi bolsa de viaje, camino de la estación de Paddington. Sherlock Holmes se paseaba por el andén. Su figura alta y delgada parecía aún más alta y más delgada por el largo capote de viaje gris y la gorra de paño ajustada que llevaba.

—Es muy amable por su parte al venir, Watson —me dijo—. Me resulta muy valioso disponer de una persona con la que puedo contar sin reparos. Los lugareños a quienes puedo recurrir o bien no me sirven de nada, o bien están cargados de prejuicios. Haga el favor de ir a reservar los dos asientos de esquina mientras compro los billetes.

Pudimos disponer de todo el compartimento, a excepción del espacio que ocupaba un enorme bulto de periódicos que Holmes había llevado consigo. Los hojeaba y leía. Tan solo se interrumpía a ratos para tomar notas o para meditar, hasta que dejamos atrás Reading. Entonces formó con ellos una bola gigante que arrojó al maletero.

—¿Ha oído usted algo del caso? —me preguntó.

—Ni una palabra. Llevo días sin ver un periódico.

—En la prensa de Londres no han aparecido crónicas muy completas. Acabo de repasar todos los periódicos recientes para enterarme de los detalles. Por lo que veo, parece que este es uno de esos casos sencillos que luego resultan ser extremadamente difíciles.

—Eso parece un poco paradójico.

—Pero es una gran verdad. El carácter singular es casi siempre un indicio. Cuanto más anodino y vulgar es un crimen, más difícil resulta resolverlo. No obstante, en este caso han recogido pruebas muy sólidas contra el hijo del asesinado.

—¿Se trata de un asesinato, entonces?

—Bueno, eso se conjetura. No daré nada por sentado hasta que haya tenido ocasión de estudiarlo personalmente. Le explicaré en pocas palabras cómo están las cosas, en la medida en que he podido entenderlas.

»El valle de Boscombe es un distrito rural situado no muy lejos de Ross, en el condado de Herefordshire. El mayor terrateniente de la zona es un tal señor John Turner, que hizo fortuna en Australia y regresó a su tierra hace unos años. Le tenía arrendada una de sus granjas, la de Hatherley, al señor Charles McCarthy, que también había estado en Australia. Los dos hombres se conocían de las colonias, y por eso no era raro que cuando se establecieron en Inglaterra quisieran estar lo más cerca posible el uno del otro. Al parecer, Turner era el más rico de los dos, de modo que McCarthy pasó a ser arrendatario suyo; pero parece que se trataban en un plano de igualdad absoluta, y solían estar juntos. McCarthy tenía un hijo, un muchacho de dieciocho años, y Turner tenía una hija única de esa misma edad; pero a ninguno de los dos les vivía la esposa. Parece ser que rehuían el trato de las familias inglesas de los alrededores y que hacían vida retirada, aunque los dos eran aficionados al deporte y solían dejarse ver en las carreras de caballos de la comarca. McCarthy tenía dos criados, un hombre y una muchacha. Turner tenía una servidumbre considerable, media docena de criados al menos. Esto es todo lo que he podido sacar en limpio acerca de las familias. Vayamos ahora con los hechos.

»El día 3 de junio, es decir, el lunes pasado, McCarthy salió de su casa de Hatherley hacia las tres de la tarde y caminó hasta la charca de Boscombe, que es un lago pequeño que se forma al extenderse el río que baja por el valle de Boscombe. Había estado por la mañana en Ross con su criado, y le había dicho al hombre que iba con prisa porque tenía una reunión importante a las tres. No regresó vivo de aquella reunión.

»De la granja de Hatherley a la charca de Boscombe hay un cuarto de milla, y dos personas lo vieron pasar por ese camino. Una era una anciana cuyo nombre no se cita, y el otro era William Crowder, guardabosques al servicio del señor Turner. Estos dos testigos declaran que el señor McCarthy caminaba solo. El guardabosques añade que, a los pocos minutos de haber visto pasar al señor McCarthy, vio a su hijo, el señor James McCarthy, que seguía el mismo camino con una escopeta bajo el brazo. Le parece que el padre estaba a la vista y que el hijo lo iba siguiendo. No volvió a pensar en ello hasta que, al anochecer, se enteró de la tragedia que había sucedido.

»Alguien más vio a los dos McCarthy después de que William Crowder, el guardabosques, los perdiera de vista. La charca de Boscombe está rodeada de arbolado espeso; sólo tiene una franja estrecha de hierba y juncos en sus orillas. Una niña de catorce años, Patience Moran, que es hija del guarda de la finca del valle de Boscombe, buscaba flores en el bosque. Dice que, estando allí, vio que el señor McCarthy y su hijo estaban al borde del bosque, a la orilla del lago, y que, al parecer, reñían violentamente. Oyó que el señor McCarthy padre le dirigía a su hijo palabras muy fuertes, y vio que el segundo alzaba la mano como si fuera a pegar a su padre. La violencia de ambos asustó tanto a la niña que huyó corriendo y, cuando llegó a su casa, le dijo a su madre que había dejado a los dos McCarthy riñendo junto a la charca de Boscombe y que temía que fueran a pelearse. No bien hubo acabado de decir esto llegó corriendo el señor McCarthy hijo a la casa de los guardas; dijo que se había encontrado a su padre muerto en el bosque, y le rogaba al guarda que acudiera en su ayuda. Estaba muy alterado; no llevaba la escopeta ni el sombrero, y se observó que tenía manchas de sangre fresca en la mano y en la manga derechas. Lo siguieron, y encontraron el cadáver tendido en la hierba, junto a la charca. Tenía el cráneo hundido a golpes que le habían asestado con algún arma pesada y contundente. Las lesiones bien podría haberlas causado la culata de la escopeta de su hijo, que se encontró caída en la hierba a pocos pasos del cuerpo. En vista de las circunstancias, se detuvo al joven de inmediato y, después de que la investigación judicial dictaminara, el martes pasado, que se trataba de un «asesinato intencionado», lo pusieron a disposición de los magistrados de Ross, que remiten el caso a la próxima sesión del tribunal penal. Estos son los hechos principales del caso, tal como se expusieron ante el juez de instrucción.

—Me costaría trabajo imaginarme un caso más concluyente —observé yo—. Pocos habrá en que las pruebas circunstanciales apunten de una manera tan clara a un criminal.

—Las pruebas circunstanciales son cosas delicadas —repuso Holmes, pensativo—. Puede que parezca que apuntan claramente a una cosa; pero basta con cambiar un poco nuestro punto de vista, y quizá veamos que apuntan de manera asimismo tajante hacia otra cosa completamente diferente. Sin embargo, hay que reconocer que el caso tiene pésimo aspecto para el joven, y que es muy posible que éste sea, en efecto, el culpable. No obstante, varias personas del entorno, entre ellas la señorita Turner, hija del terrateniente vecino, creen en su inocencia y han acudido a Lestrade, al que recordará usted por su intervención en el caso del *Estudio en escarlata,* para que se ocupe del caso en su favor. Lestrade estaba más bien confundido y me ha remitido el caso a mí. Y así es como dos caballeros de mediana edad van volando hacia el oeste a cincuenta millas por hora, en vez de hacer tranquilamente en sus casas la digestión de sus desayunos.

—Me temo que los hechos son tan evidentes que usted no podrá ganar mucho crédito con este caso —dije.

—Nada hay más engañoso que un hecho evidente —respondió él, risueño—. Además, quién sabe si daremos con otros hechos evidentes que no hayan resultado evidentes de ningún modo para el señor Lestrade. Usted, que me conoce bien, sabe que no es jactancia vana por mi parte si digo que confirmaré o refutaré su teoría aplicando métodos que él es absolutamente incapaz de emplear, ni de entender siquiera. Por citar el primer ejemplo que me viene a la cabeza, yo percibo claramente que en la alcoba de usted la ventana está a la derecha; sin embargo, dudo que el señor Lestrade hubiera notado siquiera una cosa tan evidente como ésta.

—¿Cómo es posible...?

—Mi querido amigo, lo conozco bien, y conozco la pulcritud militar que lo caracteriza. Se afeita usted todas las mañanas, y en esta estación se afeita a la luz del sol; pero, en vista de que su afeitado es cada vez menos completo a medida que nos acercamos a su lado izquierdo, hasta que resulta francamente descuidado al rodear el ángulo de la mandíbula, sin duda está bien claro que este costado está menos iluminado que el otro. No me imagino que un hombre de las costumbres de usted diera por bueno tal resultado si se pudiera contemplar con luz regular. Sólo cito esto como ejemplo trivial de observación y de inferencia. Ésta es mi especialidad, y puede darse el caso de que nos sirva de algo en la investigación que tenemos por delante. En la investigación judicial salieron a relucir uno o dos puntos que merece la pena tener en cuenta.

—¿Cuáles son?

—Parece ser que la detención no se produjo al instante, sino después de su regreso a la granja de Hatherley. Cuando el inspector de policía le comunicó que estaba detenido, él comentó que no le sorprendía saberlo y que no era ni más ni menos que lo que se merecía. Esta observación suya tuvo la consecuencia natural de disipar todo resto de duda que pudieran haber albergado los miembros del jurado del juzgado de instrucción.

—¡Fue una confesión! —exclamé.

—No; pues acto seguido proclamó su inocencia.

—Al menos, fue un comentario muy sospechoso, tras una serie tal de hechos tan comprometedores.

—Al contrario —dijo Holmes—: es el mayor atisbo de luz que aprecio de momento entre los nubarrones. Por muy inocente que fuera, no podía ser tan estúpido como para no apreciar que las circunstancias en su contra eran abrumadoras. A mi entender, lo sospechoso habría sido que se mostrase sorprendido o indignado cuando lo detuvieron: en tales circunstancias, la sorpresa o el enfado no habrían sido naturales, aunque a un hombre dispuesto a engañar pudieran parecerle el mejor partido. La franqueza con que aceptó su situación lo caracteriza o bien como persona inocente, o como hombre dotado de un autocontrol y una firmeza considerables. En cuanto a su comentario de que era lo que se merecía, tampoco resulta antinatural, si tenemos en cuenta que estaba junto al cadáver de su padre, y que no cabe duda de que aquel mismo día había olvidado sus deberes filiales hasta el punto de alzarle la voz, e incluso, según el importante testimonio de la niña, de levantarle la mano como si estuviera dispuesto a pegarle. La compunción y los remordimientos que se manifiestan en su comentario me parecen más propios de una mente sana que de una conciencia culpable.

Sacudí la cabeza.

—Se ha ahorcado a muchos hombres con pruebas mucho menos firmes —observé.

—Así es. Y se ha ahorcado a muchos hombres injustamente.

—¿Cuál es la versión de los hechos que da el joven?

—Me temo que no es muy alentadora para sus partidarios; aunque tiene uno o dos puntos sugerentes. La tiene aquí. Puede leerla usted mismo.

Extrajo del bulto un ejemplar del periódico local de Herefordshire y, tras buscar la página, me mostró el párrafo donde se narraba la declaración que había hecho de lo sucedido el desdichado joven. Me acomodé en un rincón del compartimento y lo leí con mucha atención. Decía así.

Entonces se llamó a declarar en calidad de testigo al señor James McCarthy, hijo único del difunto, que dijo lo siguiente:

Testigo: Yo había pasado tres días fuera de casa, en Bristol, y acababa de regresar en la mañana del lunes pasado, día 3. Cuando llegué, mi padre no estaba en casa, y la doncella me hizo saber que había ido en carruaje a Ross, con John Cobb, el caballerizo. Poco después de mi regreso oí en el patio las ruedas de su calesín. Miré por la ventana y vi que se apeaba y salía andando rápidamente del patio, aunque yo no supe en qué dirección se encaminaba. Entonces tomé mi escopeta y salí tranquilamente camino de la charca de Boscombe, con intención de visitar la conejera que está al otro lado. Por el camino vi a William Crowder, el guardabosques, tal como ha declarado él; pero se equivoca cuando cree que iba siguiendo a mi padre. No tenía ni idea de que lo tenía por delante. Cuando estaba a unas cien yardas de la charca oí un grito de *¡cuíí!*, que era una señal habitual entre mi padre y yo. Entonces apreté el paso, y me lo encontré plantado junto a la charca. Pareció muy sorprendido de verme, y me preguntó, con cierta rudeza, qué hacía yo allí. Entonces entablamos una conversación en la que acabamos diciéndonos palabras fuertes, y casi llegamos a las manos, pues mi padre era hombre de genio muy violento. En vista de que su ira se volvía desatada, lo dejé y emprendí el regreso hacia la granja de Hatherley. Pero, cuando apenas había caminado más de ciento cincuenta yardas, oí a mis espaldas un alarido horrible, que me hizo regresar corriendo de nuevo. Me encontré a mi padre tendido en el suelo, moribundo, con lesiones terribles en la cabeza. Solté la escopeta y lo tomé en mis brazos, pero expiró casi al instante. Pasé unos momentos arrodillado a su lado, y después fui a pedir ayuda al guarda del señor Turner, pues su casa era la más cercana. Cuando regresé junto a mi padre no vi a nadie cerca de él, y no tengo ni idea de cómo se produjeron sus lesiones. No era hombre popular, pues era algo frío y dominante en el trato; pero, que yo sepa, no tenía enemigos activos. No sé nada más acerca de esta cuestión.

Juez: ¿Le dijo algo su padre antes de morir?

Testigo: Murmuró unas palabras, pero sólo capté que decía algo de una rata.

Juez: ¿Qué sentido le dio usted a aquello?

Testigo: No significaba nada para mí. Pensé que estaba delirando.

Juez: ¿Cuál era la cuestión por la que su padre y usted tuvieron aquella última discusión?

Testigo: Prefiero no responder.

Juez: Me temo que debo insistir.

Testigo: Me resulta verdaderamente imposible decírselo. Le aseguro que no tiene nada que ver con la triste tragedia que aconteció después.

Juez: Eso habrá de decidirlo el tribunal. Huelga decir que su negativa a responder perjudicará notablemente su situación en el proceso ulterior que pueda llevarse a cabo.

Testigo: Aun así, debo negarme.

Juez: ¿Debo entender que el grito de *cuíí* era una señal habitual entre su padre y usted?

Testigo: Así es.

Juez: Entonces, ¿cómo es que lo profirió antes de verlo a usted, y antes siquiera de haberse enterado de que había regresado de Bristol?

Testigo *(notablemente confuso)*: No lo sé.

Un miembro del jurado: Cuando usted regresó junto a su padre al oír su grito y se lo encontró herido de muerte, ¿vio algo que despertara sus sospechas?

Testigo: Nada concreto.

Juez: ¿Qué quiere usted decir?

Testigo: Cuando salí corriendo al terreno descubierto, estaba tan alterado y emocionado que no pensaba más que en mi padre. Pero tengo la vaga impresión de que, al correr, vi que había algo en el suelo, a mi izquierda. Me pareció que era algo de color gris, un abrigo de alguna clase, o puede que fuera una capa. Cuando me levanté del lado de mi padre lo busqué con la mirada, pero ya no estaba.

Juez: ¿Quiere usted decir que desapareció antes de que usted fuera a buscar ayuda?

Testigo: Sí; ya no estaba.

Juez: ¿Y no sabe lo que era?

Testigo: No; sólo tuve la sensación de que allí había algo.

Juez: ¿A qué distancia del cuerpo?

Testigo: A una docena de yardas, más o menos.

Juez: Y ¿a qué distancia de la linde del bosque?

Testigo: A la misma, aproximadamente.

Juez: Entonces, si lo retiraron, ¿fue mientras usted estaba a unas doce yardas de distancia?

Testigo: Sí; pero dándole la espalda.

Con esto concluyó el interrogatorio al testigo.

—Veo que el juez de instrucción, en sus observaciones finales, estuvo bastante severo con el joven McCarthy —dije, tras leer el final de la columna—. Recalca, y con motivo, la contradicción de que su padre le hubiera gritado una señal antes de haberle visto, así como su negativa a dar detalles sobre la conversación con su padre, y su extraña relación de las últimas palabras del padre. Todo ello es muy comprometedor para el hijo, como observa el juez.

Holmes se rio para sus adentros y se estiró sobre el asiento mullido.

—Tanto el juez como usted se han esforzado por destacar precisamente los puntos que más favorecen al joven —dijo—. ¿No se da cuenta de que unas veces le atribuyen un exceso de imaginación y otras veces demasiado poca?

Demasiado poca, si no era capaz de inventar un motivo de disputa que le hubiera merecido la simpatía del jurado; demasiada, si se hubiera sacado de su propia fantasía una cosa tan estrambótica como unas ultimas palabras sobre una rata, así como el incidente de la prenda desaparecida. No, señor; voy a abordar este caso partiendo de la base de que este joven dice la verdad, y ya veremos hasta dónde nos lleva esta hipótesis. Y ahora sacaré mi edición de bolsillo de Petrarca, y no diré una palabra más de este caso hasta que nos encontremos en el lugar de los hechos. Comeremos en Swindon, y veo que nos faltan veinte minutos para llegar.

Eran casi las cuatro de la tarde cuando, después de atravesar el hermoso valle de Stroud y de cruzar el Severn, ancho y reluciente, llegamos por fin al bonito pueblo rural de Ross. En el andén nos esperaba un hombre delgado, de aspecto de comadreja y aire furtivo y taimado. A pesar del guardapolvo color marrón claro y de las polainas de cuero que se había puesto en consideración a que estaba en el campo, no me costó trabajo reconocer a Lestrade, de Scotland Yard. Fuimos con él en un carruaje a la posada del Escudo de Hereford, donde ya nos habían reservado una habitación.

—He encargado un carruaje —dijo Lestrade mientras tomábamos té—. Conozco su carácter enérgico y sé que no estará a gusto hasta que haya visitado el escenario del crimen.

—Muy atento y considerado por su parte —respondió Holmes—. En realidad, todo se reduce a un asunto de presión atmosférica.

Lestrade pareció sorprendido.

—No le sigo del todo —dijo.

—¿Qué marca el barómetro? Veo que veintinueve pulgadas de mercurio. No hay viento, ni una sola nube en el cielo. Aquí tengo una pitillera llena de cigarrillos que están pidiendo fumarse, y el sofá es muy superior a los trastos abominables que suele haber en los hoteles de pueblo. Me parece poco probable que haga uso del carruaje esta noche.

Lestrade soltó una risa condescendiente.

—Sin duda, ya habrá llegado a una conclusión a partir de las crónicas de los periódicos —dijo—. El caso está claro como el agua y, cuanto más se estudia, más claro resulta. Pero hay que atender a una dama, por supuesto, y sobre todo cuando es tan insistente como ésta. Ha oído hablar de usted y quería consultar su opinión, aunque yo le dije y le repetí que usted no podría hacer nada que no hubiera hecho yo ya. Vaya, ¿qué les parece? Ese carruaje que está ante la puerta es el de ella.

Apenas terminaba de decir Lestrade estas palabras cuando irrumpió en la sala una de las jóvenes más encantadoras que he visto en mi vida. Los ojos de color violeta le brillaban; tenía los labios entreabiertos, las mejillas enrojecidas, y la emoción y la inquietud que la dominaban le habían hecho olvidar toda noción de su natural compostura.

—¡Ay, señor Sherlock Holmes! —exclamó, mirándonos alternativamente, hasta que por fin, con viva intuición femenina, se dirigió a mi compañero—. Me alegro mucho de que haya venido. He venido al pueblo para decírselo. Sé que James no lo hizo. Lo sé, y quiero que usted se ponga a trabajar sabiéndolo también. No albergue ninguna duda al respecto. Nos conocemos desde que éramos niños, y yo conozco sus defectos como no los conoce nadie; pero tiene el corazón tan tierno que no sería capaz de hacer daño a una mosca. Cualquiera que lo conozca bien sabrá que la acusación es absurda.

—Espero que podamos salvarlo, señorita Turner —dijo Sherlock Holmes—. Confíe usted en que haré todo lo que pueda.

—Pero ya habrá leído las pruebas. ¿Ha llegado a alguna conclusión? ¿No ve algún resquicio, alguna posibilidad? ¿No cree usted también que es inocente?

—Me parece que es muy probable que lo sea.

—¡Ahí lo tiene! —exclamó ella, irguiendo la cabeza y arrojándole a Lestrade una mirada desafiante—. ¡Ya lo ha oído usted! Me da esperanzas.

Lestrade se encogió de hombros.

—Me temo que mi colega se ha precipitado un poco en sus conclusiones —comentó.

—Pero tiene razón. ¡Oh! Sé que la tiene. James no ha hecho nada. Y en cuanto a lo de la riña con su padre, estoy segura de que no quiso hablarle de ello al juez porque la cosa me afectaba a mí.

—¿En qué sentido? —preguntó Holmes.

—No tiene sentido que les oculte nada. James y su padre tenían muchas desavenencias por mi causa. El señor McCarthy estaba empeñado en que nos casásemos. James y yo nos hemos querido siempre como hermanos; pero, claro, él es joven y sabe poco de la vida y... y... bueno, pues es natural que él no quisiera dar un paso así todavía. Por eso tenían discusiones, y estoy segura de que ésta fue una más.

—¿Y su padre de usted? —preguntó Holmes—. ¿Estaba a favor de tal unión?

—No. Él también se oponía. El único que estaba a favor era el señor McCarthy.

Su tez joven y fresca se iluminó con un breve sonrojo cuando Holmes le dirigió una de sus miradas inquisitivas y penetrantes.

—Le agradezco esta información —le dijo—. ¿Podré ver a su padre si me paso por su casa mañana?

—Me temo que el médico no se lo permite.

—¿El médico?

—Sí. ¿No se había enterado usted? Hacía años que mi padre estaba delicado, pero esto lo ha hundido por completo. Guarda cama, y el doctor Willows sostiene que está extenuado y que tiene destrozado el sistema nervioso. El señor McCarthy era el único superviviente de los que habían conocido a papá en los viejos tiempos, en Victoria.

—¡Ah! ¡En Victoria! Eso es importante.

—Sí, en las minas.

—En efecto; en las minas de oro, donde el señor Turner labró su fortuna, según tengo entendido.

—Sí, es cierto.

—Muchas gracias, señorita Turner. Me ha prestado usted una gran ayuda.

—Avíseme mañana si se produce alguna novedad. Irá usted a la cárcel a ver a James, ¿verdad? Ah, si va, señor Holmes, dígale de mi parte que sé que es inocente.

—Así lo haré, señorita Turner.

—Ahora debo regresar a mi casa, pues papá está muy enfermo y me echa mucho de menos cuando no estoy. Adiós, y que Dios lo ayude en su empresa.

Salió de la sala con la misma precipitación con la que había entrado, y a poco oímos el traqueteo de las ruedas de su carruaje, calle abajo.

—Me avergüenzo de usted, Holmes —dijo Lestrade, tras unos momentos de silencio—. ¿Por qué alimenta unas esperanzas que no podrá por menos que defraudar? No es que yo sea muy sentimental, pero me parece una crueldad.

—Creo que veo la manera de librar a James McCarthy —repuso Holmes—. ¿Dispone usted de una autorización para visitarlo en la cárcel?

—Sí; pero sólo es válida para usted y para mí.

—En tal caso, me replantearé el propósito de no salir. ¿Tenemos tiempo todavía de tomar un tren a Hereford y visitarlo esta noche?

—De sobra.

—Vamos, entonces. Watson, me temo que se aburrirá usted; pero sólo faltaré un par de horas.

Los acompañé hasta la estación, y después estuve paseando por las calles del pueblecillo, y regresé al hotel, donde me tendí en el sofá e intenté interesarme por una novela de cubiertas amarillas. Pero el leve argumento de la novela era tan tenue, comparado con el misterio profundo en el que estábamos sumidos, y la atención se me desviaba con tal frecuencia de la ficción a la realidad que acabé por arrojar el libro al otro extremo de la habitación y me dediqué por entero a reflexionar sobre los sucesos de aquel día. Suponiendo que la relación de los hechos que había dado el desventurado joven fuera absolutamente cierta, ¿qué hecho infernal, qué calamidad imprevista y extraordinaria podía haberse producido entre el instante en que se separó de su padre y el momento en que llegó corriendo al claro del bosque, atraído por sus gritos? Sería una cosa terrible y mortal. ¿Qué podía ser? ¿No podría desvelar algo a mi instinto de médico la naturaleza de las lesiones? Toqué la campanilla y pedí que me trajeran el periódico semanal del condado, que publicaba una relación literal de la instrucción del caso. El médico forense afirmaba en su informe que el tercio posterior del hueso parietal izquierdo y la mitad izquierda del occipital habían quedado destrozados por un golpe fuerte asestado con un arma contundente. Señalé el punto en mi cabeza. Estaba claro que un golpe así se debía haber propinado desde atrás. Aquello favorecía en cierta medida al acusado, pues cuando lo vieron reñir con su padre estaba cara a cara con él. Sin embargo, esto tampoco valía gran cosa, pues el hombre mayor pudo darle la espalda antes de recibir el golpe. No obstante, quizá mereciera la pena señalárselo a Holmes. Y, por otra parte, estaba la extraña alusión del moribundo a una rata. ¿Qué podía significar? No era posible que estuviera delirando. Un hombre que se está muriendo de un golpe repentino no suele delirar. No; lo más probable era que tratase de explicar lo que le había pasado. Pero ¿qué podía indicar? Me devanaba los sesos en busca de una posible explicación. Y estaba también el incidente de la prenda gris que había visto el joven McCarthy. Si era cierto, el asesino debía de haber perdido en su huida parte de su indumentaria, cabe suponer que el abrigo, y debió de tener el valor de regresar para llevárselo en los momentos en que el hijo estaba arrodillado y dándole la espalda a menos de doce pasos. ¡Qué tejido de misterios y de improbabilidades era aquél! La opinión de Lestrade no me extrañaba; no obstante, tenía tanta fe en la visión de Sherlock Holmes que no podía perder la esperanza, pues parecía que cada nuevo dato reforzaba su convencimiento de la inocencia del joven McCarthy.

Sherlock Holmes regresó tarde. Llegó solo, pues Lestrade había tomado otro alojamiento en el pueblo.

—El barómetro sigue muy alto —observó al sentarse—. Es importante que no llueva hasta que podamos inspeccionar el terreno. Por otra parte, para llevar a cabo un trabajo tan delicado conviene estar en plenitud de fuerzas y de atención. Por eso no quiero hacerlo estando fatigado tras el largo viaje. He visto al joven McCarthy.

—Y ¿qué ha sacado usted en claro de la entrevista?

—Nada.

—¿No le ha podido arrojar ninguna luz sobre el caso?

—Ninguna en absoluto. En un momento dado llegué a pensar que el joven sabía quién era el autor o autora del crimen y que lo estaba ocultando; pero ahora albergo la convicción de que está tan confundido como todos los demás. No es un joven muy despierto, aunque es apuesto, y yo diría que es sano de corazón.

—No puedo alabarle el gusto —observé— si es cierto que se oponía a casarse con una joven señorita tan encantadora como es la señorita Turner.

—Ah, eso se debe a una historia bastante dolorosa. El mozo está enamorado de ella locamente, con pasión; pero el caso fue que hace cosa de dos años, cuando apenas era un muchacho, y todavía no había llegado a conocerla bien, pues la señorita había pasado cinco años en un internado, al muy tonto no se le ocurrió otra cosa que dejarse atrapar por una camarera de Bristol y casarse con ella en el registro civil. Nadie sabe ni una palabra de este asunto; pero ya podrá figurarse usted que al muchacho lo debe de volver loco que lo estén reprendiendo por no hacer precisamente lo que él daría los ojos por hacer, pero que sabe que es absolutamente imposible. Fue un arrebato frenético de esta especie lo que le hizo alzar las manos al aire cuando, en su última conversación con su padre, éste lo incitaba a que pidiera la mano de la señorita Turner. Por otra parte, el joven no tiene medios de vida propios, y su padre, que según todas las relaciones era hombre muy duro, lo habría desheredado por completo de haber conocido la verdad. Aquellos últimos tres días en Bristol los pasó con su esposa, la camarera, y su padre no sabía dónde estaba. Fíjese en ese dato. Es relevante. Pero del mal ha salido un bien, pues la camarera, que se enteró por los periódicos que él se encuentra en una situación grave y que podría terminar en la horca, ha renegado de él por completo y le ha escrito diciéndole que ella ya tenía un marido que trabaja en los astilleros de las Bermudas, de modo que en realidad no hay ningún lazo entre los dos. Creo que esta noticia ha consolado al joven McCarthy por todo lo que ha sufrido.

—Pero, si es inocente, ¿quién cometió el crimen?

—¡Ah! ¿Quién? Voy a pedirle que atienda muy especialmente a dos puntos. El primero es que el hombre asesinado tenía una cita con alguien junto a la charca, y que ese alguien no podía ser su hijo, pues éste ausente y él no sabía cuándo iba a regresar. El segundo fue que se oyó proferir al asesinado el grito de *cuíí* antes de que conociera el regreso de su hijo. Estos son los puntos cruciales del caso. Y ahora, si le parece bien, vamos a hablar de George Meredith,[1] y dejemos hasta mañana todas las cuestiones de menor importancia.

No llovió, como había previsto Holmes, y la mañana amaneció luminosa y despejada. Lestrade pasó a recogernos a las nueve de la mañana

---

1 George Meredith (1828-1909), novelista y poeta inglés de la época.

con el carruaje, y emprendimos el camino de la granja de Hatherley y la charca de Boscombe.

—Hay una noticia triste esta mañana —comentó Lestrade—. Se dice que el señor Turner, el de la casa principal, está tan enfermo que se desespera de salvarle la vida.

—Será un hombre anciano, supongo —aventuró Holmes.

—Tiene unos sesenta años; pero durante su vida en el extranjero se le estropeó el organismo, y ya llevaba algún tiempo con mala salud. Este asunto le ha sentado muy mal. Era viejo amigo de McCarthy, y diré de paso que era benefactor suyo, pues me he enterado de que le dejaba la granja de Hatherley sin cobrarle alquiler.

—¡No me diga! ¡Qué interesante! —comentó Holmes.

—¡Pues sí! Y le ha ayudado de otras muchas maneras. Por aquí, todo el mundo habla de lo bueno que era con él.

—¡Vaya! ¿Y no le parece a usted un poco extraño que ese McCarthy, que al parecer tenía pocos bienes propios y que le debía tantos favores a Turner, hablara, a pesar de todo, de casar a su hijo con la hija de Turner, que cabe suponer que es la heredera de la finca, y con tanta confianza, además, como si bastara con pedir su mano para que todo lo demás saliera adelante? Y aún resulta más extraño sabiendo, como sabemos, que el propio Turner se oponía a la idea. Nos lo dijo su hija. ¿No deduce usted algo de todo esto?

—¡Ya estamos con las deducciones y con las conclusiones! —saltó Lestrade, haciéndome un guiño—. A mí ya me cuesta bastante entender los hechos, Holmes, como para tener que andar persiguiendo teorías y fantasías.

—Tiene usted razón —respondió Holmes con recato—: sí que le cuesta bastante entender los hechos.

—En todo caso, sí que he captado un hecho que parece que a usted le resulta difícil comprender —replicó Lestrade, algo acalorado.

—¿Cuál es?

—Que McCarthy padre murió a manos de McCarthy hijo, y que todas las teorías que se opongan a ello son propias de lunáticos.

—Bueno; la luna brilla más que la niebla —contestó Holmes, risueño—. Pero, si no me equivoco, eso que se descubre a la izquierda es la granja de Hatherley.

—Así es.

Era un edificio amplio, de aspecto cómodo, de dos plantas y techumbre de pizarra, con grandes manchas amarillas de liquen en las paredes grises. Pero las contraventanas cerradas y las chimeneas sin humo le daban un aire de pesadumbre, como si todavía yaciera sobre el lugar el peso de la tragedia. Llamamos a la puerta, y la doncella, a instancias de Holmes, nos enseñó las botas que llevaba puestas su amo cuando murió, así como un par de botas de su hijo, aunque no eran las que llevaba aquel día. Holmes, después de haber medido las botas con mucho detenimiento desde seis o siete puntos distintos, pidió que lo acompañaran al patio, y desde allí seguimos la senda sinuosa que llevaba a la charca de Boscombe.

Cuando Sherlock Holmes seguía un rastro tan fresco como aquél, se transformaba. Quien sólo hubiera conocido al pensador y lógico sosegado de Baker Street no lo habría reconocido en esos momentos. El rostro se le enrojecía y se le ensombrecía. Fruncía el ceño en dos líneas negras marcadas, bajo las cuales le brillaban los ojos con resplandor acerado. Inclinaba el rostro hacia abajo; encorvaba los hombros; apretaba los labios, y las venas del cuello largo y fornido se le marcaban como látigos. Parecía que se le dilataban las aletas de la nariz con el ansia animal de la caza, y concentraba la mente de manera tan absoluta en lo que tenía delante que, si le hacían una pregunta o un comentario, no les prestaba atención o, como mucho, respondía con un breve gruñido de impaciencia. Avanzó rápidamente y en silencio por el sendero que transcurría entre los prados y después, a través del bosque, hasta la charca de Boscombe. Era un terreno húmedo y cenagoso, como lo es toda aquella comarca, y había huellas de muchos pies, tanto en el sendero como entre la hierba corta que crecía a ambos lados de éste. Holmes se apresuraba unas veces, se detenía del todo otras, y en una ocasión dio un rodeo notable por el prado. Lestrade y yo caminábamos tras él; el detective, con indiferencia y desprecio, mientras yo observaba a mi amigo con el interés fruto de mi convencimiento de que cada uno de sus actos apuntaba a un propósito definido.

La charca de Boscombe, que es una pequeña extensión de agua rodeada de juncos, de unas cincuenta yardas de diámetro, está en el límite entre la granja de Hatherley y los terrenos privados de la casa del rico señor Turner. Por encima del bosque que la rodeaba se veían, al fondo, los pináculos rojos y enhiestos que anunciaban la ubicación de la vivienda del terrateniente. El bosque era muy espeso por el lado que daba a Hatherley, y entre el borde de los árboles y los juncos de la orilla del lago había una franja estrecha de hierba húmeda de unos veinte pasos de anchura. Lestrade nos mostró el punto exacto donde se había encontrado el cadáver; y, en efecto, el terreno estaba tan húmedo que yo advertí con claridad la huella que había dejado el hombre herido al caer. En el rostro atento y en los ojos penetrantes de Holmes vi que este era capaz de leer muchas cosas más en la hierba pisoteada. Corrió de un lado a otro como un perro que busca un rastro, y se dirigió después a mi compañero.

—¿Para qué se metió usted en la charca?

—Estuve buscando con un rastrillo. Pensé que podría haber un arma o alguna otra pista. Pero ¿cómo diantres...?

—¡Ay, deje, deje! ¡No tengo tiempo! Ese pie izquierdo suyo vuelto hacia dentro está por todas partes. Hasta un topo lo podría seguir, y se pierde por allí, entre los juncos. Ay, ¡qué sencillo habría sido todo si yo hubiera estado aquí, antes de que vinieran a pisotearlo como una manada de búfalos! Por aquí llegó el grupo con el guarda, y han cubierto todas las demás huellas en seis a ocho pies a la redonda del cuerpo. Pero aquí hay tres rastros distintos de unos mismos pies.

Sacó una lupa y se tendió sobre su gabardina para ver mejor, sin dejar de hablar, más para sus adentros que a nosotros.

—Estos son los pies del joven McCarthy. Andando dos veces, y una más corrió rápidamente, dejando las suelas muy marcadas y los talones apenas visibles. Eso corrobora su relación de los hechos. Corrió cuando vio a su padre tendido en el suelo. Y aquí están los pies del padre, que se paseaba de un lado a otro. ¿Y esto qué es? Es la huella que dejó la culata de la escopeta, mientras el hijo estaba de pie, escuchando. ¿Y esto? ¡Ajá! ¿Qué tenemos aquí? ¡Puntillas! ¡Puntillas! ¡Y cuadradas, además, de botas muy poco corrientes! Vienen, se van, vuelven de nuevo... A recoger el capote, claro. Y ¿de dónde vinieron?

Holmes fue correteando de un lado a otro, perdiendo el rastro unas veces y encontrándolo de nuevo, hasta que estuvimos bien adentrados en el bosque, a la sombra de una gran haya que era el árbol mayor de los alrededores. Holmes llegó hasta el otro lado del árbol y volvió a tenderse boca abajo soltando una leve exclamación de satisfacción. Siguió allí un largo rato, levantando hojas y ramitas secas, recogiendo en un sobre lo que a mí me parecía que era polvo y examinando con su lupa no solo el terreno sino también, incluso, la corteza del árbol hasta la altura que pudo alcanzar. Había entre el musgo una piedra de bordes afilados, y también la examinó con cuidado y la conservó. Después, fue siguiendo un camino por el bosque hasta que llegó a la carretera principal, donde se perdían todos los rastros.

—El caso ha tenido un interés considerable —comentó, recuperando su conducta normal—. Me figuro que esta casa gris de la derecha debe de ser la casa del guarda. Creo que entraré a cruzar unas palabras con Moran, y quizá escriba una breve nota. Hecho esto, podremos volver a comer. Vayan ustedes andando hacia el carruaje y yo los alcanzaré enseguida.

Tardamos cosa de diez minutos en llegar al carruaje y emprender el camino de vuelta hacia Ross. Holmes seguía llevando consigo la piedra que había recogido en el bosque.

—Esto le puede interesar, Lestrade —dijo, y se la ofreció—. Es el arma del crimen.

—No veo ninguna señal.

—No las hay.

—¿Cómo lo sabe, entonces?

—Crecía la hierba debajo de ella. Sólo llevaba allí unos días. No se veía ningún indicio del sitio de donde la hubieran podido extraer. Coincide con las heridas. No hay rastro de ninguna otra arma.

—¿Y el asesino?

—Es un hombre alto, zurdo, que cojea de la pierna izquierda, lleva botas de caza de suela gruesa y un capote gris, fuma puros de la India que pone en una boquilla y lleva en el bolsillo un cortaplumas poco afilado. Hay algunos otros indicios, pero estos nos podrán bastar para nuestra búsqueda.

Lestrade se echó a reír.

—Me temo que sigo siendo escéptico —dijo—. Las teorías están muy bien; pero tendremos que vérnoslas con un jurado británico duro de mollera.

—*Nous verrons*—respondió Holmes con calma—. Siga usted con su método y yo seguiré con el mío. Esta tarde estaré ocupado, y seguramente volveré a Londres en el tren de la noche.

—¿Y va a dejar el caso a medias?

—No: concluido.

—Pero ¿y el misterio?

—Está resuelto.

—Entonces, ¿quién fue el criminal?

—El caballero que le he descrito.

—Pero ¿quién es?

—No será difícil descubrirlo. Esta zona no está muy poblada.

Lestrade se encogió de hombros.

—Yo soy un hombre práctico —dijo—, y la verdad es que no puedo ponerme a recorrer el campo buscando a un caballero zurdo y cojo de una pierna. Me convertiría en el hazmerreír de Scotland Yard.

—Está bien —replicó Holmes tranquilamente—. Yo ya le he brindado la oportunidad. Hemos llegado a su alojamiento. Adiós. Le dejaré una nota antes de marcharme.

Después de haber dejado a Lestrade en su posada, seguimos en el carruaje hasta nuestro hotel, donde ya estaba servido el almuerzo. Holmes guardaba silencio y tenía una expresión apesadumbrada en el rostro, como de quien se encuentra en una situación desconcertante.

—Escuche, Watson —dijo, cuando hubieron levantado los manteles—; hágame el favor de sentarse en esta butaca y de permitirme que le predique un poco. No sé muy bien qué hacer, y apreciaré su consejo. Encienda un puro y déjeme que le exponga la situación.

—Adelante; se lo ruego.

—Pues bien. Al considerar este caso, hubo dos detalles de la narración del joven McCarthy que nos llamaron la atención enseguida a los dos; aunque a mí me predispusieron en su favor, y a usted, en su contra. El primero fue que su padre, según lo que contó, gritara *cuií* antes de haberle visto. El segundo fueron sus extrañas últimas palabras, en las que dijo algo de una rata. Musitó varias palabras, se entiende; pero esto fue lo único que captó el hijo. Y nuestra investigación debe partir de este doble punto, y empezaremos dando por supuesto que lo que dice el muchacho es absolutamente cierto.

—Entonces, ¿qué hay de ese *cuíí*?

—Bueno, es evidente que no podía haber ido dirigido al hijo. Que él supiera, su hijo estaba en Bristol. Fue pura casualidad que se encontrara al alcance de su voz. El *cuíí* sería para llamar la atención a la persona con quien tenía la cita, fuera quien fuera. Pero el grito de *cuíí* es típico de Australia y se emplea entre australianos. Existe la poderosa sospecha de que la persona con quien esperaba reunirse McCarthy en la charca de Boscombe había estado en Australia.

—¿Y lo de la rata, entonces?

Sherlock Holmes se sacó del bolsillo un papel plegado y lo extendió sobre la mesa.

—Éste es un mapa de la colonia de Victoria —dijo—. Lo encargué por telegrama a Bristol anoche.

Cubrió con la mano una parte del mapa.

—¿Qué ve usted aquí?

—«ARAT» —leí.

—¿Y ahora? —dijo, retirando la mano.

—«BALLARAT.»

—Así es. Ésa fue la palabra que pronunció el hombre, aunque el hijo sólo captó las dos últimas sílabas.[2] Intentaba decir el nombre de su asesino. Fulano de Tal, de Ballarat.

—¡Es maravilloso! —exclamé.

—Es evidente. Y entonces, ya ve usted, había limitado considerablemente las posibilidades. Un tercer punto era la posesión de una prenda gris, que era cosa segura, suponiendo que la declaración del hijo fuera correcta. Hemos llegado ya desde la vaga incertidumbre hasta la idea concreta de un australiano de Ballarat que tiene un capote gris.

—Desde luego.

---

2   Las dos últimas sílabas del nombre «Ballarat» suenan como *a rat,* en inglés «una rata». *(N. del T.)*

—Y que se encontraba en el distrito como en su casa, pues a la charca sólo se puede acceder desde la granja o desde la finca, por donde es raro que se permita ir y venir a desconocidos.

—En efecto.

—Después tuvo lugar nuestra expedición de hoy. Examinando el terreno, me enteré de los detalles insignificantes sobre la personalidad del criminal que comuniqué a ese imbécil de Lestrade.

—Pero ¿cómo se enteró de ellos?

—Ya conoce usted mi método. Se basa en la observación de las insignificancias.

—Sé que pudo estimar aproximadamente su altura por la longitud de su zancada. Y también se puede conocer la forma de sus botas por las huellas.

—Sí. Eran unas botas peculiares.

—Pero ¿lo de la cojera?

—La señal que dejaba su pie derecho era siempre más marcada que la del izquierdo. Cargaba menos peso sobre aquél. ¿Por qué? Porque cojeaba... Era cojo.

—Pero... ¿lo de que era zurdo?

—A usted mismo le llamaron la atención las lesiones, tal como las describía el forense en su informe. El golpe fue asestado directamente desde detrás, pero estaba en el lado izquierdo. Y bien, ¿cómo puede ser eso, a menos que el atacante fuera un hombre zurdo? Durante la conversación entre padre e hijo había estado escondido detrás de aquel árbol. Hasta había fumado allí. Encontré la ceniza de un puro que, gracias a mi conocimiento especializado de las cenizas de tabaco, puedo identificar como un puro de la India. Como sabe usted, he dedicado cierto estudio a esta materia y he redactado una pequeña monografía sobre la ceniza de ciento cuarenta variedades distintas de tabaco de pipa, puros y cigarrillos. Cuando hube encontrado la ceniza, busqué y descubrí entre el musgo la colilla que había arrojado. Era un puro de la India, de la variedad que se elabora en Róterdam.

—¿Y la boquilla?

—Vi que no había tenido el extremo del puro en la boca. Por tanto, había fumado con boquilla. La punta del puro estaba recortada y no mordida; pero el corte no era limpio, por lo que deduje que el cortaplumas estaba poco afilado.

—Holmes, ha envuelto usted a ese hombre en una red de la que no podrá escapar —dije yo—, y le ha salvado la vida a un ser humano inocente. Es tan cierto como si le hubiera cortado usted mismo la cuerda del verdugo. Ya veo hacia dónde apunta todo esto. El culpable es...

—El señor John Turner —dijo en voz alta el camarero del hotel, abriendo la puerta de nuestro cuarto de estar y haciendo pasar a un visitante.

El hombre que entró tenía un aspecto extraño e imponente. Sus pasos lentos, renqueantes, y sus hombros hundidos le daban un aire decrépito, a pesar de lo cual sus rasgos duros, marcados y de líneas profundas y sus miembros enormes manifestaban que estaba dotado de una fuerza poco común, tanto física como de carácter. La barba enmarañada, los cabellos grises y las cejas pobladas y lacias contribuían a darle un aire de dignidad y de fuerza; pero tenía el rostro de color gris ceniza, y los labios y las aletas de la nariz estaban teñidos de un matiz amoratado. Me bastó una ojeada para ver claramente que padecía alguna enfermedad crónica y mortal.

—Le ruego que tome asiento en el sofá —le dijo Holmes con suavidad—. ¿Recibió usted mi nota?

—Sí. El guarda me la llevó a la casa. Decía usted que quería verme aquí para evitar el escándalo.

—Pensé que, si iba yo a la casa principal, daría lugar a habladurías.

—Y ¿para qué quería verme usted? —preguntó el hombre, mirando a mi compañero con el desánimo escrito en los ojos cansados, como si ya conociera la respuesta de antemano.

—Sí —respondió Holmes, más a su mirada que a sus palabras—. Así es. Sé todo lo de McCarthy.

El viejo hundió el rostro entre las manos.

—¡Dios me asista! —exclamó—. Pero yo no habría consentido que al joven le pasara nada malo. Le doy a usted mi palabra de que, si lo hubieran condenado en el juicio, yo lo habría contado todo.

—Me alegro de que lo diga —replicó Holmes con seriedad.

—Lo habría contado todo ya si no hubiera sido por mi querida hija. Le habría partido el alma... se le partirá el alma cuando se entere de que estoy detenido.

—Quizá no haya que llegar a eso —dijo Holmes.

—¿Cómo dice?

—Yo no soy agente oficial. Tengo entendido que fue su hija quien solicitó mi presencia aquí, y yo defiendo sus intereses. No obstante, será preciso exculpar al joven McCarthy.

—Me estoy muriendo —dijo el viejo Turner—. Hace años que padezco diabetes. Mi médico me dice que no sabe si viviré un mes. Pero yo prefiero morirme en mi propia casa, y no en una cárcel.

Holmes se levantó y se sentó a la mesa, pluma en mano y con varias hojas de papel dispuestas.

—Sólo tiene que contarnos la verdad —sugirió—. Yo iré escribiendo los hechos. Usted firmará, y Watson, aquí presente, puede hacer de testigo. Así podré presentar su confesión como último recurso, para salvar al joven McCarthy. Le prometo que sólo recurriré a ello si es imprescindible.

—Mejor así —convino el viejo—. No sé si viviré hasta el juicio, de manera que a mí me importa poco; pero quisiera ahorrarle el disgusto a Alice. Y, ahora, se lo aclararé todo a usted. Son hechos de mucho tiempo, pero tardaré poco en contárselos.

»Usted no conocía al muerto, a McCarthy. Era un demonio en forma humana, se lo aseguro. Dios lo libre a usted de caer en las garras de un hombre como aquél. A mí me ha tenido sometido desde hace veinte años, y me ha destrozado la vida. Empezaré contándole cómo llegué a quedar en su poder.

»Fue a principios de los años sesenta, en las minas. Por entonces, yo era un joven ardoroso y temerario, dispuesto a hacer cualquier cosa. Caí entre malas compañías; me di a la bebida; no tuve suerte en mi concesión minera; me eché al monte y, en una palabra, me hice lo que ustedes llaman aquí salteador de caminos. Éramos seis, y hacíamos una vida libre y desenfrenada, asaltando de cuando en cuando un rancho o los carromatos que iban camino de las minas. Me conocían con el nombre de Black Jack de Ballarat, y en la colonia todavía nos recuerdan como la banda de Ballarat.

»Un día bajaba de Ballarat a Melbourne un convoy con oro, y nosotros nos pusimos al acecho y lo asaltamos. Tenían seis guardias a caballo, y nosotros éramos seis, de modo que la cosa estaba igualada; pero desmontamos a cuatro con la primera salva de disparos. Sin embargo, murieron tres de nuestros muchachos antes de que nos apoderásemos del botín. Yo apoyé mi pistola en la cabeza del carretero, que era ese mismo McCarthy de aquí. ¡Ojalá lo hubiera matado entonces de un tiro! Pero le perdoné la vida, aunque vi que tenía los ojillos malévolos clavados en mi cara como si quisiera memorizar todos mis rasgos. Huimos con el oro. Nos hicimos ricos y nos vinimos a Inglaterra sin que sospecharan de nosotros. Una vez aquí, me despedí de mis antiguos camaradas y me dispuse a establecerme para hacer vida tranquila y respetable. Se dio la circunstancia de que esta finca estaba a la venta. La compré, y me dispuse a hacer algún bien con mi dinero, para compensar el modo en que lo había ganado. Me casé y, aunque mi esposa murió joven, me dejó a mi pequeña Alice. Ya desde que era una niña de pecho me parecía que su manita me conducía por el buen camino, más que ninguna otra cosa. En una palabra, cambié de vida e hice lo que pude por compensar el pasado. Todo marchaba bien... hasta que McCarthy me atrapó entre sus garras.

»Yo había ido a Londres para tratar de una inversión, y me topé con él en Regent Street. Iba desharrapado y casi descalzo.

»—Aquí nos tienes, Jack —me dijo, dándome un golpecito en el brazo—. Seremos para ti como una familia. Somos dos, mi hijo y yo, y tú podrás mantenernos. Si no... Inglaterra es un gran país; aquí se respetan las leyes, y siempre hay un policía al alcance de la voz.

»Y bien, se vinieron al oeste de Inglaterra sin que me los pudiera quitar de encima; y aquí han vivido desde entonces, en mis mejores tierras y sin pagarme renta. Yo no podía tener paz, ni sosiego ni olvido; no podía dar un paso sin encontrarme con su rostro astuto, con su sonrisa malévola. La cosa empeoró cuando Alice creció, pues él no tardó en darse cuenta de que yo temía más que ella se enterara de mi pasado que a la policía misma. Todo cuanto me demandaba se lo tenía que dar, y todo se lo entregaba sin discusión: tierra, dinero, casas..., hasta que terminó por pedirme algo que yo no le podía dar. Me pidió a Alice.

»Su hijo, saben ustedes, se había hecho mayor, y mi hija también. Y, como era cosa conocida que mi salud era precaria, a McCarthy le pareció que el golpe maestro sería asegurarse de que su hijo se convirtiera en el dueño de todas mis propiedades. Pero ahí ya me planté. No quería que su ralea maldita se mezclara con la mía. No es que me desagradara el muchacho; pero llevaba su sangre, y eso me bastaba. Me mantuve firme. McCarthy me amenazó. Lo desafié a que hiciera lo que quisiera. Habíamos convenido en reunirnos en la charca que está a mitad de camino entre nuestras casas, para discutirlo.

»Cuando fuimos allí los dos, vi que estaba hablando con su hijo, de modo que me oculté detrás de un árbol, fumándome un puro, esperando a que se quedara solo. Pero, al escuchar su conversación, me pareció como si aflorara la parte más oscura y amarga de mi ser. Instaba a su hijo a que se casara con mi hija, sin ninguna consideración por los sentimientos de ella, como si fuera una perdida del arroyo. Me sobrevino un arrebato de locura al pensar que yo y que lo que yo más quería estábamos en poder de un hombre como aquél. ¿No podría romper aquella cadena? Yo ya estaba desesperado, y cercano a la muerte. Sabía que mi suerte estaba echada, a pesar de que me funciona bien la cabeza y tengo bastante fuerza. Pero ¡mi reputación póstuma, y mi hija! Podía salvar la una y a la otra con solo acallar esa lengua sucia. Así lo hice, señor Holmes. Volvería a hacerlo. Con todo lo mucho que he pecado, lo he expiado con una vida de martirio. Pero el que mi hija cayera en las mismas redes que me apresaban a mí..., eso ya no lo podía soportar. Lo abatí sin más reparo que si hubiera sido una alimaña vil y venenosa. Su grito hizo volver a su hijo, pero yo ya me había ocultado en el bosque; aunque tuve que volver para recuperar el capote que había perdido en mi huida. Ésta, caballeros, es la relación verdadera de todo lo sucedido.

—A mí no me corresponde juzgarlo —dijo Holmes, mientras el anciano firmaba la declaración que se había redactado—. Quiera el cielo que nosotros no nos veamos expuestos nunca a tal tentación.

—Así sea, señor. Y ¿qué piensa hacer usted?

—En vista de su salud, nada. Usted mismo es consciente de que pronto tendrá que rendir cuentas de su acción ante un tribunal más alto que el de aquí. Conservaré su confesión y, si condenan a McCarthy, me veré obligado a presentarla. En caso contrario, no la verá nadie jamás, y su secreto se hallará a salvo con nosotros, ya esté usted vivo o muerto.

—Adiós, entonces —se despidió el anciano, con voz solemne—. Cuando ustedes mismos estén en sus lechos de muerte, tendrán más tranquilidad recordando la paz que me han dado a mí en el mismo trance.

Dicho esto, salió de la habitación despacio, tambaleándose y con temblores que lo sacudían en toda su corpulencia.

—¡Que Dios nos asista! —dijo Holmes después de un largo silencio—. ¿Por qué juega así el destino con nosotros, pobres gusanos desvalidos? Siempre que me encuentro con un caso como éste, recuerdo las palabras de Baxter y me digo: «Ése podría ser Sherlock Holmes, si Dios quisiera».

James McCarthy salió absuelto en el juicio, gracias a una serie de objeciones que Holmes redactó y le facilitó a su abogado defensor. El anciano Turner vivió siete meses más después de que nos viésemos con él; pero ya ha muerto, y hay claros indicios de que el hijo y la hija podrán ser felices juntos sin llegar a conocer los oscuros nubarrones que se ciernen sobre su pasado.

Las cinco pepitas de naranja

C uando repaso mis notas y mis registros de los casos de Sherlock Holmes entre los años 1882 y 1890, tantos presentan rasgos extraños e interesantes que no resulta sencillo decantarse por unos y desdeñar otros. No obstante, algunos ya han salido a la luz pública por medio de la prensa, y otros no han presentado terreno de lucimiento para esas cualidades peculiares que mi amigo poseía en tan alto grado y que pretendo ilustrar con estos escritos míos. También existen algunos casos que llegaron a superar su capacidad analítica y que, como narraciones, serían principios sin final; mientras que otros sólo se han resuelto en parte, y sus explicaciones se han basado más bien en conjeturas y suposiciones que en esas pruebas lógicas absolutas que tanto apreciaba él. Sin embargo, uno de estos últimos casos fue tan notable en sus detalles y tan sorprendente en sus resultados que no resisto la tentación de presentar una relación suya, a pesar de que algunos puntos asociados con él no se llegaron a aclarar, y probablemente no se aclaren nunca del todo.

El año 87 nos aportó una larga serie de casos de mayor o menor interés, cuyos registros conservo. Entre los encabezamientos de los casos de estos doce meses encuentro una relación de la aventura de la Cámara Paradol, de la Sociedad de Mendigos Aficionados, que tenía un lujoso club en el sótano de un almacén de muebles; de los hechos relacionados con la pérdida de la bricbarca británica *Sophy Anderson:* de las singulares aventuras de los Grice Paterson en la isla de Uffa, y, por fin, del caso de envenenamiento de Camberwell. Se recordará, quizá, que en este último caso Sherlock Holmes, dando cuerda al reloj del muerto, pudo demostrar que le habían dado cuerda dos horas antes y que, por tanto, el difunto se había acostado en ese intervalo, deducción ésta que fue de la máxima importancia para la resolución del caso. Es posible que narre todas estas aventuras en alguna fecha futura, pero ninguna presenta rasgos tan singulares como la extraña serie de circunstancias para cuya descripción acabo de tomar la pluma.

Eran los últimos días de septiembre, y las tormentas equinocciales habían llegado con una violencia excepcional. El viento había ululado y la lluvia había azotado las ventanas durante todo el día, de modo que hasta aquí, en el corazón de esta gran obra del hombre que es Londres, nos veíamos obligados a levantar nuestra atención de momento de la rutina de la vida y a reconocer la presencia de esas grandes fuerzas de los elementos, que bramaban a la humanidad entre los barrotes de su civilización, como bestias salvajes encerradas en una jaula. Al caer la tarde, la tormenta arreció y se hizo más ruidosa, y el ruido del viento en la chimenea era como los llantos y sollozos de un niño. Sherlock Holmes, melancólico, estaba sentado a un lado de la chimenea, preparando el índice de su archivo del crimen, mientras yo, al otro lado, me había sumergido en uno de los hermosos relatos marineros de Clark Russell, hasta que me pareció que el aullido de la tormenta del exterior se fusionaba con el texto, y que el azote de la lluvia era una prolongación del largo chapoteo de las olas del mar. Mi esposa había ido a pasar unos días con su madre, y yo volvía a alojarme de nuevo por algunos días en mi antigua residencia de Baker Street.

—Vaya —dije, levantando la vista para mirar a mi compañero—. Ha sonado la campanilla, sin duda. ¿Quién puede ser en una noche como ésta? ¿Algún amigo suyo, quizá?

—No tengo ninguno, salvo usted —respondió—. No animo a la gente a visitarme.

—¿Un cliente, entonces?

—Si es así, será un caso grave. Por menos, no saldría a la calle una persona en un día como éste y a esta hora. Pero supongo que es más probable que se trate de alguna amiga de la patrona.

Pero la conjetura de Sherlock Holmes era errónea, pues se oyeron pasos en el pasillo y unos golpecitos en la puerta. Holmes estiró el largo brazo para apartar la lámpara de su lado y dirigirla hacia la silla vacía donde debería sentarse el recién llegado.

—¡Adelante! —ordenó.

El hombre que entró era joven; tendría veintidós años, a lo sumo. Iba bien arreglado y vestido con elegancia, con cierto porte que indicaba refinamiento y delicadeza. El paraguas chorreante que llevaba en la mano y su larga gabardina reluciente hacían pensar en el temporal que había tenido que afrontar para venir. Miraba a un lado y a otro, nervioso, bajo el brillo de la lámpara, y vi que tenía la cara pálida y los ojos abatidos, como los de un hombre abrumado por el peso de una gran angustia.

—Debo disculparme —dijo, llevándose a los ojos los quevedos de oro—. Espero no haber venido a molestarlos. Me temo que he introducido algunos restos de la tormenta en esta sala tan acogedora.

—Deme su gabán y su paraguas —lo conminó Holmes—. Pueden quedarse colgados en el perchero y tardarán poco en secarse. Viene usted del sudoeste, según veo.

—Sí, de Horsham.

—Esa mezcla de arcilla y tierra caliza que veo en las punteras de sus botas es muy característica.

—He venido a solicitar consejo.

—Es fácil darlo.

—Y ayuda.

—Eso no siempre resulta tan fácil.

—He oído hablar de usted, señor Holmes. Oí al comandante Prendergast el relato de cómo lo salvó usted en el escándalo del Club Tankerville.

—Ah, por supuesto. Lo acusaron injustamente de hacer trampas jugando a las cartas.

—Dijo que usted era capaz de resolver cualquier cosa.

—Dijo demasiado.

—Que es usted invencible...

—He sido vencido cuatro veces: tres veces por hombres y una por una mujer.

—Pero ¿qué es eso, si se compara con el número de sus éxitos?

—Es verdad que, en general, he tenido éxito.

—Entonces, puede tenerlo conmigo.

—Le ruego que acerque su silla al fuego y me haga el favor de darme algunos detalles sobre su caso.

—No es un caso corriente.

—Ninguno de los que se me presentan lo es. Yo soy el último tribunal de apelación.

—Con todo, señor mío, me permito dudar de que usted, con toda su experiencia, haya oído jamás una serie de hechos tan misteriosos e inexplicables como los que han sucedido en mi familia.

—Me llena usted de interés —dijo Holmes—. Le ruego que nos exponga los datos esenciales desde el principio, y yo podré preguntarle más adelante por los detalles que me parezcan más importantes.

El joven acercó su silla a la chimenea y adelantó hacia la lumbre los pies mojados.

—Me llamo John Openshaw —comenzó—; pero, que yo sepa, mis asuntos tienen poco que ver con este caso espantoso. Es una cuestión de familia; de modo que, para que se haga una idea de los hechos, debo remontarme al principio del asunto.

»Ha de saber que mi abuelo tuvo dos hijos: mi tío Elías y mi padre Joseph. Mi padre tenía en Coventry una fábrica pequeña, que amplió en la época de la invención de las bicicletas. Era el propietario de la patente de los neumáticos irrompibles Openshaw, y su empresa tuvo tanto éxito que pudo venderla y retirarse quedando en una situación acomodada.

»Mi tío Elías había emigrado a América de joven y había establecido una plantación en Florida, donde le fue muy bien, según se decía. En la época de la guerra combatió en el ejército de Jackson, y después estuvo a las órdenes de Hood, donde alcanzó el grado de coronel. Cuando Lee depuso las armas, mi tío regresó a su plantación, donde pasó otros tres o cuatro años. Hacia 1869 o 1870 volvió a Europa y adquirió una pequeña finca en Sussex, cerca de Horsham. Había hecho una fortuna considerable en los Estados Unidos, y daba como motivos de haber dejado el país la aversión que tenía hacia los negros y el desagrado que le producía la política del Partido Republicano, al haberles concedido el derecho a voto. Era un hombre singular, violento y de genio vivo, muy mal hablado cuando se enfadaba y de carácter muy retraído. Me parece que en todos los años que vivió en Horsham no llegó a pisar el pueblo. Alrededor de su casa había un jardín y dos o tres campos, y por allí salía a pasearse, aunque solía pasarse semanas enteras sin salir de su cuarto. Bebía mucho coñac y fumaba muchísimo, pero no quería tratarse con la gente ni recibir a ningún amigo, ni siquiera a su propio hermano.

»No le molestaba mi presencia; de hecho, me cobró cierto afecto, pues cuando me conoció yo era un jovencito de apenas doce años. Aquello debió de ser en el año 1878, cuando él llevaba ocho o nueve en Inglaterra. Le pidió a mi padre que me dejara vivir con él, y me trataba con mucha bondad a su manera. Cuando estaba sereno, solía gustarle jugar conmigo al chaquete y a las damas, y me hacía representante suyo ante los criados y los proveedores, de modo que cuando cumplí dieciséis años ya era prácticamente el administrador de la casa. Tenía todas las llaves y podía ir adonde quería y hacer lo que quería, con tal de respetar su intimidad. Había una excepción singular, no obstante, pues él tenía un solo cuarto, un trastero en los desvanes, que estaba siempre cerrado con llave y en el que no nos dejaba entrar nunca, ni a mí ni a nadie. Yo atisbaba por el ojo de la cerradura, con curiosidad de muchacho, pero no veía nada más que una colección de baúles y bultos viejos: lo que cabría esperar en un cuarto como aquél.

»Cierto día (fue en marzo de 1883) había una carta con sello extranjero sobre la mesa ante el plato del coronel. No era corriente que recibiera cartas, pues pagaba sus facturas al contado y no tenía amigos de ninguna clase.

»—¡De la India! —dijo al tomarla—. ¡Matasellos de Pondicherry! ¿Qué puede ser?

»La abrió apresuradamente y saltaron del sobre cinco pequeñas pepitas de naranja secas que repicaron en su plato. Ante esto me eché a reír, pero cuando vi la cara que había puesto el coronel, se me borró la risa de los labios. Tenía el labio caído, los ojos saltones, la tez del color de la masilla, y miraba fijamente el sobre que seguía sosteniendo en la mano.

»—¡KKK! —chilló, y añadió después—: ¡Dios mío, mis pecados me han alcanzado!

»—¿Qué es eso, tío? —exclamé.

»—La muerte —respondió. Tras levantarse de la mesa, se retiró a su cuarto, y me dejó palpitando de horror. Tomé el sobre y vi escrita en grandes letras de tinta roja, sobre la solapa interior, justo por encima de la goma, la letra K repetida tres veces. El sobre no contenía nada más, salvo las cinco pepitas secas. ¿A qué se podía deber el terror que se había apoderado de mi tío? Dejé la mesa del desayuno y, cuando subía por las escaleras, me encontré con él. Bajaba con una llave vieja y oxidada, que debía de ser la del cuarto trastero, en una mano, y una caja pequeña de bronce, como una caja de caudales, en la otra.

»—Pueden hacer lo que quieran, pero yo todavía ganaré la partida —dijo, soltando un juramento—. Dile a Mary que encienda hoy la lumbre en mi cuarto, y haz que llamen a Fordham, el abogado de Horsham.

»Hice lo que me mandó, y cuando llegó el abogado me pidieron que subiera a la habitación. La lumbre ardía vivamente, y en la chimenea había una masa de cenizas negras, esponjosas, como de papeles quemados, y junto a ella estaba la caja de bronce, abierta y vacía. Al mirar la caja, observé con sobresalto que en la tapa estaba pintada la triple K que yo había leído aquella mañana en el sobre.

»—Quiero que seas testigo de mi testamento, John —dijo mi tío—. Dejo mis bienes, con todas sus ventajas y desventajas, a mi hermano, tu padre, del que sin duda pasarán a ti. Si puedes disfrutarlos en paz, ¡tanto mejor! Si descubres que no es posible, sigue mi consejo, muchacho, y déjaselos a tu peor enemigo. Lamento dejarte un arma de doble filo como ésta, pero no te puedo asegurar qué rumbo tomarán las cosas. Haz el favor de firmar el documento donde te indique el señor Fordham.

»Firmé el documento como me dijeron y el abogado se lo llevó. Aquel incidente singular me causó, como pueden figurarse ustedes, una hondísima impresión. Reflexioné sobre él y le di vueltas en la cabeza de todas las maneras posibles sin sacar nada en limpio. Sin embargo, no podía quitarme de encima la vaga impresión de temor que me había dejado, aunque la sensación cedió con el transcurso de las semanas sin que sucediera nada que alterase la rutina habitual de nuestras vidas. No obstante, veía a mi tío cambiado. Bebía más que nunca y estaba menos proclive a mantener trato social de ninguna clase. Se pasaba la mayor parte del tiempo en su cuarto, con la puerta cerrada con llave por dentro, pero a veces aparecía sumido en una especie de frenesí alcohólico, y salía de la casa y rondaba por el jardín con un revólver en la mano, vociferando que no temía a hombre alguno y que no consentía que nadie, hombre o demonio, lo tuviera encerrado como a una oveja en un redil. Pero cuando se le pasaban estos arrebatos acalorados, entraba con gesto triste por la puerta y la cerraba con llave y la atrancaba, como quien ya no es capaz de plantarle cara al terror que se oculta en lo más profundo de su alma. En esas ocasiones vi que tenía la cara brillante de sudor, hasta en los días fríos, como si acabara de sacarla de una jofaina.

»En fin, a modo de conclusión, señor Holmes, y por no abusar de su paciencia, llegó una noche en que hizo una de esas salidas suyas de borracho y no regresó. Cuando salimos a buscarlo, nos lo encontramos tendido boca abajo en un estanque pequeño, cubierto de verdín, que estaba al fondo de los jardines. No había ninguna señal de violencia, y el estanque sólo tenía dos pies de agua, en vista de lo cual, el jurado, teniendo en cuenta la excentricidad conocida de mi tío, dictó un veredicto de "suicidio". Pero a mí, que sabía cuánto lo desazonaba la idea misma de la muerte, me costó mucho convencerme de que había salido él a su encuentro. Así quedó la cosa, no obstante, y mi padre tomó posesión de la finca, y de unas catorce mil libras esterlinas que tenía en el banco.

—Un momento —intervino Holmes—. Creo adivinar que su relato ha de ser uno de los más notables que he oído nunca. Haga el favor de darme la fecha en que su tío recibió la carta, y la fecha de su supuesto suicidio.

—La carta llegó el 10 de marzo de 1883. Su muerte acaeció siete semanas más tarde, la noche del 2 de mayo.

—Muchas gracias. Continúe usted, haga el favor.

—Cuando mi padre tomó posesión de la finca de Horsham, examinó cuidadosamente, a petición mía, aquel desván que había estado siempre cerrado con llave. Encontramos allí la caja de bronce, aunque su contenido había sido destruido. En la parte interior de la tapa había una etiqueta de papel en la que se repetían las iniciales «KKK», bajo las cuales estaba escrito: «Cartas, memorandos, recibos y un registro». Suponemos que estas palabras indicaban la naturaleza de los papeles que había destruido el coronel Openshaw. Aparte de esto, no había en el desván nada de mayor importancia, a excepción de muchos papeles y cuadernos dispersos en los que se reflejaba la vida de mi tío en América. Algunos correspondían a la época de la guerra, y en ellos se ponía de manifiesto que había cumplido bien con su deber y que había cobrado fama de militar valeroso. Otros estaban fechados en la época de la reconstrucción de los estados del Sur, y trataban, en su mayoría, de política, pues saltaba a la vista que mi tío había participado de manera notable en la oposición a los políticos oportunistas que eran enviados del Norte.

»Pues bien, mi padre se instaló en Horsham a principios del 1884, y las cosas nos fueron todo lo bien que podían irnos hasta enero del 1885. Cuatro días después del Año Nuevo, sentado a la mesa del desayuno con mi padre, oí que éste soltaba una viva exclamación de sorpresa. Allí estaba él, sentado con un sobre recién abierto en una mano y cinco pepitas de naranja secas en la palma de la otra. Él siempre se había tomado a risa lo que contaba yo del coronel, calificándolo de cuento chino, pero ahora que le había sucedido la misma cosa a él, parecía muy asustado y desconcertado.

»—Vaya, ¿qué demonios significa esto, John? —balbució.

»El corazón se me había vuelto de plomo.

»—Es el KKK —dije.

»Miró dentro del sobre.

»—Así es —exclamó—. Aquí están esas mismas letras. Pero ¿qué es esto que está escrito sobre ellas?

»—"Deje los papeles en el reloj de sol" —leí yo en voz alta, mirando por encima del hombro.

»—¿Qué papeles? ¿Qué reloj de sol? —preguntó.

»—El reloj de sol del jardín —respondí—. No hay otro; pero los papeles deben de ser los que han sido destruidos.

»—¡Paparruchas! —replicó, aferrándose con fuerza a su valor—. Aquí estamos en un país civilizado, y no podemos consentir majaderías de esta especie. ¿De dónde ha venido eso?

»—De Dundee —respondí, mirando el matasellos.

»—Una broma impertinente —dijo él—. ¿Qué tengo que ver yo con relojes de sol y con papeles? No pienso prestar atención a estos disparates.

»—Yo en tu lugar hablaría con la policía, desde luego —sugerí.

»—Para no ganar más, que se rían de mí. Nada de eso.

»—Entonces, ¿me permites que lo haga yo?

»—No, te lo prohíbo. No pienso levantar un alboroto por un disparate como éste.

»Resultaba inútil discutir con él, pues era un hombre muy terco. Pero salí con el corazón cargado de presagios.

»Tres días después de la llegada de la carta, mi padre salió de casa a visitar a un viejo amigo suyo, el comandante Freebody, que está al mando de uno de los fuertes de Portsdown Hill. Me alegré de que saliera, pues me parecía que se apartaba más del peligro cuando no estaba en casa. En esto, sin embargo, me equivocaba. En el segundo día de su ausencia, recibí un telegrama del comandante; me suplicaba que acudiera enseguida. Mi padre había caído en una de las hondas simas que abundan en el terreno calizo de la comarca y yacía sin sentido, con el cráneo destrozado. Corrí a su lado, pero falleció sin haber vuelto en sí. Al parecer, regresaba de Fareham a la hora del crepúsculo y, como no conocía el terreno y la sima no estaba cercada, el jurado no dudó en emitir el veredicto de "muerte por causas accidentales". A pesar del cuidado con que examiné todos los hechos relacionados con su muerte, fui incapaz de encontrar nada que pudiera apuntar a la idea de un asesinato. No había indicios de violencia, ni huellas, ni robo, ni noticias de que se hubiera visto a ningún desconocido por los caminos. Sin embargo, no es preciso que les diga que yo no me sentía tranquilo, ni mucho menos, y que estaba prácticamente seguro de que alrededor de mi padre se había tejido una trama horrible.

»Fue de esta manera siniestra como entré en posesión de mi herencia. Me preguntarán ustedes por qué no la liquidé. Les respondo que porque estaba convencido de que nuestros disgustos estaban relacionados de alguna manera con algún incidente de la vida de mi tío, y de que el peligro sería tan grave en cualquier casa.

»A mi desventurado padre le sobrevino la muerte en enero del año 1885, y desde entonces han transcurrido dos años y ocho meses. Durante este tiempo he vivido felizmente y había empezado a albergar esperanzas de que esta maldición se hubiera alejado de la familia y de que hubiese concluido con la generación anterior. Pero me había confiado demasiado pronto: ayer por la mañana descargó el golpe de la misma forma en que había caído sobre mi padre.

El joven se sacó del chaleco un sobre arrugado y, volviéndose hacia la mesa, lo sacudió, haciendo caer cinco pepitas de naranja secas.

—Éste es el sobre —prosiguió—. El matasellos es de Londres, del distrito Este. Dentro aparecen las mismas palabras que estaban en el último mensaje que recibió mi padre: «KKK», y después: «Deje los papeles en el reloj de sol».

—¿Qué ha hecho usted? —preguntó Holmes.

—Nada.

—¿Nada?

—A decir verdad —reconoció, hundiendo el rostro entre las manos delgadas y blancas—, me he sentido impotente. Me he sentido como uno de esos pobres conejos cuando la serpiente se arrastra hacia él. Me parece que estoy en las garras de un mal irresistible, inexorable, ante el que no sirven medidas ni previsiones.

—¡Basta! ¡Basta! —exclamó Sherlock Holmes—. Debe pasar a la acción, hombre, o estará perdido. Sólo la energía puede salvarlo. No es momento para el desánimo.

—He hablado con la policía.

—¡Ah!

—Pero escucharon mi relato con una sonrisa. Estoy convencido de que el inspector se ha formado la opinión de que todas las cartas son bromas, y de que las muertes de mis familiares fueron verdaderos accidentes, tal como dictaminó el jurado, y que no se deben relacionar con las amenazas.

Holmes blandió en el aire los puños cerrados.

—¡Qué imbecilidad tan increíble! —exclamó.

—Me han asignado, no obstante, a un agente de policía, para que esté en la casa conmigo.

—¿Lo ha acompañado esta noche?

—No. Sus instrucciones eran quedarse en la casa.

Holmes reiteró sus ademanes de indignación.

—¿Por qué ha acudido usted a mí? —exclamó—. Y, por encima de todo, ¿por qué no ha acudido a mí enseguida?

—No lo conocía. Sólo hoy he hablado de mis inquietudes con el comandante Prendergast, y ha sido él quien me ha aconsejado que acuda a usted.

—Ya hace dos días, prácticamente, que recibió usted la carta. Deberíamos haber actuado antes. Supongo que no tiene usted más pruebas que la que nos ha presentado... ¿No hay ningún otro detalle sugerente que nos pueda servir?

—Hay una cosa —respondió John Openshaw. Buscó en el bolsillo de su chaqueta y, tras sacar un trozo de papel azulado descolorido, lo dejó sobre la mesa.

—Recuerdo vagamente —dijo— haber observado que, el día en que mi tío quemó los papeles, los fragmentos pequeños de márgenes sin quemar que quedaban entre las cenizas eran de este mismo color. Encontré esta hoja en el suelo de la habitación, y tiendo a creer que puede tratarse de uno de los papeles, que cayó quizá de entre los demás y, de ese modo, se libró de la destrucción. No veo que nos sirva de mucho, aparte de que en él se habla de semillas. A título personal, creo que se trata de una página de algún diario privado. La letra es, sin duda alguna, la de mi tío.

Holmes movió la lámpara, y él y yo nos inclinamos sobre la hoja de papel, cuyo borde irregular indicaba que, en efecto, se había arrancado de un libro. Llevaba el encabezamiento «Marzo de 1869», y debajo aparecían las siguientes anotaciones enigmáticas:

Día 4. Vino Hudson. El plan de siempre.

Día 7. Enviadas pepitas a McCauley, Paramore y John Swain, de San Agustín.

Día 9. McCauley se largó.

Día 10. John Swain se largó.

Día 12. Visita a Paramore. Todo bien.

—¡Muchas gracias! —dijo Holmes, doblando el papel y devolviéndoselo a nuestro visitante—. Y ahora no debe usted perder ni un instante más bajo ningún concepto. No podemos perder el tiempo, ni siquiera para comentar lo que me ha contado usted. Debe volver a su casa al instante y actuar.

—¿Qué he de hacer?

—Sólo se puede hacer una cosa. Debe hacerse enseguida. Debe meter usted este papel que nos ha enseñado en la caja de bronce que nos ha descrito. También deberá dejar una nota en la que dirá que su tío quemó todos los demás papeles y que éste es el único que queda. Deberá afirmarlo en términos convincentes. Hecho esto, deberá dejar enseguida la caja sobre el reloj de sol, tal como se le indicó. ¿Lo ha entendido?

—Por completo.

—No piense usted en venganzas ni en nada parecido, de momento. Creo que eso podremos conseguirlo por medio de la ley, pero todavía debemos tejer nuestra red, mientras que ellos ya tienen tejida la suya. La primera consideración es eliminar el peligro acuciante que lo amenaza a usted. La segunda será desentrañar el misterio y castigar a los culpables.

—Le doy las gracias —dijo el joven, levantándose y poniéndose el abrigo—. Me ha dado usted nueva vida y esperanza. Haré lo que me ha aconsejado, sin duda alguna.

—No pierda ni un instante. Y, por encima de todo, tenga cuidado mientras tanto, pues parece indudable que lo amenaza un peligro muy real e inminente. ¿Cómo va a volver usted?

—En tren, desde la estación de Waterloo.

—Aún no son las nueve. Las calles estarán llenas de gente, por lo que confío en que pueda usted estar a salvo. Sin embargo, toda precaución será poca.

—Voy armado.

—Eso está bien. Mañana me pondré a trabajar en su caso.

—¿Lo veré a usted en Horsham, entonces?

—No. El secreto de usted se encuentra en Londres. Lo buscaré aquí.

—Entonces, vendré a visitarlo de aquí a uno o dos días, y le daré noticias de lo que pasa con la caja y los papeles. Seguiré sus consejos en todos los puntos.

Nos dio la mano y se despidió. En el exterior, el viento seguía ululando, y la lluvia azotaba las ventanas y tamborileaba sobre ellas. Parecía como si aquel relato extraño y violento nos hubiera llegado de entre los elementos embravecidos, como un puñado de algas que nos hubiera arrojado un temporal, y que ahora los elementos lo habían sorbido de nuevo.

Sherlock Holmes se quedó sentado un rato en silencio, con la cabeza hundida hacia delante y los ojos puestos en el resplandor rojo de la lumbre. Después, encendió su pipa y, recostándose en su butaca, contempló los anillos de humo azulados que se perseguían unos a otros ascendiendo hacia el techo.

—Creo, Watson —comentó por fin—, que no hemos tenido entre todos nuestros casos ninguno más fantástico que éste.

—A excepción de *El signo de los cuatro,* quizá.

—Bueno, sí. Con esa excepción, quizá. Y, sin embargo, me parece que este John Openshaw está rodeado de peligros todavía mayores que los que sufrieron los Sholto.

—Pero ¿se ha formado usted alguna idea clara de en qué consisten esos peligros? —le pregunté.

—No puede caber duda de su carácter —respondió él.

—Entonces, ¿cuáles son? ¿Quién es ese KKK y por qué persigue a esta desgraciada familia?

Sherlock Holmes cerró los ojos y apoyó los codos en los brazos de su butaca, juntando las puntas de los dedos.

—Si al razonador ideal se le mostrase un solo hecho en todo su alcance, sería capaz no sólo de deducir toda la cadena de hechos que condujeron a él, sino también todos los resultados que se seguirían de él —comentó—.

Del mismo modo que Cuvier era capaz de describir correctamente un animal entero a partir del examen de un solo hueso, del mismo modo el observador que ha comprendido por completo un solo eslabón de una cadena de incidentes deberá ser capaz de exponer con precisión todos los demás, tanto anteriores como posteriores. Todavía no nos hemos dado cuenta de los resultados que puede obtener la razón por sí sola. Es posible solucionar en el gabinete problemas que han desconcertado a todos aquellos que buscaron una solución por medio de sus sentidos. Para llevar el arte a su grado más elevado, no obstante, es necesario que el razonador sea capaz de utilizar todos los hechos que han llegado a su conocimiento. Y esto mismo supone, como advertirá usted con facilidad, la posesión de todos los conocimientos, lo cual, incluso en estos tiempos de la educación gratuita y las enciclopedias, es un logro más bien raro. Sin embargo, no es imposible que un hombre posea todos los conocimientos que pueden resultarle útiles en su trabajo, y en mi caso yo me he esforzado por conseguirlo. Si no recuerdo mal, usted mismo definió mis límites de manera muy precisa en cierta ocasión, en los primeros días de nuestra amistad.

—Sí —respondí, con una risotada—. Era un documento singular. Recuerdo que sus conocimientos de filosofía, astronomía y política se valoraban en cero. Los de botánica, variables; los de geología, profundos en lo que se refería a las manchas de barro de cualquier zona en un radio de cincuenta millas de Londres; los de química, excéntricos; los de anatomía, faltos de sistema; los de literatura sensacionalista y anales del crimen, incomparables; y además, era violinista, boxeador, espadachín, jurista y autointoxicador por medio de la cocaína y el tabaco. Creo que ésos eran los elementos principales de mi análisis.

El último punto hizo sonreír a Holmes.

—Pues bien —dijo—, vuelvo a repetir ahora lo que dije entonces: que el hombre debe guardar en el desván de su cerebro todos los muebles que tiene posibilidades de usar, y el resto lo puede dejar en el trastero de su biblioteca, de donde puede tomarlo si le hace falta. Y ahora, no cabe duda de que, para un caso como el que se nos ha presentado esta noche, debemos poner en juego todos nuestros recursos. Tenga la bondad de pasarme la letra K de la

Enciclopedia Americana que está en el estante, a su lado. Gracias. Ahora consideremos la situación y veamos qué se puede deducir de ella. En primer lugar, podemos empezar por la presunción poderosa de que el coronel Openshaw tenía algún motivo muy acuciante para marcharse de América. Los hombres de su edad no cambian sus costumbres de vida ni abandonan de buena gana el clima encantador de la Florida por la vida solitaria de una población provinciana inglesa. Su afición intensa a la soledad en Inglaterra nos da a entender que le tuviera miedo a algo o a alguien, de modo que podemos plantear como hipótesis de trabajo que lo que lo hizo marcharse de América fue el miedo a algo o a alguien. En cuanto a qué era lo que temía, eso sólo podemos deducirlo del estudio de las cartas espantosas que recibió y que han recibido sus sucesores. ¿Se ha fijado en los matasellos de esas cartas?

—La primera procedía de Pondicherry, la segunda de Dundee y la tercera de Londres.

—Del este de Londres. ¿Qué deduce usted de ello?

—Son todos puertos de mar. Que el remitente iba a bordo de un barco.

—Excelente. Ya tenemos una pista. No cabe la menor duda de que es probable, muy probable, que el remitente navegara a bordo de un barco. Y ahora, consideremos otro punto. En el caso de Pondicherry, transcurrieron siete semanas entre la amenaza y su ejecución, y en el de Dundee sólo tres o cuatro días. ¿Le sugiere eso algo?

—Que tuvo que recorrer una distancia mayor.

—Pero la carta también había tenido que recorrer una distancia mayor.

—Entonces no capto la cuestión.

—Se puede presumir, al menos, que el navío en que viaja ese hombre o esos hombres es un barco de vela. Parece que siempre envían por delante esa amenaza o señal singular en el momento en que se ponen en camino para cumplir su misión. Ya ve usted con cuánta rapidez siguió el hecho a la señal cuando procedía de Dundee. Si hubieran venido de Pondicherry en un vapor, habrían llegado casi al mismo tiempo que su carta. Pero, de hecho, transcurrieron siete semanas. Yo creo que esas siete semanas representan la ventaja que sacó el vapor correo que trajo la carta al barco de vela que trajo a su remitente.

—Es posible.

—Más que posible. Es probable. Y ya ve usted la urgencia de vida o muerte de este nuevo caso, y por qué recomendé al joven Openshaw que tuviera cuidado. El golpe ha caído siempre al cumplirse el tiempo que podían tardar los remitentes en hacer el viaje. Pero éste procede de Londres, y por eso no podemos esperar que tarde.

—¡Dios santo! —exclamé—. ¿Qué puede significar esta persecución implacable?

—Los papeles que llevó consigo Openshaw tienen, evidentemente, una importancia vital para la persona o personas que viajan en el velero. Creo que está muy claro que debe de haber más de uno. Un solo hombre no podría haber matado a dos personas de un modo que engañase al jurado de un *coroner*. Han debido de participar varios, y debían de ser hombres hábiles y decididos. Están dispuestos a recuperar sus papeles, los tenga quien los tenga. Por tanto, y como ve usted, KKK dejan de ser las iniciales de un individuo y se convierten en el símbolo de una sociedad.

—Pero ¿de qué sociedad?

—¿No ha oído usted hablar nunca —preguntó Sherlock Holmes, inclinándose hacia mí y bajando la voz— del Ku Klux Klan?

—Nunca.

Holmes pasó las hojas del libro que tenía sobre las rodillas.

—Aquí está —dijo por fin—. Ku Klux Klan. Nombre que procede de la onomatopeya caprichosa del ruido que hace un rifle al amartillarse. Esta sociedad secreta terrible fue creada en los estados del Sur tras la Guerra de Secesión por algunos antiguos militares confederados, y no tardaron en establecerse círculos locales en diversas partes del país, sobre todo en Tennessee, Luisiana, las Carolinas, Georgia y Florida. Aplicaba su poder con fines políticos, sobre todo para aterrorizar a los votantes negros y asesinar y expulsar del país a los que se oponían a sus puntos de vista. Sus atentados solían ir precedidos de una amenaza que se enviaba al hombre marcado en alguna forma fantasiosa, pero reconocida de manera general: un ramito de hojas de roble en algunas partes, unas pepitas de melón o de naranja en otras. Al recibir la señal, la víctima podía o bien abjurar públicamente de sus opiniones y conducta anterior, o bien huir del país. Si osaba mantenerse firme, le sobrevenía la muerte sin falta, y en general de alguna manera extraña e imprevista. La organización de la sociedad era tan perfecta y sus métodos eran tan sistemáticos que apenas se recuerda algún caso en que un hombre haya conseguido hacerle frente, o en el que se haya podido demostrar la identidad de los ejecutores de alguno de sus atentados. La organización floreció durante algunos años, a pesar de los esfuerzos del Gobierno de los Estados Unidos y de los estamentos sociales más virtuosos del Sur. Por fin, el movimiento se deshizo de manera bastante repentina en el año 1869, aunque se han dado brotes esporádicos de la misma especie desde aquella fecha.»

»Observará usted —añadió Holmes, dejando el volumen— que la disolución repentina de la sociedad coincidió con la desaparición de Openshaw de América con los papeles de ésta. Los dos hechos pueden haber sido causa y efecto. No es de extrañar que su familia y él tuvieran tras su pista a algunos de sus espíritus más implacables. Ya comprenderá usted que ese diario y registro podían implicar a algunos de los hombres más destacados del Sur, y que quizá haya muchos que no duerman en paz por las noches hasta que se recupere.

—Entonces, la página que hemos visto...

—Es como podíamos esperar. Decía, si no recuerdo mal: «Enviadas las pepitas a A, B y C...»; es decir, se les envió el aviso de la sociedad. Después hay anotaciones sucesivas en el sentido de que A y B se largaron, es decir, que se marcharon del país; y, por fin, que se hizo una visita a C, me temo que con resultados siniestros para C. Y bien, me parece, doctor, que podremos arrojar algo de luz sobre este lugar oscuro, y creo que la única posibilidad que tiene el joven Openshaw, hasta entonces, es hacer lo que le he dicho. Esta noche ya no se puede decir ni hacer más, de modo que alcánceme mi violín e intentemos olvidarnos durante media hora del mal tiempo tan deprimente que hace y de las costumbres, todavía más deprimentes, de nuestros semejantes.

A la mañana siguiente se había despejado el cielo y el sol lucía con un brillo amortiguado a través del velo turbio que cubre la gran ciudad. Cuando bajé, Sherlock Holmes ya estaba desayunando.

—Me dispensará que no lo haya esperado —dijo—. Tengo por delante un día muy atareado si quiero ocuparme de este caso del joven Openshaw.

—¿Qué pasos va a dar usted? —le pregunté.

—Eso dependerá en gran medida de los resultados de mis primeras pesquisas. Quizá tenga que bajar a Horsham después de todo.

—¿No irá allí en primer lugar?

—No. Empezaré por la City. Haga sonar la campanilla y la doncella le traerá su café.

Mientras esperaba el café tomé de la mesa el periódico, que estaba sin abrir, y lo recorrí con la vista. Me detuve en un titular que me produjo un escalofrío en el corazón.

—Es demasiado tarde, Holmes —exclamé.

—¡Ah! —dijo él, dejando su taza—. Ya me lo temía. ¿Cómo lo han hecho? Hablaba con calma, pero pude apreciar que estaba muy conmovido.

—Me saltó a la vista el apellido Openshaw, y el titular «Tragedia cerca del puente de Waterloo». La crónica dice así:

Entre las nueve y las diez de la noche pasada, el agente de policía Cook, de la división H, que estaba de guardia cerca del puente de Waterloo, oyó un grito de socorro y una zambullida en el agua. Pero hacía una noche muy oscura y de tormenta, de modo que, a pesar de la ayuda de varios transeúntes, resultó absolutamente imposible llevar a cabo un rescate. Se había dado la alarma, no obstante, y el cadáver se rescató por fin con la ayuda de la policía fluvial. Resultó ser el de un joven caballero cuyo nombre, según se deduce de un sobre que se encontró en su bolsillo, era John Openshaw, y que reside en las proximidades de Horsham. Se conjetura que podía ir con prisa para alcanzar el último tren en la estación de Waterloo, y que, con su precipitación y la gran oscuridad, se perdió y cayó por el borde de uno de los pequeños atracaderos de los vapores del río. El cuerpo no mostraba indicios de violencia, y no cabe duda de que el difunto había sido víctima de un accidente desventurado, que deberá tener el efecto de llamar la atención de las autoridades sobre el estado de los atracaderos del río.

Pasamos unos momentos sentados en silencio. Yo no había visto nunca a Holmes tan abatido y afectado.

—Esto hiere mi orgullo, Watson —dijo por fin—. Es un sentimiento mezquino, sin duda, pero hiere mi orgullo. Ahora ya se ha convertido para mí en una cosa personal, y, si Dios me da salud, pondré la mano encima a esta banda. ¡Que haya acudido a mí en busca de ayuda, y que yo lo haya enviado a la muerte...!

Saltó de su silla y se paseó por la habitación en un estado de agitación incontrolable, con las mejillas cetrinas enrojecidas y uniendo y separando con gesto nervioso las manos largas y delgadas.

—Deben de ser unos demonios astutos —exclamó por fin—. ¿Cómo habrán podido haberlo atraído hasta allí abajo? El Embankment no está en el camino directo de aquí a la estación. Sin duda, el puente estaba demasiado transitado, hasta en una noche como la pasada, para sus fines. Y bien, Watson, ya veremos quién gana a la larga. ¡Ahora voy a salir!

—¿A hablar con la policía?

—No; yo seré mi propia policía. Cuando haya tejido mi telaraña, podrán quedarse ellos con las moscas, pero no antes.

Dediqué todo el día a mi trabajo profesional, y cuando regresé a Baker Street ya anochecía. Sherlock Holmes no había vuelto todavía. Eran casi las diez cuando apareció, con aspecto pálido y fatigado. Se acercó al aparador y, tras arrancar un trozo de pan de la hogaza, lo devoró con apetito voraz, bajándolo con un largo trago de agua.

—Tiene usted hambre —observé.

—Canina. Ni me acordaba siquiera. No he comido nada desde el desayuno.

—¿Nada?

—Ni un bocado. No he tenido tiempo de pensar en ello.

—¿Y cómo le ha ido en su misión?

—Bien.

—¿Tiene usted una pista?

—Los tengo en el puño. El joven Openshaw será vengado de aquí a poco tiempo. Vaya, Watson, vamos a marcarlos con su propia marca diabólica. ¡Está bien pensado!

—¿Qué quiere usted decir?

Tomó una naranja de la alacena y, haciéndola pedazos, los apretó para hacer caer las semillas sobre la mesa. Contó cinco y las metió en un sobre. En el interior de la solapa escribió: «S. H. en nombre de J. O.». Después cerró el sobre y escribió en él la dirección siguiente: «Capitán James Calhoun, bricbarca *Lone Star,* Savannah, Georgia».

—Lo estará esperando cuando llegue a puerto —dijo, riéndose por lo bajo—. Puede que le haga pasar una noche en blanco. Descubrirá que es un presagio de su destino tan infalible como lo fue para Openshaw.

—¿Y quién es este capitán Calhoun?

—El jefe de la banda. Atraparé a los demás, pero él será el primero.

—¿Cómo los ha localizado, pues?

Se sacó del bolsillo una hoja de papel grande, cubierta por completo de fechas y de nombres.

—He pasado todo el día repasando el registro de Lloyd's y los archivos de los periódicos de años anteriores —explicó—, siguiendo la ruta posterior de todos los barcos que hicieron escala en Pondicherry en enero y febrero de 1883. Durante esos meses se informó del paso por aquel puerto de treinta y seis navíos de bastante tonelaje. Uno de ellos, el *Lone Star,* me llamó la atención al momento, ya que, aunque se informó que procedía de Londres, el nombre del barco coincide con el sobrenombre que se da a uno de los estados de la Unión.

—Al de Texas, creo.

—No lo sabía con certeza, y sigo sin saberlo; pero sí supe que el barco debía de ser estadounidense de procedencia.

—¿Y qué hizo después?

—Consulté los registros de Dundee, y cuando descubrí que la bricbarca *Lone Star* había hecho escala en dicho puerto en enero de 1885, mi sospecha se convirtió en certidumbre. Pregunté después por los barcos que se encuentran fondeados ahora mismo en el puerto de Londres.

—¿Y bien?

—La *Lone Star* había arribado aquí la semana pasada. Bajé al muelle Alberto y descubrí que la habían remolcado río abajo con la primera marea de esta mañana, con rumbo a su puerto de origen de Savannah. Puse un telegrama a Gravesend y me enteré de que había pasado por allí hacía un rato y, como hay viento del este, no me cabe duda de que ya habrá pasado los Goodwin y no estará muy lejos de la isla de Wight.

—¿Qué va a hacer usted, entonces?

—Ah, le tengo puesta la mano encima. Según me he enterado, los dos oficiales y él son los únicos americanos de origen del barco. Los demás son finlandeses y alemanes. También sé que los tres salieron del barco anoche. Todo esto me lo contó el estibador que les estuvo cargando el barco. Para cuando su velero llegue a Savannah, el vapor correo habrá llevado esta carta, y el cable telegráfico habrá informado a la policía de Savannah que a esos tres caballeros se les busca aquí con sumo interés para que respondan de una acusación de asesinato.

Pero todos los planes humanos, hasta los mejor trazados, tienen algún defecto, y los asesinos de John Openshaw no habían de recibir jamás las pepitas de naranja que les harían ver que les seguía la pista otro tan astuto y resuelto como ellos. Las tormentas equinocciales de aquel año fueron muy largas y muy recias. Esperamos durante mucho tiempo noticias de la *Lone Star* de Savannah, pero no nos llegó ninguna. Nos enteramos, por fin, de que en alguna parte, en pleno Atlántico, se vio flotar en la cresta de una ola el codaste destrozado de una lancha del barco, con las iniciales «L. S.» grabadas, y eso es lo único que sabremos de la suerte que corrió la *Lone Star*.

El hombre del labio retorcido

Isa Whitney, hermano del difunto Elias Whitney, doctor en Teología, rector que fue de la Facultad de Teología de San Jorge, tenía una fuerte adicción al opio. Adquirió el hábito, según tengo entendido, por un capricho estúpido cuando estudiaba en la facultad; pues, habiendo leído la descripción que hace De Quincey de sus sueños y sensaciones, empezó a fumar tabaco impregnado de láudano intentando conseguir los mismos efectos. Descubrió, como han descubierto tantos otros, que es un hábito más fácil de adquirir que de abandonar, y siguió esclavizado por la droga durante muchos años, causando horror y compasión a sus amigos y parientes. Me parece que lo estoy viendo ahora mismo, con la cara amarilla, pálida, los párpados caídos y las pupilas del tamaño de cabezas de alfiler, hundido en una butaca, la ruina y el despojo de un hombre noble.

Una noche, en junio de 1889, sonó la campanilla de la puerta de mi casa hacia la hora en que uno empieza a bostezar y echa una mirada al reloj. Me incorporé en mi asiento, y mi esposa dejó en su regazo su labor de aguja e hizo un leve mohín de disgusto.

—¡Un paciente! —exclamó—. Tendrás que salir.

Solté un quejido, pues acababa de llegar a casa tras una jornada de mucho trabajo.

Oímos abrirse la puerta y unas palabras apresuradas, seguidas de unos pasos raudos por el linóleo. Se abrió nuestra puerta y entró en la sala una señora, vestida de color oscuro y con un velo negro.

—Perdonen ustedes que los visite tan tarde —empezó a decir; pero, perdiendo de pronto la compostura, se adelantó deprisa, echó los brazos al cuello de mi esposa y empezó a sollozar en su hombro—. ¡Ay, qué preocupada estoy! —gimió—. ¡Cuánto necesito un poco de ayuda!

—Vaya —dijo mi esposa, retirándole el velo—, pero si es Kate Whitney. ¡Qué susto me has dado, Kate! No tenía la menor idea de quién eras cuando entraste.

—No sabía qué hacer, y por eso he venido directamente a verte a ti.

Así sucedía siempre. Las personas atribuladas acudían a mi esposa como las aves a un faro.

—Tu visita es muy grata. Ahora debes tomar un poco de vino con agua, sentarte aquí, ponerte cómoda y contárnoslo todo. ¿O prefieres que le diga a James que se vaya a acostar?

—¡Oh, no, no! También necesito de los consejos y de la ayuda del doctor. Se trata de Isa. Lleva dos días sin aparecer por casa. ¡Estoy muy preocupada por él!

No era la primera vez que nos hablaba del problema de su marido; a mí como médico, y a mi esposa como vieja amiga y compañera de colegio. La tranquilizamos y la consolamos como pudimos. Le preguntamos si sabía dónde estaba su marido, y si podíamos ir a buscarlo para traerlo a su lado.

Al parecer, sí que podíamos. Ella sabía de muy buena tinta que, de un tiempo a esa parte, cuando le daba el arrebato, acudía a un fumadero de opio situado en los confines de la City, hacia el este. Hasta entonces, sus excesos sólo habían durado un día, y había vuelto por la noche, temblando y destrozado. Pero en esta ocasión ya llevaba cuarenta y ocho horas sometido al influjo, y yacía allí, sin duda entre la hez del puerto, absorbiendo el veneno o dormido bajo sus efectos. Allí se encontraría, en El Lingote de

Oro, en el callejón llamado Upper Swandam Lane: estaba segura de ello. Pero ¿qué iba a hacer ella? ¿Cómo podía adentrarse ella, una mujer joven y tímida, en un lugar como aquél y arrancar a su marido de entre los rufianes que lo rodeaban?

Ésta era la situación, y, por supuesto, sólo tenía una solución posible. ¿No podría acompañarla yo a aquel lugar? Y, pensándolo mejor, ¿por qué tendría que ir ella? Yo era el médico de cabecera de Isa Whitney y, como tal, ejercía influencia sobre él. Podría arreglármelas mejor si iba yo solo. Le di mi palabra de honor de que lo enviaría a casa en un carruaje antes de dos horas si estaba, en efecto, en la dirección que me había proporcionado. Así pues, a los diez minutos ya había dejado atrás mi sillón y mi alegre cuarto de estar y me dirigía velozmente hacia el este, en un coche de punto, para cumplir una misión extraña, como me pareció entonces, aunque sólo el futuro me mostraría cuán extraña llegaría a ser.

No obstante, la primera etapa de mi aventura apenas entrañó grandes dificultades. Upper Swandam Lane es un callejón sórdido, agazapado entre los muelles altos que se extienden a lo largo de la orilla norte del río, al este del Puente de Londres. Encontré el fumadero que buscaba entre un figón y una taberna. Se accedía a él por unos escalones empinados que descendían hasta un agujero negro, como la entrada de una cueva. Mandé al cochero que me esperara y bajé los escalones, desgastados en su parte central por el paso constante de los pies de los embriagados. A la luz vacilante de un candil que había sobre la puerta encontré el pestillo y entré en una sala larga, de techo bajo, de ambiente denso y cargado del humo pardo del opio, y rodeada de hileras de literas de madera, como el castillo de proa de un barco de emigrantes.

Entre la penumbra apenas se distinguían los cuerpos tendidos en posturas extrañas y extravagantes, los hombros hundidos, las rodillas dobladas, las cabezas echadas hacia atrás con las barbillas levantadas, y aquí y allá unos ojos oscuros y empañados que se volvían hacia el recién llegado. Entre las sombras negras relucían pequeños círculos de luz roja, ora brillantes, ora tenues, según el veneno ardiente se avivaba o se apagaba en las cazoletas de las pipas de metal. La mayoría yacían en silencio, pero algunos murmuraban para sus adentros, y otros hablaban entre sí con voz extraña, baja y monótona, en conversaciones que salían a borbotones y quedaban truncadas de pronto por un silencio, y en las que cada interlocutor murmuraba sus propios pensamientos y prestaba poca atención a las palabras de su vecino. Al fondo había un brasero pequeño con carbón de leña encendido, junto al cual se sentaba en un taburete de tres patas un hombre anciano, alto y delgado, que miraba fijamente la lumbre con la mandíbula apoyada en los dos puños y los codos en las rodillas.

Cuando entré, un sirviente malayo de tez cetrina se apresuró a ofrecerme una pipa y una cantidad de la droga, mientras me señalaba una litera vacía.

—Gracias —me excusé—. No he venido a quedarme. Aquí está un amigo mío, el señor Isa Whitney, y quiero hablar con él.

Hubo a mi derecha un movimiento y una exclamación, y vi asomar entre las tinieblas a Whitney, pálido, demacrado y desaliñado, que me miraba.

—¡Dios mío! Si es Watson —dijo. Se encontraba en un estado lamentable de reacción, con los nervios de punta—. Dígame, Watson, ¿qué hora es?

—Casi las once.

—¿De qué día?

—Del viernes, 19 de junio.

—¡Cielo santo! Yo creía que estábamos a miércoles. Sí que estamos a miércoles. ¿Por qué quiere usted asustarlo a uno?

Hundió la cara entre los brazos y se puso a sollozar con tono agudo.

—Le digo que hoy es viernes, hombre. Su esposa lo lleva esperando dos días. ¡Debería darle vergüenza!

—Me la da. Pero se confunde usted, Watson, pues sólo llevo aquí unas horas, tres pipas, cuatro pipas... No recuerdo cuántas. Pero me volveré a casa con usted. No quisiera asustar a Kate... La pobre, la pequeña Kate. ¡Deme usted una mano! ¿Tiene un coche de punto?

—Sí, tengo uno esperando.

—Entonces iré en él. Pero, sin duda, debo algo. Entérese de cuánto debo, Watson. Yo estoy muy decaído. No soy capaz de hacer nada por mí mismo.

Bajé por el pasillo estrecho entre la doble hilera de durmientes, conteniendo el aliento para no absorber el repugnante humo narcótico de la droga y buscando al patrón. Cuando pasé junto al hombre alto que estaba sentado junto al brasero, sentí que me tiraban del faldón de la chaqueta y una voz baja susurró:

—Pase usted de largo, y vuélvase luego a mirarme.

Oí las palabras con toda claridad. Bajé la vista. Sólo podían proceder del viejo que estaba a mi lado; sin embargo, éste seguía tan absorto como siempre, muy delgado, muy arrugado, doblado por la edad, con una pipa de opio colgada entre las rodillas, como si se le hubiera caído de los dedos de pura languidez. Avancé dos pasos y miré atrás. Tuve que valerme de todo mi dominio sobre mí mismo para evitar soltar una exclamación de asombro. El hombre había vuelto la espalda de modo que no pudiera verlo nadie más que yo. Sus formas se habían rellenado; sus arrugas habían desaparecido; sus ojos apagados habían recuperado su fuego; y allí, sentado junto a la lumbre y riéndose de mi sorpresa, estaba el mismísimo Sherlock Holmes. Hizo un leve gesto para indicarme que me acercase a él, y al momento, en cuanto volvió el rostro de nuevo hacia los demás presentes, adquirió otra vez un aspecto senil, chocho y balbuciente.

—¡Holmes! —susurré—. ¿Qué demonios hace usted en este tugurio?

—Hable todo lo bajo que pueda —respondió—. Tengo un oído excelente. Si tuviera usted la bondad de quitarse de encima a ese amigo suyo intoxicado, con mucho gusto hablaríamos un poco.

—Tengo un coche de punto a la puerta.

—Entonces, le ruego que lo mande a casa en él. Pierda usted cuidado por su amigo, pues parece que está demasiado lánguido como para meterse en ningún lío. También le recomiendo que le envíe a su esposa una nota con el cochero diciéndole que va a compartir mi aventura. Si me espera fuera, estaré con usted dentro de cinco minutos.

Era difícil negarse a las peticiones de Sherlock Holmes, que eran siempre muy directas y estaban expresadas con un aire tranquilo de autoridad. En todo caso, me pareció que, en cuanto Whitney estuviera a salvo en el coche de punto, mi misión estaría prácticamente cumplida; por lo demás, yo no deseaba otra cosa que acompañar a mi amigo en una de esas aventuras singulares que eran el estado normal de su existencia. A los pocos minutos ya había escrito mi nota, había pagado la cuenta de Whitney, lo había acompañado al coche y lo había visto alejarse en la oscuridad. Al poco rato, salió del fumadero de opio un personaje decrépito, y me encontré caminando calle abajo con Sherlock Holmes. Recorrió dos calles arrastrando los pies, con la espalda encorvada y paso incierto. Después, tras echar una rápida ojeada a su alrededor, se irguió y soltó unas alegres carcajadas.

—Supongo, Watson —comenzó—, que se figura usted que he agregado el fumar opio a las inyecciones de cocaína y a todas las demás pequeñas debilidades sobre las que ha tenido usted la bondad de manifestarme su opinión como médico.

—A decir verdad, me ha sorprendido encontrarlo allí.

—Pero no más que a mí encontrarlo a usted.

—Vine a buscar a un amigo.

—Y yo a buscar a un enemigo.

—¿A un enemigo?

—Sí; a uno de mis enemigos naturales, o podría decir que a mi presa natural. Resumiendo, Watson, estoy metido en una investigación muy notable, y esperaba obtener alguna pista de los delirios incoherentes de esos drogados, como las he obtenido en otras ocasiones. Si me hubieran reconocido en aquel antro, mi vida no habría valido un cuarto, pues ya me he servido de él en otras ocasiones para mis fines, y el canalla del marinero que lo dirige ha jurado vengarse de mí. Al fondo de ese edificio, junto a la esquina del muelle de San Pablo, hay una trampilla que, si hablara, podría contar cosas bien extrañas de lo que ha pasado a través de ella en las noches sin luna.

—¡Cómo! ¿No querrá usted decir cadáveres?

—Sí, Watson, cadáveres. Si nos dieran mil libras por cada pobre desgraciado que ha encontrado la muerte en ese tugurio, seríamos ricos. Es la ratonera mortal más vil de toda la ribera, y me temo que Neville Saint Clair ha entrado en ella para no volver a salir. Pero nuestro coche debe de estar por aquí.

Se llevó a la boca los dos dedos índices y soltó un silbido agudo, señal que fue respondida por otro silbido similar a lo lejos, al que siguió a poco un traqueteo de ruedas y un ruido de cascos de caballo.

—Ahora, Watson —dijo Holmes cuando apareció entre las tinieblas un *dog-cart* alto que arrojaba dos túneles dorados de luz amarilla con sus faroles laterales—. Vendrá usted conmigo, ¿verdad?

—Si puedo servir de algo...

—Ah, siempre resulta útil un camarada de confianza, y tanto más un cronista. Mi habitación en los Cedros tiene dos camas.

—¿Los Cedros?

—Sí; así se llama la casa del señor Saint Clair. Me alojo allí mientras llevo la investigación.

—¿Dónde está, pues?

—Cerca de Lee, en Kent. Tenemos un viaje de siete millas por delante.

—Pero yo estoy completamente a oscuras.

—Por supuesto. Se enterará de todo enseguida. Suba. Está bien, John, no necesitaremos sus servicios. Aquí tiene media corona. Venga a recogerme mañana, hacia las once. Suelte al caballo. ¡Adiós, pues!

Arreó al caballo con el látigo y nos pusimos en camino rápidamente entre la serie inacabable de calles sombrías y desiertas, que fueron haciéndose más amplias de manera paulatina hasta que nos encontramos cruzando a toda velocidad un puente amplio con balaustrada, mientras el oscuro río fluía perezoso por debajo de nosotros. Más allá había otra extensión desolada y monótona de ladrillos y argamasa, cuyo silencio sólo interrumpían los pasos pesados y regulares del policía o las canciones y gritos de algún grupo de juerguistas rezagados. Unos nubarrones mortecinos surcaban despacio el cielo, y una o dos estrellas titilaban vagamente aquí y allá entre los claros de las nubes. Holmes guiaba en silencio, con la cabeza hundida en el pecho y con el aire de un hombre sumido en sus pensamientos, mientras yo, sentado a su lado, estaba lleno de curiosidad por saber en qué consistiría esa nueva misión que, al parecer, ponía hasta tal punto a prueba sus poderes, aunque no me atrevía a interrumpir el hilo de sus pensamientos. Ya habíamos cubierto varias millas y empezábamos a llegar al borde del cinturón de casitas residenciales de las afueras. Holmes sacudió entonces la cabeza, se encogió de hombros y encendió su pipa con el aire de haber llegado a la conclusión de que está haciendo lo mejor posible.

—Tiene usted la gran virtud del silencio, Watson —observó—. Eso hace de usted un compañero precioso. Palabra, me viene de maravilla tener a alguien con quien hablar, pues mis pensamientos no son demasiado placenteros. Me estaba preguntando qué iba a decir a esa mujercita encantadora cuando salga a recibirme a la puerta.

—Olvida usted que no sé nada de esto.

—Tendré el tiempo justo para contarle los hechos del caso antes de que lleguemos a Lee. Parece de una sencillez absurda; pero, por algún motivo, no encuentro nada en qué apoyarme. Hay una buena madeja, sin duda, pero no soy capaz de atrapar el extremo del hilo. Ahora le expondré a usted el caso con claridad y concisión, Watson, y quizá vea usted una chispa donde todo es oscuridad para mí.

—Adelante, entonces.

—Hace algunos años, más en concreto, en mayo de 1884, llegó a Lee un caballero llamado Neville Saint Clair que, al parecer, tenía bastante dinero. Tomó una casa grande, arregló muy bien el jardín, y vivía con holgura en todos los sentidos. Hizo amistades entre la vecindad, y en 1887 se casó con la hija de un fabricante de cerveza local, con la que tiene ya dos hijos. No tenía ocupación fija, pero poseía participaciones en varias compañías y, por norma general, iba a la capital por las mañanas, y regresaba todas las tardes en el tren de las 5.14 desde la estación de Cannon Street. El señor Saint Clair tiene ahora treinta y siete años, es hombre de costumbres sobrias, buen marido, padre muy cariñoso y hombre apreciado por todos los que lo conocen. Puedo añadir que el total de sus deudas en estos momentos, en la medida en que hemos podido determinarlas, asciende a 88 libras y 10 chelines, mientras que tiene un saldo 220 libras a su favor en el banco Capital and Counties. Por tanto, no hay motivo para creer que tuviera preocupaciones económicas.

»El lunes pasado, el señor Neville Saint Clair salió para la capital algo más pronto de lo habitual, y comentó antes de partir que tenía que hacer dos encargos importantes y que a su vuelta le traería a su hijo pequeño una caja de ladrillos de juguete. Pues bien, por una pura casualidad, su esposa recibió aquel mismo lunes, muy poco después de la partida de él, un telegrama que le hacía saber que un paquete pequeño, de considerable valor, que había estado esperando, había llegado ya a las oficinas de la compañía naviera de Aberdeen. Y bien, si usted conoce bien Londres, sabrá que las oficinas de esta compañía están en Fresno Street, que arranca de Upper Swandam Lane, donde me encontró usted anoche. La señora Saint Clair almorzó, emprendió el camino hacia la City, hizo algunas compras, se dirigió a las oficinas de la compañía, recogió su paquete y, exactamente a las 4.35, se encontraba caminando por Swandam Lane, de vuelta hacia la estación. ¿Me sigue usted hasta aquí?

—Está muy claro.

—Recordará usted que el lunes hizo un día de gran calor, y la señora Saint Clair caminaba despacio, mirando a un lado y a otro con la esperanza de ver un coche de punto, pues no le gustaba el barrio donde se hallaba. Mientras caminaba de este modo por Swandam Lane, oyó de pronto un grito o exclamación, y se quedó helada al ver a su marido, que la miraba y, según le pareció, la llamaba por señas desde una ventana del segundo piso. La ventana estaba abierta, y ella le vio claramente la cara, que describe como terriblemente agitada. Su marido le hizo señas agitando las manos de manera frenética, y después desapareció de la ventana de una manera tan repentina que a ella le pareció como si lo hubiera arrastrado hacia atrás una fuerza irresistible. Un punto singular que captó su rápida visión femenina era que, aunque llevaba puesta una chaqueta oscura, como aquella con la que había salido para la capital, no tenía puestos ni cuello ni corbata.

»Convencida de que le pasaba algo malo, bajó a toda prisa por los escalones (pues la casa no era otra que el fumadero de opio donde me encontró usted anoche) y, tras atravesar a la carrera la sala principal, intentó subir las escaleras que conducían al primer piso. Sin embargo, al pie de las escaleras se encontró con ese canalla de marinero de quien ya le he hablado. Éste la detuvo y, ayudado por un danés que hace allí de ayudante, la echó a la calle. Ella, llena de dudas y temores enloquecedores, bajó corriendo por el callejón y, por un afortunado azar, se encontró en Fresno Street con un grupo de agentes de policía acompañados de un inspector, que se dirigían todos ellos a sus lugares de servicio. El inspector la acompañó con dos agentes, y, a pesar de la resistencia continuada del propietario, llegaron hasta el cuarto en que se había visto por última vez al señor Saint Clair. No se lo veía por ninguna parte. De hecho, en todo aquel piso no se encontró a nadie, salvo a un desdichado inválido de aspecto repelente que, al parecer, residía allí. Tanto él como el marinero juraron rotundamente que en la habitación exterior no había estado nadie más en toda la tarde. Su negativa era tan firme que el inspector vaciló, y casi se había convencido de que la señora Saint Clair se había engañado cuando ésta, soltando un grito, se abalanzó hacia una cajita de pino que estaba en la mesa y le arrancó la tapa. Cayó una cascada de ladrillos de juguete. Era el regalo que había prometido llevar a casa el marido.

»Este descubrimiento, sumado a la confusión evidente de que dio muestras el inválido, hizo comprender al inspector que el asunto era grave. Se examinaron cuidadosamente las habitaciones, y todos los hallazgos apuntaron a un crimen abominable. La habitación exterior estaba amueblada con sencillez como cuarto de estar, y se accedía por ella a un dormitorio pequeño que daba a la parte trasera de uno de los muelles. Entre el muelle y la ventana del dormitorio hay una franja estrecha que está seca durante la marea baja, pero con la marea alta queda cubierta por al menos cuatro pies y medio de agua. La ventana del dormitorio era ancha y se abría desde abajo. Al examinarla, se descubrieron restos de sangre en el alféizar, y se veían algunas gotas dispersas en el suelo de madera del dormitorio. En la habitación exterior, escondida tras una cortina, estaba toda la ropa del señor Neville Saint Clair, a excepción de su abrigo. Allí estaba todo: sus botas, sus calcetines, su sombrero y su reloj. Esas prendas no mostraban señales de violencia, y no había ningún otro rastro del señor Neville Saint Clair. Al parecer, debió de salir por la ventana, pues no se pudo descubrir ninguna otra salida, y las manchas de sangre ominosas del alféizar no permitían albergar esperanzas de que se hubiera salvado a nado, pues en el momento de la tragedia la marea estaba en pleamar.

»Y le hablaré ahora de los bandidos que parecen comprometidos directamente en el asunto. Se conocía al marinero como hombre de pésimos antecedentes, pero en vista de que, según el relato de la señora Saint Clair, se sabía que estaba al pie de las escaleras a los pocos segundos de la aparición de su marido en la ventana, tan sólo podía ser cómplice en el crimen. Aduce ignorancia absoluta, y alega que no sabía nada de los actos de Hugh Boone, su inquilino, y que no podía dar explicación alguna a la presencia de la ropa del caballero desaparecido.

»Baste con lo dicho sobre el marinero que está al frente de la casa. Hablemos ahora del inválido siniestro que vive en el segundo piso del fumadero de opio y que fue, con toda certidumbre, el último ser humano que puso los ojos encima de Neville Saint Clair. Se llama Hugh Boone, y su cara repelente les resulta familiar a todos los que van con frecuencia a la City. Es mendigo profesional, aunque para burlar los reglamentos de policía finge ser un pequeño vendedor de cerillas. Quizá se haya fijado usted que si baja un poco por Threadneedle Street, a la izquierda, hay un pequeño recodo en la pared. Allí se sienta ese individuo a diario, con las piernas cruzadas y sus minúsculas existencias de cerillas en el regazo, y, como es un espectáculo lastimoso, cae una pequeña lluvia de limosnas en la gorra de cuero grasienta que deja en la acera a su lado. He observado al sujeto más de una vez, antes de comprender que tendría que interesarme por él profesionalmente, y me ha sorprendido la cosecha que recogía en poco rato. Su aspecto, sabe usted, es tan notable que nadie puede pasar de largo sin fijarse en él. La mata de pelo anaranjado; la cara pálida desfigurada por una cicatriz horrible que, al contraerle el rostro, le levanta el borde exterior del labio superior; la mandíbula de bulldog y el par de ojos oscuros muy penetrantes, que crean un contraste muy singular con el color de su pelo, son rasgos que lo hacen destacar entre la multitud de mendigos vulgares. También destaca por su ingenio, pues siempre tiene respuesta para cualquier pulla por parte de los viandantes. Éste es el hombre que ahora sabemos que era inquilino del fumadero de opio, y que fue el último que vio al caballero que buscamos.

—Pero ¡un inválido! ¿Qué podía hacer él solo contra un hombre en la plenitud de la vida?

—Es inválido en el sentido de que cojea al andar, pero en todos los demás aspectos parece ser hombre fuerte y bien alimentado. Sin duda, su experiencia médica le dirá a usted, Watson, que la debilidad de un miembro se suele compensar con una fuerza extraordinaria en los demás.

—Siga con su narración, se lo ruego.

—La señora Saint Clair se había desmayado al ver la sangre en la ventana, y la policía la acompañó hasta su casa en un coche, ya que su presencia no podía servirles de nada en sus investigaciones. El inspector Barton, que se hizo cargo del caso, examinó el local muy a fondo, pero sin encontrar nada que arrojara luz sobre el asunto. Se cometió un error al no detener a Boone en el acto, pues durante los minutos en que lo dejaron libre pudo comunicarse con su amigo el marinero. Pero este descuido se subsanó enseguida y lo apresaron y lo registraron, aunque no se encontró nada que lo incriminara. Cierto, tenía manchas de sangre en la manga derecha de la camisa, pero él indicó su dedo anular, en el que se había hecho un corte cerca de la uña. Explicó que la sangre había salido de allí, y añadió que se había acercado a la ventana hacía poco y que las manchas allí observadas tenían, sin duda, el mismo origen. Negó con vehemencia haber visto jamás al señor Neville Saint Clair, y juró que la presencia de la ropa en su cuarto era un misterio tan grande para él como para la policía. En lo que se refiere a la afirmación de la señora Saint Clair de que había visto a su esposo en la ventana, declaró que debía de estar loca o soñando. Se lo llevaron, entre sus sonoras protestas, al cuartelillo de policía, mientras el inspector se quedaba en el local, con la esperanza de que la bajamar aportase alguna prueba nueva.

»Y así fue, aunque lo que encontraron en el fango de la orilla no era lo que habían temido encontrar. Lo que quedó al descubierto al bajar la marea no fue Neville Saint Clair, sino la chaqueta de éste. ¿Y qué cree usted que encontraron en los bolsillos?

—No me lo puedo imaginar.

—No, creo que no lo adivinaría usted. Todos los bolsillos estaban llenos de monedas de penique y de medio penique: cuatrocientas veintiuna de penique y doscientas setenta de medio penique. No es de extrañar que no se la hubiera llevado la marea. Pero un cuerpo humano es una cosa distinta. Entre el muelle y la casa hay una corriente muy fuerte. Parece bastante probable que la chaqueta lastrada se hubiera quedado, mientras el río arrastraba el cuerpo desnudo.

—Pero, según he entendido, el resto de la ropa se encontró en la habitación. ¿Iría el cuerpo vestido sólo con una chaqueta?

—No, señor; pero es posible encontrar una explicación verosímil de los hechos. Supongamos que ese tal Boone había arrojado por la ventana a Neville Saint Clair, sin que ningún ojo humano hubiera podido ver aquel acto. ¿Qué haría después? Como es natural, se le ocurriría al momento que debía librarse de las prendas acusadoras. Tomaría entonces la chaqueta y, cuando se dispusiera a arrojarla por la ventana, caería en la cuenta de que flotaría en vez de hundirse. Dispone de poco tiempo, pues ya ha oído el altercado en el piso bajo cuando la esposa intentó abrirse camino para subir, y su compinche marinero quizá le haya avisado ya de que la policía llega corriendo por la calle. Urge actuar sin demora. Corre a un escondrijo secreto donde ha acumulado los frutos de su mendicidad y mete en los bolsillos todas las monedas que tiene a mano para asegurarse de que la chaqueta se hundirá. La arroja por la ventana, y habría hecho lo mismo con el resto de las prendas de no haber oído pasos precipitados en el piso inferior. Le quedó el tiempo justo para cerrar la ventana cuando apareció la policía.

—Parece posible, ciertamente.

—Bueno, lo tomaremos como hipótesis de partida a falta de otra mejor. Como ya le he dicho, a Boone lo detuvieron y se lo llevaron al cuartelillo, pero no se pudo demostrar que poseyera antecedentes delictivos hasta entonces. Se lo conocía desde hacía años como mendigo profesional, pero al parecer llevaba una vida muy tranquila e inocente. Así están las cosas ahora mismo, y las preguntas pendientes de resolver (qué hacía Neville Saint Clair en el fumadero de opio, qué le pasó allí, dónde está ahora y qué tuvo que ver Hugh Boone con su desaparición) están tan lejos de hallar respuesta como al principio. Reconozco que no recuerdo ningún caso en toda mi trayectoria que pareciera tan sencillo al principio pero se hubiera complicado hasta estos extremos.

Mientras Sherlock Holmes me detallaba esta serie de hechos tan singular, habíamos rodado por las afueras de la gran ciudad hasta dejar atrás las últimas casas dispersas, y ahora marchábamos con un seto vivo campestre a cada lado. Pero justo al terminar su relato, cruzamos dos pueblos aislados donde brillaban aún algunas luces en las ventanas.

—Estamos en las afueras de Lee —aclaró mi compañero—. En este corto viaje hemos pasado por tres condados ingleses, empezando en el de Middlesex, cruzando por una esquina de Surrey y terminando en Kent. ¿Ve usted esa luz entre los árboles? Ésa es la casa de los Cedros, y junto a esa lámpara se sienta una mujer cuyos oídos angustiados, no me cabe duda, ya han captado el ruido de los cascos de nuestro caballo.

—Pero ¿por qué no lleva usted el caso desde Baker Street? —le pregunté.

—Porque hay muchas averiguaciones que se deben hacer aquí. La señora Saint Clair ha tenido la gran bondad de habilitar dos habitaciones para mí, y tenga usted la seguridad de que un amigo y compañero mío será bienvenido. No me gusta nada verme con ella, Watson, sin poder darle noticias de su marido. Ya estamos. ¡Alto, alto!

Nos habíamos detenido ante una casa grande rodeada por jardín propio. Un palafrenero había salido corriendo a sujetar el caballo, y, después de apearme, seguí a Holmes por el caminillo serpenteante, cubierto de gravilla, que conducía hasta la casa. Al acercarnos, la puerta se abrió de par en par y salió una mujercita rubia, con un vestido de una especie de muselina de seda, con toques de gasa rosada vaporosa en el cuello y en las muñecas. Se quedó de pie, con su silueta recortada sobre el fondo de luz, una mano en la puerta, la otra parcialmente levantada de inquietud, el cuerpo algo inclinado, adelantando la cabeza y la cara, ojos de impaciencia y los labios entreabiertos: era una pregunta viviente.

—¿Y bien? —exclamó—. ¿Y bien?

Y entonces, al ver que veníamos dos, soltó un grito de esperanza que se convirtió en un lamento cuando vio que mi compañero sacudía la cabeza y se encogía de hombros.

—¿No hay buenas noticias?

—Ninguna.

—¿Ni malas?

—Tampoco.

—Gracias a Dios. Pero pase usted. Debe de estar cansado, pues ha tenido un día muy duro.

—Le presento a mi amigo, el doctor Watson. Me ha sido de enorme utilidad en varios de mis casos, y un azar afortunado me ha permitido traerlo conmigo y asociarlo a esta investigación.

—Estoy encantada de verlo —dijo ella, apretando mi mano con calor—. Estoy segura de que dispensarán cualquier falta en el acomodo que podemos ofrecerles, teniendo en cuenta el golpe tan repentino que nos ha caído encima.

—Estimada señora —respondí—, soy veterano de campañas militares y, aunque no lo fuera, me haría cargo de que no tiene usted que disculparse. Si puedo ayudar en algo, ya sea a usted o a mi amigo, aquí presente, estaré encantado.

—Y ahora, señor Sherlock Holmes —dijo la señora cuando entramos en un comedor bien iluminado, sobre cuya mesa se había servido una cena fría—, me gustaría mucho hacerle una o dos preguntas directas, a las que le ruego me responda directamente.

—Desde luego, señora.

—No se preocupe por mis sentimientos. No soy histérica, ni dada a los desmayos. Sólo quiero oír su opinión de verdad, de verdad.

—¿Sobre qué punto?

—¿Cree usted, en lo más profundo de su corazón, que Neville sigue vivo?

La pregunta pareció desazonar a Sherlock Holmes.

—¡Vamos, con franqueza! —repitió ella, de pie en la alfombrilla de delante de la lumbre y bajando la vista para mirar con fijeza a Holmes, que se recostaba en una butaca de mimbre.

—Con franqueza, pues, creo que no, señora.

—¿Cree usted que ha muerto?

—Eso creo.

—¿Asesinado?

—Yo no digo eso. Puede ser.

—¿Y qué día encontró la muerte?

—El lunes.

—Entonces, señor Holmes, quizá tenga usted la bondad de explicarme cómo es que he recibido hoy una carta suya.

Sherlock Holmes saltó de su asiento como galvanizado.

—¿Cómo? —rugió.

—Sí, hoy —respondió ella. Estaba sonriente, enseñando una hojita de papel.

—¿La puedo ver?

—Desde luego.

Se la arrebató, movido por la impaciencia, y, tras desplegarla sobre la mesa, acercó la lámpara y la examinó con atención. Yo me había levantado de mi silla y miraba por encima de su hombro. El sobre era muy ordinario, y llevaba matasellos de Gravesend con la fecha de aquel mismo día; o, mejor dicho, del día anterior, pues ya pasaba bastante de la medianoche.

—Una letra tosca —murmuró Holmes—. Sin duda, ésta no será la letra de su marido, señora.

—No, pero sí lo es la del contenido.

—Advierto, además, que la persona que escribió el sobre tuvo que ir a enterarse de la dirección.

—¿Cómo lo sabe usted?

—El nombre, como ve usted, está escrito con tinta perfectamente negra que se ha secado por sí sola. El resto es de ese color grisáceo que indica que se ha usado papel secante. Si todo se hubiera escrito de seguido y secado después, no aparecería ninguna parte de un tono negro oscuro. Este hombre ha escrito el nombre, y después se ha producido una pausa antes de que escribiera la dirección, lo que sólo puede dar a entender que no estaba familiarizado con ella. Es una minucia, por supuesto, pero no hay nada tan importante como las minucias. Veamos ahora la carta. ¡Ah! ¡Ha contenido un objeto!

—Sí, había un anillo. Su anillo con sello.

—¿Y está usted segura de que se trata de la letra de su marido?

—De una de sus letras.

—¿De una?

—De su letra cuando escribía con prisa. Es muy distinta de su letra habitual; sin embargo, yo la conozco bien.

—«Cariño, no tengas miedo. Todo saldrá bien. Se ha producido un grave error que puede tardar algún tiempo en rectificarse. Espera con paciencia. Neville.» Escrito a lápiz en la guarda de un libro en octavo, sin filigrana. ¡Hum! Echada al correo hoy en Gravesend, por un hombre que tenía el pulgar sucio. ¡Ah! Y el sobre lo ha cerrado, o mucho me equivoco, una persona que había estado mascando tabaco. ¿Y a usted no le cabe duda de que es la letra de su marido, señora?

—Ninguna duda. Esas palabras las escribió Neville.

—Y se echaron al correo hoy, en Gravesend. Bueno, señora Saint Clair, las nubes se despejan, aunque no me atrevería a decir que el peligro haya pasado.

—Pero debe de estar vivo, señor Holmes.

—A no ser que esto se trate de una hábil falsificación para despistarnos. Al fin y al cabo, el anillo no demuestra nada. Podrían habérselo quitado.

—No, no; ¡es su propia letra, lo es, lo es!

—Muy bien. En todo caso, esto podría haberse escrito el lunes y no haberse echado al correo hasta hoy.

—Eso es posible.

—En tal caso, pueden haber pasado muchas cosas entretanto.

—Ay, señor Holmes, no me desanime usted. Sé que él está bien. Hay una afinidad tal entre los dos que, si a él le pasara algo malo, yo lo sabría. El día mismo en que lo vi por última vez se cortó en el dormitorio, y yo, que estaba en el comedor, subí corriendo enseguida con la certeza absoluta de que le había pasado algo. ¿Cree usted que sería capaz de percibir una bagatela como ésa y no ser consciente de su muerte?

—Tengo demasiada experiencia como para ignorar que la impresión de una mujer puede ser más valiosa que las conclusiones de un razonador analítico. Y usted tiene en esta carta, ciertamente, una prueba muy convincente que corrobora su punto de vista. Pero si su marido está vivo y puede escribir cartas, ¿por qué tiene que estar apartado de usted?

—No se me ocurre razón alguna. Es impensable.

—¿Y el lunes no hizo ningún comentario antes de despedirse de usted?

—No.

—¿Y se sorprendió usted de verlo en Swandam Lane?

—Mucho.

—¿Estaba abierta la ventana?

—Sí.

—Entonces, ¿podría haberla llamado a usted a gritos?

—Podría.

—¿Pero sólo profirió una exclamación inarticulada, según tengo entendido?

—Sí.

—¿Una petición de ayuda, según pensó usted?

—Sí. Agitó las manos.

—Pero podría haber sido una exclamación de sorpresa. ¿No podría haber alzado las manos de asombro, por verla a usted de esa manera inesperada?

—Es posible.

—¿Y cree usted que tiraron de él hacia atrás?

—Desapareció de una manera tan repentina...

—Pudo retroceder de un salto. ¿No vio usted a nadie más en la habitación?

—No, pero aquel hombre horrible confesó que había estado allí, y el marinero estaba al pie de las escaleras.

—En efecto. Por lo que vio usted, ¿su marido tenía puesta su ropa habitual?

—Pero sin cuello ni corbata. Le vi claramente la garganta desnuda.

—¿No había hablado nunca de Swandam Lane?

—Nunca.

—¿Había dado muestras alguna vez de haber consumido opio?

—Nunca.

—Gracias, señora Saint Clair. Éstos son los puntos principales que quería tener absolutamente claros. Ahora cenaremos algo y luego nos retiraremos, pues es posible que mañana tengamos un día muy ocupado.

Habían dispuesto para nosotros una habitación grande y cómoda con dos camas, y no tardé en meterme entre las sábanas, pues estaba cansado tras mi noche de aventuras. Sin embargo, Sherlock Holmes era un hombre que, cuando tenía en la mente un problema sin resolver, era capaz de aguantar días enteros, e incluso una semana, sin descansar, dándole vueltas, reordenando los hechos, analizándolo desde todos los puntos de vista, hasta que llegaba al fondo del problema o se convencía de que le faltaban datos. Advertí enseguida que se preparaba para pasar la noche en vela. Se quitó la chaqueta y el chaleco, se puso una bata azul grande y recorrió después la habitación recogiendo almohadas de su cama y almohadones del sofá y los sillones. Con todos ellos se construyó una especie de estrado oriental sobre el que se posó con las piernas cruzadas, provisto de una onza de tabaco negro y con una caja de cerillas delante. A la débil luz de la lámpara lo vi allí sentado, con una vieja pipa de brezo entre los labios, los ojos clavados distraídamente en el rincón del techo, despidiendo volutas ascendentes de humo azul, silencioso, inmóvil, con la luz reflejada en sus rasgos vigorosos, aguileños. Así estaba sentado cuando me quedé dormido, y así estaba sentado cuando una exclamación repentina me hizo despertarme y vi que el sol de verano irrumpía en la estancia. La pipa seguía entre sus labios, el humo seguía ascendiendo en volutas, y el cuarto estaba lleno de una niebla densa de tabaco; pero no quedaba nada del montón de tabaco negro que yo había visto la noche anterior.

—¿Está despierto, Watson?

—Sí.

—¿Con ánimo para un paseo matinal en carruaje?

—Desde luego.

—Entonces, vístase. No se ha levantado nadie todavía, pero sé dónde duerme el palafrenero y no tardaremos en tener dispuesto el carruaje.

Hablaba riéndose para sus adentros, los ojos le brillaban, y parecía un hombre distinto del pensador sombrío de la noche anterior.

Mientras me vestía miré mi reloj. No era de extrañar que no se hubiera levantado nadie. Eran las cuatro y veinticinco. Apenas había terminado cuando Holmes volvió a darme aviso de que el palafrenero estaba enganchando el caballo.

—Quiero poner a prueba una pequeña teoría mía —dijo, mientras se ponía los zapatos—. Watson, me parece que se encuentra usted en presencia de uno de los tontos más redomados de Europa. Me merezco que me lleven a patadas de aquí a Charing Cross. Pero creo que ya tengo la clave del asunto.

—¿Y dónde está? —le pregunté, sonriente.

—En el baño —respondió—. Ah, sí, no estoy de broma —prosiguió, al ver mi cara de incredulidad—. Acabo de pasarme por allí, la he tomado y la llevo en este maletín. Vamos, muchacho, y veremos si encaja en la cerradura.

Bajamos las escaleras con todo el silencio que pudimos y salimos al sol fuerte de la mañana. Ya estaban en la carretera nuestro caballo y nuestro carruaje, y el palafrenero, a medio vestir, sujetaba al animal. Subimos los dos y emprendimos el camino a toda velocidad por la carretera de Londres. Circulaban ya algunos carros del campo, que llevaban verduras a la capital, pero las hileras de casitas a ambos lados estaban tan silenciosas y sin vida como una ciudad de un sueño.

—El caso ha sido singular en algunos aspectos —dijo Holmes, azotando al caballo para hacerlo galopar—. Reconozco que he estado ciego como un topo, pero es mejor aprender sabiduría tarde que no aprenderla jamás.

En la capital, los más madrugadores empezaban a asomarse a sus ventanas, soñolientos, cuando pasamos por las calles del lado de Surrey. Seguimos la carretera del puente de Waterloo, cruzamos el río y, después de recorrer a toda velocidad Wellington Street, doblamos a la derecha y nos encontramos en Bow Street. Sherlock Holmes era bien conocido por la policía, y los dos agentes de la puerta lo saludaron. Uno de ellos sujetó al caballo mientras el otro nos acompañaba al interior.

—¿Quién está de guardia? —preguntó Holmes.

—El inspector Bradstreet, señor.

—Ah, Bradstreet, ¿cómo está usted?

Un oficial alto y grueso había llegado por el pasillo enlosado, con gorra de visera y chaqueta con alamares.

—Quisiera hablar a solas con usted, Bradstreet.

—Desde luego, señor Holmes. Pase usted a mi cuarto, por aquí.

Era un cuarto pequeño, como un despacho, con un libro registro enorme en la mesa y un teléfono montado en la pared. El inspector se sentó tras su escritorio.

—¿Qué puedo hacer por usted, señor Holmes?

—He venido por ese mendigo, Boone; aquél a quien se acusó de estar complicado en la desaparición del señor Neville Saint Clair, de Lee.

—Sí. Lo detuvieron y está en prisión preventiva.

—Eso tengo entendido. ¿Lo tienen aquí?

—En los calabozos.

—¿Está tranquilo?

—Ah, no causa alboroto. Pero es un sucio asqueroso.

—¿Sucio?

—Sí; sólo hemos conseguido que se lave las manos, y tiene la cara negra como la de un gitano. Bueno, cuando se haya formalizado su caso, recibirá el baño reglamentario de la cárcel; y creo que, si usted lo viera, opinaría conmigo que le hacía muy buena falta.

—Me gustaría mucho verlo.

—¿Ah, sí? Nada más fácil. Vengan por aquí. Puede dejar su maletín.

—No, creo que lo llevaré.

—Muy bien. Por aquí, por favor.

Nos condujo por un pasillo, abrió una puerta atrancada, bajó por unas escaleras tortuosas y nos llevó hasta un pasillo enjalbegado con una hilera de puertas a cada lado.

—La suya es la tercera de la derecha —dijo el inspector—. ¡Aquí está!

Abrió silenciosamente una mirilla de la parte superior de la puerta y miró por ella.

—Está dormido —dijo—. Pueden verlo muy bien.

Los dos acercamos los ojos a la mirilla enrejada. El preso estaba tendido con la cara hacia nosotros, sumido en un sueño muy profundo, con la respiración lenta y pesada. Era un hombre de tamaño mediano, mal vestido, como correspondía a su oficio, con una camisa de color que le asomaba por un descosido de la chaqueta andrajosa. Tal como había dicho el inspector, estaba sucísimo, pero la mugre que le cubría el rostro no podía ocultar su fealdad repugnante. La ancha marca de una vieja cicatriz se lo atravesaba desde un ojo hasta la barbilla y, al contraerse, le levantaba un lado del labio superior, dejando al descubierto tres dientes en una mueca perpetua. Una maraña de pelo de color rojo muy vivo le caía sobre los ojos y la frente.

—Es una belleza, ¿verdad? —dijo el inspector.

—Necesita un lavado, ciertamente —comentó Holmes—. Ya se me había ocurrido a mí que lo podía necesitar, y me he tomado la libertad de traerme los instrumentos necesarios.

Abrió el maletín y sacó, para mi asombro, una esponja de baño muy grande.

—¡Je! ¡Je! Qué gracia tiene usted —comentó el inspector con regocijo.

—Ahora, si tiene usted la gran bondad de abrir esa puerta con mucho silencio, no tardaremos en darle un aspecto mucho más respetable.

—Bueno, por qué no —concedió el inspector—. Es la deshonra de los calabozos de Bow Street, ¿verdad?

Metió la llave en la cerradura y entramos todos en el calabozo con mucho tiento. El durmiente se giró un poco sobre sí mismo, pero volvió a quedar en un sueño más profundo todavía. Holmes se inclinó hasta la jarra de agua, mojó su esponja y frotó con ella vigorosamente dos veces la cara del preso, de arriba abajo y de un lado a otro.

—Permítanme que les presente al señor Neville Saint Clair, de Lee, en el condado de Kent —gritó.

No he visto en mi vida un espectáculo como aquél. La cara del hombre se despegó bajo la esponja como la corteza de un árbol. ¡La ruda tez morena había desaparecido! ¡También habían desaparecido la cicatriz horrible que la surcaba y el labio retorcido que producía aquella mueca repelente en el rostro! Perdió de un tirón la cabellera roja y enmarañada, y allí, sentado en su cama, estaba un hombre de aspecto refinado, pálido, de cara triste, cabellos negros y piel lisa, que se frotaba los ojos y miraba a su alrededor con asombro somnoliento. Luego, comprendiendo de pronto que lo habían descubierto, soltó un alarido y se arrojó en la cama con la cara hacia la almohada.

—¡Cielo santo! —exclamó el inspector—. Es el hombre desaparecido, en efecto. Lo reconozco por la fotografía.

El preso se volvió con el aire de temeridad del hombre que se entrega a su destino.

—Supongamos que sí —dijo—. Y dígame usted, ¿de qué se me acusa?

—De la desaparición del señor Neville Saint... Ah, vamos, no podemos acusarlo de eso, a no ser que lo consideremos intento de suicidio —respondió el inspector con una gran sonrisa—. Bueno, llevo veintisiete años en el cuerpo, pero la verdad es que esto es el no va más.

—Si soy el señor Neville Saint Clair, es evidente que no se ha cometido ningún delito y que, por tanto, estoy detenido ilegalmente.

—No se ha cometido ningún delito, sino un grave error —replicó Holmes—. Habría hecho usted mejor si hubiera confiado en su esposa.

—No era por la esposa; era por los hijos —se lamentó el preso—. ¡Que Dios me ayude! No quería que tuvieran que avergonzarse de su padre. ¡Dios mío! ¡Qué deshonra! ¿Qué puedo hacer?

Sherlock Holmes se sentó a su lado en el catre y le dio unas palmaditas amables en el hombro.

—Si deja usted el asunto en manos de un tribunal de justicia, está claro que no podrá evitar que esto salga a la luz pública —dijo—. Por otra parte, si convence a las autoridades policiales de que no hay nada de qué acusarlo, no sé por qué habrían de salir a relucir los detalles en la prensa. Estoy seguro de que el inspector Bradstreet tomará nota de lo que quiera contarnos usted y se lo hará llegar a las autoridades pertinentes. El caso no llegaría a los tribunales de ninguna manera.

—¡Que Dios se lo pague! —exclamó el preso con pasión—. Habría soportado la cárcel, sí, hasta la pena de muerte, antes que consentir que mi secreto miserable fuera un baldón para mis hijos.

»Ustedes son los primeros que oyen mi historia. Mi padre era maestro en Chesterfield, donde recibí una educación esmerada. En mi juventud viajé, me dediqué al teatro y, por último, me hice periodista en un diario vespertino de Londres. Un día, mi redactor jefe quería una serie de artículos sobre la mendicidad en la capital y yo me ofrecí a proporcionárselos. Éste fue el punto de partida de todas mis aventuras. Sólo podía conseguir material para mis artículos intentando ejercer la mendicidad como aficionado.

En mi época de actor había aprendido, por supuesto, todos los secretos del maquillaje, y mi habilidad era famosa en los camerinos. Entonces me aproveché de mis conocimientos. Me pinté la cara y, para darme el aspecto más lastimoso posible, me hice una buena cicatriz y me retorcí un lado del labio gracias a una tirita de tafetán de color carne. Después, con una peluca pelirroja y ropa adecuada, me instalé en la zona más concurrida de la City, aparentemente en calidad de vendedor de cerillas, pero, en realidad, como mendigo. Pasé siete horas ejerciendo el oficio, y cuando llegué a casa por la noche vi con sorpresa que había recaudado nada menos que veintiséis chelines y cuatro peniques.

»Escribí mis artículos sin prestarle más atención al asunto hasta que, tiempo después, los tribunales me reclamaron veinticinco libras por haber servido de avalista a un amigo. No tenía idea de dónde podía sacar el dinero, pero de pronto se me ocurrió algo. Le supliqué quince días de plazo al acreedor, les pedí unas vacaciones a mis jefes y me pasé ese tiempo pidiendo limosna en la City con mi disfraz. Al cabo de diez días ya había conseguido el dinero y pagado la deuda.

»Y bien, ya se imaginará usted lo duro que era ejercer un trabajo arduo para ganar dos libras por semana, sabiendo que podía ganar esa misma cantidad en un solo día con sólo ponerme un poco de maquillaje, dejar la gorra en el suelo y sentarme sin hacer nada. Fue una larga lucha entre mi orgullo y el dinero, pero al final se impuso el vil metal, y dejé el periodismo para sentarme día tras día en el rincón que había elegido al principio, moviendo a compasión con mi cara lastimosa y llenándome los bolsillos de calderilla. Sólo un hombre conocía mi secreto. Era el dueño de un tugurio infame de Swandam Lane, donde yo tenía alquiladas unas habitaciones de las que podía salir todas las mañanas como mendigo miserable y convertirme todas las tardes en un caballero elegante y bien vestido. Le pagaba bien por las habitaciones a aquel sujeto, un marinero, y así sabía que guardaría bien mi secreto.

»Y bien, no tardé en darme cuenta de que estaba ahorrando sumas considerables. No quiero decir que cualquier mendigo de las calles de Londres pueda ganar setecientas libras al año (cifra inferior a mis ingresos medios), pero yo tenía ventaja considerable en mis conocimientos de maquillaje, y también en mi facilidad para las réplicas ingeniosas, que fue mejorando con la práctica y me convirtió en un personaje muy conocido de la City. Me llovía todo el día un chorro de peniques, salpicados de monedas de plata, y muy malo era el día en que no recaudaba dos libras.

»Al irme enriqueciendo, me volví más ambicioso, adquirí una casa en el campo, y con el tiempo me casé, sin que nadie sospechara cuál era mi verdadera ocupación. Mi querida esposa sabía que yo tenía negocios en la City. Poco sabía ella cuáles eran.

»El lunes pasado había concluido mi jornada y me estaba vistiendo en mi cuarto, sobre el fumadero de opio, cuando miré por la ventana y vi, con horror y asombro, a mi esposa, parada en la calle y con la mirada clavada en mí. Di un grito de sorpresa, levanté los brazos para cubrirme la cara, corrí hasta mi confidente, el marinero, y le supliqué que impidiera que subiera nadie a verme. Oí la voz de mi esposa en el piso bajo, pero supe que no podría subir. Me despojé rápidamente de mi ropa, me vestí la de mendigo, me apliqué mi maquillaje y me puse mi peluca. Ni siquiera los ojos de una esposa podían traspasar un disfraz tan perfecto. Pero se me ocurrió entonces que quizá registraran el cuarto y que la ropa podía delatarme. Abrí la ventana con tal brusquedad que se me abrió un pequeño corte que me había hecho aquella mañana en el dormitorio. Luego tomé el abrigo, lastrado por la calderilla que acababa de meterme en los bolsillos. La saqué de la talega de cuero en la que solía llevar mi recaudación. La arrojé por la ventana y se hundió en el Támesis. Habría tirado después el resto de la ropa, pero en aquel momento se oyó subir a los agentes de policía por las escaleras, y a los pocos minutos vi, debo reconocer que más bien con alivio por mi parte, que en vez de identificarme como señor Neville Saint Clair, me detenían por haberlo asesinado.

»No sé si me falta algo más por explicar. Estaba decidido a mantener el disfraz todo el tiempo que me fuera posible, y por eso prefería tener la cara sucia. Consciente de que mi esposa estaría terriblemente inquieta, me quité el anillo y se lo confié al marinero en un momento en que no me vigilaba ningún agente, junto con una nota que escribí a toda prisa. Le aseguraba en ella que no tenía nada que temer.

—La nota le llegó ayer —aclaró Holmes.

—¡Dios santo! ¡Qué semana ha debido de pasar!

—La policía ha estado vigilando a ese marinero —dijo el inspector Bradstreet—, y me hago cargo de que le resultara difícil echar una carta al correo sin que lo observaran. Lo más probable es que se la entregara a algún marinero cliente suyo, que se olvidaría del asunto durante varios días.

—Eso sería —asintió Holmes con gesto de aprobación—. No me cabe duda. Pero ¿no lo han acusado nunca de ejercer la mendicidad?

—Muchas veces; pero ¿qué importancia tenía para mí una multa?

—Pero la cosa debe terminar aquí —dijo Bradstreet—. Si quiere que la policía eche tierra a este asunto, se tiene que acabar Hugh Boone.

—Lo he jurado con los juramentos más solemnes que puede pronunciar un hombre.

—En ese caso, me parece probable que no se tomen más medidas. Pero si lo encuentran otra vez, todo saldrá a relucir. Sin duda, señor Holmes, tenemos que agradecerle que haya aclarado usted el asunto. Me gustaría saber cómo llega usted a sus resultados.

—Llegué a éste sentándome en cinco almohadones y fumándome una onza de tabaco negro —respondió mi amigo—. Creo, Watson, que si vamos a Baker Street en coche llegaremos a tiempo para desayunar.

La aventura del carbunclo azul

Me había pasado a visitar a mi amigo Sherlock Holmes la mañana del segundo día después de Navidad, con el propósito de felicitarle las Pascuas. Lo encontré arrellanado en el sofá, con una bata morada, un soporte de pipas al alcance de su mano, a la derecha, y, no lejos de él, un montón de periódicos matutinos arrugados, que daban claras muestras de que se acababan de repasar. Junto al diván se hallaba una silla de madera, y del ángulo del respaldo estaba colgado un sombrero de fieltro duro muy ajado y astroso, deteriorado por el uso y con varias grietas. Una lupa y unas pinzas en la silla daban a entender que el sombrero se había colgado de esa manera con el fin de examinarlo.

—Está usted ocupado —observé—. Quizá lo esté interrumpiendo.

—En absoluto. Me alegro de poder comentar mis resultados con un amigo. La cuestión es absolutamente irrelevante —dijo, señalando el sombrero viejo con un movimiento del pulgar—; pero hay algunos aspectos asociados con ella que no carecen por completo de interés, e incluso de enseñanzas.

Me senté en el sillón y me calenté las manos ante el fuego crepitante, pues había caído una fuerte helada y las ventanas estaban cubiertas de una capa gruesa de hielo.

—Supongo —observé— que, a pesar del aspecto cotidiano de este objeto, está relacionado con alguna historia mortal... que es la clave que lo guiará a usted para resolver algún misterio y castigar algún delito.

—No, no. No hay ningún delito —exclamó Sherlock Holmes, riéndose—. Sólo uno de esos incidentes menudos y caprichosos que tienen que suceder cuando hay cuatro millones de seres humanos que se agolpan en una extensión de pocas millas cuadradas. Entre la acción y la reacción de un enjambre tan denso de humanidad, cabe esperar que se produzcan todas las combinaciones posibles de hechos y se presenten muchos problemas banales que resulten sorprendentes y extraños sin ser delictivos. Ya hemos conocido algunos así.

—Hasta tal punto —observé— que, entre los últimos casos que he añadido a mis notas, tres han estado completamente exentos de delitos ante la ley.

—Exacto. Se refiere usted a mis intentos de recuperar los papeles de Irene Adler, al caso singular de la señorita Mary Sutherland y la aventura del hombre del labio retorcido. Pues bien, no me cabe duda de que esta pequeña cuestión entrará en esa misma categoría inocente. ¿Conoce usted a Peterson, el ordenanza?

—Sí.

—Este trofeo le pertenece.

—Es su sombrero.

—No, no. Lo encontró él. Su propietario es desconocido. Le suplico que no vea usted en él un bombín maltratado, sino un problema intelectual. Y empezaré por cómo vino a parar aquí. Llegó en la mañana de Navidad, acompañado de un buen ganso cebado, que no me cabe duda de que en estos momentos estará asándose a la lumbre de la casa de Peterson. Los hechos son los siguientes. Hacia las cuatro de la madrugada del día de Navidad, Peterson, quien, como sabe usted, es un sujeto muy cabal, volvía de jarana y bajaba hacia su casa por Tottenham Court Road. Vio ante él, a la luz de gas, a un hombre más bien alto, que cojeaba un poco, y que llevaba echado al hombro un ganso blanco. Cuando llegó a la esquina de Goodge Street, se entabló una disputa entre este desconocido y un grupo de alborotadores. Uno de ellos derribó el sombrero del hombre, ante lo cual éste alzó su bastón para defenderse y, al levantarlo por detrás de su cabeza, rompió el vidrio del escaparate que tenía a su espalda. Peterson se había adelantado a la carrera para defender al desconocido de sus asaltantes, pero éste, asustado por haber roto el vidrio, y viendo que corría hacia él una persona de aspecto oficial, vestida de uniforme, dejó caer su ganso, puso pies en polvorosa y se perdió entre el laberinto de callejas próximas a Tottenham Court Road. Los alborotadores habían huido también al aparecer Peterson, de modo que éste quedó dueño del campo de batalla, así como de los despojos de la victoria, que consistían en este sombrero maltratado y en un ganso de Navidad de lo más irreprochable.

—Y le devolvió a su propietario ambas cosas, ¿verdad?

—Mi querido amigo, he aquí el problema. Es cierto que el ave tenía atada a la pata izquierda una etiqueta en la que estaba escrito en letras de molde «Para la señora de Henry Baker», y también es cierto que en el forro de su sombrero se pueden leer las iniciales «H. B.»; pero, teniendo en cuenta que en esta ciudad nuestra existen varios millares de personas con el apellido Baker, y varios centenares de Henry Baker, no resulta fácil devolverle a ninguno de ellos sus objetos perdidos.

—¿Qué hizo Peterson, entonces?

—Me trajo tanto el sombrero como el ganso en la mañana de Navidad, pues sabía que me interesan hasta los problemas más pequeños. El ganso lo conservamos hasta esta mañana, cuando dio muestras de que, a pesar de la leve helada, sería conveniente comérselo sin demora. Por tanto, su descubridor se lo ha llevado para que sufra el destino último de todo ganso, mientras que yo conservo el sombrero del caballero desconocido que perdió su cena de Navidad.

—¿No ha publicado ningún anuncio?

—No.

—Entonces, ¿de qué indicios dispone acerca de su identidad?

—Sólo de los que podamos deducir.

—¿A partir de su sombrero?

—Exactamente.

—Pero ¡está usted de broma! ¿Qué puede sacar en limpio de este sombrero de fieltro viejo y maltratado?

—Ahí está mi lupa. Usted conoce mis métodos. ¿Qué puede deducir usted sobre el carácter del hombre que llevaba puesta esta prenda?

Tomé en mis manos el objeto astroso y le di vueltas con bastante desconfianza. Era un sombrero negro muy corriente, de la forma redonda habitual, duro y muy gastado por el uso. El forro había sido de seda roja, pero estaba bastante desteñido. No aparecía el nombre del fabricante; pero, tal como había observado Holmes, estaban escritas a un lado, con letras grandes, las iniciales «H. B.». Tenía el ala perforada para pasar un barboquejo, pero faltaba el elástico. Por lo demás, estaba agrietado y lleno de polvo, y tenía varias manchas, aunque, al parecer, se había intentado disimular las partes descoloridas tiñéndolas con tinta.

—No veo nada —respondí, mientras se lo devolvía a mi amigo.

—Muy al contrario, Watson, lo ve usted todo. Sin embargo, no razona a partir de lo que ve. Es demasiado tímido a la hora de exponer sus deducciones.

—Entonces, se lo ruego, ¿qué puede deducir usted de este sombrero?

Lo tomó y lo miró fijamente, de esa manera reflexiva peculiar que le era tan característica.

—Quizá sea menos sugerente de lo que me habría gustado —observó—. Sin embargo, existen algunas deducciones muy claras, y unas cuantas más que, al menos, son muy probables. Salta a la vista, por supuesto, que el hombre era muy intelectual, y también que ha gozado de una situación bastante acomodada en los tres últimos años, aunque ahora atraviesa una mala época. Ha sido previsor, pero ahora lo es menos que antes, lo que indica una decadencia moral que, añadida a su deterioro económico, parece indicar que está sometido a alguna influencia nefasta, probablemente el alcohol. Esto puede explicar también el hecho evidente de que su esposa ha dejado de amarlo.

—¡Mi querido Holmes!

—Ha conservado, no obstante, cierto grado de dignidad —prosiguió Holmes, sin atender a mi protesta—. Es un hombre que hace vida sedentaria, sale poco, está completamente falto de forma física, es de mediana edad, tiene el pelo gris, se lo ha cortado hace pocos días y se aplica en él agua de cal. Éstos son los datos más patentes que se pueden deducir de su sombrero. También, dicho sea de paso, el de que es harto improbable que en su casa haya instalación de gas.

—Desde luego, Holmes, está usted de broma.

—Ni por asomo. ¿Es posible que, incluso ahora, cuando ya le he dado a usted estos resultados, sea incapaz de percibir cómo se llega a ellos?

—Debo de ser muy estúpido, sin duda, pero he de reconocer que soy incapaz de seguirlo a usted. Por ejemplo, ¿cómo ha deducido que ese hombre era intelectual?

A modo de respuesta, Holmes se encasquetó el sombrero en la cabeza. Le cubrió toda la frente y se le quedó apoyado en el puente de la nariz.

—Es una cuestión de volumen —respondió—. Un hombre que tiene el cerebro tan grande debe de tener algo dentro.

—¿Y su deterioro económico, entonces?

—Este sombrero tiene tres años. Estas alas planas con los bordes abarquillados aparecieron por entonces. Es un sombrero de la mejor calidad. Mire usted la banda de cordoncillo de seda y el forro excelente. Si este hombre se pudo permitir hace tres años comprarse un sombrero tan caro, y si no ha podido comprarse otro sombrero desde entonces, entonces es seguro que ha venido a menos.

—Bueno, eso está bastante claro, sin duda. Pero ¿y la previsión, y la decadencia moral?

Sherlock Holmes se rio.

—He aquí la previsión —respondió, tocando con el dedo el pequeño disco y la presilla del barboquejo—. Los sombreros no se venden nunca con esto. Si este hombre lo encargó, eso indica cierto grado de previsión, ya que se molestó en tomarse esta precaución para los días de viento. Pero, en vista de que se le ha roto el elástico y él no se ha molestado en sustituirlo, es evidente que ahora es menos previsor que antes, lo cual constituye una prueba evidente del debilitamiento de su carácter. Por otra parte, ha intentado ocultar algunas de estas manchas del fieltro a base de empaparlas de tinta, lo que es señal de que no ha perdido del todo la dignidad.

—Su razonamiento es verosímil, sin duda.

—Los demás puntos, que es de mediana edad, que tiene los cabellos grises, que se los ha cortado hace poco y que usa agua de cal, se deducen todos de un examen atento de la parte inferior del forro. La lupa desvela un gran número de puntas de cabellos, cortados limpiamente por las tijeras del peluquero. Todos tienen un aspecto adherente, y se aprecia un olor nítido a agua de cal. Observará usted que este polvo no es el arenoso y gris de la calle, sino el polvo impalpable y pardo de la casa, lo que muestra que el sombrero ha pasado la mayor parte del tiempo colgado dentro de la casa; mientras que las huellas de humedad en el interior son pruebas concluyentes de que su dueño sudaba mucho y, por tanto, no podía estar en muy buena forma física.

—Pero su esposa... Dijo usted que había dejado de amarlo.

—Este sombrero lleva varias semanas sin que lo cepillen. Cuando yo lo vea a usted, mi querido Watson, con el polvo de una semana acumulado en su sombrero, y cuando su mujer le consienta salir a la calle en ese estado, temeré que usted haya tenido también la desgracia de perder el afecto de su esposa.

—Pero puede ser soltero.

—No; llevaba el ganso a su casa en ofrenda de paz a su esposa. Recuerde la etiqueta de la pata del ave.

—Tiene usted respuesta para todo. Pero ¿cómo diantre deduce usted que en su casa no hay instalación de gas?

—Una mancha de sebo, o incluso dos, pueden caer por casualidad; pero cuando veo no menos de cinco, opino que apenas puede dudarse que el individuo mantenga contactos frecuentes con el sebo ardiente... Lo más probable es que de noche suba las escaleras con el sombrero en una mano y una candelilla que gotea en la otra. En todo caso, una luz de gas no le podía dejar gotas de sebo. ¿Está usted conforme?

—Bien, muy ingenioso —concedí, riéndome—; pero si, tal como acaba usted de decir, no se ha cometido ningún delito ni se ha hecho mal alguno, salvo la pérdida de un ganso, todo esto me parece más bien un derroche de energía.

Sherlock Holmes había abierto la boca para responder, cuando se abrió la puerta bruscamente e irrumpió en la habitación Peterson, el ordenanza, con las mejillas coloradas y cara de estar aturdido de asombro.

—¡El ganso, señor Holmes! ¡El ganso, señor! —gritó con voz entrecortada.

—¿Eh? ¿Qué le pasa, pues? ¿Ha vuelto a la vida y ha salido volando por la ventana de la cocina? —preguntó Holmes, volviéndose en el sofá para ver mejor la cara emocionada del hombre.

—¡Mire usted, señor! ¡Mire lo que le ha encontrado mi esposa en el buche! Extendió la mano y exhibió en el centro de la palma una piedra azul de brillo reluciente, de tamaño algo menor que el de una judía, pero de tal pureza y resplandor que centelleaba como un arco voltaico en el hueco oscuro de la mano.

Sherlock Holmes se incorporó soltando un silbido.

—¡Por Júpiter, Peterson! —dijo—. Ha hallado un verdadero tesoro. Supongo que sabe usted lo que tiene en la mano...

—¡Un diamante, señor! ¡Una piedra preciosa! Corta el vidrio como si fuera masilla.

—Es algo más que una piedra preciosa. Es *la* piedra preciosa.

—¡No será el carbunclo azul de la condesa de Morcar! —exclamé.

—Exactamente. No puedo por menos que estar al corriente de su tamaño y forma, dado que he leído el anuncio en que se describe y que se ha publicado a diario en el *Times* en estas últimas fechas. Es una piedra absolutamente única, y su valor sólo es posible conjeturarlo; pero lo que es seguro es que las mil libras esterlinas de recompensa que se ofrecen no cubren ni la veinteava parte de su valor de mercado.

—¡Mil libras! ¡Dios misericordioso! —exclamó el ordenanza, dejándose caer en un sillón, desde el que nos miró primero al uno y luego al otro.

—Ésa es la recompensa, y tengo motivos para asegurarle que la piedra tiene un valor sentimental por el cual la condesa estaría dispuesta a desprenderse de la mitad de su fortuna con tal de recuperarla.

—Desapareció en el hotel Cosmopolitan, si no recuerdo mal —comenté.

—Así es. El 22 de diciembre, hace sólo cinco días. Se acusó a John Horner, fontanero, de haberla sustraído del joyero de la señora. Las pruebas que obraban en su contra eran tan convincentes que el caso se ha remitido a los tribunales. Creo que tengo aquí una crónica del asunto.

Hojeó sus periódicos, mirando las fechas, y por fin extendió uno, lo plegó y leyó el párrafo siguiente:

> Robo de joya en el hotel Cosmopolitan.
>
> John Horner, de 26 años, fontanero, fue acusado de haber sustraído, el 22 del mes corriente, del joyero de la condesa de Morcar, la valiosa piedra preciosa llamada Carbunclo Azul. James Ryder, primer portero del hotel, declaró en el sentido de que, el día del robo, había acompañado a Horner al tocador de la condesa de Morcar, para que soldara la segunda barra del emparrillado de la chimenea, que estaba floja. Había acompañado a Horner un rato, pero por fin sus deberes lo habían llamado a otra parte. Al regresar, descubrió que Horner había desaparecido, que el buró estaba forzado y que el cofrecillo de tafilete donde, según se supo más tarde, la condesa tenía la costumbre de guardar su joya estaba vacío sobre la mesa de tocador. Ryder dio la alarma al instante, y Horner fue detenido esa misma tarde; pero no se encontró la piedra ni en su persona ni en su vivienda. Catherine Cusack, doncella de la condesa, declaró haber oído el grito de consternación de Ryder cuando éste descubrió el robo, y que entró corriendo en la habitación, donde lo encontró todo tal como había descrito el testigo anterior. El inspector Bradstreet, de la división B, prestó declaración sobre el acto de la detención de Horner, quien se resistió frenéticamente y manifestó su inocencia con el mayor vigor. Al presentarse pruebas de que el detenido había sido condenado en otra ocasión por robo, el magistrado no quiso dictaminar sumariamente sobre el caso, y lo remitió a los tribunales. Horner, que ha dado muestras de una intensa emoción durante la vista, se desmayó al oír la conclusión y tuvo que ser sacado inconsciente de la sala.

—¡Hum! Esto, por lo que respecta al tribunal de policía —añadió Holmes, pensativo, echando el periódico a un lado—. Ahora, la cuestión que se nos plantea es resolver la secuencia de hechos que van de un joyero saqueado, por una parte, hasta el buche de un ganso en Tottenham Court Road en la otra. Ya lo ve usted, Watson, nuestras pequeñas deducciones han asumido de pronto un aspecto mucho más importante y menos inocente. La piedra está aquí; la piedra ha salido del ganso, y el ganso ha salido del señor Henry Baker, el caballero del mal sombrero y de todas las demás características con las que lo he estado aburriendo. De manera que ahora debemos aplicarnos muy en serio a encontrar a ese caballero y a determinar qué papel ha desempeñado en este pequeño misterio. Para ello, debemos empezar por el medio más sencillo, y éste es, sin duda, un anuncio en todos los periódicos de la tarde. Si esto no da resultado, recurriré a otros métodos.

—¿Qué dirá usted en el anuncio?

—Alcánceme un lápiz y ese trozo de papel. Y bien: «Encontrados en la esquina de Goodge Street un ganso y un sombrero de fieltro negro. El señor Henry Baker puede recogerlos esta tarde, a las 6.30, en el 221B de Baker Street». Es claro y conciso.

—Desde luego. Pero ¿lo verá?

—Bueno, es seguro que estará atento a los periódicos, ya que la pérdida ha sido notable para un hombre pobre. Está claro que el doble percance de haber roto el vidrio del escaparate y la llegada de Peterson lo asustó tanto que sólo pudo pensar en huir; pero, desde entonces, ha debido de lamentar con amargura el impulso que le hizo soltar el ave. Por otra parte, al figurar su nombre en el anuncio, será más fácil que lo vea, pues todos sus conocidos se lo harán notar. Tenga, Peterson, baje usted de una carrera a la agencia de anuncios y haga publicar esto en los periódicos de la noche.

—¿En cuáles, señor?

—Ah, en el *Globe,* el *Star,* el *Pall Mall,* el *Saint James's,* el *Evening News,* el *Standard,* el *Echo* y cualquier otro que se le ocurra.

—Muy bien, señor. ¿Y la piedra?

—Ah, sí. Yo guardaré la piedra. Gracias. Y oiga, Peterson, cuando vuelva usted para acá, compre un ganso y déjemelo aquí, pues debemos tener uno para dárselo a ese caballero en lugar del que está devorando ahora su familia.

Cuando se hubo marchado el ordenanza, Holmes tomó la piedra y la miró al trasluz.

—Es muy bonita —se admiró—. Vea usted cómo brilla y cómo reluce. Por supuesto, es un foco y núcleo de crímenes. Todas las piedras preciosas buenas lo son. Son los cebos favoritos del diablo. En el caso de las piedras más grandes y más antiguas, cada una de sus facetas puede representar un suceso sangriento. Esta piedra todavía no tiene veinte años. Se encontró en las orillas del río Amoy, en el sur de la China, y es notable porque tiene todas las características del carbunclo salvo su color, que es azul en vez de rojo rubí. A pesar de su juventud, ya tiene una historia siniestra. Estos cuarenta granos de carbono cristalizado ya han costado dos asesinatos, un lanzamiento de vitriolo, un suicidio y varios robos. ¿Quién pudiera pensar que un juguete tan hermoso podría deparar la horca y la cárcel? Voy a guardarlo en mi caja fuerte, y le pondré un telegrama a la condesa para decirle que lo tenemos.

—¿Cree usted que ese tal Horner es inocente?

—No puedo saberlo.

—Y bien, ¿supone usted, entonces, que ese otro hombre, Henry Baker, ha tenido algo que ver con la cuestión?

—Me parece mucho más probable que Henry Baker sea un hombre completamente inocente, que no tenía idea de que el ave que portaba valía bastante más que si estuviera hecha de oro macizo. Pero eso lo determinaré con una prueba muy sencilla, si nuestro anuncio tiene respuesta.

—¿Y no puede hacer usted nada hasta entonces?

—Nada.

—En ese caso, seguiré con mis visitas profesionales. Pero volveré esta tarde, a la hora que me ha dicho, pues me gustaría ver el desenlace de semejante enredo.

—Estaré encantado de verlo. Ceno a las siete. Hay una becada, creo. Por cierto, en vista de los últimos hechos, quizá deba pedirle a la señora Hudson que le registre el buche.

Me entretuve con un paciente, y pasaba un poco de las seis cuando me encontré de nuevo en Baker Street. Cuando me acerqué a la casa vi a un hombre alto, con una boina escocesa y abrigo abrochado hasta la barbilla, que esperaba ante la casa, en el semicírculo de luz viva que arrojaba la luz del montante. La puerta se abrió en el momento en que llegaba yo, y nos hicieron pasar juntos al apartamento de Holmes.

—El señor Henry Baker, según creo —dijo Holmes, levantándose de su sillón y recibiendo a su visitante con ese aire de llaneza afable que era capaz de adoptar con tanta facilidad—. Le ruego se acomode en esa butaca junto a la lumbre, señor Baker. Esta noche hace frío, y observo que su circulación está más adaptada al verano que al invierno. Ah, Watson, llega usted en el momento preciso. ¿Es ése su sombrero, señor Baker?

—Sí, señor, ése es mi sombrero, sin duda alguna.

Era un hombre corpulento, cargado de hombros, de cabeza enorme y rostro ancho e inteligente, que se estrechaba hasta terminar en una barba puntiaguda de color castaño grisáceo. Cierto enrojecimiento de la nariz y las mejillas, unido a un leve temblor de la mano que tenía extendida, le recordó las conclusiones a las que había llegado Holmes acerca de sus costumbres. Llevaba una levita de color negro oxidado, abrochada hasta arriba por delante, con el cuello levantado, y las flacas muñecas le asomaban de las mangas sin el menor indicio de camisa ni de puño. Hablaba despacio y con voz entrecortada, eligiendo las palabras con cuidado, y producía la impresión general de ser un hombre culto y erudito que había sido maltratado por la fortuna.

—Hemos conservado estas cosas durante varios días —dijo Holmes—, porque esperábamos ver un anuncio suyo indicando su dirección. No tengo idea de por qué no se ha anunciado usted.

Nuestro visitante se rio de manera algo avergonzada.

—Ahora no me sobran tanto los chelines como me sobraban en otra época —comentó—. No me cabía duda de que la banda de alborotadores que me atacó se había llevado mi sombrero y el ave. No quise gastar más dinero en un intento inútil de recuperarlos.

—Es muy natural. Por cierto, y hablando del ave, nos vimos obligados a comérnosla.

Emocionado, nuestro visitante hizo ademán de levantarse del asiento.

—¡A comérsela!

—Sí. De lo contrario, no le habría servido a nadie para nada. Pero supongo que ese otro ganso que está en el aparador, y que pesa más o menos lo mismo y está perfectamente fresco, le hará a usted el mismo servicio, ¿no es así?

—Ah, desde luego, desde luego —respondió el señor Baker con un suspiro de alivio.

—Por supuesto, conservamos las plumas, las patas, el buche y todo lo demás de su ave, de manera que si usted desea...

El hombre soltó una franca carcajada.

—Podían servirme de recuerdos de mi aventura —dijo—; pero, aparte de eso, no veo de qué me pueden servir los *disjecta membra* de mi difunto amigo. No, señor. Me parece que, con su permiso, limitaré mi atención al ave excelente que percibo sobre el aparador.

Sherlock Holmes me dirigió una aguda mirada, a la vez que se encogía levemente de hombros.

—Ahí tiene usted su sombrero, entonces, y ahí tiene su ave —dijo—. Por cierto, ¿le incomodaría decirme de dónde sacó la otra? Soy algo aficionado a las aves de corral, y rara vez había visto un ganso mejor criado.

—Desde luego, señor mío —respondió Baker, que se había levantado y se había metido bajo el brazo su nueva pertenencia—. Algunos de nosotros frecuentamos la Posada Alfa, cerca del Museo. (Por el día estamos en el Museo mismo, ¿sabe usted?) Este año, nuestro buen posadero, que se llama Windigate, instituyó un Club del Ganso, cuyos miembros cotizaríamos unos pocos peniques cada semana y, a cambio, recibiríamos sendas aves en Navidad. Yo pagué mis peniques con puntualidad, y el resto ya lo conocen ustedes. Le estoy muy agradecido, señor mío, pues una boina escocesa no es prenda decente ni para mis años ni para mi seriedad.

Nos hizo una reverencia solemne a los dos, con una compostura que resultaba cómica por su pomposidad, y emprendió su camino.

—Ya hemos terminado con el señor Henry Baker —dijo Holmes cuando aquél hubo salido y cerrado la puerta—. No cabe la menor duda de que no sabe absolutamente nada del asunto. ¿Tiene usted hambre, Watson?

—No especialmente.

—Entonces, le propongo que dejemos la cena para más tarde y sigamos esta pista antes de que se enfríe.

—Con mucho gusto.

Hacía una noche cruda, de modo que nos pusimos los gabanes y nos protegimos la garganta con bufandas. En el exterior, las estrellas brillaban con luz fría en un cielo sin nubes, y el aliento de los transeúntes salía en forma de bocanadas de humo, como otros tantos pistoletazos. Nuestras pisadas resonaban con ruido nítido y fuerte mientras atravesábamos el barrio de los médicos, Wimpole Street, Harley Street y, siguiendo por Wigmore Street, llegábamos a Oxford Street. Al cabo de un cuarto de hora estábamos en el barrio de Bloomsbury y en la Posada Alfa, que es una taberna pequeña en la esquina de una de las calles que bajan hacia Holborn. Holmes abrió la puerta del salón reservado y le pidió dos vasos de cerveza al propietario, de cara rojiza y delantal blanco.

—Su cerveza debe de ser excelente si es tan buena como sus gansos —dijo Holmes.

—¡Mis gansos! —El hombre pareció sorprenderse.

—Sí. Hace apenas media hora hablé con el señor Henry Baker, que era miembro de su Club del Ganso.

—¡Ah! Sí, ya veo. Pero, verá usted, señor, los gansos no son nuestros.

—¡No me diga! ¿De quién son, entonces?

—Bueno, le compré las dos docenas a un tendero de Covent Garden.

—¡No me diga! Conozco a varios. ¿A cuál?

—Breckinridge se llama.

—¡Ah! No lo conozco. Y bien, a su salud, patrón, y a la prosperidad de su casa. ¡Buenas noches!

—Ahora, vamos a ver al señor Breckinridge —prosiguió Holmes, abotonándose el abrigo mientras salíamos al aire helado—. Recuerde, Watson, que si bien en un extremo de esta cadena tenemos una cosa tan hogareña como es un ganso, en la otra tenemos a un hombre que resultará condenado, sin duda, a siete años de trabajos forzados a menos que podamos demostrar su inocencia. Es posible que nuestras pesquisas sólo sirvan para confirmar su culpabilidad. En cualquier caso, tenemos una línea de investigación que ha pasado por alto la policía y que un azar singular ha puesto en nuestras manos. Sigámosla hasta apurarla. ¡Media vuelta hacia el sur, pues, y de frente, paso ligero!

Cruzamos Holborn, bajamos por Endell Street y seguimos por las callejas tortuosas de los barrios bajos hasta el mercado de Covent Garden. Uno de los puestos más grandes llevaba el nombre de Breckinridge, y el propietario, hombre de aspecto caballuno, de cara angulosa y patillas recortadas, ayudaba a un chico a echar el cierre.

—Buenas noches, y frías —dijo Holmes.

El tendero asintió con la cabeza y dirigió a mi compañero una mirada interrogadora.

—Ha vendido usted todos los gansos, según veo —prosiguió Holmes, mientras señalaba los mármoles desnudos.

—Mañana por la mañana puedo venderle quinientos.

—Eso no me sirve.

—Bueno, quedan algunos en ese puesto de la luz de gas.

—Ah, pero yo vengo recomendado a usted.

—¿Por quién?

—Por el patrono del Alfa.

—Ah, sí; le envié un par de docenas.

—Y eran unas aves muy buenas. Dígame, ¿de dónde las sacó usted?

Para mi sorpresa, la pregunta provocó un arrebato de ira en el tendero.

—Ahora bien, caballero —dijo, con la cabeza ladeada y los brazos en jarras—, ¿adónde quiere ir a parar? Hábleme usted bien claro.

—Está bastante claro. Quisiera saber quién le vendió a usted los gansos que le sirvió usted al Alfa.

—Pues no se lo digo. ¡Ea!

—Ah, la cosa no tiene importancia; pero no sé por qué se tiene que acalorar usted de ese modo por tal menudencia.

—¡Acalorarme! A lo mejor se acaloraba usted lo mismo si le estuvieran dando tanto la lata como a mí. Cuando yo pago un buen dinero por un buen artículo, la cosa debe terminar ahí; pero no oigo más que «¿Dónde están los gansos?» y «¿A quién vendió los gansos?» y «¿Cuánto quiere usted por los gansos?». Cualquiera que oiga tanto alboroto por esos gansos pensará que no hay otros en el mundo.

—Bueno, yo no guardo ninguna relación con nadie que le haya hecho preguntas —comentó Holmes sin darle importancia—. Si usted no nos lo quiere decir, se anula la apuesta, y se acabó. Pero yo siempre estoy dispuesto a apoyar mi opinión en cuestión de aves, y me he apostado cinco libras a que el ganso que me comí estaba criado en el campo.

—Pues ha perdido usted sus cinco libras, porque estaba criado en Londres —respondió el tendero, tajante.

—Nada de eso.

—Que le digo yo que sí.

—No lo creo.

—¿Cree usted que entiende más de aves que yo, que llevo con ellas desde que era un niño de teta? Le digo a usted que todos esos gansos que fueron al Alfa estaban criados en Londres.

—Jamás me convencerá usted de tal cosa.

—¿Se juega algo, entonces?

—No haré más que quitarle el dinero, pues sé que tengo razón. Pero me jugaré con usted un soberano, sólo para enseñarle a no ser tan terco.

El tendero soltó una risita maligna.

—Tráeme los libros, Bill —ordenó.

El chico trajo un pequeño volumen delgado y otro grande, de tapas manchadas de grasa, y los dejó juntos bajo la lámpara colgante.

—Y ahora, señor Sabelotodo —dijo el tendero—, yo creía que me había quedado sin gansos, pero antes de que haya terminado verá usted que todavía queda uno en mi tienda. ¿Ve usted este librito?

—¿Y bien?

—Es la lista de la gente a la que compro. ¿Lo ve? Muy bien; aquí, en esta página, está la gente del campo, y los números que siguen a sus nombres indican dónde están sus cuentas en el libro mayor. Y ahora, ¿ve esta otra página en tinta roja? Pues bien, es una lista de mis proveedores de Londres. Ahora, mire usted ese nombre, el tercero. Haga el favor de leérmelo.

—«Señora Oakshott, Brixton Road, 117. 249» —leyó Holmes.

—Así es. Ahora, busque usted ese número en el libro mayor.

Holmes buscó la página indicada.

—Aquí está. «Señora Oakshott, Brixton Road, 117, proveedora de huevos y aves de corral.»

—Y bien, ¿qué dice el último asiento?

—«22 de diciembre. Veinticuatro gansos a 7 chelines y 6 peniques la pieza.»

—En efecto. Eso es. ¿Y debajo?

—«Vendidos al señor Windigate, del Alfa, a 12 chelines la pieza.»

—¿Qué me dice ahora?

Sherlock Holmes aparentó llevarse un gran disgusto. Se sacó un soberano del bolsillo y lo arrojó sobre el mármol, volviéndose con el aire de una persona cuyo desagrado es demasiado profundo para expresarlo con palabras. A los pocos pasos se detuvo bajo una farola y se rio de esa manera franca y muda que le era peculiar.

—Cuando vea usted a un hombre con las patillas recortadas de ese modo y el *Pink 'un* asomándole del bolsillo, siempre podrá ganárselo por medio de una apuesta —dijo—. Me atrevería a decir que si hubiera puesto cien libras delante de ese hombre, no me habría dado una información tan completa como la que le he sacado haciéndole creer que me iba a ganar una apuesta. Y bien, Watson, me parece que nos estamos acercando al final de nuestra búsqueda, y que el único punto que nos queda por dilucidar es si debemos visitar a la señora Oakshott esta noche, o si debemos dejarlo para mañana. En vista de lo que nos ha dicho ese sujeto tan adusto, está claro que, además de nosotros, hay más interesados por el asunto, y me parece...

Sus comentarios quedaron truncados de pronto por un fuerte alboroto que surgió en el puesto que acabábamos de abandonar. Al volvernos, vimos a un sujeto pequeño, de cara de rata, que estaba de pie en el centro del círculo de luz amarilla que arrojaba la lámpara oscilante, mientras Breckinridge, el tendero, desde la puerta de su puesto, amenazaba ferozmente con los puños al personaje sobrecogido.

—Estoy harto de usted y de sus gansos —gritaba—. Váyase al diablo con ellos. Si vuelve a fastidiarme con sus tonterías, le echo el perro. Traiga usted aquí a la señora Oakshott y responderé ante ella; pero ¿qué pinta usted aquí? ¿Acaso le he comprado los gansos a usted?

—No; pero el caso es que uno de ellos era mío —se lamentó el hombrecillo.

—Bueno, pues pídaselo a la señora Oakshott.

—Ella me dijo que se lo pidiera a usted.

—Bueno, pues por mí como si se lo pide al rey de Prusia. Estoy harto de este asunto. ¡Largo de aquí!

Se abalanzó hacia delante con ardor, y el que le había estado haciendo preguntas huyó hasta perderse en la oscuridad.

—¡Ah! Esto puede ahorrarnos una visita a Brixton Road —susurró Holmes—. Venga usted conmigo, y veamos qué se puede sacar en limpio de este sujeto.

Abriéndose camino a paso vivo entre los grupos dispersos de público que rondaba alrededor de los puestos iluminados por el gas, mi compañero alcanzó enseguida a aquel hombre pequeño y le tocó en el hombro. El hombre se volvió, sobresaltado, y vi a la luz de gas que había perdido todo rastro de color en el rostro.

—¿Quién es usted, pues? ¿Qué quiere? —preguntó con voz temblorosa.

—Me disculpará usted —dijo Holmes con suavidad—, pero no he podido evitar oír las preguntas que acaba de hacerle a ese tendero. Creo que puedo prestarle ayuda.

—¿Usted? ¿Quién es usted? ¿Cómo puede saber nada de este asunto?

—Me llamo Sherlock Holmes. Mi oficio es saber lo que no saben los demás.

—Pero usted no puede saber nada de esto.

—Dispense usted, lo sé todo. Usted quiere localizar unos gansos que le vendió la señora Oakshott, de Brixton Road, a un tendero llamado Breckinridge, y que éste le vendió a su vez al señor Windigate, del Alfa, quien los repartió entre los miembros de su club, del que es miembro el señor Henry Baker.

—¡Ay, señor, es usted la persona que andaba buscando! —exclamó el hombrecillo, extendiendo las manos con los dedos temblorosos—. No soy capaz de explicarle lo mucho que me importa esta cuestión.

Sherlock Holmes detuvo un coche de cuatro ruedas que pasaba por allí.

—En ese caso, será mejor que hablemos de ello en una sala acogedora y no en este mercado azotado por el viento. Pero dígame usted, se lo ruego, antes de seguir, a quién tengo el placer de ayudar.

El hombre titubeó un momento.

—Me llamo John Robinson —respondió, con una mirada furtiva.

—No, no; su nombre verdadero —dijo Holmes con suavidad—. Siempre es incómodo hacer tratos con un alias.

Las mejillas blancas del desconocido se tiñeron de encarnado.

—Muy bien —dijo—. Mi nombre verdadero es James Ryder.

—Exactamente. Primer portero del hotel Cosmopolitan. Haga el favor de subir al coche y pronto estaré en condiciones de decirle todo lo que quiera usted saber.

El hombrecillo se quedó parado, mirándonos a uno y otro con ojos entre asustados y esperanzados, como el que no está seguro de si se encuentra al borde del éxito o de la catástrofe. Después subió al coche, y al cabo de media hora estábamos otra vez en el cuarto de estar de Baker Street. No habíamos cruzado palabra durante el viaje, pero la respiración marcada y jadeante de nuestro nuevo compañero y su gesto repetido de unir las manos y separarlas de nuevo indicaban su tensión nerviosa interior.

—¡Ya estamos aquí! —dijo Holmes con alegría cuando entramos en la sala uno tras otro—. La lumbre resulta muy acogedora con este tiempo. Parece que tiene usted frío, señor Ryder. Siéntese en la silla de mimbre, haga el favor. Si me perdona un momento, voy a ponerme las zapatillas antes de que arreglemos este asunto suyo. ¡Ya está! ¿Quiere usted saber lo que fue de esos gansos?

—Sí, señor.

—O, más bien, creo yo, de ese ganso. Me imagino que el ave que le interesaba a usted era una en concreto, blanca, con una franja negra en la cola.

Ryder tembló de emoción.

—¡Ay, señor! ¿Puede decirme usted adónde fue a parar? —exclamó.

—Vino a parar aquí.

—¿Aquí?

—Sí, y resultó ser un ave notabilísima. No me extraña que se interesara usted por ella. Puso un huevo después de muerta... El huevo más lindo y más reluciente que se ha visto nunca. Lo tengo aquí, en mi museo.

Nuestro visitante se incorporó, vacilante, y se aferró a la repisa de la chimenea con la mano derecha. Holmes abrió su caja fuerte y exhibió el carbunclo azul, que centelleaba como una estrella, con un resplandor frío y brillante, de múltiples rayos. Ryder se lo quedó mirando fijamente, con la cara contraída, sin saber si debía reclamarlo o rechazarlo.

—Se acabó el juego, Ryder —dijo Holmes con voz tranquila—. ¡Aguante, hombre, que se va a caer a la lumbre! Ayúdelo a volver a su asiento, Watson. No tiene sangre en las venas para cometer una fechoría con impunidad. Dele usted un trago de coñac. ¡Eso es! Ya parece un poco más hombre. ¡Es un renacuajo, desde luego!

El hombre se había tambaleado por un momento y había estado a punto de caerse, pero el coñac había hecho asomar algo de color a sus mejillas, y se quedó sentado, mirando a su acusador con ojos temerosos.

—Tengo en la mano casi todos los eslabones, y todas las pruebas que pudiera necesitar, así que es poca cosa la que tendré que preguntarle. No obstante, bien podemos aclarar ese poco para completar el caso. ¿Había oído hablar de esta piedra azul de la condesa de Morcar, Ryder?

—Me habló de ella Catherine Cusack —respondió, con voz quebrada.

—Ya veo... La doncella de su señoría. Y bien, la tentación de adquirir una fortuna de manera rápida y con tanta facilidad pudo con usted, como ha podido antes con hombres mejores que usted; pero usted no tuvo muchos escrúpulos a la hora de elegir los medios. Me parece, Ryder, que tiene usted madera para convertirse en un bonito bribón. Sabía que Horner, el fontanero, había estado complicado antes en un asunto parecido, y que así sería más fácil que recayeran sobre él las sospechas. ¿Y qué hizo usted, entonces? Provocaron un pequeño desperfecto en la habitación de la señora (su cómplice, Catherine Cusack, y usted), y usted se las arregló para que hicieran venir a Horner. Después, cuando éste se hubo marchado, usted saqueó el joyero, dio la voz de alarma e hizo detener a ese desventurado. Después...

De pronto, Ryder se dejó caer en la alfombra y abrazó las rodillas de mi compañero.

—¡En nombre de Dios, tenga piedad! —chilló—. ¡Piense en mi padre! ¡En mi madre! Esto les partiría el corazón. ¡Yo no me había salido nunca del buen camino! Ni volveré a salirme de él. Lo juro. Lo juro sobre la Biblia. ¡Oh, no me lleve ante los tribunales! ¡No lo haga, en nombre de Cristo!

—¡Vuelva a su asiento! —lo reprendió Holmes con severidad—. Ahora es muy bonito suplicar y arrastrarse por el suelo, pero pensó bien poco en el pobre Horner, en el banquillo de los acusados por un delito del que no sabía nada.

—Huiré, señor Holmes. Me iré del país, señor. De esa manera, la acusación en su contra se derrumbará.

—¡Hum! Ya hablaremos de eso. Y ahora háganos una relación verídica del acto siguiente. ¿Cómo llegó la piedra al interior del ganso, y cómo llegó el ganso al mercado? Cuéntenos la verdad, pues es su única esperanza de salvación.

Rider se pasó la lengua por los labios cuarteados.

—Se lo contaré tal como pasó, señor —respondió—. Una vez detenido Horner, me pareció que lo mejor sería marcharme enseguida con la piedra, pues no sabía en qué momento se le podía ocurrir a la policía registrarme y registrar mi cuarto. En el hotel no podía estar a buen recaudo en ninguna parte. Salí, como para hacer algún recado, y me dirigí a la casa de mi hermana. Está casada con un hombre apellidado Oakshott, y vive en Brixton Road, donde cría aves de corral para el mercado. Durante todo el camino me parecía como si cada hombre con el que me cruzaba fuera un policía o un detective. A pesar de que hacía una noche fría, antes de llegar a Brixton Road ya tenía la cara empapada de sudor. Mi hermana me preguntó qué pasaba y por qué estaba tan pálido; pero le respondí que estaba impresionado por el robo de la joya en el hotel. Después salí al patio trasero y me fumé una pipa, preguntándome qué sería lo más conveniente.

»Tuve una vez un amigo llamado Maudsley que había ido por el mal camino y acababa de cumplir sentencia en Pentonville. Un día me encontré con él y empezamos a hablar de los métodos de los ladrones y de cómo colocaban lo robado. Sabía que no me traicionaría, pues yo conocía uno o dos secretos sobre él, de modo que me decidí a ir de inmediato a Kilburn, donde vivía, para verlo y hacerlo partícipe de mi secreto. Él me enseñaría cómo convertir la piedra en dinero. Pero ¿cómo llegar hasta él a salvo? Pensé en el suplicio que había pasado al venir del hotel. En cualquier momento podían detenerme y registrarme, y yo llevaba la piedra en el bolsillo del chaleco. En esos momentos yo estaba apoyado en la pared y mirando los gansos que rondaban alrededor de mis pies, y de pronto me vino a la cabeza una idea que me hizo ver el modo de superar al mejor detective que hubiera vivido jamás.

»Hacía algunas semanas, mi hermana me había dicho que podría llevarme el mejor de sus gansos como regalo de Navidad, y yo sabía que siempre cumplía su palabra. Me llevaría mi ganso en ese momento, y llevaría dentro mi piedra hasta Kilburn. En el patio había un cobertizo pequeño, e hice pasar tras él a uno de los gansos; era grande y hermoso, blanco, con una franja en la cola. Lo atrapé y, obligándolo a abrir el pico, le metí la piedra por la garganta hasta donde me llegó el dedo. El ave tragó, y noté que la piedra le bajaba por el gaznate y se le quedaba en el buche. Pero el animal se debatía y aleteaba, y mi hermana salió a ver qué pasaba. Cuando me volví para hablar con ella, el bicho se soltó, huyó y se perdió entre los demás.

»—¿Se puede saber qué hacías con ese ganso, Jem? —me preguntó.

»—Bueno —le respondí—, dijiste que me regalarías uno por Navidad, y los estaba palpando para ver cuál es el más gordo.

»—Ah —replicó ella—, el tuyo lo tenemos aparte... Lo llamamos "el ganso de Jem". Es ese blanco grande de allí. Hay veintiséis en total: uno para ti, uno para nosotros y dos docenas para el mercado.

»—Gracias, Maggie —contesté—; pero, si te es igual, prefiero quedarme con el que tenía en las manos hace un momento.

»—El otro pesa sus buenas tres libras más —dijo ella—, y lo hemos cebado a propósito para ti.

»—No importa. Me quedo con el otro, y me lo llevaré ahora mismo —resolví.

»—Ah, como quieras —rezongó ella, algo amoscada—. ¿Cuál es el que quieres, entonces?

»—Ese blanco de la franja en la cola, que está en el medio de la bandada.

»—Ah, muy bien. Mátalo y llévatelo.

»Y bien, hice lo que me decía, señor Holmes, y me llevé el ave a cuestas hasta Kilburn. Le conté a mi amigo lo que había hecho, pues era un hombre a quien resultaba fácil contarle una cosa así. Se rio hasta atragantarse, y tomamos un cuchillo y abrimos el ganso. El corazón se me heló en el pecho, pues no había rastro de la piedra, y comprendí que había cometido un error terrible. Dejé el ave, volví a toda prisa a casa de mi hermana y entré corriendo en el patio. Allí no se veía ni una sola ave.

»—¿Dónde están, Maggie? —exclamé.

»—Se las han llevado al mercado, Jem.

»—¿A qué tienda?

»—A la de Breckinridge, de Covent Garden.

»—Pero ¿había otro con una franja en la cola, igual que el que elegí yo? —pregunté.

»—Sí, Jem; había dos con franjas en la cola, y yo no pude distinguirlos nunca.

»Y bien, entonces lo entendí todo, por supuesto, y salí corriendo con todas mis fuerzas a ver a ese Breckinridge; pero éste había vendido toda la partida enseguida y no quiso decirme ni una palabra de cuál era su paradero. Ustedes mismos lo han oído esta noche. Y siempre me ha respondido de esa manera. Mi hermana cree que me estoy volviendo loco. Yo mismo lo creo a veces. Y ahora… y ahora, estoy marcado como ladrón, sin haber tocado siquiera la riqueza a cambio de la cual he vendido mi reputación. ¡Que Dios me asista! ¡Que Dios me asista!

Rompió en sollozos convulsivos, con la cara hundida entre las manos.

Sobrevino un largo silencio, sólo interrumpido por su respiración pesada y por el tamborileo regular de los dedos de Sherlock Holmes en el borde de la mesa. Después, mi amigo se levantó y abrió la puerta de par en par.

—¡Fuera! —dijo.

—¿Cómo, señor! ¡Oh, que Dios se lo pague!

—Ni una palabra más. ¡Fuera!

Y no hizo falta una sola palabra más. Hubo una carrera, unos pasos precipitados en las escaleras, un portazo y el ritmo marcado de unos pies que corrían por la calle.

—Al fin y al cabo, Watson —concluyó Holmes, levantando la mano para tomar su pipa de arcilla—, a mí no me tiene en nómina la policía para que les cubra sus deficiencias. Si Horner corriera peligro, sería otra cuestión; pero este sujeto no declarará en su contra, y la acusación se vendrá abajo. Supongo que me convierto en encubridor de un delito grave, pero también es posible que esté salvando un alma. Este sujeto no volverá a hacer nada malo: tiene demasiado miedo. Si lo enviamos ahora a la cárcel, lo convertimos en carne de presidio para toda la vida. Además, estamos en unos días de perdón. La casualidad nos ha puesto por delante un problema muy singular y caprichoso, y su resolución es su propia recompensa. Si tiene usted la bondad de tocar el timbre, doctor, emprenderemos otra investigación en la que también figurará como elemento principal un ave.

La aventura de la banda de lunares

Al repasar mis notas sobre los setenta y tantos casos en los que he estudiado, de ocho años a esta parte, los métodos de mi amigo Sherlock Holmes, encuentro muchos trágicos, algunos cómicos, bastantes simplemente extraños, pero ninguno vulgar; pues, trabajando como hacía él, más por amor a su arte que para enriquecerse, se negaba a intervenir en ninguna investigación que no tendiera hacia lo extraordinario, o incluso hacia lo fantástico. Entre todos estos casos tan diversos, no obstante, no recuerdo ninguno que presentara rasgos más singulares que el relacionado con la familia Roylott, de Stoke Moran, muy conocida en el condado de Surrey. Los hechos en cuestión tuvieron lugar en la primera época de mi trato con Holmes, cuando yo era soltero y compartíamos el apartamento de Baker Street. Podría haberlos hecho públicos antes, pero hice entonces la promesa de guardar el secreto, de la que sólo he quedado liberado el mes pasado por la muerte precoz de la señora a quien se hizo la promesa. Quizá sea conveniente que los hechos salgan ahora a la luz pública, pues tengo motivos para saber que circulan ampliamente ciertos rumores sobre la muerte del doctor Grimesby Roylott que tienden a imaginarla de una manera más terrible todavía que como se produjo en la realidad.

Una mañana, a principios de abril de 1883, me desperté y me encontré a Sherlock Holmes de pie junto a mi cama, completamente vestido. Él era poco madrugador, por regla general y, en vista de que el reloj de la repisa de la chimenea me indicaba que sólo eran las siete y cuarto, lo miré con cierta sorpresa y, quizá, con un poquito de enfado, pues yo, personalmente, tenía hábitos regulares.

—Lamento mucho sacarlo de la cama de esta manera, Watson —se disculpó—, pero esta mañana nos ha tocado a todos. A la señora Hudson la han sacado de la cama; ella se ha desquitado conmigo, y yo con usted.

—¿Qué pasa, pues? ¿Hay fuego?

—No: un cliente. Parece ser que ha llegado una joven, notablemente emocionada, y que se empeña en verme. Está esperando en el salón. Y bien, cuando las señoras jóvenes andan por la capital a esta hora de la mañana, sacando de la cama a la gente que duerme, parto de la base de que tienen que comunicarles algo muy urgente. Si resulta que se trata de un caso interesante, estoy seguro de que a usted le interesaría seguirlo desde el principio. En cualquier caso, se me ocurrió entrar a llamarlo para que tuviera oportunidad de hacerlo.

—No me lo perdería por nada del mundo, amigo mío.

Nada me producía mayor deleite que seguir a Holmes en sus investigaciones profesionales y admirar sus rápidas deducciones, tan veloces como si fueran intuiciones, pero basadas siempre en la lógica, con las que desenmarañaba los problemas que se le proponían. Me vestí a toda prisa, y a los pocos minutos estaba preparado para bajar con mi amigo al salón. Cuando entramos, se levantó una señora vestida de negro y cubierta con un denso velo, que había estado sentada junto a la ventana.

—Buenos días, señora —dijo Holmes con desenfado—. Me llamo Sherlock Holmes. Le presento a mi amigo íntimo y compañero, el doctor Watson, ante el cual puede hablar usted con tanta libertad como ante mí mismo. ¡Ah! Me alegro de ver que la señora Hudson ha tenido el buen sentido de encender la chimenea. Le ruego que se acerque usted a la lumbre, y pediré que le sirvan una taza de café caliente, pues observo que está usted temblando.

—No tiemblo de frío —dijo la mujer en voz baja, cambiando de asiento tal como se le había pedido.

—¿Por qué tiembla usted, entonces?

—De miedo, señor Holmes. De terror.

Mientras decía estas palabras se quitó el velo, y pudimos ver que se encontraba, en efecto, en un estado lamentable de agitación, con la cara macilenta y pálida, y los ojos inquietos y asustados, como los de un animal acosado. Sus rasgos y su figura eran los de una mujer de treinta años, pero tenía el cabello salpicado de un gris prematuro, y el semblante cansado y macilento. Sherlock Holmes la estudió de pies a cabeza con una de sus miradas rápidas que todo lo abarcaban.

—No debe temer —le dijo con tono tranquilizador, inclinándose hacia ella y dándole una palmadita en el antebrazo—. No me cabe duda de que arreglaremos las cosas en poco tiempo. Veo que ha venido usted en tren esta mañana.

—¿Me conoce usted, entonces?

—No, pero observo en la palma de su guante izquierdo la segunda mitad de un billete de ida y vuelta. Ha debido de tomar el tren muy temprano, a pesar de lo cual tuvo que dar antes un largo paseo en un *dog-cart* para llegar a la estación.

La señora se sobresaltó y miró con asombro a mi compañero.

—No hay ningún misterio, mi querida señora —repuso él, sonriendo—. En la manga izquierda de su chaqueta hay no menos de siete salpicaduras de barro. Las manchas son muy frescas. El *dog-cart* es el único vehículo que arroja el barro de esa manera, y sólo cuando se sienta uno a la izquierda del cochero.

—Sean cuales sean sus motivos, tiene usted toda la razón —reconoció ella—. Salí de casa antes de las seis, llegué a Leatherhead a y veinte, y he venido en el primer tren hasta la estación de Waterloo. Señor mío, ya no puedo soportar más esta tensión. Si continúa, voy a volverme loca. No tengo a nadie a quien recurrir; a nadie, a excepción de uno que me quiere; y él, el pobre, no puede ayudarme en gran cosa. He oído hablar de usted, señor Holmes; he oído hablar de usted a la señora Farintosh, a la que ayudó usted cuando más apurada estaba. Fue ella quien me dio su dirección. ¡Ay, señor mío!, ¿no cree usted que podrá ayudarme a mí también, y arrojar, al menos, algo de luz sobre las tinieblas oscuras que me rodean? De momento, no está en mi mano remunerar sus servicios, pero de aquí a un mes o seis semanas me casaré, controlaré mis propios ingresos, y al menos entonces no me encontrará desagradecida.

Holmes se volvió hacia su escritorio y, tras abrir la cerradura, extrajo un pequeño cuaderno, que consultó.

—Farintosh... —dijo—. Ah, sí, recuerdo el caso; estuvo relacionado con una diadema de ópalos. Creo que fue antes de su llegada, Watson. Lo único que puedo decir, señora, es que tendré mucho gusto en aplicarme al caso de usted con la misma dedicación con que me apliqué al de su amiga. En cuanto a la remuneración, mi profesión es remuneración suficiente por sí misma, pero es usted libre de reembolsar los gastos en que pueda incurrir yo, cuando le convenga. Y ahora le ruego que nos exponga todo lo que nos pueda servir para formarnos una opinión sobre el asunto.

—¡Ay! —respondió nuestra visitante—. Lo que tiene de horrible mi situación es el hecho mismo de que mis temores son tan indefinidos, y mis sospechas dependen tan enteramente de detalles pequeños, que podrían parecerles triviales a otros, que hasta aquel mismo al que tengo derecho a solicitar ayuda y consejo por encima de nadie considera que todo lo que le cuento son fantasías de una mujer nerviosa. No es que lo diga así, pero lo leo en sus respuestas tranquilizadoras y en el modo en que rehúye mi mirada. Pero he oído decir, señor Holmes, que usted es capaz de ver muy hondo, penetrando la maldad compleja del corazón humano. Quizá pueda indicarme el modo de sortear los peligros que me rodean.

—La escucho con atención, señora.

—Me llamo Helen Stoner, y vivo con mi padrastro, que es el último superviviente de una de las familias sajonas más antiguas de Inglaterra, los Roylott de Stoke Moran, en el límite occidental de Surrey.

Holmes asintió con la cabeza.

—El nombre me resulta familiar.

—La familia se contó en su época entre las más ricas de Inglaterra y sus tierras se extendían más allá de los límites del condado, por el de Berkshire al norte y por el de Hampshire al oeste. En el siglo pasado, no obstante, hubo cuatro herederos sucesivos de carácter disoluto y pródigo, y un jugador remató la ruina de la familia en tiempos de la Regencia. No quedó nada más que algunas hectáreas de terreno y la casa, de doscientos años de antigüedad y que también está cargada con una onerosa hipoteca. El último señor malvivió allí siempre, haciendo la vida terrible del aristócrata indigente; pero su hijo, mi padrastro, viendo que debía adaptarse a las nuevas condiciones sociales, le pidió a un pariente un crédito que le permitió licenciarse en Medicina y se trasladó a Calcuta, donde, gracias a su habilidad profesional y a su fuerza de carácter, consiguió establecerse con mucho éxito. Pero en un arrebato de ira, provocado por unos robos que se habían producido en su casa, mató a golpes a su mayordomo nativo, y le faltó poco para ser condenado a muerte. Al final, cumplió una larga condena en la cárcel y regresó después a Inglaterra, convertido en un hombre retraído y desilusionado.

»Cuando el doctor Roylott estaba en la India, se casó con mi madre, la señora Stoner, joven viuda del general Stoner, de la Artillería de Bengala. Mi hermana Julia y yo éramos gemelas, y sólo teníamos dos años cuando mi madre se casó en segundas nupcias. Ella tenía una renta considerable, no inferior a las mil libras al año, y se la legó por entero al doctor Roylott mientras residiésemos con él, con la disposición de que se nos cedería a cada una de nosotras cierta cantidad anual si nos casábamos. Mi madre murió poco después de nuestro regreso a Inglaterra. (Se mató hace ocho años en un accidente de ferrocarril, cerca de Crewe.) Entonces, el doctor Roylott abandonó sus intentos de establecer una consulta en Londres y nos llevó a vivir con él en la antigua casa de sus antepasados en Stoke Moran. El dinero que había dejado mi madre bastaba para cubrir todas nuestras necesidades, y parecía que no podía haber obstáculo alguno para nuestra felicidad.

»Pero por esa época nuestro padrastro sufrió un cambio terrible. En vez de hacer amigos e intercambiar visitas con nuestros vecinos, que al principio se habían alegrado muchísimo de volver a ver a un Roylott de Stoke Moran en la vieja casa solariega, se encerró en su casa y apenas salía, salvo para entablar fieras pendencias con cualquiera que se cruzara en su camino. En los hombres de su familia había sido hereditario un temperamento violento casi hasta la locura, y creo que en el caso de mi padrastro se había agudizado por su larga estancia en el trópico. Hubo una serie de riñas vergonzosas, dos de las cuales terminaron en el tribunal de policía, hasta que, por fin, se convirtió en el terror del pueblo, y la gente huía de su presencia, pues es hombre de fuerza inmensa y absolutamente incontrolable en sus arrebatos de ira.

»La semana pasada arrojó al herrero del pueblo por el pretil de un puente a un río, y sólo pude evitar un nuevo escándalo indemnizándolo con todo el dinero que pude reunir. Mi padrastro no tiene ningún amigo, a excepción de los gitanos errantes, y solía dar permiso a estos vagabundos para que acamparan en las pocas hectáreas de tierra cubierta de zarzas que constituyen la finca de la familia. A cambio, aceptaba la hospitalidad de sus tiendas y se iba a vagar con ellos, a veces durante semanas enteras. También tiene pasión por los animales de la India, que le envía un agente, y en estos momentos tiene un guepardo y un babuino que andan sueltos por su jardín, y a los que los del pueblo temen casi tanto como a su dueño.

»Se puede imaginar usted, por lo que digo, que mi pobre hermana Julia y yo no disfrutábamos mucho de la vida. Ningún criado estaba dispuesto a quedarse con nosotras, y durante mucho tiempo las dos hicimos todo el trabajo de la casa. Ella sólo tenía treinta años cuando murió, pero ya le había empezado a encanecer el pelo, tal como me está pasando a mí.

—¿Su hermana ha muerto, entonces?

—Murió hace sólo dos años, y es de su muerte de lo que quiero hablarle. Comprenderá usted que, haciendo la vida que le acabo de describir, teníamos pocas posibilidades de ver a nadie de nuestra edad y situación. Sin embargo, teníamos una tía, hermana soltera de mi madre, la señorita Honoria Westphail, que vive cerca de Harrow, y en algunas ocasiones se nos permitía hacer breves estancias en casa de esta señora. Julia fue allí en Navidad, hace dos años, y allí conoció a un comandante de Infantería de Marina en excedencia, con el que se prometió en matrimonio. Mi padrastro se enteró del compromiso cuando volvió mi hermana y no presentó ninguna objeción al matrimonio; pero cuando faltaban quince días para la fecha en que se había acordado la boda, sucedió el hecho terrible que me ha despojado de mi única compañera.

Sherlock Holmes había estado recostado en su butaca con los ojos cerrados y la cabeza hundida en un cojín; pero entonces entreabrió los párpados y miró a su visitante.

—Le ruego que exponga los detalles con precisión —dijo.

—Eso me resultará fácil, pues tengo grabados a fuego en la memoria todos y cada uno de los hechos de aquellas horas espantosas. Como ya he dicho, la casa solariega es muy antigua, y ahora sólo se habita una de sus alas. Los dormitorios de esta ala están en el piso bajo, ya que los salones se encuentran en el cuerpo central de los edificios. El primero de estos dormitorios es el del doctor Roylott; el segundo, el de mi hermana, y el tercero, el mío. No hay ninguna comunicación entre ellos, pero todos dan a un mismo pasillo. ¿Me explico bien?

—Perfectamente.

—Las ventanas de las tres habitaciones dan al césped del jardín. Aquella noche fatal, el doctor Roylott se había metido en su habitación temprano, aunque supimos que no se había retirado para dormir, pues a mi hermana le molestaba el olor de los fuertes cigarros puros hindúes que tenía la costumbre de fumar. Por ello, salió de su cuarto y se vino al mío, donde se sentó durante un rato, charlando sobre su próxima boda. A las once se levantó para dejarme, pero al llegar a la puerta se detuvo y se volvió hacia mí.

»—Dime, Helen, ¿has oído alguna vez, en plena noche, que alguien silbaba? —me preguntó.

»—Nunca —respondí.

»—Supongo que no es posible que silbes mientras duermes, ¿verdad?

»—Desde luego que no. Pero ¿por qué?

»—Porque, en las últimas noches, hacia las tres de la madrugada, he oído siempre un silbido débil y claro. Tengo el sueño ligero, y me ha despertado. No sé de dónde salía; quizá del cuarto de al lado, quizá del jardín. Se me había ocurrido preguntarte si lo habías oído tú.

»—No, no lo he oído. Deben de ser esos gitanos molestos que están en la huerta.

»—Es muy probable. Sin embargo, si ha sido en el jardín, me extraña que no lo hayas oído tú también.

»—Ah, pero yo tengo el sueño más profundo que tú.

»—Bueno, no tiene mayor importancia, en todo caso —me dijo. Me sonrió, cerró mi puerta, y a los pocos momentos oí el ruido de la llave en la cerradura de su puerta.

—¿Ah, sí? —dijo Holmes—. ¿Tenían ustedes la costumbre de encerrarse siempre con llave por las noches?

—Siempre.

—¿Y por qué?

—Creo que ya le he dicho que el doctor tenía un guepardo y un babuino. No nos sentíamos seguras si no teníamos la puerta cerrada con llave.

—Por supuesto. Le ruego que siga usted con su relación.

—Aquella noche no podía dormir. Me oprimía una vaga sensación de desgracia inminente. Como recordará usted, mi hermana y yo éramos gemelas, y ya sabe usted cuán sutiles son los lazos que unen a dos almas que tienen una relación tan estrecha. Hacía una noche terrible. En el exterior, el viento aullaba, y la lluvia azotaba y bañaba las ventanas. De pronto, entre todo el estrépito de la tormenta, se alzó el grito enloquecido de una mujer aterrorizada. Supe que era la voz de mi hermana. Salté de mi cama, me envolví en un chal y salí corriendo al pasillo. Cuando abrí la puerta, me pareció oír un leve silbido, como el que había descrito mi hermana y, casi de inmediato, un ruido metálico, como la caída de una mole de metal. Mientras yo corría por el pasillo, se abrió la cerradura del cuarto de mi hermana, y su puerta giró despacio sobre las bisagras. La miré, paralizada de horror, sin saber qué iba a salir de allí. A la luz de la lámpara del pasillo, vi que mi hermana aparecía en la puerta, con la cara blanca de terror, moviendo las manos como si pidiera auxilio, mientras todo su cuerpo oscilaba de un lado a otro como el de un borracho. Corrí hasta ella y la rodeé con mis brazos, pero en aquel momento le fallaron las piernas, al parecer, y cayó al suelo. Se retorció como si sufriera un dolor terrible, con convulsiones espantosas en las extremidades. Al principio pensé que no me había reconocido, pero al inclinarme sobre ella, chilló de pronto con una voz que no olvidaré jamás: «¡Ay, Dios mío! ¡Helen! ¡Era la banda! ¡La banda de lunares!». Quiso decir algo más, y agitó el índice en el aire hacia la habitación del doctor, pero se apoderó de ella una nueva convulsión que ahogó sus palabras. Me apresuré a salir, llamando a mi padrastro en voz alta, y, cuando me lo encontré, venía corriendo desde su cuarto, en bata. Cuando llegó junto a mi hermana, ella estaba inconsciente, y aunque él le echó coñac por la garganta y pidió asistencia médica al pueblo, todos los esfuerzos fueron baldíos, pues mi hermana fue empeorando de manera paulatina, y murió sin haber recobrado el sentido. Éste fue el terrible final de mi amada hermana.

—Un momento —dijo Holmes—; ¿está usted segura de haber oído ese silbido y ese ruido metálico? ¿Podría jurarlo?

—Eso mismo me preguntó el forense del condado durante la investigación. Tengo la sensación de haberlo oído; sin embargo, es posible que me haya engañado, entre el estrépito de la tormenta y los crujidos de una casa vieja.

—¿Estaba vestida su hermana?

—No; llevaba puesto su camisón. En la mano derecha se encontró una cerilla consumida, y en la izquierda, la caja de cerillas.

—Lo que demuestra que había encendido una luz y había mirado a su alrededor cuando se produjo la alarma. Eso es importante. Y ¿a qué conclusiones llegó el forense?

—Investigó el caso con gran cuidado, pues hacía mucho tiempo que la conducta del doctor Roylott llamaba la atención en el condado, pero no pudo descubrir ninguna causa verosímil de la muerte. Mis declaraciones pusieron de manifiesto que su puerta estaba cerrada con llave por dentro, y tenía las ventanas cerradas con contraventanas de modelo antiguo, con gruesas barras de hierro que se echaban todas las noches. Se reconocieron las paredes con sumo cuidado y se descubrió que eran completamente sólidas, y también se examinó a fondo el suelo, con idénticos resultados. La chimenea es amplia, pero tiene cuatro gruesos barrotes que cierran el paso. Por tanto, es seguro que mi hermana estaba completamente sola cuando le sobrevino su fin. Además, no tenía ninguna señal de violencia.

—¿Y de veneno?

—Los médicos la examinaron, pero sin encontrar nada.

—¿De qué cree usted que murió la desventurada señorita, entonces?

—Lo que yo creo es que murió de puro miedo y de conmoción nerviosa, aunque no puedo imaginarme qué fue lo que la asustó.

—¿Había entonces gitanos en la huerta?

—Sí; casi siempre hay allí algunos.

—Ah, ¿y cómo interpretó usted su alusión a una banda... a una banda de lunares?

—A veces he pensado que no eran más que palabras sin sentido que decía en su delirio; otras, que podía referirse a una banda de personas, quizá a esos mismos gitanos de la huerta. No sé si los pañuelos de lunares que llevan muchos de ellos en la cabeza podrían haberle sugerido el adjetivo extraño que utilizó.

Holmes sacudió la cabeza con gesto de hombre que no está convencido ni mucho menos.

—Aquí hay que ahondar mucho más —sentenció—. Le ruego que prosiga su relato.

—Han pasado dos años desde entonces, y mi vida, hasta hace poco tiempo, ha sido más solitaria que nunca. Sin embargo, hace un mes, un amigo querido a quien conozco desde hace muchos años me ha hecho el honor de pedir mi mano. Se llama Armitage... Percy Armitage, hijo segundo del señor Armitage, de Crane Water, cerca de Reading. Mi padrastro no ha puesto ninguna objeción al compromiso, y nos casaremos en el transcurso de la primavera. Hace dos días se emprendieron unas obras en el ala oeste del edificio, y han perforado la pared de mi dormitorio, de modo que he tenido que trasladarme al cuarto donde murió mi hermana, y dormir en la misma cama en que dormía ella. Imagínense ustedes, pues, el escalofrío de terror que sufrí anoche cuando, estando acostada y despierta, pensando en su suerte terrible, oí de pronto en el silencio de la noche el leve silbido que había anunciado su muerte. Me levanté de un salto y encendí la lámpara, pero en la habitación no se veía nada. No obstante, estaba demasiado conmocionada como para volver a acostarme, de manera que me vestí y, en cuanto despuntó el día, salí de casa a hurtadillas, tomé un *dog-cart* en la Posada de la Corona, que está enfrente, y fui en él hasta Leatherhead, de donde he venido esta mañana con el único objeto de verlo a usted y pedirle consejo.

—Ha obrado usted con prudencia —dijo mi amigo—. Pero ¿me lo ha contado todo?

—Sí, todo.

—No es así, señorita Roylott. Está usted encubriendo a su padrastro.

—¿Cómo? ¿Qué quiere usted decir?

A modo de respuesta, Holmes volvió hacia arriba el puño de encaje negro que cubría la mano que apoyaba nuestra visitante sobre su rodilla. En la muñeca blanca estaban marcados cinco puntos morados pequeños, las huellas de cuatro dedos y un pulgar.

—Ha sido maltratada —dijo Holmes.

La dama se ruborizó profundamente y se cubrió la muñeca lesionada.

—Es un hombre duro —admitió—, y quizá apenas sea consciente de su propia fuerza.

Sobrevino un largo silencio, durante el cual Holmes contempló la lumbre chisporroteante con la barbilla apoyada en las manos.

—Éste es un asunto muy profundo —dijo por fin—. Hay mil detalles que quisiera conocer antes de decidir cuál será nuestro plan de acción. Pero no tenemos un momento que perder. Si fuésemos hoy a Stoke Moran, ¿sería posible que viésemos esas habitaciones sin que se enterara su padrastro?

—Precisamente dijo que hoy vendría a Londres a ocuparse de un asunto muy importante. Es posible que esté fuera todo el día y que ustedes no encuentren ninguna molestia. Ahora tenemos un ama de llaves, pero es vieja y simple, y a mí me resultaría fácil conseguir que no estorbara.

—Excelente. ¿No le importa hacer este viaje, Watson?

—En absoluto.

—Entonces, iremos los dos. ¿Qué va a hacer usted?

—Ya que he venido a Londres, quisiera hacer un par de cosas. Pero volveré en el tren de las doce, para estar a tiempo de recibirlos a ustedes.

—Y puede esperarnos a primera hora de la tarde. Yo también tengo que ocuparme de algunos asuntos sin importancia. ¿No quiere usted quedarse a desayunar?

—No; debo marcharme. Ya tengo el ánimo más alegre, después de haberles confiado mis inquietudes. Espero con impaciencia volver a verlos esta tarde.

Dejó caer sobre su rostro el velo negro y espeso y salió de la sala con presteza.

—¿Y qué opina usted de todo esto, Watson? —me preguntó Sherlock Holmes, recostándose en su butaca.

—Me parece un asunto muy oscuro y siniestro.

—Es bien oscuro, y bien siniestro.

—Pero si la dama tiene razón cuando dice que el suelo y las paredes son sólidos y que la puerta, la ventana y la chimenea son infranqueables, entonces no cabe duda de que su hermana debía de estar sola cuando sucedió el hecho misterioso que acabó con su vida.

—¿Y qué hay, entonces, de esos silbidos nocturnos, y de las palabras tan peculiares de la mujer moribunda?

—No sé qué pensar.

—Si combinamos las ideas de silbidos por la noche, la presencia de una banda de gitanos que tienen un trato estrecho con ese viejo médico, el hecho de que tenemos muchos motivos para creer que al doctor le interesa evitar la boda de su hijastra, la alusión de la moribunda a una banda y, por fin, el hecho de que la señorita Helen Stoner oyó un ruido metálico, que pudo ser provocado por una de esas barras metálicas que cerraban las contraventanas al caer en su sitio, creo que tenemos una buena base para opinar que el misterio se puede resolver a lo largo de estas líneas.

—Pero ¿qué hicieron los gitanos, entonces?

—No se me ocurre.

—Veo muchas posibles objeciones a esta teoría.

—Y yo también. Precisamente por ese motivo vamos hoy a Stoke Moran. Quiero ver si las objeciones son concluyentes, o si admiten explicación. Pero ¿qué diablos...?

Lo que había arrancado a mi compañero esta exclamación era el hecho de que nuestra puerta se había abierto de pronto y había aparecido enmarcado en ella un hombre enorme. En su vestimenta se combinaban de manera peculiar el atuendo del profesional liberal y el del hombre de campo, pues llevaba sombrero de copa negro, levita larga y un par de polainas altas, y blandía una fusta de caza. Era tan alto que su sombrero rozaba el dintel de la puerta, y tan ancho que parecía que la llenaba del todo de jamba a jamba. Su cara ancha, surcada por mil arrugas, quemada por el sol hasta quedar amarillenta, y con las huellas de todas las pasiones malignas, nos miraba primero al uno y después al otro, mientras sus ojos hundidos y biliosos y su nariz alta, delgada y descarnada le conferían cierto parecido a un ave de presa fiera y vieja.

—¿Cuál de ustedes es Holmes? —preguntó esta aparición.

—Ése es mi nombre, señor; pero no tengo el gusto de conocerlo a usted —dijo mi compañero con voz tranquila.

—Soy el doctor Grimesby Roylott, de Stoke Moran.

—Ah, sí, doctor —dijo Holmes con suavidad—. Le ruego tome asiento.

—No haré tal cosa. Mi sobrina ha estado aquí. Le he seguido los pasos. ¿Qué les ha estado contando?

—Hace un poco de frío para esta época del año —respondió Holmes.

—¿Qué les ha estado contando? —vociferó el viejo, furioso.

—Pero he oído decir que los tulipanes prometen salir bien este año —prosiguió mi compañero, imperturbable.

—¡Ah! ¡Conque me toma el pelo, eh! —vociferó nuestro nuevo visitante, avanzando un paso y agitando la fusta—. ¡Ya te conozco, sinvergüenza! Ya he oído hablar de ti. Eres Holmes, el entrometido.

Mi amigo sonrió.

—¡Holmes, el metomentodo!

Su sonrisa se agrandó.

—¡Holmes, el zascandil de Scotland Yard!

Holmes se rio de buena gana.

—Su conversación es muy entretenida —replicó—. Cuando salga usted, cierre la puerta: hay mucha corriente.

—Me iré cuando haya dicho lo que tengo que decir. No se atrevan a meterse en mis asuntos. Sé que la señorita Stoner ha estado aquí. ¡Le he seguido los pasos! ¡Soy un hombre peligroso para el que se cruza en mi camino! Ahora verán.

Se adelantó rápidamente, se apoderó del atizador de la lumbre y lo dobló con sus enormes manos morenas.

—Procuren no caer en mis manos —gruñó y, tras arrojar a la chimenea el atizador retorcido, salió de la sala a buen paso.

—Parece una persona muy afable —comentó Holmes, riéndose—. Yo no soy tan corpulento como él, pero si se hubiera quedado, podría haberle demostrado que mis manos no son mucho más débiles que las suyas.

Dicho esto, tomó el atizador de acero y, con un esfuerzo brusco, volvió a enderezarlo.

—¡Mira que tener la insolencia de confundirme con los detectives de la policía oficial! Pero este percance le da cierto aliciente a nuestra investigación. Lo único que espero es que nuestra pequeña amiga no sufra las consecuencias de su imprudencia al permitir que este bruto le siguiera los pasos hasta aquí. Y ahora, Watson, pediremos el desayuno, y después me daré un paseo hasta Doctors' Commons, donde espero recoger algunos datos que nos resulten útiles en lo relativo a este asunto.

Era casi la una cuando Sherlock Holmes regresó. Llevaba en la mano una hoja de papel azul, cubierta de anotaciones y cifras.

—He visto el testamento de la difunta esposa —comenzó—. Para determinar su importe exacto, he tenido que calcular los valores actuales de las inversiones a las que se refiere. La renta total, que en el momento de la muerte de la esposa era un poco menos de 1.100 libras esterlinas al año, equivale ahora, por la bajada de los precios de las fincas rústicas, a no más de 750 libras. Cada una de las hijas puede reclamar una renta de 250 libras en caso de matrimonio. Por tanto, salta a la vista que si ambas muchachas se hubieran casado, nuestro amiguito se habría quedado con una renta insignificante, y la boda de una sola de ellas habría supuesto un serio percance para él. Esta mañana de trabajo no ha sido en balde, pues ha demostrado que tiene motivos más que creíbles para procurar impedir una cosa así. Y ahora, Watson, este asunto es demasiado grave para perder el tiempo, sobre todo si tenemos en cuenta que el viejo está al corriente de que nos interesamos por sus asuntos. Así que, si usted está dispuesto, llamaremos un coche de punto e iremos a la estación de Waterloo. Le agradeceré mucho que se eche al bolsillo su revólver. Un Eley número 2 es un argumento excelente ante caballeros capaces de hacer nudos en los atizadores de acero. Creo que eso, y un cepillo de dientes, es lo único que necesitamos.

En Waterloo tuvimos la suerte de llegar a tiempo de tomar un tren para Leatherhead, donde tomamos un carruaje en la posada de la estación y recorrimos cuatro o cinco millas por los caminos encantadores de Surrey. Hacía un día perfecto, de sol radiante y algunas nubes aborregadas en el cielo. Los árboles y los setos del camino estaban echando sus primeros brotes, y en el aire flotaba el olor agradable de la tierra húmeda. Yo, al menos, apreciaba un contraste marcado entre el dulce anuncio de la primavera y la misión siniestra que nos ocupaba. Mi compañero iba sentado en el asiento delantero del carruaje, con los brazos cruzados, el sombrero calado sobre los ojos y la barbilla hundida en el pecho, sumido en hondas reflexiones. Pero, de pronto, hizo un movimiento brusco, me dio un golpecito en el hombro y señaló más allá de los prados.

—¡Mire ahí!

Un parque con muchos árboles cubría una suave ladera, y se espesaba hasta convertirse en arboleda cerrada en lo más alto. Entre las ramas asomaban los hastiales grises y el alto caballete del tejado de una mansión muy antigua.

—¿Stoke Moran? —preguntó Holmes.

—Sí, señor. Ésa es la casa del doctor Grimesby Roylott —observó el cochero.

—Ahí se están haciendo unas obras —dijo Holmes—. Es allí adonde vamos.

—El pueblo está ahí —respondió el cochero, señalando un grupo de tejados que estaba a la izquierda, a cierta distancia—; pero si lo que quieren ustedes es llegar a la casa, les resultará más corto pasar esta cerca y cruzar los campos por el sendero. Por ahí, por donde va caminando esa dama.

—Y creo que la dama es la señorita Stoner —observó Holmes, protegiéndose los ojos del sol con la mano—. Sí, creo que será mejor que hagamos lo que nos recomienda usted.

Nos apeamos, pagamos el viaje, y el carruaje emprendió, traqueteando, el camino de vuelta a Leatherhead.

—Me ha parecido mejor —dijo Holmes, mientras salvaba la cerca— que ese sujeto se creyera que hemos venido en calidad de arquitectos, o para algún asunto concreto. Así es posible que no chismorree tanto. Buenas tardes, señorita Stoner. Ya ve usted que hemos cumplido nuestra palabra.

Nuestra cliente de la mañana se había apresurado a salirnos al encuentro con una cara en la que se reflejaba su regocijo.

—Los he estado esperando con gran impaciencia —exclamó, dándonos la mano con efusión—. Todo ha salido espléndidamente. El doctor Roylott se ha ido a Londres, y es poco probable que regrese antes del anochecer.

—Hemos tenido el gusto de conocer al doctor —comentó Holmes, y esbozó en pocas palabras lo que había sucedido. La señorita Stoner perdió el color hasta en los labios al escucharlo.

—¡Cielo santo! —exclamó—. ¡Me ha seguido, entonces!

—Eso parece.

—Es tan astuto que nunca sé cuándo estoy a salvo de él. ¿Qué dirá cuando vuelva?

—Deberá andarse con cuidado, pues tal vez descubra que le sigue la pista alguien más astuto todavía que él. Esta noche deberá rehuirlo usted, encerrándose con llave. Si se pone violento, la llevaremos a casa de su tía, en Harrow. Ahora debemos aprovechar el tiempo de la mejor manera posible, de modo que tenga usted la bondad de llevarnos enseguida a las habitaciones que debemos examinar.

El edificio era de piedra gris con manchas de liquen. Tenía una parte central más alta y dos alas en curva que salían de ésta, como las pinzas de un cangrejo. En una de estas alas, las ventanas estaban rotas y cubiertas de tablas, mientras que el tejado estaba hundido en parte, produciendo impresión de ruina. La parte central estaba en poco mejor estado, pero el ala de la derecha era relativamente moderna, y las persianas de las ventanas, además de las volutas de humo azulado que subían de las chimeneas, mostraban que era allí donde residía la familia. Se habían levantado unos andamios sobre el final de esa ala del edificio, y se había hecho una cala en el muro de piedra, pero en el momento de nuestra visita no había indicios de la presencia de ningún albañil. Holmes se paseó despacio por el césped mal cuidado y examinó con profunda atención el exterior de las ventanas.

—Supongo que ésta pertenece a la habitación en que dormía usted; la central, a la de su hermana, y la contigua al edificio principal, al dormitorio del doctor Roylott, ¿no es así?

—Exactamente. Pero yo estoy durmiendo ahora en la central.

—Mientras duran las obras, según tengo entendido. Por cierto, a mí no me parece que haya ninguna necesidad urgente de hacer reparaciones en ese muro del fondo.

—No la había. Creo que ha sido una excusa para sacarme de mi habitación.

—¡Ah! Es sugerente. Ahora bien, por el otro lado de esta ala estrecha transcurre el pasillo al que dan estas tres habitaciones. Tiene ventanas, claro está, ¿no es cierto?

—Sí, pero muy pequeñas. Demasiado estrechas para que entre nadie por ellas.

—Como las dos cerraban sus puertas con llave por la noche, sus habitaciones no eran practicables por ese lado. Ahora, ¿tendría usted la bondad de pasar a su habitación y cerrar las contraventanas?

Así lo hizo la señorita Stoner y Holmes, tras un examen cuidadoso a través de la ventana abierta, intentó forzar la contraventana de todas las maneras posibles, pero sin éxito. No había ninguna ranura por la que se pudiera meter un cuchillo para levantar la barra. Después, inspeccionó las bisagras con su lupa, pero eran de hierro macizo, y estaban bien empotradas en el sólido muro de piedra.

—¡Hum! —dijo, rascándose la barbilla con cierta perplejidad—. Mi teoría presenta algunas lagunas, desde luego. Nadie pudo atravesar estas contraventanas si estaban cerradas y con la barra echada. Bueno, veremos si el interior nos arroja alguna luz sobre la cuestión.

Una puertecilla lateral daba acceso al pasillo enjalbegado al que daban los tres dormitorios. Holmes no quiso examinar la tercera habitación, de modo que pasamos enseguida a la segunda, aquélla en la que estaba durmiendo ahora la señorita Stoner, y en la que su hermana había sufrido su desgracia. Era un cuartito acogedor, de techo bajo y chimenea enorme, como es habitual en las casas de campo antiguas. En un rincón había una cómoda de color castaño; en otro, una cama estrecha con cubrecama blanco y, a la izquierda de la ventana una mesa de tocador. Esos artículos, además de dos butacas pequeñas de mimbre, componían todo el mobiliario del cuarto, sin contar una alfombra cuadrada de Wilton en el centro. Las tablas y el chapado de las paredes eran de roble color castaño, carcomido, tan viejo y descolorido que podía datar de la primera construcción de la casa. Holmes llevó una de las butacas a un rincón y se sentó en silencio, mientras sus ojos se movían de un lado a otro y arriba y abajo, absorbiendo todos los detalles de la estancia.

—¿Con qué comunica ese tirador? —preguntó por fin, señalando un grueso tirador de campanilla que colgaba junto a la cama, de tal modo que la borla quedaba apoyada en la almohada.

—Suena en el cuarto del ama de llaves.

—¿No parece más nuevo que el resto de las cosas?

—Sí; se puso hace sólo un par de años.

—Lo pediría su hermana, supongo...

—No. No lo usó nunca, que yo sepa. Solíamos ir nosotras mismas a por lo que nos hacía falta.

—La verdad es que parece innecesario poner ahí un tirador tan bonito. Me disculpará usted unos minutos mientras compruebo este suelo.

Se tendió boca abajo con la lupa en la mano y se arrastró rápidamente de un lado a otro, mientras examinaba con minuciosidad las fisuras entre las tablas. Después hizo lo mismo con el chapado de madera de las paredes de la habitación. Por fin, se acercó a la cama y pasó algún tiempo mirándola fijamente y recorriendo con la vista la pared, de arriba abajo. Por último, asió el tirador y le dio un vivo tirón.

—Vaya, ¡pero si es falso! —exclamó.

—¿No suena?

—No, ni siquiera está unido a ningún alambre. Esto es muy interesante. Verá usted que cuelga de un gancho, justo por encima de donde está esa pequeña abertura de ventilación.

—¡Qué absurdo! No me había fijado hasta ahora.

—¡Muy extraño! —murmuró Holmes, tirando del cordón—. En esta habitación hay una o dos cosas muy singulares. Por ejemplo, ¡qué torpe ha debido de ser el constructor que ha abierto un orificio de ventilación que da a otra habitación, cuando, con el mismo trabajo, podría haberlo comunicado con el aire del exterior!

—Eso también es muy reciente —dijo la dama.

—¿Se puso hacia la misma época que el tirador?

—Sí. Por entonces se hicieron algunas alteraciones pequeñas.

—Al parecer, fueron muy interesantes: tiradores falsos y ventiladores que no ventilan. Con su permiso, señorita Stoner, vamos a proseguir ahora nuestras investigaciones en el cuarto interior.

El dormitorio del doctor Grimesby Roylott era mayor que el de su hijastra, pero estaba amueblado con la misma sencillez. Un catre, una estantería pequeña de madera llena de libros, técnicos en su mayoría, un sillón junto a la cama, una mesa sencilla de madera junto a la pared, una mesa redonda y una gran caja fuerte de hierro eran los objetos principales que saltaban a la vista. Holmes se paseó despacio por la habitación y examinó todos y cada uno de ellos con el más vivo interés.

—¿Qué hay aquí? —preguntó, dando un golpecito en la caja fuerte.

—Papeles de los negocios de mi padrastro.

—¡Ah! ¿Ha visto usted el interior, entonces?

—Sólo una vez, hace unos años. Recuerdo que estaba llena de papeles.

—¿No habrá dentro un gato, por ejemplo?

—No. ¡Qué idea tan rara!

—¡Pues vea usted esto! —dijo él, levantando un platillo de leche que estaba sobre la caja fuerte.

—No; no tenemos gato. Pero hay un guepardo y un babuino.

—¡Ah, sí, claro! Y bien, el guepardo no es más que un gato grande. Sin embargo, yo diría que un plato de leche es muy poca cosa para sus necesidades. Hay un punto que quisiera determinar.

Se agachó ante la silla de madera y examinó su asiento con la mayor atención.

—Gracias. Esto está bien claro —dijo, levantándose y guardándose la lupa en el bolsillo—. ¡Vaya! ¡Aquí hay una cosa interesante!

El objeto que le había llamado la atención era una correa pequeña para perro que colgaba de una esquina de la cama. La correa, no obstante, estaba retorcida sobre sí misma y atada para formar un lazo de cuero trenzado.

—¿Qué le parece esto, Watson?

—Es una correa bastante común. Pero no sé por qué está atada.

—Eso ya no es tan corriente, ¿verdad? ¡Ay de mí! Este mundo está lleno de mal y, cuando los hombres inteligentes dedican su cerebro al crimen, son los peores de todos. Creo que ya he visto suficiente, señorita Stoner. Ahora, con su permiso, saldremos al jardín.

No había visto jamás a mi amigo tan serio ni tan ceñudo como cuando salimos del lugar de esa investigación. Recorrimos varias veces el césped del jardín. Ni la señorita Stoner ni yo quisimos interrumpir sus reflexiones, hasta que, por fin, salió de su ensueño.

—Es absolutamente esencial, señorita Stoner, que siga al pie de la letra mis indicaciones en todos los sentidos.

—Así lo haré, ciertamente.

—La cuestión es demasiado grave para titubeos. Su vida puede depender de que me obedezca.

—Le aseguro a usted que me pongo en sus manos.

—En primer lugar, mi amigo y yo debemos pasar la noche en la habitación de usted.

Tanto la señorita Stoner como yo lo miramos con asombro.

—Sí, ha de ser así. Permítame que me explique. Creo que eso de allí es la posada del pueblo, ¿cierto?

—Sí, ésa es la posada de la Corona.

—Muy bien. ¿Sus ventanas serían visibles desde allí?

—Ciertamente.

—Cuando regrese su padrastro, deberá usted encerrarse en su habitación, diciendo que sufre de jaqueca. Luego, cuando oiga usted que él se va a acostar, deberá abrir las contraventanas, soltar el pestillo, poner allí su lámpara como señal para nosotros, y después retirarse en silencio, con todo lo que pueda hacerle falta, a la habitación que ocupaba usted antes. No me cabe duda de que, a pesar de las obras, podrá usted arreglárselas allí por una noche.

—Ah, sí, sin problemas.

—El resto lo dejará usted en nuestras manos.

—Pero ¿qué harán ustedes?

—Pasaremos la noche en su habitación e investigaremos la causa de ese ruido que la ha inquietado.

—Señor Holmes, creo que ya ha llegado usted a una conclusión —aventuró la señorita Stoner, apoyando la mano en la manga de mi compañero.

—Es posible que sí.

—Entonces, por compasión, dígame cuál fue la causa de la muerte de mi hermana.

—Preferiría tener pruebas más claras antes de hablar.

—Puede decirme, al menos, si mi impresión es correcta y murió de algún susto repentino.

—No, no lo creo. Creo que lo más probable es que hubiera una causa más tangible. Y ahora, señorita Stoner, debemos dejarla, pues si regresa el doctor Roylott y nos encuentra, nuestro viaje habrá sido en vano. Adiós, y tenga valor. Si hace lo que le he dicho, tenga la seguridad de que no tardaremos en desterrar los peligros que la amenazan.

A Sherlock Holmes y a mí no nos costó ningún trabajo tomar un dormitorio y un salón en la posada de la Corona. Estaban en el piso superior, y desde nuestra ventana dominábamos el portón de entrada de la finca y el ala habitada de la casa solariega de Stoke Moran. Cuando anochecía, vimos llegar en un carruaje al doctor Grimesby Roylott, cuya enorme figura contrastaba con la del pequeño muchacho que le hacía de cochero. Al muchacho le costó algún trabajo abrir el pesado portón de hierro, y oímos el rugido ronco de la voz del doctor y vimos la furia con que amenazaba al chico, agitando los puños. El carruaje siguió adelante, y a los pocos minutos vimos aparecer de pronto una luz entre los árboles, al encenderse la lámpara en uno de los salones.

—¿Sabe, Watson? —me dijo Holmes, mientras estábamos sentados juntos en la oscuridad creciente—. La verdad es que tengo algunos escrúpulos sobre la conveniencia de traerlo conmigo esta noche. Existe un claro elemento de peligro.

—¿Puedo servir de algo?

—Su presencia puede ser preciosa.

—Entonces iré, sin duda.

—Es muy amable por su parte.

—Habla usted de peligro. Huelga decir que ha visto en esas habitaciones más de lo que pude ver yo.

—No, pero me parece que he deducido un poco más. Supongo que usted vio todo lo que vi yo.

—No vi nada notable, salvo el tirador, y reconozco que no soy capaz de imaginarme para qué propósito puede servir.

—¿Vio usted también el ventilador?

—Sí, pero no me parece que se salga tanto de lo corriente el que haya una pequeña abertura entre dos habitaciones. Era tan pequeña que apenas podría pasar por ella una rata.

—Yo sabía que encontraríamos una abertura de ventilación antes incluso de que llegásemos a Stoke Moran.

—¡Mi querido Holmes!

—Ah, sí, lo sabía. Recordará usted que ella dijo en su relación que su hermana había olido el puro del doctor Roylott. Por supuesto, eso daba a entender que debía de existir una comunicación entre los dos cuartos. Sólo podía ser pequeña, pues de lo contrario habría salido a relucir en la investigación del forense. Deduje que se trataba de un ventilador.

—Pero ¿qué mal puede haber en eso?

—Y bien, al menos se produce una curiosa coincidencia de fechas. Se abre un ventilador, se cuelga un tirador, y una dama que duerme en la cama muere. ¿No le sorprende a usted?

—Sigo sin ver ninguna relación.

—¿Observó usted algo muy peculiar con respecto a esa cama?

—No.

—Estaba atornillada al suelo. ¿Había usted visto alguna vez una cama sujeta de ese modo?

—No puedo decir que la haya visto.

—La dama no podía mover su cama. Debía estar siempre en la misma posición relativa, con respecto al ventilador y la cuerda... Bien podemos llamarla así, pues está claro que no sirvió nunca de tirador de una campanilla.

—Holmes —exclamé—, me parece que empiezo a percibir detalles de lo que quiere dar a entender usted. Tenemos el tiempo justo de evitar un crimen sutil y horrible.

—Bien sutil, y bien horrible. Cuando un médico va por el mal camino, es un criminal de primera. Tiene sangre fría, y tiene conocimientos. Palmer y Pritchard se contaban entre los más destacados de su profesión. Este hombre cala aún más hondo; pero creo, Watson, que nosotros podemos calar más hondo todavía. Pero todavía nos esperan bastantes horrores antes de que termine esta noche. Por Dios, vamos a fumarnos una pipa con tranquilidad y a pasarnos unas horas pensando en cosas más alegres.

Hacia las nueve de la noche se apagó la luz entre los árboles y todo quedó a oscuras en la dirección de la casa solariega. Transcurrieron lentamente dos horas, y entonces, de pronto, justo cuando daban las once, resplandeció una sola luz brillante justo enfrente de nosotros.

—Es nuestra señal —dijo Holmes, levantándose de un salto—. Viene de la ventana central.

Al salir cruzamos unas palabras con el posadero, a quien le explicamos que íbamos a hacer una visita tardía a un conocido y que tal vez nos quedásemos en su casa a pasar la noche. Al cabo de un momento ya habíamos salido a la carretera oscura, un viento helado nos azotaba las caras y una luz amarilla parpadeaba ante nosotros entre las tinieblas para guiarnos en nuestra misión sombría.

No fue nada difícil entrar en la finca, pues el viejo muro que rodeaba los terrenos estaba lleno de grandes brechas sin reparar. Caminamos entre los árboles, llegamos al césped, lo atravesamos y, cuando nos disponíamos a entrar por la ventana, salió a toda velocidad de entre unos laureles lo que parecía ser un niño horrible y deformado, que se arrojó sobre la hierba retorciendo las extremidades y después cruzó velozmente el césped y se perdió en la oscuridad.

—¡Dios mío! —susurré—. ¿Ha visto usted eso?

Holmes se quedó por un momento tan sobresaltado como yo. En su agitación, su mano se aferró a mi muñeca apretándomela como un tornillo. Luego se rio en voz baja y me acercó los labios al oído.

—Qué casa tan agradable —murmuró—. Ése es el babuino.

Me había olvidado de los extraños animales domésticos que había adoptado el doctor. Había también un guepardo; quizá se nos echara encima en cualquier momento. Confieso que me sentí más tranquilo cuando, después de quitarme los zapatos, siguiendo el ejemplo de Holmes, me encontré dentro del dormitorio. Mi compañero cerró las contraventanas sin ruido, llevó la lámpara a la mesa y recorrió la habitación con la mirada. Todo estaba tal como lo habíamos visto de día. Después, acercándose a mí y poniendo la mano en forma de trompetilla, volvió a susurrarme al oído, con tal suavidad que apenas pude distinguir sus palabras.

—El menor ruido sería fatal para nuestros planes.

Asentí con la cabeza para indicarle que lo había oído.

—Debemos esperar sentados, sin luz. La vería por el ventilador.

Volví a asentir con la cabeza.

—No se duerma; su vida misma puede depender de ello. Tenga a mano su pistola por si la necesitamos. Yo me sentaré en el borde de la cama, y usted en esa butaca.

Saqué mi revólver y lo dejé sobre la esquina de la mesa.

Holmes había llevado una vara larga y delgada, y la dejó a su lado, sobre la cama. Puso junto a ella la caja de cerillas y un cabo de vela. Después apagó la lámpara y nos quedamos a oscuras.

¿Cómo podré olvidar esa vigilia espantosa? Yo no oía ni un solo sonido, ni siquiera una respiración. Sin embargo, sabía que mi compañero estaba sentado, con los ojos abiertos, a pocos palmos de mí, en el mismo estado de tensión nerviosa en que me encontraba yo. Las contraventanas no dejaban pasar el menor rayo de luz y montábamos guardia en una oscuridad absoluta.

Llegaba a veces del exterior el grito de un ave nocturna, y en una ocasión sonó ante nuestra misma ventana un lamento felino largo y sostenido, que nos hizo saber que, en efecto, el guepardo estaba suelto. Oíamos a lo lejos los tonos graves del reloj de la parroquia, que marcaba sonoramente los cuartos de cada hora. ¡Qué largos parecían esos cuartos! Dieron las doce, y la una, y las dos, y las tres, y seguíamos sentados, esperando en silencio lo que pudiera suceder.

De pronto, se vio por un instante en lo alto, en la dirección del ventilador, el brillo de una luz que desapareció al instante, pero a la que siguió un fuerte olor a aceite quemado y a metal caliente. Alguien había encendido una linterna sorda en la habitación contigua. Oí un leve ruido de algo que se movía, y todo volvió a quedar en silencio una vez más, aunque el olor se hizo más fuerte. Seguí sentado durante media hora, forzando el oído. De repente se oyó otro sonido: un sonido muy suave, sedante, como el de un chorrito de vapor que se escapa regularmente de una tetera. En el momento mismo en que lo oímos, Holmes saltó de la cama, encendió una cerilla y azotó con furia el tirador con su vara.

—¿Lo ve, Watson? —gritó—. ¿Lo ve?

Pero yo no veía nada. En el mismo momento en que Holmes encendió la luz oí un silbido leve y suave, pero el brillo repentino de la luz deslumbró mis ojos cansados y me resultó realmente imposible saber qué era aquello que mi amigo azotaba con tanta violencia. Vi, no obstante, que Holmes tenía una palidez mortal y el rostro lleno de horror y repugnancia. Ya había dejado de golpear y miraba hacia el ventilador, cuando, de pronto, rompió el silencio de la noche el grito más horrible que he oído en mi vida. Fue haciéndose más y más fuerte, un alarido ronco de dolor, de miedo y de rabia, combinado todo ello en un único chillido espantoso. Se dice que aquel grito despertó a las gentes que dormían en sus camas en el pueblo, e incluso en la lejana casa parroquial. A nosotros nos dejó helados los corazones, y me quedé mirando fijamente a Holmes, y él a mí, hasta que se hubieron apagado sus últimos ecos en el silencio del que había surgido.

—¿Qué puede significar esto? —balbucí.

—Significa que todo ha terminado —respondió Holmes—. Y quizá sea mejor así, después de todo. Tome su revólver y entraremos en la habitación del doctor Roylott.

Encendió la lámpara con cara seria y avanzó por el pasillo por delante de mí. Llamó dos veces a la puerta del dormitorio sin recibir respuesta del interior. Por fin, hizo girar el picaporte y entró; yo lo seguí, empuñando el revólver amartillado.

Nos encontramos con un espectáculo singular. Sobre la mesa había una linterna sorda con la pantalla a medio cerrar, que arrojaba un haz de luz brillante encima de la caja fuerte de hierro, cuya puerta estaba abierta. Junto a esta mesa, en la silla de madera, estaba sentado el doctor Grimesby Roylott, vestido con una larga bata gris, por debajo de la cual asomaban sus tobillos desnudos, y con los pies metidos en unas babuchas turcas rojas. Tenía sobre las rodillas el mango corto con una correa larga que habíamos visto durante el día. Tenía la barbilla levantada y los ojos fijos con una mirada rígida, espantosa, hacia un rincón del techo. Le rodeaba la frente una curiosa banda amarilla con pintas parduzcas, que parecía estar enrollada estrechamente alrededor de su cabeza. Cuando entramos, no emitió ningún sonido ni se movió.

—¡La banda! ¡La banda de lunares! —susurró Holmes.

Avancé un paso. Un instante después, su extraño turbante empezó a moverse, y entre su pelo asomó la cabeza achatada, en forma de rombo, y el cuello hinchado de una serpiente repugnante.

—¡Es una víbora de los pantanos! —exclamó Holmes—. La serpiente más venenosa de la India. Ha muerto a los diez segundos de ser mordido. La violencia, en efecto, recae sobre el violento, y el que abre una trampa para otro cae en ella. Vamos a arrojar de nuevo a esta criatura a su guarida, y después podremos llevar a la señorita Stoner a algún lugar seguro e informar a la policía del condado de lo que ha sucedido.

Mientras decía esto, retiró con rapidez la correa de perro de las rodillas del hombre y, rodeando con el lazo el cuello del reptil, retiró a éste del lugar horrible donde estaba enroscado y, tras llevarlo apartándolo de sí lo más que podía, lo arrojó al interior de la caja fuerte, que cerró al instante.

Éstos son los hechos reales de la muerte del doctor Grimesby Roylott, de Stoke Moran. No es necesario que prolongue una narración que ya se ha alargado demasiado, contando cómo le comunicamos la triste noticia a la muchacha aterrorizada, cómo la llevamos en el tren de la mañana hasta dejarla en manos de su buena tía de Harrow, ni cómo el lento proceso de la investigación oficial llegó a la conclusión de que el doctor había muerto «mientras jugaba de manera imprudente con un animal doméstico peligroso». En nuestro viaje de vuelta, al día siguiente, Sherlock Holmes me aclaró lo poco que me faltaba por saber del caso.

—Había llegado a una conclusión completamente errónea —reconoció—; lo que demuestra, mi querido Watson, lo arriesgado que resulta siempre razonar a partir de datos insuficientes. La presencia de los gitanos, y el empleo de la palabra «banda», que pronunció la pobre muchacha, sin duda para explicar el aspecto de lo que había atisbado un instante a la luz de la cerilla, bastó para hacerme seguir una pista completamente falsa. El único mérito que puedo atribuirme, no obstante, es el de haber replanteado mi posición en el momento en que me quedó claro que cualquier posible amenaza a los ocupantes de la habitación no podía proceder ni de la ventana ni de la puerta. Aquel ventilador me llamó la atención enseguida, como ya le he comentado, y también el tirador que colgaba hasta la cama. Al descubrir que el tirador era falso y la cama estaba atornillada al suelo me sobrevino al instante la sospecha de que la cuerda estaba dispuesta para servir de puente a algo que debía pasar por el agujero y llegar hasta la cama. Justo entonces se me ocurrió la idea de una serpiente, y cuando la contrasté con el dato ya conocido de que el doctor recibía animales de la India, tuve la sensación de que tal vez fuera por el buen camino. La idea de servirse de un veneno que no se podría detectar con ningún análisis clínico era exactamente la que se le ocurriría a un hombre inteligente y despiadado con experiencia en Oriente. La rapidez con que surtiría efecto un veneno así también sería ventajosa para él. En efecto, muy buena vista debía de tener el forense para fijarse en los dos pequeños pinchazos que indicarían dónde se clavaron los colmillos envenenados. Después, pensé en el silbido. Por supuesto, debía volver a llamar a la serpiente antes de que su víctima la viera a la luz de la mañana. La había amaestrado, seguramente valiéndose de la leche que hemos visto, para que volviera con él cuando la llamara. La hacía entrar por el ventilador a la hora que le parecía más conveniente, con la certeza de que bajaría por la cuerda y llegaría hasta la cama. Podía picar a la durmiente o no. Ésta podía librarse, quizá todas las noches durante una semana; pero tarde o temprano debía ser víctima de ella.

»Había llegado a estas conclusiones antes de haber entrado siquiera en la habitación de él. La inspección de su silla me demostró que tenía la costumbre de subirse a ella, cosa que sería necesaria, por supuesto, para llegar al ventilador. La presencia de la caja fuerte, del plato de leche y del lazo de correa me bastaron para disipar definitivamente cualquier duda al respecto. Es evidente que el ruido metálico que había oído la señorita Stoner lo provocó su padrastro al cerrar precipitadamente la puerta de su caja fuerte con objeto de encerrar a su terrible inquilina. Después de haberme decidido en este sentido, di los pasos que usted conoce para poner a prueba la cuestión. Oí silbar a la criatura, como la oyó usted también, sin duda, y encendí al instante la luz y la ataqué.

—Con el resultado de hacerla volver por el ventilador.

—Y con el resultado, asimismo, de hacerla revolverse contra su amo, que estaba al otro lado. Algunos golpes de mi vara dieron en el blanco y despertaron su mal humor de serpiente, de modo que se abalanzó contra la primera persona que vio. En este sentido, no me cabe duda de que soy responsable indirecto de la muerte del doctor Grimesby Roylott, y debo decir que no es probable que me pese mucho en la conciencia.

La aventura del pulgar del ingeniero

D e entre todos los problemas que se han planteado a mi amigo, el señor Sherlock Holmes, durante nuestros años de amistad, sólo dos llegaron a su atención por intervención mía; a saber, el del dedo pulgar del señor Hatherley y el de la locura del coronel Warburton. Puede que este último ofreciera mayor interés al observador agudo y original; pero el primero tuvo un inicio tan extraño y unos detalles tan dramáticos que quizá sea más merecedor de ser relatado, aunque no le brindó a mi amigo tanta ocasión de poner en juego aquellos métodos deductivos de razonamiento que le daban unos resultados tan notables. Creo que la prensa ha relatado el caso más de una vez; pero, como sucede en todas las narraciones de esta clase, hace mucho menos efecto cuando se narra de principio a fin en una columna de periódico que cuando se van presentando los hechos poco a poco al lector y el misterio se despeja de manera gradual, a medida que cada nuevo descubrimiento es un paso más que conduce hasta la verdad completa. Sus circunstancias me impresionaron mucho entonces, y este efecto apenas se ha desvanecido al cabo de dos años.

Los hechos que voy a resumir sucedieron en el verano de 1889, poco después de mi boda. Yo había vuelto a ejercer como médico civil, y había dejado de compartir las habitaciones de Holmes en Baker Street, aunque lo visitaba con mucha frecuencia y, a veces, incluso conseguía hacerle olvidar sus hábitos bohemios hasta el punto de que viniera a visitarnos. Mi consulta había ido prosperando y, como se daba el caso de que vivía bastante cerca de la estación de Paddington, tenía algunos pacientes entre los empleados. Uno de ellos, a quien había curado de una enfermedad crónica y dolorosa, no se cansaba de proclamar mis virtudes ni de procurar enviarme a todos los enfermos sobre los que pudiera tener algún ascendente.

Una mañana, poco antes de las siete, me despertó la doncella dando golpecitos en la puerta, y me anunció que habían venido de la estación de Paddington dos hombres que me esperaban en la sala de consulta. Me vestí precipitadamente, pues sabía por experiencia que las lesiones en el ferrocarril no suelen ser leves, y bajé al piso inferior a toda prisa. Cuando llegué abajo, salió de la sala mi viejo aliado, el guardia, y cerró la puerta cuidadosamente a su espalda.

—Lo tengo aquí encerrado —susurró, apuntando hacia atrás con el pulgar—. Ya no se le escapa.

—¿De qué se trata, pues? —pregunté, pues sus maneras hacían pensar que tuviera cautiva en mi sala de consulta a alguna criatura extraña.

—Es un paciente nuevo —susurró—. Preferí traerlo en persona; así no me pudo dar esquinazo. Ahí lo tiene, bien a salvo. Ahora tengo que marcharme, doctor; yo debo atender a mis ocupaciones, igual que usted.

Y mi fiel agente se marchó, sin dejarme tiempo siquiera de darle las gracias.

Entré en mi consulta y me encontré a un caballero que estaba sentado junto a la mesa. Llevaba ropa modesta, un traje de *tweed* y una gorra de paño que había dejado sobre mis libros. Tenía envuelta una mano en un pañuelo que estaba lleno de manchas de sangre. Era un hombre joven; yo diría que no contaba más de veinticinco años, y tenía rasgos firmes y masculinos; pero estaba extremadamente pálido y me dio la impresión de que sufría una fuerte agitación que tenía que dominar poniendo en juego toda su fuerza de voluntad.

—Lamento haberlo sacado de la cama tan temprano, doctor —dijo—; pero he sufrido un accidente muy grave esta noche. He llegado esta mañana en tren y, al preguntar en Paddington dónde podría encontrar un médico, un buen hombre ha tenido la bondad de acompañarme hasta aquí. Le di una tarjeta a la doncella, pero veo que se la ha dejado en esa mesilla.

Tomé la tarjeta y la leí. Decía:

Victor Hatherley

Ingeniero hidráulico

Victoria Street, 16A, piso 3.º

Tal era el nombre, profesión y domicilio de mi visitante madrugador.

—Lamento haberlo hecho esperar —me disculpé, sentándome en mi butaca—. Según tengo entendido, acaba usted de hacer un viaje nocturno, lo cual ya es de por sí una ocupación monótona.

—Ah, la noche que he pasado no podría llamarse monótona —replicó, y se echó a reír. Se reía con unas carcajadas agudas y sonoras, reclinándose en su asiento y sacudiendo los costados. Todo mi instinto de médico me previno en contra de aquella risa.

—¡Basta! —exclamé—. ¡Serénese!

Y le serví un vaso de agua de una frasca.

Pero fue inútil. Tenía un arrebato histérico de esos que agitan a los caracteres fuertes cuando han dejado atrás una crisis grande. Se recompuso por fin, y quedó muy fatigado y pálido.

—He quedado por tonto —dijo a media voz.

—En absoluto. Bébase esto.

Eché algo de brandy en el agua y, tras haber bebido, empezó a asomarle algo de color a las mejillas lívidas.

—¡Ya me encuentro mejor! —aseguró—. Y, ahora, doctor, quizá tendrá usted la bondad de atender a mi dedo pulgar; o, mejor dicho, al lugar donde yo tenía el dedo pulgar.

Se desató el pañuelo y me presentó la mano. Aunque tengo los nervios templados, me estremecí al verla. Conservaba cuatro dedos y una horrible superficie roja y esponjosa en el lugar correspondiente al pulgar. Se lo habían cortado o arrancado de raíz.

—¡Cielo santo! —exclamé—. Tiene usted una lesión terrible. Ha debido de sangrar bastante.

—Así fue. Cuando me la hicieron, me desmayé, y creo que debí de pasar mucho tiempo sin sentido. Cuando volví en mí, vi que seguía sangrando; de modo que me até con fuerza el pañuelo a la muñeca y lo tensé con un palito para apretarlo.

—¡Excelente! Debería haber sido usted cirujano.

—Verá, se trataba de una cuestión de hidráulica, y como tal entraba dentro de mi especialidad.

—Esto se ha hecho con un instrumento muy pesado y afilado —dije, examinándole la herida.

—Algo así como un cuchillo de carnicero grande —completó él.

—Un accidente, supongo.

—En absoluto.

—¿Cómo? ¿Una agresión criminal?

—Criminalísima, en efecto.

—¡Me deja usted horrorizado!

Pasé una esponja por la herida, la lavé, la vendé, y la cubrí por fin con algodón en rama y vendajes carbolizados. Él lo soportaba sin hacer muecas, aunque se mordía el labio de vez en cuando.

—¿Qué tal? —le pregunté cuando hube terminado.

—¡De primera! Entre su brandy y su vendaje, me siento como un hombre nuevo. Estaba muy débil; pero es que lo había pasado muy mal.

—Quizá no sea conveniente que hable del asunto. Salta a la vista que le afecta a los nervios.

—Oh, no; ya no. Tendré que contar mi caso a la policía; pero, dicho sea entre nosotros, si no fuera por la evidencia palpable de esta herida, no me extrañaría que no creyeran mi declaración, pues es de lo más extraordinario, y no tengo grandes pruebas en las que apoyarla. Y, aunque me crean, las pistas que les podría dar son tan imprecisas que no veo claro que se llegue a hacer justicia.

—¡Ah! —exclamé—. Si se trata de un problema que quiere que se resuelva, le recomiendo vivamente que se dirija a mi amigo, el señor Sherlock Holmes, antes de acudir a la policía oficial.

—Ya he oído hablar de esa persona —respondió mi visitante—, y me alegraría mucho de que se hiciera cargo del asunto; aunque deberé dirigirme también a la policía oficial, como es lógico. ¿Me daría usted una nota de presentación para ese caballero?

—Haré más: lo acompañaré a usted a verlo en persona.

—Se lo agradeceré enormemente.

—Haré llamar un coche e iremos juntos. Llegaremos a tiempo de desayunar algo con él. ¿Se siente usted capaz?

—Sí. No me quedaré tranquilo hasta que haya contado mi caso.

—Entonces, mi criada irá a llamar un coche, y yo estaré con usted en un instante.

Corrí al piso superior, le expliqué brevemente el asunto a mi mujer, y a los cinco minutos estaba en un coche de punto, camino de Baker Street con mi nuevo conocido.

Tal como yo esperaba, Sherlock Holmes estaba sentado tranquilamente en su cuarto de estar, en batín, leyendo la columna de anuncios personales del *Times* y fumándose su pipa de antes del desayuno, compuesta por todos los restos no quemados de lo fumado el día anterior, secados y reunidos cuidadosamente en un ángulo de la repisa de la chimenea. Nos recibió con su habitual amabilidad manifestada en pocas palabras, pidió más huevos con tocino y compartió con nosotros un desayuno abundante. Cuando hubimos terminado de comer, instaló a nuestro nuevo conocido en el sofá, le puso una almohada bajo la cabeza y le dejó al alcance de la mano un vaso con brandy y agua.

—Se advierte fácilmente que ha tenido usted una experiencia poco común, señor Hatherley —comenzó—. Le ruego que se tienda aquí y que se sienta usted como en su casa. Cuéntenos lo que pueda; pero, si se cansa, déjelo, y recupere fuerzas con un poco de este estimulante.

—Muchas gracias —dijo mi paciente—, pero soy otro desde que el doctor me vendó, y creo que el desayuno que me ha ofrecido usted ha terminado de curarme. Para robarle el mínimo posible de su valioso tiempo, empiezo a contarle enseguida esta experiencia peculiar que he tenido.

Holmes se sentó en su gran sillón, con la expresión cansada y de ojos soñolientos que disimulaba su naturaleza atenta y penetrante; yo tomé asiento frente a él, y oímos en silencio el extraño relato que nos hizo nuestro visitante.

—Han de saber —dijo— que soy huérfano y soltero, y vivo solo en unas habitaciones amuebladas, en Londres. Mi profesión es de ingeniero hidráulico, y he adquirido bastante experiencia en este trabajo durante los siete años que estuve de aprendiz en Venner & Matheson, empresa muy conocida con sede en Greenwich. Hace dos años, cumplido mi contrato de aprendizaje, y después de haber heredado, además, una suma respetable de dinero tras la muerte de mi pobre padre, me decidí a establecerme por mi cuenta, y alquilé un despacho profesional en Victoria Street.

»Supongo que a todo el mundo le resultan duros los comienzos cuando se establece por su cuenta. A mí me han resultado durísimos. En estos dos años me han llegado tres consultas y un encargo de poca importancia, y esto es absolutamente todo lo que me ha rendido mi profesión. He tenido unos ingresos brutos de veintisiete libras y diez chelines. Me pasaba todos los días esperando en mi pequeña guarida, de nueve de la mañana a cuatro de la tarde, hasta que empecé a desanimarme y llegué a creer que jamás conseguiría hacer ni un solo cliente.

»Pero ayer, cuando estaba pensando en marcharme de la oficina, entró mi escribiente y me dijo que me estaba esperando un caballero que quería hacerme un encargo. Me entregó, además, una tarjeta que llevaba el nombre de "Coronel Lysander Stark". A los pocos momentos apareció el coronel en persona, un hombre más bien alto, pero de extrema delgadez. No creo haber visto en mi vida un hombre tan delgado. Toda la cara se le aguzaba hacia la nariz y la barbilla, y tenía la piel de las mejillas muy tensa sobre los huesos marcados. Pero parecía ser que esta demacración era habitual en él y no se debía a enfermedad alguna, pues tenía la mirada viva, el paso rápido y el porte firme. Llevaba ropa discreta pero correcta, y yo diría que estaba más cerca de los cuarenta que de los treinta años de edad.

»—El señor Hatherley? —me interpeló, con cierto acento alemán—. Señor Hatherley, me han recomendado a usted como hombre que no sólo es hábil en su profesión, sino también reservado y capaz de guardar un secreto.

»Hice una inclinación de cabeza, sintiéndome todo lo halagado que se puede sentir un joven ante tales palabras.

»—¿Puedo preguntarle quién le dio tan buenas referencias mías?

»—Y bien, quizá sea mejor que no se lo revele en estos momentos. Las mismas fuentes me dicen que usted es huérfano y soltero, y que vive solo en Londres.

»—Muy cierto —respondí—; pero, si me lo permite, le diré que no veo qué relevancia pueda tener todo ello sobre mis cualificaciones profesionales. Tenía entendido que quería verme por una cuestión profesional, ¿no es así?

»—Sin duda alguna. Pero ya verá usted cómo todo lo que le digo tiene su sentido. Quiero hacerle un encargo profesional, pero resulta esencial el secreto absoluto. El secreto más absoluto, hágase cargo. Y, por supuesto, podemos esperar más discreción por parte de un hombre solo que del que vive en el seno de su familia.

»—Si le prometo guardar un secreto, tenga usted la seguridad absoluta de que se lo guardaré —repliqué.

»Mientras le decía estas palabras, él me dirigía una mirada muy penetrante; y tuve la impresión de no haber visto jamás unos ojos tan recelosos e inquisitivos.

»—¿Me lo promete usted, entonces? —dijo, por fin.

»—Sí; se lo prometo.

»—¿Guardará usted silencio completo y absoluto, antes, durante y después? ¿No aludirá jamás a la cuestión, ni de palabra ni por escrito?

»—Ya le he dado a usted mi palabra.

»—Muy bien.

»De pronto, se levantó de un salto, atravesó la habitación como un rayo y abrió la puerta bruscamente. El pasillo estaba vacío.

»—Está bien —dijo, volviendo a su asiento—. Sé que los empleados sienten a veces curiosidad por los asuntos de sus patronos. Ya podemos hablar con seguridad.

»Acercó mucho su silla a la mía y se puso a mirarme de nuevo con aquella misma expresión interrogadora y reflexiva.

»Los extraños manejos de aquel hombre descarnado habían empezado a provocarme una sensación de repulsión y de algo parecido al miedo. Ni siquiera mi temor a perder un cliente bastó para contener mi impaciencia.

»—Le ruego a usted que me exponga su asunto, caballero —le dije—. Mi tiempo es valioso.

»Que el cielo me perdone estas últimas palabras, pero así me vinieron a los labios.

»—¿Qué le parecerían a usted cincuenta guineas por una noche de trabajo? —me preguntó.

»—Magníficamente.

»—He dicho "una noche", pero más bien sería una sola hora de trabajo. Lo único que deseo es su opinión sobre una prensa hidráulica que se ha estropeado. Si usted nos indica cuál es la causa de la avería, no tardaremos en arreglarla nosotros mismos. ¿Qué le parece el encargo?

»—Me parece un trabajo ligero con una remuneración espléndida.

»—Exactamente. Queremos que venga usted esta noche, en el último tren.

»—¿Adónde?

»—A Eyford, en Berkshire. Es un pueblecito próximo al límite con Oxfordshire, a siete millas de Reading. Hay un tren que sale de Paddington y que lo dejaría a usted allí a eso de las 11.15.

»—De acuerdo.

»—Lo estaré esperando en la estación con un carruaje.

»—¿Hay que hacer un trayecto en coche, entonces?

»—Sí; nuestras pequeñas instalaciones están en pleno campo. Hay sus buenas siete millas desde la estación de Eyford.

»—En tal caso, difícilmente podremos llegar antes de la medianoche. Supongo que no habrá posibilidad de tomar un tren de vuelta. Me veré obligado a hacer noche allí.

»—Sí; no tendremos dificultad en acomodarlo.

»—Eso es muy inconveniente. ¿No puedo ir a otra hora más oportuna?

»—Nos ha parecido mejor que venga usted tarde. Por todas estas molestias le estamos ofreciendo a usted, que es joven y desconocido, unos honorarios por los que se podría consultar a los expertos más destacados de su profesión. Con todo, si a usted no le interesa el trato, todavía está a tiempo de decirlo, por supuesto.

»Pensé en las cincuenta guineas y en lo bien que me vendrían.

»—En absoluto —repuse—. Tendré mucho gusto en adaptarme a sus deseos. No obstante, quisiera tener una idea un poco más clara de lo que desean que haga.

»—Cómo no. Es muy natural que el compromiso de guardar secreto que le he impuesto haya despertado su curiosidad. No quiero que se comprometa a nada sin haberle expuesto todos los hechos. Supongo que estamos absolutamente a salvo de curiosos, ¿no es así?

»—Por completo.

»—Entonces, la cuestión es la siguiente. Ya sabrá usted que la bentonita es un producto valioso, y que sólo se encuentra en uno o dos lugares de Inglaterra.

»—Eso había oído.

»—Hace algún tiempo adquirí una finquita... una finca muy pequeña, a diez millas de Reading. Tuve la fortuna de descubrir que en uno de mis campos había un yacimiento de bentonita. Pero, al examinarlo, descubrí que el yacimiento era relativamente reducido y que era una bolsa pequeña entre otras dos mucho mayores situadas a izquierda y derecha, que estaban en los terrenos de mis vecinos. Esas buenas gentes no tenían la menor idea de que sus tierras contenían algo tan valioso como una mina de oro. Por supuesto, lo que me interesaba era comprarles las tierras antes de que ellos descubrieran su verdadero valor; pero, por desgracia, no disponía del capital necesario para ello. Sin embargo, les descubrí el secreto a unos pocos amigos míos, y ellos me recomendaron que explotásemos nuestro pequeño yacimiento, de manera discreta y sin llamar la atención, y reunir así el dinero necesario para comprar los campos vecinos. Obramos así desde hace algún tiempo. Para facilitar nuestras operaciones, construimos una prensa hidráulica. Esta prensa se ha estropeado, como ya le he explicado, y deseamos su asesoramiento al respecto. Pero custodiamos celosamente nuestro secreto y, si se supiera que vienen a nuestra casa ingenieros hidráulicos, la gente no tardaría en curiosear. Y entonces, si la verdad saliera a relucir, podríamos despedirnos de toda posibilidad de adquirir esos campos y llevar adelante nuestros planes. Por eso le he hecho prometer a usted que no le dirá a persona alguna que va a Eyford esta noche. ¿Se lo he dejado todo claro?

»—Me hago cargo —concedí—. El único punto que no llego a entender es el de qué utilidad puede tener una prensa hidráulica para la extracción de bentonita; que, según tengo entendido, se excava en pozos, como la grava.

»—¡Ah! Nosotros tenemos un proceso propio —dijo él, como quitándole importancia—. Comprimimos la bentonita para darle forma de ladrillos, y así poder sacarlos sin que se sepa lo que son. Pero eso es un mero detalle. Ya le he expuesto mi secreto, señor Hatherley, y le he mostrado la confianza que tengo puesta en usted. Así pues, lo espero en Eyford a las 11.15 —concluyó, poniéndose de pie.

»—Allí estaré, con toda seguridad.

»—Y no diga ni una palabra a un alma.

»Me dirigió una última mirada, larga e inquisitiva; y, por fin, tras darme un apretón de manos frío y húmedo, salió precipitadamente del despacho.

»Y bien, cuando me puse a reflexionar al respecto con tranquilidad, me quedé muy extrañado, como se figurarán ustedes, por ese encargo repentino que se me había confiado. Por una parte, me alegraba, claro está, pues los honorarios eran, como mínimo, diez veces superiores a los que habría pedido yo si hubiera puesto precio a mis servicios; y podía suceder que de este encargo salieran otros más adelante. Por otra parte, el rostro y los modales de mi cliente me habían causado una impresión desagradable, y su explicación del asunto de la bentonita no me parecía suficiente para explicar la necesidad de que yo fuera allí a medianoche, ni su afán de que no le hablase de mi viaje a nadie. Pero me quité de encima los temores; cené bien, fui a la estación de Paddington en un coche de punto y me puse en camino. En todo momento obedecí al pie de la letra la condición de no decir una palabra al respecto.

»En Reading tuve que cambiar no sólo de tren, sino también de estación. Pero tuve tiempo de tomar el último para Eyford, y llegué a la estación, pequeña y mal iluminada, después de las once de la noche. Fui el único viajero que se apeó allí, y en el andén no había nadie más que un mozo de cuerda adormilado que tenía una linterna. Pero cuando salí de la estación por la puerta barrera me encontré con mi conocido de aquella mañana, que me estaba esperando al otro lado, entre las sombras. Sin decirme una sola palabra, me tomó de un brazo y me condujo aprisa al interior de un carruaje que ya nos esperaba con la portezuela abierta. Cerró las ventanillas a ambos lados, dio unos golpes en la madera, y nos pusimos en marcha a toda la velocidad que daba de sí el caballo.

—¿Un solo caballo? —preguntó entonces Holmes.

—Sí; sólo uno.

—¿Se fijó usted en su color?

—Sí. Lo vi a la luz de los faroles laterales del carruaje cuando me subía. Era castaño.

—¿Parecía cansado, o fresco?

—¡Oh, fresco y reluciente!

—Gracias. Lamento haberlo interrumpido. Le ruego que prosiga con su interesantísimo relato.

—Nos pusimos en camino, pues, y viajamos durante una hora, al menos. El coronel Lysander Stark había dicho que la distancia era de sólo siete millas; pero, en vista de la velocidad que llevábamos, al parecer, y del tiempo que tardamos, yo diría que debieron de ser más bien doce. Él iba sentado a mi lado en silencio durante todo el viaje, y más de una vez, cuando volví la vista hacia él, advertí que me miraba muy fijamente. Al parecer, los caminos rurales de esa comarca no son nada buenos, pues el coche traqueteaba y se sacudía terriblemente. Intenté mirar por las ventanillas para hacerme una idea de dónde estábamos; pero eran de vidrio esmerilado, y yo no distinguía nada, salvo alguna que otra luz difusa que dejábamos atrás. Aventuré de cuando en cuando algún comentario para romper la monotonía del viaje, pero el coronel me respondía con monosílabos y la conversación no tardaba en decaer. Por último, no obstante, pasamos de la carretera llena de baches a la regularidad rechinante de un camino particular de gravilla, y el coche se detuvo por fin. El coronel Lysander Stark se apeó de un salto y, cuando lo seguí, él me arrastró rápidamente hacia un porche que teníamos delante. Por así decirlo, pasamos directamente del carruaje al vestíbulo, por lo que no tuve ocasión de echar la más mínima ojeada a la fachada de la casa. En cuanto hube cruzado el umbral, la puerta se cerró a nuestras espaldas de un portazo, y apenas oí rodar el carruaje que se alejaba.

»El interior de la casa estaba oscuro como boca de lobo, y el coronel buscaba a tientas unas cerillas mientras musitaba entre dientes. De pronto, se abrió una puerta al final del pasillo y se proyectó hacia nosotros una franja de luz, larga y dorada. La franja se fue haciendo mayor, hasta que apareció una mujer que llevaba en la mano un quinqué que sostenía sobre su cabeza mientras nos observaba, adelantando la cara. Pude ver que era hermosa, y la luz arrancaba a su vestido negro unos lustres que indicaban que era de buena tela. Pronunció unas palabras en una lengua extranjera, con tono de pregunta; y cuando mi compañero le respondió con un monosílabo hosco, ella dio tal respingo que estuvo a punto de caérsele el quinqué de la mano. El coronel Stark se acercó a ella y le susurró algo al oído y, después de obligarla a regresar a la habitación de la que había salido, volvió hacia mí con el quinqué en la mano.

»—Tenga usted la bondad de esperar un rato en esta habitación —me dijo, abriendo otra puerta. Era una habitación pequeña, silenciosa, con mobiliario sencillo y, en el centro, una mesa redonda sobre las que estaban desperdigados varios libros en alemán. El coronel Stark puso el quinqué sobre un armonio que estaba junto a la puerta—. No lo haré esperar ni un instante —añadió, y desapareció entre la oscuridad.

»Hojeé los libros que estaban en la mesa y, aunque no sé alemán, percibí que dos de ellos eran tratados científicos y el resto eran libros de poesía. Después, fui a la ventana con la esperanza de captar algún atisbo del campo de los alrededores; pero estaba cubierta de un postigo de roble muy reforzado con herrajes. En la casa había un silencio extraño. En algún lugar del pasillo había un viejo reloj que producía un sonoro tictac; pero, por lo demás, reinaba un silencio de muerte. Empezó a dominarme una sensación difusa de inquietud. ¿Quiénes eran aquellos alemanes, y por qué vivían en aquel lugar extraño y remoto? Y ¿dónde estaba aquel lugar? Lo único que sabía yo era que estaba a unas diez millas de Eyford, pero no tenía idea de si era al norte, al sur, al este o al oeste. Por otra parte, dentro de aquel radio estaba Reading, y quizá otras poblaciones grandes, de modo que quizá no fuera un lugar tan apartado. Pero aquella quietud absoluta me confirmaba claramente que estábamos en el campo. Me paseé por la habitación, tarareando en voz baja para subirme el ánimo, y pensando que me estaba ganando bien las cincuenta guineas de mis honorarios.

»De pronto, sin ningún sonido previo entre la quietud absoluta, se abrió poco a poco la puerta de la habitación. En el vano estaba la mujer, con la oscuridad del pasillo a su espalda y con el rostro, desazonado y hermoso, iluminado por la luz amarilla de mi quinqué. Advertí a primera vista que estaba invadida por el miedo, y aquello me heló el corazón a mí también. Alzó un dedo tembloroso para imponerme silencio y me susurró unas palabras en mal inglés, volviendo la vista, como un caballo asustado, hacia las tinieblas que tenía detrás.

»—Yo me marcharía —dijo, esforzándose por hablar con calma, según me pareció—. Yo me marcharía. Yo no me quedaría aquí. Aquí no puede hacer nada bueno.

»—Pero, señora —aduje—, todavía no he hecho lo que he venido a hacer. No me puedo marchar de ningún modo sin haber visto la máquina.

»—No le merece la pena esperar —prosiguió ella—. Puede pasar por la puerta; no hay obstáculo.

»Y, entonces, al ver que yo sonreía y negaba con la cabeza, la mujer dejó de pronto toda reserva y se adelantó retorciendo las manos.

»—¡Por el amor del cielo! —susurró—, ¡márchese de aquí antes de que sea demasiado tarde!

»Pero yo soy más bien terco y, cuando me surge algún obstáculo me empeño todavía más en seguir adelante. Pensé en las cincuenta guineas de mis honorarios, en el viaje agotador que había hecho y en la noche desagradable que tenía por delante, al parecer. ¿Iba a ser todo en vano? ¿Por qué debería escabullirme sin haber cumplido mi encargo, y sin recibir el pago correspondiente? Yo no sabía si aquella mujer era una monomaníaca. Por tanto, aparentando ánimo, aunque la actitud de la mujer me había afectado más de lo que yo quería reconocer, volví a negar con la cabeza y le anuncié mi intención de quedarme donde estaba. Cuando ella se disponía a insistir en sus súplicas, se oyó un portazo en el piso superior, seguido de pasos de varias personas que bajaban por las escaleras. Ella escuchó durante un instante, alzó los brazos al cielo en gesto de desesperación, y desapareció de manera tan súbita y silenciosa como había aparecido.

»Los recién llegados eran el coronel Lysander Stark y un hombre grueso y de corta estatura, con papada de entre cuyos pliegues brotaban pelos ralos de barba. Me lo presentaron con el nombre de señor Ferguson.

»—Es mi secretario y administrador —dijo el coronel—. Por cierto, tenía la impresión de haber dejado cerrada esta puerta hace poco. Me temo que habrá sentido usted la corriente de aire.

»—Al contrario —repuse—. He abierto la puerta yo mismo, porque me parecía que el aire del cuarto estaba un poco cargado.

»Me lanzó una de sus miradas de desconfianza.

»—Entonces, será mejor que pasemos a ocuparnos de nuestro asunto —dijo—. El señor Ferguson y yo lo acompañaremos a ver la máquina.

»—Entonces, supongo que será conveniente que me ponga el sombrero.

»—Oh, no; está dentro de la casa.

»—¿Cómo? ¿Extraen ustedes bentonita dentro de la casa?

»—No, no. Aquí sólo la comprimimos. Pero no se preocupe de eso. Lo único que queremos es que examine la máquina y que nos explique en qué consiste la avería.

»Subimos juntos por las escaleras. El coronel iba en cabeza con el quinqué; lo seguía el grueso administrador, y yo cerraba la comitiva. Era una casa antigua laberíntica, con pasillos, pasadizos, escaleras de caracol estrechas y puertas bajas cuyos umbrales estaban desgastados por los pasos de las sucesivas generaciones. En los pisos altos no había alfombras ni indicios de mobiliario; el revoco se caía de las paredes, y la humedad iba apareciendo en forma de manchas verdosas malsanas. Yo procuraba aparentar la máxima despreocupación; pero no había olvidado las advertencias de la señora, a pesar de no haberlas atendido, y no perdía de vista a mis dos acompañantes. Ferguson parecía ser hombre huraño y taciturno; pero, por lo poco que había hablado, advertí que, al menos, era de nuestro país.

»El coronel Lysander Stark se detuvo por fin ante una puerta baja, que abrió con una llave. Tras la puerta había una estancia pequeña, cuadrada, en la que apenas cabríamos los tres a la vez. El coronel me hizo pasar, y Ferguson se quedó fuera.

»—Ahora estamos en el interior mismo de la prensa hidráulica —dijo—; y sería de lo más desagradable para nosotros que alguien la pusiera en marcha. El techo de esta pequeña cámara es, en realidad, la parte inferior del émbolo descendente, que baja sobre este suelo metálico con muchas toneladas de fuerza. Por el exterior transcurren pequeñas columnas laterales de agua que reciben la fuerza, la transmiten y la multiplican de la manera que usted conoce bien. La máquina funciona, pero con cierta rigidez, y ha perdido un poco de fuerza. Tenga usted la bondad de revisarla y de indicarnos cómo podemos repararla.

»Tomé el quinqué de sus manos y examiné la máquina muy a fondo. Era gigantesca, en efecto, y capaz de ejercer una presión enorme. Pero cuando salí al exterior y accioné las palancas que la controlaban, el silbido que se producía me dio a entender enseguida que existía una leve fuga que dejaba regurgitar el agua por uno de los cilindros laterales. Al inspeccionarlos, vi que una de las juntas de goma que rodeaba la cabeza de un vástago impelente se había encogido hasta el punto de que no llenaba del todo el cubo en el que actuaba. Aquella era la causa evidente de la pérdida de fuerza, y se la señalé a mis acompañantes, que prestaron gran atención a mis observaciones y me hicieron varias preguntas prácticas sobre el modo de arreglar el desperfecto. Cuando se lo hube dejado claro, regresé a la cámara principal de la máquina y la observé bien para satisfacer mi curiosidad. Bastaba una ojeada para comprender que la historia de la bentonita era pura fábula, pues sería absurdo suponer que se hubiera construido una máquina tan potente con un propósito tan inadecuado. Las paredes eran de madera, pero el suelo era una gran cuba de hierro, y cuando lo examiné vi que estaba recubierto de una costra de restos de metal. Me había agachado, y lo estaba raspando para descubrir de qué se trataba exactamente, cuando oí una exclamación apagada en alemán y vi el rostro cadavérico del coronel, que me contemplaba.

»—¿Qué hace usted aquí? —me preguntó.

»Yo estaba irritado por el modo en que me había engañado con aquella historia tan complicada.

»—Admiraba su bentonita —respondí—. Pensé que podría asesorarlo mejor sobre su máquina si conocía con exactitud el uso que se le da.

»En cuanto hube pronunciado estas palabras me arrepentí de haber hablado con tanta precipitación. Sus facciones se endurecieron y brilló una luz malévola en sus ojos grises.

»—¡Está bien! —dijo—. Va a saberlo usted todo acerca de la máquina.

»Dio un paso atrás; cerró de golpe la portezuela e hizo girar la llave en la cerradura. Me precipité hacia ella y tiré del pestillo; pero estaba bien cerrada y no cedía en absoluto a mis patadas ni a mis empujones.

»—¡Oiga! —grité—. ¡Oiga! ¡Coronel! ¡Déjeme salir!

»Y, de pronto, oí entre el silencio un sonido que me puso el corazón en la garganta. Era el chasquido de las palancas y el silbido del cilindro que tenía una fuga. Había puesto en marcha la máquina. El quinqué seguía en el suelo, donde lo había puesto yo para examinar la cuba. Vi a su luz que el techo descendía hacia mí, despacio, a tirones, pero, tal como sabía yo mejor que nadie, con una fuerza que en el plazo de un minuto me aplastaría, reduciéndome a una masa informe. Me arrojé sobre la puerta, gritando y arañando la cerradura. Le supliqué al coronel que me dejara salir; pero el chasquido inexorable de las palancas ahogaba mis gritos. Ya tenía el techo a sólo uno o dos pies por encima de mi cabeza; y, levantando una mano, podía palpar su superficie dura y áspera. Entonces me vino a la cabeza el pensamiento de que mi muerte podía ser más o menos dolorosa en virtud de la postura en que la aguardara. Si me tendía boca abajo, el peso me cargaría sobre la columna vertebral, y me estremecí al pensar en el estallido horrendo. Quizá fuera más fácil de la otra manera; pero ¿tendría yo la sangre fría suficiente para acostarme, contemplando aquella sombra negra y mortal que descendía sobre mí? Cuando ya no podía continuar erguido, vi de reojo algo que me inundó de nuevo el corazón de una oleada de esperanza.

»Ya he dicho que, aunque el suelo y el techo eran de hierro, las paredes eran de madera. Al echar una última ojeada rápida, vi entre dos de las tablas una línea estrecha de luz amarilla, que se fue ensanchando más y más cuando alguien retiró hacia atrás un panel pequeño. Durante un instante, apenas fui capaz de creerme que allí había, en efecto, una puerta por la que podría huir de la muerte. Un instante más tarde, me arrojé por ella y quedé tendido al otro lado, medio desmayado. El panel se había vuelto a cerrar a mi espalda, pero el crujido del quinqué y, a los pocos momentos, el estrépito de las dos planchas de metal al juntarse, me dieron a entender lo apurada que había sido mi salvación.

»Unos tirones frenéticos en la muñeca me hicieron volver en mí, y me encontré tendido en el suelo de losas de un pasadizo estrecho, con una mujer que, inclinada sobre mí, tiraba de mí con su mano izquierda mientras sostenía una vela en la derecha. Se trataba de aquella misma buena amiga cuyas advertencias yo había desatendido de manera tan necia.

»—¡Venga! ¡Venga! —exclamaba sin aliento—. Vendrán en cualquier momento. Verán que usted no está allí. ¡Ay, no pierda un tiempo precioso; venga usted!

»En esa ocasión, al menos, no desoí su consejo. Me puse de pie, tambaleándome, y corrí con ella por el pasillo y bajando por una escalera de caracol. Esta última daba a otro pasillo amplio; y en cuanto llegamos a éste, oímos ruidos de pasos precipitados y gritos de dos voces, una que le contestaba a la otra, desde el piso en que estábamos y desde el inferior. Mi guía se detuvo y miró a un lado y a otro como si no supiera qué hacer. Por fin, abrió una puerta que daba a un dormitorio, por cuya ventana se veía el resplandor brillante de la luna.

»—No le queda a usted otra posibilidad —dijo la mujer—. Está alto, pero quizá pueda saltar.

»Mientras hablaba, apareció una luz al final del pasillo, y vi la figura delgada del coronel Lysander Stark, que corría con una linterna en una mano y, en la otra, un arma que parecía un cuchillo grande de carnicero. Atravesé el dormitorio apresuradamente, abrí la ventana de par en par y miré al exterior. ¡Qué aspecto tan tranquilo, sano y agradable tenía el jardín! Y la altura no sería de más de treinta pies. Me subí al alféizar, pero no me decidía a saltar sin enterarme de lo que pasaba entre mi salvadora y el canalla que me perseguía. Si la maltrataba, yo estaba dispuesto a afrontar el peligro que hiciera falta para volver en su ayuda. Apenas había tenido este pensamiento cuando él apareció en la puerta y la apartó de un empujón; pero ella lo rodeó con sus brazos e intentó contenerlo.

»—¡Fritz! ¡Fritz! —exclamó la mujer en inglés—. ¡Recuerda lo que me prometiste después de lo de la última vez! ¡Me dijiste que no volvería a pasar!

»—¡Estás loca, Elise! —gritó él, forcejeando para liberarse de ella—. Vas a ser nuestra ruina. Ha visto demasiado. ¡Déjame pasar, te digo!

»La apartó de sí de un empellón y, tras correr hasta la ventana, me asestó un tajo con su pesada arma. Cuando cayó el golpe, yo ya había descendido y estaba asido del alféizar por las manos. Sentí un dolor sordo. Aflojé las manos y caí al jardín inferior.

»La caída me dejó algo conmocionado, pero sin lesiones; así que me incorporé y emprendí la huida entre los arbustos, corriendo con todas mis fuerzas, pues tenía claro que todavía no estaba fuera de peligro, ni mucho menos. No obstante, mientras corría, se apoderó de mí un mareo y unas náuseas mortales. Me miré la mano, en la que sentía un dolor punzante, y vi entonces por primera vez que me habían cercenado el dedo pulgar y que la sangre me salía a borbotones por la herida. Intenté vendármela con el pañuelo; pero sentí de pronto un zumbido en los oídos y caí entre los rosales con un desmayo mortal.

»No sé cuánto tiempo pasé inconsciente. Debió de ser mucho, pues, cuando volví en mí, ya se había puesto la luna y amanecía una mañana luminosa. Tenía la ropa empapada de rocío, y la manga de la chaqueta impregnada de la sangre de mi herida del pulgar. El escozor me hizo recordar en un instante todos los detalles de mi aventura de la noche, y me puse de pie de un salto con la sensación de que quizá no estuviera a salvo de mis perseguidores. Pero, para mi asombro, cuando miré a mi alrededor no vi ni la casa ni el jardín. Había estado tendido en un rincón del seto contiguo a la carretera principal, y un poco más abajo había un edificio que, al acercarme, vi que era la misma estación de ferrocarril a la que había llegado yo la noche anterior. Si no hubiera sido por la fea herida de mi mano, todo lo sucedido en aquellas horas terribles podía no haber sido más que un mal sueño.

»Entré en la estación, todavía un poco aturdido, y pregunté cuándo pasaba el primer tren de la mañana. Me dijeron que salía uno para Reading en menos de una hora. Descubrí que estaba de servicio el mismo mozo que había estado allí a mi llegada. Le pregunté si había oído hablar del coronel Lysander Stark. Aquel nombre no le decía nada. ¿Se había fijado, la noche anterior, en un carruaje que me estaba esperando? No, no se había fijado. ¿Había una comisaría de policía en las proximidades? Había una a unas tres millas de distancia.

»Con lo débil y enfermo que me encontraba, opté por esperar a estar de vuelta en Londres para referir mi caso a la policía. Llegué un poco después de las seis, de manera que fui, antes de nada, a que me vendasen la herida; y, después, el doctor tuvo la bondad de traerme aquí. Dejo el caso en sus manos, y haré exactamente lo que usted me recomiende.

Cuando hubo concluido esta narración extraordinaria, ambos nos quedamos unos momentos sentados en silencio. Después, Sherlock Holmes extrajo de su estantería uno de los gruesos libros de consulta en los que conservaba sus recortes de prensa.

—He aquí un anuncio que le interesará —dijo—. Se publicó en todos los periódicos hace cosa de un año. Escuche usted: «Desaparecido, el 9 de este mes, el señor Jeremiah Hayling, de 26 años, ingeniero hidráulico. Salió de su alojamiento a las diez de la noche y no se tienen más noticias suyas. Llevaba puesto…», etcétera. ¡Ah! Me figuro que ésta sería la última vez que el coronel necesitó que le arreglasen su máquina.

—¡Cielo santo! —exclamó mi paciente—. Entonces, así se explica lo que dijo la muchacha.

—Sin duda. Es evidente que el coronel era un hombre frío y temerario, absolutamente decidido a que nada se interpusiera en lo que se trae entre manos, como esos piratas despiadados que no dejan ningún superviviente en los barcos que apresan. Y bien, ahora el tiempo es precioso. De modo que, si se encuentra usted con fuerzas, nos pasaremos ahora mismo por Scotland Yard como paso preliminar antes de salir camino de Eyford.

Cosa de tres horas más tarde viajábamos todos juntos en el tren que había salido de Reading, camino del pueblecito de Berkshire. Íbamos Sherlock Holmes; el ingeniero hidráulico; el inspector Bradstreet, de Scotland Yard; un agente de paisano y yo. Bradstreet había extendido sobre el asiento un mapa detallado del condado y se ocupaba en trazar con su compás un círculo con centro en Eyford.

—Ya está —dijo—. Este círculo cubre diez millas a la redonda del pueblo. El lugar que buscamos debe de estar cerca de esta línea, en alguna parte. Creo que dijo usted que eran diez millas, ¿no es así, señor?

—Fue una hora larga en carruaje.

—¿Y cree usted que lo trajeron desde tan lejos, estando inconsciente?

—Necesariamente. Además, tengo un vago recuerdo de que me levantaron y me trasladaron a alguna parte.

—Lo que no comprendo —dije yo— es cómo le perdonaron la vida cuando lo encontraron tendido en el jardín, sin sentido. Es posible que el bandido se ablandara a los ruegos de la mujer.

—No me parece probable. No había visto en mi vida una cara tan despiadada.

—Bueno, no tardaremos en aclararlo —dijo Bradstreet—. Y bien, ya he trazado el círculo; lo que quisiera saber es en qué punto de éste se encuentran esos sujetos que buscamos.

—Me parece que podría señalárselo —dijo Holmes con suavidad.

—¡Vaya! —exclamó el inspector—. Veo que ya se ha formado una opinión. Y bien, veamos quién coincide con usted. Yo digo que está al sur, pues el campo está más despoblado en esa zona.

—Y yo digo que al este —repuso mi paciente.

—Yo opino que al oeste —observó el agente de paisano—. Hay varios pueblecitos tranquilos por allí.

—Y yo que al norte —opiné—, pues por allí no hay cuestas, y nuestro amigo dice que no observó que el carruaje subiera ninguna.

—Vamos, ¡una verdadera diversidad de opiniones! —exclamó el inspector, riendo—. Hemos cubierto todos los puntos cardinales. ¿A quién le otorga usted su voto decisivo?

—Se equivocan todos ustedes.

—Pero ¡no es posible que estemos equivocados todos!

—Ah, sí que es posible. Mi punto es éste —dijo Holmes, y puso el dedo en el centro del círculo—. Aquí es donde los encontraremos.

—Pero ¿y el viaje de doce millas? —dijo Hatherley, sorprendido.

—Seis de ida y seis de vuelta. No puede ser más sencillo. Usted mismo dijo que el caballo estaba fresco y reluciente cuando se subió al carruaje. ¿Cómo podría estarlo si hubiera recorrido ya doce millas por malos caminos?

—En efecto, se trata de una artimaña bastante plausible —observó Bradstreet, pensativo—. Por supuesto, no puede caber duda del carácter de esta banda.

—Ninguna duda en absoluto —lo secundó Holmes—. Son monederos falsos a gran escala, y empleaban la máquina para dar forma a la aleación que hacen pasar por plata.

—Ya sabíamos desde hace algún tiempo que estaba actuando una banda hábil —dijo el inspector—. Han puesto en circulación millares de monedas de media corona. Incluso les seguimos la pista hasta Reading, pero no pudimos pasar de allí, pues habían ocultado sus huellas de un modo tal que se traslucía que contaban con una dilatada experiencia. Pero ahora, gracias a esta circunstancia afortunada, creo que ya los tenemos en nuestro poder.

Pero el inspector se equivocaba, pues los delincuentes no estaban destinados a caer en manos de la justicia. Cuando el tren se estaba deteniendo en la estación de Eyford, vimos una enorme columna de humo que se alzaba tras un bosquecillo próximo y quedaba suspendida sobre el paisaje como una inmensa pluma de avestruz.

—¿Hay un incendio en una casa? —preguntó Bradstreet mientras el tren volvía a ponerse en marcha.

—¡Sí, señor! —le respondió el jefe de estación.

—¿Cuándo se ha declarado?

—He oído decir que fue durante la noche, señor; pero ha ido a peor, y toda la casa está en llamas.

—¿De quién es la casa?

—Del doctor Becher.

—Dígame —intervino el ingeniero—, ¿el doctor Becher es un alemán muy delgado, de nariz larga y puntiaguda?

El jefe de estación se echó a reír con ganas.

—No, señor —dijo—. El doctor Becher es inglés, y tiene el chaleco mejor relleno de toda la parroquia. Pero en su casa se aloja un caballero, tengo entendido que paciente suyo, que es extranjero, y que da la impresión de que no le sentarían mal unos buenos filetes de vacuno de Berkshire.

No había terminado de hablar el jefe de estación cuando partimos apresuradamente hacia el incendio. La carretera llegaba a lo alto de una pequeña elevación, y desde allí vimos ante nosotros un gran edificio, amplio y de paredes blancas, que vomitaba fuego por todas sus ventanas y resquicios, mientras tres máquinas de bomberos intentaban en vano sofocar las llamas desde el jardín delantero.

—¡Aquí es! —exclamó Hatherley con gran emoción—. Éste es el camino de gravilla, y esos son los rosales donde quedé tendido. Desde esa segunda ventana salté.

—Y bien, al menos se ha desquitado usted de ellos —dijo Holmes—. No cabe duda de que fue su quinqué de petróleo, aplastado por la prensa, lo que prendió fuego a las paredes de madera; aunque, sin duda, ellos no lo advirtieron en un primer momento, pues tenían toda su atención puesta en perseguirlo a usted. Ahora, abra bien los ojos por si ve entre esta multitud a sus amigos de anoche. Pero mucho me temo que ya estarán a sus buenas cien millas de distancia.

Y los temores de Holmes se cumplieron, pues desde entonces no se ha vuelto a tener noticias de la mujer hermosa, del alemán siniestro ni del inglés huraño. Aquella madrugada, un campesino había visto pasar un carro en el que iban hacia Reading varias personas con unas cajas muy voluminosas, pero allí se pierde todo rastro de los fugitivos, y ni siquiera el ingenio de Holmes bastó para descubrir el más mínimo indicio de su paradero.

Los bomberos se sorprendieron mucho ante las extrañas instalaciones que encontraron en el interior de la casa, y mucho más todavía al descubrir en el alféizar de una ventana del segundo piso un dedo pulgar humano recién cortado. Pero sus esfuerzos se vieron coronados por el éxito al fin a la caída de la tarde, aunque para entonces ya se había hundido el tejado y todo el edificio se encontraba en un estado tan ruinoso que, a excepción de algunos cilindros y tubos de hierro retorcidos, no quedaba ningún rastro de la maquinaria que tan cara había costado a nuestro desventurado acompañante. En un edificio anexo se descubrieron grandes depósitos de níquel y de estaño, pero no se halló ninguna moneda, cosa que podría explicarse por la presencia de las cajas voluminosas de las que ya hemos hablado.

El misterio de cómo fue trasladado nuestro ingeniero hidráulico desde el jardín hasta el punto donde recobró el sentido habría quedado sin resolver para siempre si no hubiera sido porque el terreno blando nos contó una historia muy clara. Era evidente que lo habían llevado dos personas, una de las cuales tenía pies notablemente pequeños, mientras que la otra los tenía excepcionalmente grandes. En conjunto, lo más probable era que el inglés taciturno, menos audaz o menos criminal que su compañero, ayudase a la mujer a llevar en vilo al hombre inconsciente hasta dejarlo fuera de peligro.

—Y bien —dijo con tristeza nuestro ingeniero cuando nos acomodamos de nuevo en el tren para regresar a Londres—, ¡bonito negocio he hecho! He perdido el dedo pulgar, he perdido unos honorarios de cincuenta guineas, y ¿qué he ganado?

—Experiencia —repuso Holmes, risueño—. Puede tener su valor indirecto, ¿sabe usted? Le bastará con reducirla a palabras para ganarse fama de contertulio ameno durante el resto de sus días.

La aventura del aristócrata soltero

ace mucho tiempo que la boda de lord Saint Simon y el modo curioso en que se truncó ya no son objeto de interés en los círculos elevados en que se mueve el desventurado novio. Han surgido nuevos escándalos que la han eclipsado, con detalles más picantes que han hecho olvidar a los chismosos este drama de hace ya cuatro años. No obstante, dado que tengo motivos para creer que la totalidad de los hechos no se ha desvelado al público general, y dado que mi amigo Sherlock Holmes desempeñó un papel considerable a la hora de aclarar la cuestión, tengo la impresión de que ninguna crónica de sus hechos estará completa sin un breve esbozo de este episodio notable.

Pocas semanas antes de mi propia boda, en la época en que todavía compartía habitaciones con Holmes en Baker Street, volvía éste a casa después de darse un paseo por la tarde y se encontró en la mesa una carta para él. Yo había pasado todo el día en casa, pues el tiempo se había metido de pronto en agua, con fuertes vientos otoñales, y la bala jezail que me había traído en una de mis extremidades como recuerdo de mi campaña de

Afganistán me producía un dolor sordo y persistente. Con el cuerpo en una butaca y las piernas sobre otra, me había rodeado de una nube de periódicos hasta que, por fin, saturado de las noticias del día, los tiré todos a un lado y me quedé tendido con apatía, contemplando el escudo de armas y el monograma enormes que aparecían en el sobre que estaba en la mesa y preguntándome perezosamente quién podía ser el noble corresponsal de mi amigo.

—He ahí una misiva muy elegante —comenté al verlo entrar—. Si no recuerdo mal, sus cartas de esta mañana eran de un pescadero y de un vista de aduanas.

—Sí, mi correspondencia tiene, sin duda alguna, el encanto de la variedad —respondió él, con una sonrisa—, y las cartas más humildes suelen ser las más interesantes. Ésta parece ser una de esas molestas invitaciones a un acto social, que lo obligan a uno a aburrirse o a mentir.

Rompió el sello y le echó un vistazo al contenido.

—Ah, caramba, esto puede resultar interesante después de todo.

—¿No se trata de un acto social, entonces?

—No, es decididamente profesional.

—¿Y de un cliente de la aristocracia?

—Uno de los más altos de Inglaterra.

—Lo felicito, mi querido amigo.

—Le aseguro, Watson, sin afectación alguna, que la categoría social de mi cliente me importa menos que el interés de su caso. Sin embargo, existe la posibilidad de que esta nueva investigación no esté exenta de interés. Ha estado usted leyendo los periódicos con aplicación últimamente, ¿no es así?

—Eso parece —respondí con melancolía, señalando la pila ingente del rincón—. No he hecho otra cosa.

—Es una suerte, pues quizá pueda ponerme usted al día. Yo sólo leo las noticias de crímenes y la columna de mensajes personales. Esta última siempre resulta instructiva. Pero si ha seguido usted tan de cerca las últimas noticias, habrá leído usted algo acerca de lord Saint Simon y su boda, ¿no es cierto?

—Ah, sí, con el máximo interés.

—Muy bien. La carta que tengo en la mano es de lord Saint Simon. Se la leeré y, a cambio, repasará estos periódicos para informarme de todo lo que guarde alguna relación con este asunto. He aquí lo que dice.

Estimado señor Sherlock Holmes:

Lord Backwater me comunica que puedo confiar absolutamente en su buen juicio y en su discreción. Por ello, he decidido visitarlo y consultarlo en relación con el hecho tan doloroso que se ha producido en relación con mi boda. El señor Lestrade, de Scotland Yard, ya se está ocupando del caso, pero me asegura que no pone ninguna objeción a que colabore usted, y que cree, incluso, que podría resultar de alguna ayuda. Le haré una visita a las cuatro de la tarde, y, si tiene algún otro compromiso para esa hora, espero que lo retrase, pues este asunto es de enorme importancia.

Atentamente,

Saint Simon

»Está fechada en Grosvenor Mansions, escrita con pluma de ave, y el noble lord ha tenido la desventura de mancharse de tinta la parte exterior de su meñique derecho —comentó Holmes mientras plegaba la misiva.

—Dice que a las cuatro. Ahora son las tres. Llegará dentro de una hora.

—Entonces tengo el tiempo justo, con la ayuda de usted, de enterarme del asunto. Repase usted esos periódicos y ordene cronológicamente los extractos, mientras yo consulto quién es nuestro cliente.

Tomó un volumen de tapas rojas entre una hilera de libros de referencia que estaban junto a la repisa de la chimenea.

—Aquí está —dijo, sentándose y abriendo el libro sobre sus rodillas—. Lord Robert Walsingham de Vere Saint Simon, hijo segundo del duque de Balmoral. ¡Hum! Escudo de armas: en campo de azur, tres abrojos en jefe sobre un frangle de sable. Nacido en 1846. Tiene cuarenta y un años, edad madura para contraer matrimonio. Fue subsecretario de Colonias en una Administración anterior. El duque, su padre, fue secretario de Asuntos

Exteriores. Heredan sangre de los Plantagenet por línea directa, y de los Tudor por línea femenina. ¡Ah! Bueno, nada de esto nos enseña gran cosa. Creo que debo recurrir a usted, Watson, para que me aporte datos algo más sólidos.

—No me costará ningún trabajo encontrar lo que quiero —dije yo—, pues los hechos son muy recientes y el asunto me pareció singular. Pero no quise comentárselo a usted, pues sabía que tenía entre manos una investigación y que no le gusta que lo molesten con otras cosas.

—Ah, se refiere al problema del camión de mudanzas de Grosvenor Square. Ya está resuelto del todo, aunque a decir verdad era evidente desde el principio. Le ruego que me dé los resultados de su selección de periódicos.

—He aquí la primera nota que he podido encontrar. Apareció en la sección de sociedad del *Morning Post* y, como verá usted, data de hace algunas semanas. «Se ha acordado el matrimonio», dice, «que tendrá lugar dentro de muy poco, si los rumores son ciertos, entre lord Robert Saint Simon, hijo segundo del duque de Balmoral, y la señorita Hatty Doran, única hija del señor Aloysius Doran, de San Francisco, California, EE. UU.». Eso es todo.

—Es breve y va al grano —comentó Holmes, estirando las piernas largas y delgadas hacia la lumbre.

—En una de las revistas especializadas en vida social de la misma semana apareció un párrafo que ampliaba esto mismo. Ah, aquí está:

No tardarán en reclamarse medidas proteccionistas en el mercado de los matrimonios, pues, al parecer, los principios de libre mercado actuales perjudican de manera notable a nuestros productos nacionales. Las casas nobles del Reino Unido se están quedando, una tras otra, bajo la dirección de nuestras bellas primas del otro lado del Atlántico. La semana pasada, estas encantadoras invasoras han cobrado una nueva pieza de gran importancia. Lord Saint Simon, quien durante más de veinte años se ha mostrado inmune a las flechas del diosecillo, acaba de anunciar formalmente su próximo matrimonio con la señorita Hatty Doran, cautivadora hija de un millonario de California. La señorita

Doran, cuya grácil figura y cuyo rostro bellísimo llamaron mucho la atención en las festividades de Westbury House, es hija única, y se dice que su dote superará con mucho las cien mil libras esterlinas, además de la herencia que puede esperar para el futuro. En vista de que es un secreto a voces que el duque de Balmoral se ha visto obligado a vender sus cuadros durante los últimos años, y de que lord Saint Simon no tiene bienes propios, salvo la pequeña finca de Birchmoor, es evidente que la heredera californiana no será la única que saldrá ganando con un enlace que le permitirá convertirse, cosa fácil y habitual, de dama republicana en noble británica.

—¿Algo más? —preguntó Holmes, bostezando.

—Pues sí; bastante. Se publicó otra nota en el *Morning Post,* en la que se decía que la boda se celebraría en la más absoluta intimidad en la iglesia de San Jorge, en Hanover Square; que sólo se invitaría a media docena de amigos íntimos, y que los invitados se reunirían después en la casa amueblada de Lancaster Gate que ha alquilado el señor Aloysius Doran. Dos días más tarde (es decir, el miércoles pasado) aparece la escueta noticia de que la boda se había celebrado y de que los novios pasarían la luna de miel en la finca de lord Backwater, cerca de Petersfield. Éstas son todas las noticias que se publicaron antes de la desaparición de la novia.

—¿Antes de qué? —preguntó Holmes, dando un respingo.

—De la desaparición de la señora.

—¿Cuándo desapareció, pues?

—Durante el desayuno, tras la ceremonia.

—¡No me diga! Esto es más interesante de lo que prometía. Bastante dramático, la verdad.

—Sí; me pareció que se salía un poco de lo normal.

—Suelen desaparecer antes de la ceremonia y, a veces, durante la luna de miel; pero no recuerdo ningún caso en el que la desaparición haya sido tan inmediata como ésta. Le ruego que me exponga los detalles.

—Le advierto que son muy incompletos.

—Quizá podamos completarlos nosotros.

—Lo que hay aparece en un único artículo de un periódico matutino de ayer, que le leeré. Lleva el titular: «Suceso singular en una boda de la alta sociedad».

La familia de lord Robert Saint Simon se ha visto sumida en la mayor consternación a raíz de los episodios extraños y lamentables que han tenido lugar en relación con la boda de aquél. La ceremonia, tal como se anunció brevemente en los periódicos de ayer, tuvo lugar la mañana anterior; pero sólo ahora se han podido confirmar los extraños rumores que han corrido con tanta insistencia. Aunque los familiares han intentado echar tierra al asunto, éste ha suscitado tanto interés ante la opinión pública que a estas alturas no tiene sentido pasar por alto lo que corre en boca de todos.

La ceremonia, que se celebró en la iglesia de San Jorge, en Hanover Square, fue muy íntima, y no asistieron a ella más que el padre de la novia, señor Aloysius Doran, la duquesa de Balmoral, lord Backwater, lord Eustace y lady Clara Saint Simon (hermano y hermana menores del novio), y lady Alicia Whittington. Todos los asistentes se trasladaron después a la casa del señor Aloysius Doran, en Lancaster Gate, donde se había preparado el desayuno. Parece ser que hubo un pequeño alboroto, provocado por una mujer, cuyo nombre no ha trascendido, que intentó entrar a la fuerza en la casa tras los invitados, alegando que tenía algunos derechos sobre lord Saint Simon. Fue expulsada por el mayordomo y un lacayo, pero sólo tras una escena lastimosa y prolongada. La novia, que por suerte había entrado en la casa antes de esta interrupción desagradable, se había sentado a desayunar con los demás, pero se quejó entonces de encontrarse, de pronto, algo indispuesta, y se retiró a su cuarto. Cuando su ausencia prolongada suscitó algunos comentarios, su padre fue a buscarla, pero la doncella de la novia le informó de que ésta sólo había subido a su cuarto un instante, había tomado un abrigo y un sombrero y había bajado enseguida al pasillo. Uno de los lacayos declaró haber visto salir de la casa a una señora así vestida, pero que no había querido creer que se tratase de su señora, pues creía que ésta estaba con los invitados. Al comprobar que su hija había desaparecido, el señor Aloysius Doran, junto con el novio, se puso inmediatamente en contacto con la policía, y se realizan pesquisas muy enérgicas que con toda probabilidad aclararán rápidamente este asunto tan singular. Sin embargo, a última hora de esta noche no se sabe nada todavía del paradero de la señora desaparecida. Se rumorea que podría haber habido violencia, y se dice que la policía ha dado orden de detención de la mujer que había provocado el primer alboroto, considerando que, o bien por celos o bien por algún otro motivo, podría estar implicada en la extraña desaparición de la novia.

—¿Y eso es todo?

—Sólo una nota breve en otro periódico de la mañana, pero es sugerente.

—¿Y es...?

—Que se ha detenido, en efecto, a la señorita Flora Millar, la dama que había provocado el alboroto. Al parecer, había sido bailarina en el Allegro y conoce al novio desde hace unos años. No se dan más detalles, y ya tiene usted en sus manos la totalidad del caso, en la medida que ha trascendido al público en la prensa.

—Y parece que se trata de un caso interesantísimo. No me lo habría perdido por nada del mundo. Pero ha sonado el timbre, Watson, y en vista de que el reloj marca las cuatro y unos minutos, no me cabe duda de que será nuestro noble cliente. No se marche usted, Watson, ni soñarlo; prefiero contar con un testigo, aunque sólo sea para contrastar mi propia memoria.

—Lord Robert Saint Simon —anunció nuestro botones, abriendo la puerta. Entró un caballero de cara agradable y culta, nariz alta, y pálido, con algo de petulancia quizá en la boca, y con la mirada firme y bien abierta del hombre cuyo único y agradable papel en la vida ha sido siempre el de mandar y ser obedecido. Aunque se movía con energía, su aspecto daba una impresión general de vejez, pues estaba algo encorvado hacia delante y caminaba con las rodillas algo flexionadas. Cuando se despojó de su sombrero, de ala muy abarquillada, se vio que también tenía el pelo gris por los lados y ralo en la coronilla. En cuanto a su vestimenta, era correcta hasta llegar a la afectación, con cuello alto, levita negra, chaleco blanco, guantes amarillos, zapatos de charol y polainas claras. Se adentró despacio en la sala, volvió la cabeza de izquierda a derecha e hizo oscilar sus quevedos dorados, que colgaban de un cordón que sujetaba con la mano derecha.

—Buenos días, lord Saint Simon —dijo Holmes, levantándose y haciendo una reverencia—. Le ruego que se siente en la butaca de mimbre. Le presento a mi amigo y compañero, el doctor Watson. Acérquese un poco a la lumbre y hablaremos de este asunto.

—Un asunto muy doloroso para mí, como ya se figurará usted, señor Holmes. Me han herido donde más duele. Tengo entendido que ya se ha ocupado usted de varios casos delicados de esta clase, señor mío, aunque supongo que no pertenecían ni mucho menos a la misma clase social.

—No, estoy bajando.

—¿Cómo dice usted?

—Mi último cliente en un caso de esta especie era rey.

—¡Ah! ¿No me diga? No tenía idea. Y ¿qué rey?

—El rey de Escandinavia.

—¿Cómo? ¿Había perdido a su esposa?

—Comprenderá usted —dijo Holmes con suavidad— que hago extensiva a los asuntos del resto de mis clientes la misma discreción que le prometo a usted con los suyos.

—¡Por supuesto! ¡Muy justo! ¡Muy justo! Le pido disculpas, desde luego. En lo que se refiere a mi propio caso, estoy dispuesto a proporcionarle cualquier información que pueda servirle para formarse una opinión.

—Muchas gracias. Estoy al corriente de todo lo que se ha publicado en la prensa, nada más. Supongo que puedo darlo por correcto... Este artículo, por ejemplo, sobre la desaparición de la novia.

Lord Saint Simon le echó una ojeada.

—Sí, es correcto, dentro de lo que cabe.

—Pero es preciso completarla mucho para poder emitir una opinión. Creo que la mejor manera de enterarme de los hechos será preguntándole a usted.

—Hágalo, se lo ruego.

—¿Cuándo conoció usted a la señorita Hatty Doran?

—En San Francisco, hace un año.

—¿Viajaba usted por los Estados Unidos?

—Sí.

—¿Se comprometieron ustedes en matrimonio entonces?

—No.

—¿Pero mantenían relaciones de amistad?

—Su trato me divertía, y ella se daba cuenta de que me divertía.

—¿Su padre es muy rico?

—Se dice de él que es el hombre más rico de la costa del Pacífico.

—¿Y cómo hizo su dinero?

—En la minería. Hace unos años no tenía nada. Pero encontró oro, lo invirtió y se enriqueció a pasos agigantados.

—Y bien, ¿qué impresión tiene usted del carácter de la joven... de su esposa?

El aristócrata hizo oscilar los quevedos un poco más deprisa y volvió la vista hacia el fuego.

—Verá usted, señor Holmes —dijo—, mi esposa había cumplido los veinte años antes de que su padre se hiciera rico. En esa época andaba suelta por un campamento de mineros y vagaba por los bosques o por las montañas, de modo que su maestra ha sido la naturaleza, más que la escuela. Es lo que llamamos en Inglaterra una marimacho, de carácter fuerte, libre y arrebatado, no constreñido por tradiciones de ninguna clase. Es impetuosa... Iba a decir volcánica. Se decide con rapidez, y lleva a cabo sus decisiones sin miedo. Por otra parte, yo no le habría concedido el apellido que tengo el honor de llevar —soltó una tosecilla solemne— si no considerara que, en el fondo, es una mujer noble. Creo que es capaz de hacer sacrificios heroicos, y que le repugnaría hacer algo deshonroso.

—¿Tiene usted su fotografía?

—He traído esto.

Abrió un medallón y nos enseñó el rostro de una mujer encantadora. No era una fotografía sino una miniatura en marfil, y el artista había captado plenamente el efecto de los cabellos negros y lustrosos, los grandes ojos oscuros y la boca exquisita. Holmes lo observó largo rato con atención. Después, cerró el medallón y se lo devolvió a lord Saint Simon.

—¿La señorita vino a Londres más tarde y reanudaron el trato?

—Sí; su padre la trajo para que pasara en Londres la última temporada. Me vi con ella varias veces, nos comprometimos y ahora me he casado con ella.

—Aportaba, según tengo entendido, una dote considerable, ¿no es así?

—Una dote justa. No mayor que la habitual en mi familia.

—¿Y usted la conservará, por supuesto, en vista de que el matrimonio se ha celebrado?

—La verdad es que no he hecho averiguaciones al respecto.

—Por supuesto que no. ¿Vio usted a la señorita Doran el día anterior a la boda?

—Sí.

—¿Estaba de buen ánimo?

—Mejor que nunca. No dejaba de hablar de lo que haríamos en nuestra vida futura.

—Ah, ¿sí? Es muy interesante. ¿Y la mañana de la boda?

—Tenía toda la alegría del mundo... Al menos, hasta después de la ceremonia.

—¿Y observó usted algún cambio en ella entonces?

—Bueno, a decir verdad, vi entonces por primera vez en ella indicios de que tenía un poquito de mal genio. Pero el incidente es tan trivial que no vale la pena contarlo, y no creo que guarde relación con el caso.

—Le ruego que nos lo cuente, de todos modos.

—Oh, es una niñería. Cuando íbamos hacia la sacristía se le cayó el ramo. Ella pasaba entonces ante el primer banco y cayó dentro del banco. Hubo un retraso momentáneo, pero el caballero que estaba en el banco se lo entregó y no pareció que el ramo hubiera quedado deteriorado por la caída. Sin embargo, cuando le hablé de ello, me respondió con brusquedad; y en el carruaje, de vuelta a casa, parecía agitada de una manera absurda por aquel incidente insignificante.

—¡No me diga! Dice usted que había un caballero en el banco. ¿Había allí público general, entonces?

—Ah, sí. Es imposible impedirles el paso cuando la iglesia está abierta.

—¿Aquel caballero no figuraba entre los familiares o amigos de su esposa?

—No, no. Lo he llamado caballero por cortesía, pero era una persona de aspecto bastante vulgar. Apenas me fijé en su aspecto. Pero creo en verdad que nos estamos apartando bastante de la cuestión.

—Entonces, lady Saint Simon estaba mucho menos alegre a la vuelta de la boda que a la ida. ¿Qué hizo cuando llegó de nuevo a casa de su padre?

—La vi conversar con su doncella.

—¿Y quién es su doncella?

—Se llama Alice. Es americana, y vino de California con ella.

—¿Una criada de confianza?

—Un poco más de la cuenta. Me pareció que su señora le permitía tomarse grandes libertades. Con todo, por supuesto, en América ven estas cosas de otro modo.

—¿Cuánto tiempo estuvo hablando con esa Alice?

—Ah, unos minutos. Yo tenía otras cosas en qué ocuparme.

—¿No oyó usted lo que decían?

—Lady Saint Simon dijo algo de saltarse una concesión. Tenía la costumbre de servirse de expresiones de jerga como ésa. No tengo idea de qué quería decir.

—La jerga americana es muy expresiva a veces. ¿Y qué hizo su esposa cuando terminó de hablar con su doncella?

—Entró en el comedor a desayunar.

—¿Del brazo de usted?

—No, sola. Era muy independiente en detalles pequeños como ése. Después, cuando llevábamos sentados cosa de diez minutos, se levantó de manera apresurada, murmuró unas palabras de disculpa y salió de la sala. Ya no regresó.

—Pero esa doncella, Alice, ha declarado, según tengo entendido, que subió a su cuarto, se cubrió el vestido de novia con un abrigo largo, se puso un sombrero y salió.

—En efecto. Y, más tarde, se la vio adentrándose en Hyde Park en compañía de Flora Millar, una mujer que ahora está detenida y que ya había causado un alboroto en la casa del señor Doran aquella mañana.

—Ah, sí. Quisiera algunos detalles sobre esa joven, y sobre las relaciones de usted con ella.

Lord Saint Simon se encogió de hombros y enarcó las cejas.

—Hace años que mantenemos relaciones de amistad... podría decir que de amistad *muy estrecha*. Ella actuaba en el Allegro. He sido generoso con ella, y en justicia no tiene de qué quejarse de mí; pero ya sabe usted cómo son las mujeres, señor Holmes. Flora era una mujercita encantadora, pero demasiado impulsiva, y me tenía un gran cariño. Cuando se enteró de que iba a casarme, me escribió unas cartas terribles y, a decir verdad, si hice celebrar la boda de manera tan íntima fue porque temía que se produjera un escándalo en la iglesia. Se presentó en la puerta de la casa del señor Doran poco después de que regresásemos, e intentó entrar a la fuerza, profiriendo graves insultos hacia mi esposa, e incluso amenazándola, pero yo ya había previsto tal posibilidad y había instalado allí a dos agentes de policía de paisano, que no tardaron en ponerla en la calle de nuevo. Cuando vio que no serviría de nada montar un escándalo, se calló.

—¿Oyó su esposa todo aquello?

—No, no lo oyó, gracias a Dios.

—¿Y se la vio caminar junto a esa misma mujer más tarde?

—Sí. Esto es lo que el señor Lestrade, de Scotland Yard, considera tan grave. Se cree que Flora hizo salir a mi esposa con un ardid y le tendió alguna trampa terrible.

—Bueno, la hipótesis es posible.

—¿Usted también lo cree?

—No he dicho que sea probable. Pero ¿usted mismo no lo considera posible?

—No creo que Flora sea capaz de hacerle daño a una mosca.

—Con todo, los celos transforman el carácter de modos extraños. Si me hace el favor, ¿cuál es su teoría sobre lo que sucedió?

—Bueno, la verdad es que he venido aquí a que me ofrezcan una teoría, no a exponerla. Ya le he dado todos los datos. No obstante, ya que me pregunta usted, podría decirle que se me ha ocurrido que la emoción del momento, la conciencia de haber ascendido de una manera tan inmensa en la escala social, ha surtido el efecto de provocarle a mi esposa una pequeña alteración nerviosa.

—¿En suma, que se le ha trastornado el juicio de pronto?

—Bueno, la verdad, cuando considero que ha vuelto la espalda... no diré a mí, sino a algo a lo que han aspirado tantas sin conseguirlo... no soy capaz de explicarlo de otra manera.

—Y bien, también es una hipótesis concebible, ciertamente —dijo Holmes, sonriendo—. Y ahora, lord Saint Simon, creo que ya tengo casi todos los datos. ¿Puedo preguntarle si estaban ustedes sentados a la mesa del desayuno de tal modo que podían ver por la ventana?

—Podíamos ver el otro lado de la calle, y el parque.

—Ya veo. Entonces, no creo que tenga que entretenerlo más tiempo. Me pondré en contacto con usted.

—Suponiendo que tenga usted la fortuna de resolver el problema —dijo nuestro cliente, poniéndose de pie.

—Ya lo he resuelto.

—¿Eh? ¿Cómo dice usted?

—Digo que ya lo he resuelto.

—¿Dónde está mi esposa, entonces?

—Ese detalle se lo comunicaré a usted enseguida.

Lord Saint Simon sacudió la cabeza.

—Me temo que para eso harían falta cabezas mejores que la de usted o la mía —comentó; y, tras hacer una reverencia solemne, a la antigua, se marchó.

—Lord Saint Simon es muy amable al honrar mi cabeza poniéndola a la misma altura de la suya —dijo Sherlock Holmes, riendo—. Creo que, después de tanto interrogatorio, me tomaré un güisqui con soda y me fumaré un puro. Ya había llegado a mis conclusiones sobre el caso antes de que nuestro cliente entrara en la sala.

—¡Mi querido Holmes!

—Tengo notas sobre varios casos semejantes, aunque, como ya comenté antes, ninguno fue tan repentino como éste. Todo mi examen ha surtido el efecto de convertir mi conjetura en certeza. Las pruebas indirectas resultan a veces muy convincentes, como cuando se encuentra uno una trucha en la leche, por citar el ejemplo de Thoreau.

—Pero ¡yo he oído lo mismo que ha oído usted!

—Pero sin ese conocimiento de los casos previos que a mí me resulta tan práctico. Se dio un caso similar en Aberdeen hace unos años, y sucedió algo muy semejante en Múnich el año posterior a la guerra franco-prusiana. Es uno de esos casos... pero, ¡hombre! ¡Aquí está Lestrade! ¡Buenas tardes, Lestrade! Encontrará otro vaso en el aparador y hay puros en la caja.

El detective de la fuerza oficial iba ataviado con un chaquetón y una bufanda que le daban un aspecto francamente náutico, y llevaba en la mano una bolsa de lona. Tras un breve saludo, se sentó y encendió el puro que se le había ofrecido.

—¿Qué pasa, pues? —preguntó Holmes con un brillo humorístico en los ojos—. Parece usted poco contento.

—Y estoy poco contento. Se trata de este caso infernal de la boda de Saint Simon. No le veo ni pies ni cabeza.

—Ah, ¿sí? ¡Me sorprende usted!

—¿Cuándo se habrá visto un asunto tan complicado? Me parece que todas las pistas se me deslizan entre los dedos. Llevo trabajando en ello todo el día.

—Y parece que se ha mojado bastante —observó Holmes, poniendo una mano sobre la manga del chaquetón.

—Sí, he estado dragando la Serpentina.

—En nombre del cielo, ¿para qué?

—Buscando el cuerpo de lady Saint Simon.

Sherlock Holmes se recostó en su butaca y se rio de buena gana.

—¿Ha hecho dragar también la taza de la fuente de Trafalgar Square? —le preguntó.

—¿Por qué? ¿Qué quiere decir usted?

—Porque tiene usted las mismas posibilidades de encontrar a la señora en una como en otra.

Lestrade le dirigió a mi compañero una mirada airada.

—Supongo que usted ya lo sabe todo —dijo con enfado.

—Bueno, acabo de enterarme de los hechos, pero ya he llegado a una conclusión.

—¡Ah! ¡No me diga! Entonces, ¿no cree usted que la Serpentina tenga nada que ver en este asunto?

—Me parece muy poco probable.

—Entonces, ¿tiene usted la bondad de explicarnos cómo es que hemos encontrado esto en ella?

Mientras decía esto, abrió su bolsa y dejó caer al suelo un vestido de novia de seda con aguas, un par de zapatos blancos de satén y el ramo y el velo de una novia, todo ello desteñido y empapado de agua.

—Aquí tiene —dijo, depositando sobre el montón un anillo de casada nuevo—. Aquí tiene usted un pequeño rompecabezas, señorito Holmes.

—Ah, no me diga —replicó mi amigo, despidiendo al aire anillos de humo azulado—. ¿Sacó usted estas cosas del fondo de la Serpentina con la draga?

—No. Un guardia del parque las encontró flotando cerca de la orilla. Se ha identificado como su ropa, y me pareció que si la ropa estaba allí, el cuerpo no estaría muy lejos.

—Según ese mismo razonamiento brillante, el cuerpo de cualquier hombre debería hallarse en las cercanías de su guardarropa. Pero, por favor, dígame: ¿Adónde esperaba llegar usted con todo esto?

—A alguna prueba que implicara a Flora Millar en la desaparición.

—Me temo que eso le resultará difícil.

—Conque eso se teme, ¿eh? —exclamó Lestrade con cierta mordacidad—. Lo que yo me temo, Holmes, es que no es usted muy práctico con sus deducciones y sus inferencias. Ha cometido dos errores de bulto en otros tantos minutos. Este vestido de novia compromete a la señorita Flora Millar.

—¿Y cómo?

—En el vestido hay un bolsillo. En el bolsillo hay una cartera. En la cartera hay una nota. Y la nota es esta misma —concluyó, soltándola de golpe en la mesa que tenía delante—. Escuchen esto: «Me verás cuando esté todo dispuesto. Ven enseguida. F. H. M.». Y bien, mi teoría, desde el primer momento, ha sido que Flora Millar hizo salir con engaños a lady Saint Simon y que fue, con cómplices sin duda, la responsable de su desaparición. He aquí la misma nota, firmada con sus iniciales, que sin duda se le puso discretamente en la mano en la puerta y que la atrajo hasta que la tuvieron en sus manos.

—Muy bien, Lestrade —repuso Holmes, riéndose—. Está usted superior de verdad. Déjeme verla.

Tomó el papel con desgana, pero al cabo de un instante clavó en él su atención y soltó una leve exclamación de agrado.

—Esto es francamente importante —comentó.

—¡Ah! ¿Se lo parece a usted?

—Enormemente. Lo felicito de todo corazón.

Lestrade, lleno de satisfacción, se levantó e inclinó la cabeza para mirar.

—¡Cómo! —chilló—. ¡Si lo está usted mirando por el otro lado!

—Nada de eso: éste es el lado bueno.

—¿El lado bueno? ¡Está usted loco! La nota, escrita a lápiz, está por aquí.

—Y al otro lado figura lo que parece ser un fragmento de una factura de hotel, que me interesa profundamente.

—No tiene nada de particular —dijo Lestrade—. Ya la miré antes. «4 Oct., habitación, 8 chelines; desayuno, 2 chelines y 6 peniques; cóctel, 1 chelín; almuerzo, 2 chelines y 6 peniques; copa de jerez, 8 peniques.» No veo nada en ello.

—Es muy probable que no. Sin embargo, no deja de tener una importancia trascendental. En cuanto a la nota, también es importante, o al menos lo son las iniciales, por lo que vuelvo a felicitarlo a usted.

—Ya he perdido bastante tiempo —zanjó Lestrade, poniéndose de pie—. Creo en el trabajo duro, no en quedarme sentado ante la lumbre tejiendo bonitas teorías. Buenos días, señor Holmes, y ya veremos cuál de los dos llega primero al fondo de la cuestión.

Recogió las prendas, las metió de nuevo en la bolsa y se dirigió hacia la puerta.

—Permita que le dé una sola indicación, Lestrade —intervino Holmes con voz pausada antes de que se hubiera perdido de vista su rival—. Le diré a usted la verdadera solución del asunto. Lady Saint Simon es un mito. No existe tal persona, ni ha existido nunca.

Lestrade miró a mi compañero con tristeza. Después se volvió hacia mí, se dio tres golpecitos en la frente, sacudió la cabeza con solemnidad y se marchó con prisa.

Apenas había cerrado la puerta cuando Holmes se levantó a ponerse el abrigo.

—No le falta razón al hombre en lo de salir a trabajar —comentó—, así que, Watson, creo que deberé dejarlo a usted un rato a solas con sus periódicos.

Sherlock Holmes me dejó después de las cinco de la tarde, pero no tuve tiempo de sentirme solo, pues antes de que hubiera transcurrido una hora llegó el repartidor de una confitería con una caja plana muy grande. La abrió, ayudado por un chico que venía con él, y enseguida, con gran asombro por mi parte, empezó a servir una cena fría francamente opípara sobre nuestra modesta mesa de caoba de casa de huéspedes. Había cuatro becadas frías, un faisán, un pastel de *pâté de foie gras,* además de varias botellas añejas y cubiertas de telarañas. Después de haber servido todas estas exquisiteces, mis dos visitantes desaparecieron como los genios de *Las mil y una noches,* sin más explicaciones que decirme que las cosas estaban pagadas y que se les había encargado entregarlas en esta dirección.

Poco antes de las nueve, Sherlock Holmes entró en la sala con paso vivo. Tenía el semblante serio, pero se le veía un brillo en los ojos que me dio a entender que no había errado en sus conclusiones.

—Veo que han servido la cena —dijo, frotándose las manos.

—Parece que espera usted visitas. Han servido una cena para cinco.

—Sí, tengo la impresión de que quizá se pasen por aquí algunos visitantes —reconoció—. Me extraña que no haya llegado todavía lord Saint Simon. ¡Ah! Me parece que ya oigo sus pasos en las escaleras.

Era, en efecto, nuestro visitante de aquella tarde el que irrumpió en la sala. Hacía oscilar los quevedos con más energía que nunca. En su semblante aristocrático se dibujaba un gesto de enorme consternación.

—Entonces, ¿dio con usted mi mensajero? —le preguntó Holmes.

—Sí, y debo confesar que su contenido me ha sobresaltado de un modo indecible. Lo que me dice usted, ¿lo dice de buena fuente?

—De la mejor posible.

Lord Saint Simon se derrumbó en una silla y se pasó la mano por la frente.

—¿Qué dirá el duque cuando se entere de que un miembro de la familia se ha visto sometido a tal humillación? —murmuró.

—Ha sido un mero accidente. No puedo estar de acuerdo en que se haya producido ninguna humillación.

—Ah, usted ve estas cosas desde otro punto de vista.

—No veo ninguna culpa por parte de nadie. No se me ocurre qué otra cosa podría haber hecho la señora, aunque es de lamentar, sin duda, la manera brusca en que lo hizo. Al no tener madre, no tenía quien la aconsejara en ese momento crítico.

—Ha sido un desprecio, señor mío, un desprecio en público —objetó lord Saint Simon, tamborileando con los dedos en la mesa.

—Debe usted tener en cuenta la situación tan excepcional en que se encontró esa pobre muchacha.

—No tengo nada en cuenta. Estoy enfadadísimo, y he sido tratado de una manera vergonzosa.

—Me parece que he oído el timbre —dijo Holmes—. Sí, se oyen pasos en la entrada. Si yo no puedo convencerlo a usted, lord Saint Simon, para que se muestre tolerante al respecto, he hecho venir a una abogada que puede tener mayor éxito.

Abrió la puerta e invitó a pasar a una señora y a un caballero.

—Lord Saint Simon, permítame que le presente al señor Francis Hay Moulton y señora. Me parece que ya conoce usted a la señora.

Nuestro cliente se había levantado de un salto al ver a los recién llegados y estaba de pie, muy rígido, con los ojos bajos y la mano metida en la pechera de su levita, la viva imagen de la dignidad ofendida. La señora se había adelantado rápidamente hacia él y le había tendido la mano, pero él seguía negándose a levantar la vista. Quizá así le resultara más fácil mantenerse firme en su actitud, pues la cara de súplica de la mujer era difícil de resistir.

—Estás enfadado, Robert —observó—. Bueno, supongo que tienes motivos para estarlo.

—Le ruego no se disculpe conmigo —replicó lord Saint Simon con mordacidad.

—Ah, sí, sé que te he tratado fatal y que debí haber hablado contigo antes de marcharme, pero es que estaba como alelada y, desde el momento en que volví a ver a Frank, aquí presente, ya no supe ni lo que decía ni lo que hacía. No sé cómo no caí redonda allí mismo, delante del altar.

—Señora Moulton, ¿no preferirá usted, quizá, que mi amigo y yo salgamos de la sala mientras usted explica el asunto?

—Si se me permite opinar —comentó el caballero desconocido—, ya hemos andado con demasiados secretos en este asunto. Yo, por mi parte, quisiera que toda Europa y América se enteraran de la verdad.

Era un hombre pequeño, enjuto y fuerte, curtido por el sol, sin barba ni bigote, de cara angulosa y aspecto inteligente.

—Entonces, voy a contar nuestra historia ahora mismo —dijo la señora—. Frank, aquí presente, y yo nos conocimos en 1884, en el campamento de McQuire, cerca de las montañas Rocosas, donde papá explotaba una mina. Frank y yo estábamos comprometidos; pero un día, mi padre encontró una veta rica y ganó un dineral, mientras el pobre Frank, aquí presente, tenía otra mina que fue de mal en peor y no dio nada. Cuanto más rico se hacía papá, más pobre estaba Frank; de modo que, al final, papá no quiso saber nada de nuestro compromiso y me llevó consigo a San Francisco. Pero Frank no quiso darse por vencido, de manera que me siguió hasta allí sin que papá supiera nada. Ello sólo habría servido para que se enfadara, así que lo arreglamos todo entre nosotros. Frank me dijo que iría a hacer fortuna también él y que no volvería a reclamarme hasta que tuviera tanto como papá. Así que yo le prometí que lo esperaría por los siglos de los siglos, y me comprometí a no casarme con nadie mientras él viviera. «¿Por qué no nos casamos ahora mismo, entonces?», me propuso. «Así me sentiré seguro de ti; y no haré valer mi derecho de marido hasta que vuelva.» Bueno, lo hablamos, y él lo tenía todo tan bien organizado, con un clérigo esperando, que lo hicimos ahí mismo; y después Frank se fue a buscar fortuna, y yo me volví con papá.

»Cuando volví a tener noticias de Frank estaba en Montana, y después estuvo buscando minerales en Arizona, y más tarde tuve noticias de él desde

Nuevo México. Después leí en un periódico una larga crónica en la que contaban que los indios apaches habían atacado un campamento de mineros, y ahí venía el nombre de mi Frank, en la lista de fallecidos. Me desmayé ahí mismo y pasé muchos meses muy enferma. Mi padre creyó que padecía una neurastenia y me llevó a la mitad de los médicos de San Francisco. Pasó más de un año sin que se supiera una sola palabra de Frank, de modo que no dudé nunca de que hubiera muerto de verdad. Entonces llegó a San Francisco lord Saint Simon, y nos vinimos a Londres, y se acordó la boda, y papá estaba muy contento, aunque yo no dejaba de sentir que ningún hombre del mundo podría ocupar en mi corazón el lugar que había sido de mi pobre Frank.

»Aun así, si me hubiera casado con lord Saint Simon, habría cumplido mi deber con él, por supuesto. Aunque no podemos ser dueños de nuestro amor, podemos serlo de nuestros actos. Fui al altar con él con la intención de ser tan buena esposa para él como estuviera en mi mano. Pero ya se figurarán ustedes lo que sentí cuando, al llegar ante el altar mismo, volví la vista atrás y vi a Frank de pie en el primer banco, mirándome. Al principio creí que era su fantasma, pero cuando volví a mirar, allí seguía, con una especie de interrogación en los ojos, como si me estuviera preguntando si me alegraba o me entristecía al verlo. No entiendo cómo no me desmayé. Sé que todo me daba vueltas y que las palabras del clérigo me sonaban en los oídos como el zumbido de una abeja. No sabía qué hacer. ¿Debía interrumpir la ceremonia y montar una escena en la iglesia? Volví a mirarlo, y parece que me entendió, pues se llevó un dedo a los labios para indicarme que no dijera nada. Después vi que escribía en un papel y entendí que me estaba escribiendo una nota. A la salida, cuando pasé por delante de su banco, al salir, dejé caer mi ramo hacia él, y cuando me devolvió las flores me metió la nota en la mano. Sólo era una línea en la que me pedía que me reuniera con él cuando él me diera la señal. Ni que decir tiene que no dudé ni por un momento que el deber me llamaba a su lado, y resolví hacer todo lo que él me indicara.

»Cuando volví, se lo conté a mi doncella, que lo había conocido en California y siempre lo había apreciado. Le ordené que no dijera nada y me preparara unas cuantas cosas y mi abrigo. Sé que debí haber hablado con lord Saint Simon, pero era la mar de difícil hacerlo delante de su madre y de toda esa gente importante. Me decidí a huir y explicar las cosas más tarde. Cuando apenas llevaba diez minutos a la mesa, vi a Frank por la ventana, al otro lado de la calle. Me llamó por señas y después se adentró en el parque. Yo salí discretamente, me puse mis cosas y lo seguí. Entonces apareció una mujer que me decía no sé qué de lord Saint Simon... Por lo poco que oí, me pareció que él también tenía un secretillo propio antes de casarse; pero conseguí librarme de ella y no tardé en alcanzar a Frank. Tomamos un coche de punto juntos y nos fuimos a un alojamiento que había tomado en Gordon Square, y ésa fue mi verdadera boda después de tantos años de espera. Frank había estado cautivo de los apaches, había escapado, fue a San Francisco, se enteró de que yo lo había dado por muerto y me había ido a Inglaterra, me siguió hasta aquí y me alcanzó la mañana misma de mis segundas nupcias.

—Lo vi en un periódico —explicó el estadounidense—. Daban el nombre y la iglesia, pero no la dirección de la novia.

—Después hablamos de lo que debíamos hacer. Frank era partidario de dar la cara, pero yo estaba tan avergonzada por todo que me daban ganas de esfumarme y no volver a ver nunca a nadie. Quizá le enviaría una nota a papá para que supiera que yo seguía viva. Me parecía espantoso imaginarme a todos esos caballeros y damas de la nobleza sentados a la mesa del desayuno, esperando mi regreso. De modo que Frank tomó mi vestido de novia y demás, hizo un paquete con todo, para que no me localizaran, y lo tiró en alguna parte donde no pudiera encontrarlo nadie. Lo más probable es que nos hubiéramos ido a París mañana, de no haber sido porque este caballero tan bueno, el señor Holmes, se ha presentado a vernos esta tarde, aunque no me cabe en la cabeza cómo ha dado con nosotros, y nos ha demostrado con mucha claridad y amabilidad que yo estaba equivocada y que Frank tenía razón, y que si obrábamos con tanto secreto quedaríamos muy mal. Después, se ofreció a darnos la oportunidad de hablar a solas con lord Saint Simon, y por eso hemos venido directamente a su casa. Ahora ya lo sabes todo, Robert, y siento mucho haberte hecho sufrir, y espero que no tengas muy mal concepto de mí.

Lord Saint Simon no había relajado, ni mucho menos, su actitud rígida. Por el contrario, había escuchado el largo relato con el ceño fruncido y apretando los labios.

—Dispense usted —dijo—, pero no tengo por costumbre debatir mis asuntos personales más íntimos de una manera tan pública.

—Entonces, ¿no me perdonas? ¿No me vas a dar la mano antes de que me vaya?

—Oh, desde luego, si eso le agrada.

Extendió la mano y asió con frialdad la que le ofrecía ella.

—Albergaba la esperanza de que se quedase usted a compartir con nosotros una cena de amistad —propuso Holmes.

—Creo que eso ya es pedir demasiado —repuso su señoría—. Quizá me vea obligado a transigir con los últimos hechos, pero mal se me puede pedir que los celebre. Me parece que, con su permiso, les desearé a todos muy buenas noches.

Hizo una amplia reverencia que nos abarcó a todos y salió de la sala con paso majestuoso.

—Entonces, confío en que ustedes, al menos, me honren con su compañía —dijo Sherlock Holmes—. Siempre me alegro de conocer a un estadounidense, señor Moulton, pues yo soy de los que piensan que la locura de un monarca y la torpeza de un ministro en años ya remotos no será impedimento para que nuestros hijos lleguen a ser algún día ciudadanos de un mismo país que se extenderá a todo el mundo, bajo una bandera que esté compuesta por una combinación de la *Union Jack* y la Barras y Estrellas.

—El caso ha tenido interés —comentó Holmes cuando se hubieron marchado nuestros visitantes—, porque sirve para exponer con mucha claridad cuán sencilla puede ser la explicación de un asunto que, a primera vista, parece casi inexplicable. Nada podía ser más natural que la serie de acontecimientos que ha relatado esta señora; pero nada más extraño que su resultado desde el punto de vista, por ejemplo, del señor Lestrade, de Scotland Yard.

—Entonces, ¿no llegó a estar perplejo?

—Desde el primer momento, vi dos hechos que me resultaron muy evidentes: el primero, que la señora había ido a la boda de muy buena gana; el segundo, que se había arrepentido de ello a los pocos minutos de regresar a su casa. Era evidente, por tanto, que a lo largo de la mañana había sucedido algo que la había hecho cambiar de opinión. ¿Qué podía ser ese algo? Una vez fuera, no podía haber hablado con nadie en ninguna parte, pues el novio la había acompañado en todo momento. ¿Habría visto a alguien, entonces? En tal caso, debía de ser alguien de América, pues llevaba tan poco tiempo en este país que no podía haberse dejado influir por alguien hasta el punto de que su mera visión la indujese a cambiar de planes por completo. Como ve usted, ya hemos llegado, por un proceso de eliminación, a la idea de que pudo haber visto a un americano. Así pues, ¿quién podía ser ese americano, y por qué ejercía tal influencia sobre ella? Podía ser un enamorado; podía ser un marido. Yo sabía que ella había pasado su primera juventud en entornos rudos y en condiciones extrañas. Hasta aquí había llegado antes de oír siquiera el relato de lord Saint Simon. Cuando nos habló del hombre en el banco de la iglesia, del cambio de comportamiento de la novia, del recurso tan evidente para recoger una nota como es dejar caer un ramo, de la conversación de ésta con su doncella de confianza, y de su alusión tan significativa a saltarse una concesión (que, en la jerga de los mineros, significa apoderarse de algo a lo que alguien tenía derechos adquiridos), toda la situación quedó perfectamente clara. Se había ido con un hombre, y aquel hombre era un enamorado o un marido anterior, y lo más probable era esto último.

—¿Y cómo diantres los encontró usted?

—Podría haber resultado difícil, pero el amigo Lestrade tenía en sus manos una información cuyo valor no conocía. Las iniciales tenían una importancia enorme, por supuesto, pero todavía resultaba más valioso el dato de que en la última semana esta persona había liquidado su cuenta en uno de los hoteles más selectos de Londres.

—¿Cómo dedujo usted que era selecto?

—Por los precios selectos. Ocho chelines por una cama y ocho peniques por un vaso de jerez apuntaban a uno de los hoteles más caros.

Hay pocos en Londres que cobren esos precios. En el segundo que visité, en Northumberland Avenue, la inspección del registro me hizo saber que Francis H. Moulton, un caballero estadounidense, había salido del hotel el día anterior, y al repasar sus gastos encontré los mismos conceptos que había visto en su copia de la factura. Había dejado aviso de que le remitieran la correspondencia al 226 de Gordon Square, de modo que allí me dirigí y, como tuve la fortuna de encontrar en casa a la pareja amorosa, me tomé la libertad de darles algunos consejos paternales y de hacerles ver que lo mejor, en todos los sentidos, sería que dejasen un poco más clara su posición ante el público en general y ante lord Saint Simon en particular. Los invité a que se reunieran con él aquí y, como ha visto usted, también conseguí que él asistiera a la cita.

—Pero sin grandes resultados —observé—. No ha estado muy amable, desde luego.

—Ah, Watson —replicó Holmes, con una sonrisa—. Quizá tampoco estuviera usted muy amable si, después de todo el trabajo de cortejar y de casarse, se encontrara privado en un momento de esposa y de dote. Creo que podemos juzgar a lord Saint Simon con mucha clemencia y dar gracias a nuestras estrellas de que no es probable que nos vayamos a encontrar en su misma situación. Acerque usted su butaca y alcánceme mi violín, pues el único problema que nos queda pendiente de resolver es el de cómo matar el rato en estas tristes veladas otoñales.

La aventura de la diadema de berilos

—Holmes —dije una mañana, plantado ante nuestra galería y contemplando la calle—, por ahí viene un loco. Parece lamentable que sus parientes lo hayan dejado salir solo.

Mi amigo se levantó perezosamente de su sofá y se quedó de pie con las manos en los bolsillos de la bata, mirando por encima de mi hombro. Hacía una mañana de febrero soleada y fría, y el suelo seguía cubierto de una gruesa capa de nieve del día anterior, que brillaba vivamente al sol de invierno. El tráfico había abierto por el centro de Baker Street un camino pardo y esponjoso, pero a ambos lados, y allí donde se acumulaba en los bordillos, la nieve seguía tan blanca como cuando había caído. Las aceras grises se habían limpiado y barrido, pero su estado todavía era peligrosamente deleznable, por lo que había menos transeúntes de lo habitual. De hecho, no se veía venir a nadie de la estación del Metropolitano, con la excepción del caballero solitario cuya conducta excéntrica me había llamado la atención.

Era un hombre de unos cincuenta años, alto, grueso e imponente, de rostro macizo y muy marcado y figura señorial. Su vestimenta era oscura pero suntuosa, con levita negra, sombrero de copa reluciente, polainas marrones impecables y pantalones gris perla de buen corte. Sin embargo, sus actos contrastaban de un modo absurdo con la dignidad de su atuendo y de sus rasgos, pues corría con ímpetu, dando de vez en cuando esos saltitos que suelen dar, cuando están cansados, los hombres poco acostumbrados a ejercitar las piernas. Al correr hacía aspavientos con las manos, sacudía la cabeza y hacía gestos y muecas extraordinarias con la cara.

—¿Qué demonios le pasará? —me pregunté—. Está mirando los números de las casas.

—Creo que viene aquí —aventuró Holmes, frotándose las manos.

—¿Aquí?

—Sí. Tengo la impresión de que viene a hacerme una consulta profesional. Creo reconocer los síntomas. ¡Ah! ¿No se lo había dicho?

Mientras Holmes decía esto, el hombre, entre jadeos y resoplidos, corrió hacia nuestra puerta y tiró de la campanilla hasta que resonó por toda la casa.

Casi de inmediato ya estaba en nuestro salón, todavía resoplando, todavía gesticulando, pero con una expresión tan marcada de dolor y desesperación en los ojos que nuestras sonrisas se convirtieron en horror y en lástima al instante. Durante un rato no pudo emitir palabra, y se limitó a tambalearse y a tirarse del pelo como si se hubiera visto llevado hasta el último límite de la cordura. Después, levantándose de pronto de un salto, se dio de cabezazos en la pared con tal fuerza que los dos nos precipitamos sobre él y lo arrastramos hasta el centro de la estancia. Sherlock Holmes lo empujó hacia una poltrona y, tras sentarse a su lado, le dio unas palmaditas en la mano y se puso a charlar con él con ese tono amable y tranquilizador que tan bien sabía emplear.

—Ha venido usted a contarme su caso, ¿no es así? —comenzó—. La prisa lo ha dejado exhausto. Tenga la bondad de esperar hasta que se haya recuperado, y entonces tendré mucho gusto en estudiar los problemas que me quiera presentar.

El hombre se quedó sentado durante un minuto o más, jadeando con fuerza, tratando de contener su emoción. Después se pasó el pañuelo por la frente, apretó los labios y volvió el rostro hacia nosotros.

—Sin duda me tomarán ustedes por loco —dijo.

—Veo que ha sufrido usted un gran disgusto —respondió Holmes.

—¡Bien sabe Dios que sí! Un disgusto tan repentino y tan terrible que ha bastado para perturbarme el juicio. Podría haber soportado la deshonra pública, aunque soy hombre cuya reputación ha sido siempre intachable. Una desgracia privada puede ocurrirle a cualquiera; pero al presentarse ambas cosas juntas, y de una manera tan espantosa, han bastado para agitarme el alma misma. Por otra parte, no sólo soy yo. Los más nobles del país pueden verse afectados si no se encuentra algún modo de resolver este asunto tan horrible.

—Le ruego que se sosiegue, caballero —lo aplacó Holmes—, y que me haga una relación clara de quién es usted y de lo que ha acontecido.

—Mi nombre tal vez les resulte familiar —respondió nuestro visitante—. Soy Alexander Holder, de la casa de banca Holder & Stevenson, de Threadneedle Street.

El apellido nos resultaba bien conocido, en efecto, pues era el del socio principal del segundo banco privado más importante de la City de Londres. ¿Qué podía haber sucedido, entonces, para que uno de los ciudadanos más destacados de Londres se encontrase en aquel trance tan lamentable? Esperamos, llenos de curiosidad, hasta que, con un nuevo esfuerzo, hizo acopio de ánimo para contar su caso.

—Tengo la impresión de que el tiempo es valioso —prosiguió—. Por eso he venido aquí a toda prisa en cuanto el inspector de la policía me ha recomendado que le solicite su colaboración en este asunto. Llegué a Baker Street en el metro, y de ahí he venido corriendo a pie, porque los coches de punto avanzan despacio con esta nieve. Por eso me falta el aliento, pues apenas hago ejercicio. Ya me encuentro mejor, y les expondré los hechos de la manera más breve que pueda, sin detrimento de la claridad.

»Ustedes saben bien, por supuesto, que el éxito del negocio de la banca depende tanto de encontrar inversiones rentables para invertir nuestros fondos como de aumentar nuestra posición en el mercado y la cantidad de depositantes. Uno de los modos más lucrativos de colocar nuestro dinero es en forma de préstamos, cuando se tienen unas garantías impecables.

Hemos hecho bastantes negocios en este sentido en los últimos años, y hemos adelantado sumas importantes a muchas familias nobles con la garantía de sus cuadros, sus bibliotecas o sus objetos de plata.

»Ayer por la mañana estaba sentado en mi despacho del banco cuando uno de los empleados me entregó una tarjeta de visita. Cuando vi el nombre, me sobresalté, pues no era otro que... bueno, quizá fuera mejor que, incluso a ustedes, me limite a decirles que es un nombre bien conocido en todo el mundo... uno de los nombres más altos, nobles y eminentes de Inglaterra. El honor me dejó abrumado y, cuando entró, intenté decírselo, pero él fue al grano enseguida con aire de querer despachar rápidamente una tarea desagradable.

»—Señor Holder —dijo—, me han informado de que ustedes suelen adelantar dinero.

»—La empresa lo hace cuando hay buenas garantías —respondí.

»—Es absolutamente fundamental para mí disponer de manera inmediata de 50.000 libras esterlinas. Desde luego, podría pedir prestada a mis amigos una cantidad diez veces mayor que esa suma tan insignificante, pero considero claramente preferible llevarlo como una cuestión de negocios y ocuparme del negocio en persona. Bien comprenderá que, en mi posición, no es prudente comprometerse con nadie.

»—¿Puedo preguntarle por cuánto tiempo necesitará esa suma? —quise saber.

»—El lunes próximo percibiré una suma importante, y entonces le devolveré sin falta lo que me adelante usted, con el interés que le parezca oportuno. Pero considero esencial que el dinero se me entregue en el acto.

»—Con gusto se lo adelantaría de mi propio bolsillo —le respondí—, si no fuera porque está fuera de mis posibilidades. Por otra parte, si lo hago en nombre del banco, mis deberes para con mi socio me obligan a empeñarme en que, aun en su caso personal, se tomen todas las precauciones propias del negocio.

»—Yo mismo lo prefiero así sin dudarlo —dijo, tomando un estuche cuadrado de tafilete negro que había dejado junto a su asiento—. Habrá usted oído hablar de la diadema de berilos, sin duda.

»—Uno de los bienes públicos más preciosos del Imperio —repliqué.

»—Exactamente.

»Abrió el estuche, y allí, entre terciopelo suave de color carne, estaba la joya magnífica que había nombrado él.

»—Hay treinta y nueve berilos enormes —dijo—, y el engaste de oro tiene un valor incalculable. La diadema, tasada muy a la baja, vale el doble de la suma que le he pedido. Estoy dispuesto a dejársela a usted como garantía.

»Tomé en mis manos el precioso estuche y, con cierta perplejidad, lo miré y volví la vista hacia mi cliente ilustre.

»—¿Duda usted de su valor? —preguntó.

»—En absoluto. Lo único de lo que dudo...

»—Es la conveniencia de que yo la deje. Puede estar usted tranquilo al respecto. Ni se me ocurriría hacerlo si no estuviera absolutamente seguro de que podré recuperarla dentro de cuatro días. Es un mero formalismo. ¿Es suficiente la garantía?

»—Sobrada.

»—Comprenderá usted, señor Holder, que le estoy dando una clara prueba de la confianza que deposito en usted, basada en lo que he oído decir de usted. Confío en que no sólo será discreto y se abstendrá de propalar el asunto, sino, sobre todo, que guardará esta diadema con todas las precauciones posibles, pues no es preciso que le diga que, si sufriera algún daño, sobrevendría un gran escándalo público. Cualquier menoscabo de la joya sería casi tan grave como su pérdida total, pues en el mundo no hay berilos como éstos, y sería imposible sustituirlos. Con todo, se la dejo a usted con toda confianza y vendré a recogerla en persona el lunes por la mañana.

»En vista de que mi cliente estaba impaciente por marcharse, no dije más. Así pues, llamé a mi cajero y le ordené que le entregara cincuenta billetes de mil libras. No obstante, en cuanto me hube quedado solo, con el precioso estuche en la mesa, ante mí, no pude por menos que pensar con ciertos reparos en la responsabilidad inmensa que suponía para mí. No cabía duda de que, al tratarse de un bien público, se produciría un escándalo mayúsculo si le sobrevenía alguna desgracia. Me estaba arrepintiendo de haber accedido a hacerme cargo de la joya. Pero ya era demasiado tarde para cambiar las cosas, de modo que la guardé en mi caja fuerte particular y seguí ocupándome de mi trabajo.

»Ya de noche, me pareció que sería imprudente dejar un objeto tan precioso en la oficina. No tiene nada de particular que los ladrones fuercen la caja fuerte de un banco. ¿Por qué no iban a forzar la mía? De producirse tal eventualidad, ¡en qué situación tan terrible me encontraría! Tomé, por tanto, la determinación de llevar siempre encima el estuche, de mi casa al banco, y viceversa, durante los días siguientes, para tenerlo siempre al alcance de la mano. Con esa intención, tomé un coche de punto y me fui a mi casa, en Streatham, llevándome la joya. No respiré hondo hasta que la hube llevado al piso de arriba y guardado con llave en el escritorio de mi vestidor.

»Y ahora le diré unas palabras sobre la gente de mi casa, señor Holmes, pues quiero que comprenda usted la situación a fondo. Mi palafrenero y mi botones duermen fuera de la casa, de modo que se los puede excluir por completo. Tengo tres criadas que llevan muchos años conmigo y cuya fidelidad absoluta está fuera de toda sospecha. Hay otra, Lucy Parr, segunda doncella, que sólo lleva unos meses a mi servicio. Pero llegó con informes excelentes y siempre se ha portado de manera satisfactoria. Es una muchacha muy bonita, y se ha ganado admiradores que a veces rondan la casa. Es el único inconveniente que le hemos encontrado, pero nos parece una buena muchacha en todos los sentidos.

»Sobre la servidumbre, baste con lo dicho. Mi familia propiamente dicha es tan pequeña que no tardaré mucho tiempo en describirla. Soy viudo, y tengo un hijo único llamado Arthur. Estoy decepcionado con él, señor Holmes, muy decepcionado. No me cabe duda de que toda la culpa es mía. La gente me dice que lo he mimado demasiado. Es muy probable que haya sido así. Cuando murió mi querida esposa, me pareció que él era el único ser querido que me quedaba. Yo no soportaba ver borrarse la sonrisa de su rostro ni por un instante. Jamás le he negado un solo capricho. Quizá habría sido mejor para ambos que yo hubiera sido más severo, pero lo hice con buena intención.

»Como es natural, yo tenía pensado que me sucediera al frente del negocio, pero él no era dado al trabajo de la empresa. Era alocado, díscolo y, a decir verdad, yo no podía confiarle el manejo de grandes sumas de dinero. Cuando era más joven ingresó en un club aristocrático y allí, gracias a su trato encantador, no tardó en intimar con varios hombres muy adinerados y de gustos caros. Aprendió a jugar fuerte a las cartas y a derrochar dinero en las carreras de caballos, hasta el punto de tener que recurrir a mí una y otra vez para suplicarme que le adelantara dinero a cuenta de su asignación, para poder liquidar sus deudas de honor. Más de una vez intentó distanciarse de las compañías peligrosas que frecuentaba, pero la sola influencia de su amigo sir George Burnwell bastaba para hacerlo volver.

»La verdad es que no me extrañaba que un hombre como sir George Burnwell hubiera adquirido tal ascendiente sobre él, ya que ha venido a mi casa con frecuencia y yo mismo me he sentido casi incapaz de resistirme al hechizo de su trato. Es mayor que Arthur, hombre de mundo de pies a cabeza, ha estado en todas partes, lo ha visto todo, es un conversador brillante y hombre de gran atractivo personal. Sin embargo, cuando pienso en él con frialdad, lejos del hechizo de su presencia, al recordar esa manera cínica de hablar y esa mirada que he captado en sus ojos, me convenzo de que es un hombre de quien conviene desconfiar mucho. Así pienso yo, y así piensa también mi pequeña Mary, que tiene esa agudeza femenina para percibir los caracteres.

»Y ya sólo me queda describirla a ella. Es mi sobrina; pero la adopté cuando murió mi hermano, hace cinco años, y la dejó sola en el mundo. Desde entonces la considero hija mía. Es un rayo de sol en mi casa: dulce, cariñosa, hermosa, gran administradora y ama de casa, aunque todo lo tierna, callada y delicada que puede ser una mujer. Es mi mano derecha. No sé qué haría yo sin ella. Sólo en una cosa se ha opuesto a mis deseos. Mi muchacho le ha pedido en dos ocasiones que se case con él, pues la ama con devoción, pero ella se ha negado en ambas. Creo que si hay alguien que hubiera podido llevarlo por el buen camino, ese alguien habría sido ella, y que el matrimonio le habría cambiado toda la vida; pero ahora, ¡ay!, es demasiado tarde, ¡demasiado tarde para siempre!

»Ahora, señor Holmes, ya conoce usted a las personas que viven bajo mi techo, y proseguiré con mi historia desgraciada.

»Aquella noche, después de cenar, cuando estábamos tomando café en la salita, les conté a Arthur y a Mary lo que me había pasado y les hablé del tesoro precioso que teníamos bajo nuestro techo. Tan sólo omití el nombre de mi cliente. Estoy seguro de que Lucy Parr, que nos había servido el café, había salido de la habitación, pero no podría jurar que la puerta no hubiera quedado abierta. Aquello les interesó mucho a Mary y a Arthur, que quisieron ver la diadema famosa; pero consideré más conveniente no tocarla.

»—¿Dónde la has guardado? —me preguntó Arthur.

»—En mi escritorio.

»—Bueno, quiera Dios que no entren ladrones en la casa por la noche —dijo él.

»—Está cerrado con llave —respondí.

»—Ah, ese escritorio se abre con cualquier llave vieja. Yo mismo lo he abierto con la llave del armario del trastero, cuando era chico.

»Él solía hablar de esa manera alocada, por lo que no di gran importancia a sus palabras. Pero aquella noche me siguió hasta mi cuarto con la cara muy seria.

»—Escucha, papá —dijo con la mirada baja—, ¿me puedes dar doscientas libras?

»—¡No, no puedo! —le respondí con viveza—. Ya he sido demasiado generoso contigo en cuestión de dinero.

»—Has sido muy bueno —reconoció—, pero necesito ese dinero, pues, de lo contrario no podré volver a presentarme en el club nunca más.

»—¡De lo cual me alegraría mucho! —exclamé.

»—Sí, pero no querrás que deje el club de una manera deshonrosa —repuso—. No soportaría esa ignominia. Debo conseguir el dinero de alguna manera. Si no me lo das, recurriré a algún otro medio.

»Me enfadé mucho, pues era la tercera vez que me pedía dinero en lo que iba de mes.

»—¡No te daré ni un cuarto! —exclamé, y él me hizo una reverencia y salió de la habitación sin decir palabra.

»Cuando se hubo marchado, abrí mi escritorio, comprobé que mi tesoro estaba a salvo y volví a guardarlo con llave. Luego empecé a dar una vuelta por la casa para comprobar que todo estaba bien cerrado. Suelo dejar esta tarea en manos de Mary, pero aquella noche me pareció más conveniente hacerlo yo mismo. Al bajar por las escaleras vi a la propia Mary ante la ventana lateral del vestíbulo, que cerró y aseguró con el pestillo al llegar yo.

»—Dime, papá —dijo, un poco agitada según me pareció—, ¿le has dado permiso a Lucy, la doncella, para que salga esta noche?

»—Desde luego que no.

»—Pues acaba de entrar por la puerta de servicio. No me cabe duda de que no ha ido más que hasta la puerta trasera del jardín para hablar con alguien, pero me parece que eso no es seguro y que debemos impedírselo.

»—Habla con ella mañana por la mañana, o hablaré yo si lo prefieres. ¿Estás segura de que todo está bien cerrado?

»—Bien segura, papá.

»—Entonces, buenas noches.

»Le di un beso y volví a subir a mi dormitorio, donde no tardé en dormirme.

»Señor Holmes, estoy intentando contarle todo lo que pueda guardar alguna relación con el caso, pero le ruego que me interrogue si hay algún punto que no dejo claro.

—Muy al contrario, su relación tiene una claridad notable.

—Llego ahora a una parte en la que me gustaría que lo fuese de manera especial. No tengo el sueño muy profundo y, sin duda, la inquietud de mi ánimo me hacía dormir con mayor ligereza de la habitual. Hacia las dos de la madrugada me despertó un ruido en la casa. El ruido cesó antes de que me hubiera despertado del todo, pero me había producido la impresión de que habían cerrado con suavidad una ventana en alguna parte. Me quedé acostado, escuchando con toda mi atención. De pronto, oí con horror un claro ruido de pasos leves en la habitación contigua. Salí de la cama, estremeciéndome de temor, y me asomé por el borde de la puerta de mi vestidor.

»—¡Arthur! —grité—. ¡Bandido! ¡Ladrón! ¿Cómo te atreves a tocar esa diadema!

»La luz de gas estaba a media fuerza, tal como la había dejado yo, y mi desventurado muchacho, vestido sólo en camisa y pantalones, estaba de pie junto a la luz y sostenía la diadema en las manos. Parecía como si estuviera tirando de ella o retorciéndola con todas sus fuerzas. Al oír mis gritos, la dejó caer de las manos y adquirió una palidez mortal. La recogí y la examiné. Faltaba una de las esquinas de oro, donde estaban engastadas tres aguamarinas.

»—¡Canalla! —grité, fuera de mí de rabia—. ¡La has destrozado! ¡Me has deshonrado para siempre! ¿Dónde están las joyas que has robado?

»—¡Robado! —exclamó él.

»—¡Sí, ladrón! —rugí, sacudiéndolo por el hombro.

»—No falta ninguna. No puede faltar ninguna —dijo.

»—Faltan tres. Y tú sabes dónde están. ¿Es que te tengo que llamar mentiroso, además de ladrón? ¿Acaso no te he visto intentando romper otro pedazo?

»—Ya me has llamado demasiadas cosas —dijo él—. No lo soporto más. No voy a decir una sola palabra más de este asunto, en vista de que has optado por insultarme. Mañana por la mañana me iré de tu casa y me buscaré la vida.

»—¡Saldrás en manos de la policía! —exclamé, medio loco de dolor y de rabia—. Haré que esto se investigue hasta el fondo.

»—No sabrás nada de mi boca —dijo él, con un arrebato del que yo no lo había creído capaz—. Si optas por llamar a la policía, que la policía descubra lo que pueda.

»Para entonces, toda la casa estaba alborotada, pues yo, airado, había alzado la voz. Mary fue la primera que irrumpió en mi cuarto. Al ver la diadema y la cara de Arthur lo comprendió todo y, con un chillido, cayó al suelo inconsciente. Envié a la doncella a que avisara a la policía, para poner la investigación en sus manos sin demora. Cuando llegaron a la casa el inspector y un agente, Arthur, que se había quedado de pie, silencioso y cruzado de brazos, me preguntó si tenía el propósito de acusarlo de robo. Le respondí que aquello había dejado de ser una cuestión privada para convertirse en pública, ya que la diadema estropeada era un bien nacional. Yo estaba decidido a que se aplicara la ley hasta sus últimas consecuencias.

»—Al menos, no me harás detener ahora mismo —dijo—. A ambos nos conviene que me dejes salir de la casa cinco minutos.

»—Para que huyas, o quizá para que escondas lo que has robado —le dije. Después, advirtiendo la situación espantosa en que me encontraba, le supliqué que recordara que no sólo estaba en juego mi honor, sino también el de otro mucho más grande que yo, y que con su actitud podía provocar un escándalo que convulsionara a toda la nación. Podía impedirlo con sólo decirme qué había hecho con las tres piedras que faltaban.

»—Más te vale hacer frente a los hechos —le advertí—. Te he encontrado con las manos en la masa, y no necesitas confesar nada para que tu culpabilidad quede patente. Pero si haces todo lo que está en tu mano para arreglar las cosas, diciéndonos dónde están los berilos, todo quedará olvidado y perdonado.

»—Guárdate tu perdón para los que te lo pidan —replicó, apartándose de mí con una mueca de desprecio. Vi tal contumacia en su rostro que nada de lo que yo le dijera podría influir en él. Sólo me quedaba una opción. Hice pasar al inspector y se lo entregué. Lo registraron todo enseguida, no sólo a él, sino también su cuarto y todas las partes de la casa donde podía haber escondido las piedras preciosas; pero no se encontró rastro de ellas, ni el infame muchacho quiso abrir la boca, a pesar de todos nuestros argumentos y de nuestras amenazas. Esta mañana se lo llevaron a una celda y yo, después de cumplir con todos los trámites en la policía, he venido corriendo a su casa para implorarle que ponga en juego toda su habilidad para desentrañar la cuestión. La policía ha confesado abiertamente que, de momento, no sacan nada en limpio. Puede incurrir en cualquier gasto que considere necesario. Ya he ofrecido una recompensa de mil libras. ¿Qué voy a hacer, Dios mío? He perdido mi honor, las piedras preciosas y a mi hijo en una sola noche. ¡Oh! ¿Qué voy a hacer?.

Se llevó una mano a cada sien y empezó a balancearse hacia delante y hacia atrás, canturreando por lo bajo como un niño que ya no es capaz de expresar su pena con palabras.

Sherlock Holmes guardó silencio durante unos minutos, con el ceño fruncido y los ojos fijos en la lumbre.

—¿Reciben ustedes muchas visitas? —preguntó.

—Ninguna, salvo la de mi socio con su familia y algún que otro amigo de Arthur. Sir George Burnwell ha venido algunas veces últimamente. Creo que nadie más.

—¿Hacen mucha vida social?

—Arthur sí. Mary y yo nos quedamos en casa. A ninguno de los dos nos atrae la vida social.

—Eso es raro en una muchacha joven.

—Es de carácter callado. Además, tampoco es ya tan joven. Tiene veinticuatro años.

—Por lo que dice, parece que esta cuestión también la ha impresionado mucho.

—¡Terriblemente! Está todavía más afectada que yo.

—¿No albergan dudas, ninguno de los dos, sobre la culpabilidad de su hijo?

—¿Cómo podemos albergarlas, cuando lo vi con mis propios ojos con la diadema en las manos?

—A mí no me parece que ésa sea una prueba concluyente. ¿Estaba estropeado el resto de la diadema?

—Sí, estaba retorcido.

—¿No cree usted, entonces, que quizá estuviera intentando enderezarla?

—¡Que Dios se lo pague! Está haciendo usted todo lo que puede por él y por mí. Pero le resultará demasiado difícil. ¿Qué hacía él allí, en todo caso? Si su propósito era inocente, ¿por qué no lo dijo?

—Exactamente. Y si el propósito era culpable, ¿por qué no inventó una mentira? A mí me parece que su silencio se puede interpretar de las dos maneras. El caso tiene varios puntos singulares. ¿Cómo interpretó la policía el ruido que lo despertó a usted?

—Consideraron que podía haberlo hecho Arthur al cerrar la puerta de su dormitorio.

—¡Sí, claro! Como si un hombre que se dispone a cometer una fechoría fuera a dar un portazo capaz de despertar a toda una casa. ¿Qué dijeron, pues, de la desaparición de las piedras preciosas?

—Siguen inspeccionando los suelos y los muebles con la esperanza de encontrarlos.

—¿Se les ha ocurrido buscar fuera de la casa?

—Sí; han dado muestras de una energía extraordinaria. Ya han examinado minuciosamente todo el jardín.

—Ahora bien, señor mío —dijo Holmes—, ¿no le salta a la vista, a estas alturas, que esta cuestión, en realidad, cala mucho más hondo de lo que tanto la policía como usted tendieron a creer al principio? A usted le pareció un caso sencillo; a mí me parece enormemente complejo. Considere usted lo que se desprende de su teoría. Supone que su hijo salió de su cama; llegó, con gran peligro, hasta el vestidor de usted; abrió su escritorio; sacó su diadema; rompió, con la fuerza de sus manos, una parte pequeña de la joya; se fue a otro lugar; escondió tres de las treinta y nueve piedras preciosas, con tal habilidad que nadie es capaz de encontrarlas, y regresó de nuevo con las otras treinta y seis a la habitación en la que más se arriesgaba a que lo descubrieran. Y yo le pregunto a usted: ¿se puede sostener tal teoría?

—Pero ¿cuál otra queda? —exclamó el banquero con un gesto de desesperación—. Si sus motivos eran inocentes, ¿por qué no los explica?

—De nosotros depende descubrirlo —repuso Holmes—; de modo que, ahora, señor Holder, si a usted le parece bien, iremos juntos a Streatham y pasaremos una hora observando los detalles con un poco más de detenimiento.

Mi amigo se empeñó en que los acompañara en su salida. Lo hice de muy buena gana, pues el relato que habíamos escuchado había despertado profundamente mi curiosidad y mi compasión. Reconozco que la culpabilidad del hijo del banquero me parecía tan evidente como se lo parecía a su desventurado padre; con todo, tenía tal fe en el buen juicio de Holmes, que me parecía que debía haber algún fundamento para la esperanza mientras él no estuviera satisfecho con la explicación aceptada. Durante todo el viaje hasta aquel barrio de las afueras del sur de Londres, Holmes apenas pronunció palabra. Iba sentado con la barbilla apoyada en el pecho y el sombrero calado sobre los ojos, sumido en hondas reflexiones. Nuestro cliente parecía haber cobrado nuevos ánimos ante el leve atisbo de esperanza que se le había presentado, y hasta llegó a emprender una charla embrollada conmigo sobre sus asuntos de negocios. Tras un breve viaje en ferrocarril y un paseo más breve todavía, llegamos a la casa Fairbank, modesta residencia del gran financiero.

La casa Fairbank era un edificio cuadrado de piedra blanca, de buen tamaño, algo apartado de la carretera. Tras dos grandes portones de hierro que cerraban la entrada había un camino para carruajes de doble anchura y un césped cubierto de nieve. A la derecha había una arboleda pequeña por la que se accedía a un caminillo estrecho, entre dos setos bien cuidados, que iba desde la carretera hasta la puerta de la cocina y que servía de entrada de servicio. Por la izquierda transcurría una vereda que llegaba hasta las caballerizas y que no estaba dentro de los terrenos de la casa, pues era camino público, aunque poco usado. Holmes nos dejó en la puerta y rodeó toda la casa caminando despacio; pasó ante la fachada principal, bajó por el caminillo de la entrada de servicio y siguió después por el jardín trasero hasta llegar a la vereda de las caballerizas. Tardaba tanto que el señor Holder y yo decidimos pasar al comedor y esperar su regreso a la lumbre. Estábamos allí sentados, en silencio, cuando se abrió la puerta y entró una señorita joven. Era de estatura algo superior a la media, delgada, de pelo y ojos oscuros, que parecían más oscuros todavía por el contraste con la palidez absoluta de su piel. No creo haber visto jamás tal palidez mortal en el rostro de una mujer. También tenía los labios lívidos, pero sus ojos estaban enrojecidos de haber llorado. Cuando entró silenciosamente en la estancia, me produjo una sensación de dolor todavía mayor que la que me había producido el banquero aquella mañana, tanto más notable en ella cuanto que se trataba, evidentemente, de una mujer de carácter fuerte, dotada de una enorme capacidad para dominarse a sí misma. Sin atender a mi presencia, se dirigió a su tío y le pasó la mano por la cabeza en una tierna caricia femenina.

—Has mandado que liberen a Arthur, ¿verdad, papá? —preguntó.

—No, no, mi niña; es preciso llegar hasta el fondo de la cuestión.

—Pero estoy segura de que es inocente. Ya sabes cómo son los instintos femeninos. Estoy segura de que no ha hecho ningún mal, y que tendrás que arrepentirte de haber obrado con tanta dureza.

—Pero entonces, ¿por qué calla, si es inocente?

—¿Quién sabe? Quizá porque se indignó mucho de que sospecharas de él.

—¿Cómo no iba a sospechar de él, si lo vi con la diadema misma en las manos?

—¡Ay!, pero sólo la había tomado para verla. ¡Ay!, créeme, por favor, te doy mi palabra de que es inocente. Levanta la acusación y no hables más de ello. ¡Qué espantoso es pensar que nuestro querido Arthur está en la cárcel!

—No la levantaré jamás hasta que aparezcan las piedras, ¡jamás, Mary! El afecto que le tienes a Arthur te impide ver las consecuencias espantosas que sufro yo. Lejos de echarle tierra al asunto, he hecho venir de Londres a un caballero para que lo investigue más a fondo.

—¿Este caballero? —preguntó ella, volviéndose hacia mí.

—No, un amigo suyo. Nos pidió que lo dejásemos solo. Ahora está en la vereda de las caballerizas.

—¿En la vereda de las caballerizas? —dijo ella, levantando las cejas oscuras—. ¿Qué puede esperar encontrar allí? ¡Ah! Supongo que es este señor. Caballero, confío en que consiga usted demostrar la verdad de la que estoy segura: que mi primo Arthur es inocente de este delito.

—Comparto plenamente su opinión, y confío, como usted, en que seremos capaces de demostrarla —respondió Holmes, mientras retrocedía hacia la esterilla para limpiarse la nieve de los zapatos—. Creo que tengo el honor de estar hablando con la señorita Mary Holder. ¿Podría hacerle una o dos preguntas?

—Se lo ruego, caballero, si ello sirve para aclarar este asunto tan horrible.

—¿Usted no oyó nada anoche?

—Nada, hasta que mi tío, aquí presente, empezó a alzar la voz. Lo oí y bajé.

—Usted cerró las ventanas y las puertas la noche anterior. ¿Cerró con pestillo todas las ventanas?

—Sí.

—¿Estaban cerradas todas con pestillo esta mañana?

—Sí.

—¿Una de sus doncellas tiene novio? Me parece que le comentó usted anoche a su tío que había salido a verse con él, ¿no es así?

—Sí, y era la misma muchacha que nos sirvió en la salita y que pudo haber oído los comentarios de mi tío sobre la diadema.

—Ya veo. Lo que quiere dar a entender usted es que podría haber salido a contárselo a su novio, y que pudieron tramar el robo entre los dos.

—Pero ¿de qué sirven todas estas vagas teorías, si ya le he dicho que vi a Arthur con la diadema en las manos? —exclamó el banquero con impaciencia.

—Espere un poco, señor Holder. Ya volveremos a eso. Hablando de esa muchacha, señorita Holder. ¿La vio usted regresar por la puerta de la cocina, supongo?

—Sí; me la encontré cuando fui a ver si la puerta quedaba atrancada antes de acostarnos. Entraba a hurtadillas, y vi también al hombre, en la penumbra.

—¿Lo conoce usted?

—¡Ya lo creo! Es el verdulero que nos trae las verduras. Se llama Francis Prosper.

—¿Estaba a la izquierda de la puerta? —preguntó Holmes—. Es decir, ¿algo más lejos, por el camino, de lo necesario para llegar hasta la puerta?

—Sí, allí estaba.

—¿Y tiene una pata de palo?

Algo semejante al miedo se asomó a los ojos negros y expresivos de la dama.

—¿Cómo? Es usted un mago o cosa parecida. ¿Cómo lo sabe usted? —preguntó. Sonrió; pero en el rostro delgado y atento de Holmes no se vio ninguna respuesta a su sonrisa.

—Ahora tendría mucho gusto en ir al piso de arriba —dijo Holmes—. Lo más probable es que quiera recorrer el exterior de la casa de nuevo. Tal vez sea más conveniente que eche una ojeada a las ventanas del piso inferior antes de subir.

Las recorrió rápidamente. Tan sólo se detuvo en la grande del vestíbulo, que daba a la vereda de las caballerizas. La abrió y examinó muy atentamente el alféizar con su potente lupa.

—Ahora vamos al piso de arriba —dijo por fin.

El vestidor del banquero era una estancia pequeña, amueblada con sencillez, con una alfombra gris, un escritorio grande y un espejo de cuerpo entero. Holmes se dirigió en primer lugar al escritorio y miró la cerradura con atención.

—¿Con qué llave se abrió? —preguntó.

—Con la que había dicho mi hijo: la del armario del cuarto trastero.

—¿La tiene usted aquí?

—Es esa que está en la mesa del tocador.

Sherlock Holmes la tomó y abrió el escritorio.

—La cerradura es silenciosa —observó—. No es de extrañar que no lo despertara. Supongo que la diadema está en este estuche. Debemos echarle una ojeada.

Abrió el estuche y, tras extraer la diadema, la colocó sobre la mesa. Era una obra magnífica del arte de la joyería, y las treinta y seis piedras que contenía eran las mejores que he visto en mi vida. En un lado de la diadema había un borde roto de donde se había arrancado una esquina con tres piedras.

—Y bien, señor Holder —dijo Holmes—, he aquí la esquina opuesta a la que, por desgracia, se ha perdido. ¿Tendría usted la bondad de romperla?

—¡Ni soñarlo! —respondió el banquero, y retrocedió horrorizado.

—Entonces lo haré yo.

Holmes aplicó bruscamente su fuerza a la diadema, pero sin resultado.

—Noto que cede un poco —dijo—; pero, aunque tengo una fuerza excepcional en los dedos, tendría que aplicarme a fondo para romperla. Un hombre común no podría hacerlo. ¿Y qué le parece a usted que pasaría si la rompiera, señor Holder? Sonaría un ruido como un pistoletazo. ¿Quiere usted decirme que todo esto sucedió a pocos pasos de su cama sin que oyera nada?

—No sé qué pensar. Lo veo todo oscuro.

—Pero quizá podamos aclararlo. ¿Qué le parece a usted, señorita Holder?

—Confieso que comparto la perplejidad de mi tío.

—¿Su hijo no llevaba zapatos ni zapatillas cuando lo vio usted?

—No llevaba puesto más que los pantalones y la camisa.

—Gracias. Ciertamente, hemos gozado de una fortuna extraordinaria en esta investigación, y si no conseguimos aclarar la cuestión sólo podremos culparnos a nosotros mismos. Con su permiso, señor Holder, proseguiré mis pesquisas en el exterior.

Salió solo, a petición propia, pues explicó que toda huella innecesaria podía complicar su labor. Estuvo trabajando una hora o más, y volvió por fin con los pies cargados de nieve y con el gesto tan inescrutable como siempre.

—Creo que ya he visto todo lo que había que ver, señor Holder —dictaminó—. Ahora, como mejor podré trabajar por usted será volviéndome a mi casa.

—Pero ¿y las piedras, señor Holmes? ¿Dónde están?

—No lo sé decir.

El banquero se retorció las manos.

—¡No volveré a verlas jamás! —exclamó—. ¿Y mi hijo? ¿Me da usted esperanzas?

—No he cambiado de opinión en absoluto.

—Entonces, en nombre del cielo, ¿qué manejo oscuro tuvo lugar en mi casa anoche?

—Si puede visitarme usted mañana por la mañana en mi apartamento de Baker Street, de nueve a diez, tendré mucho gusto en hacer lo posible por aclarárselo. Doy por supuesto que me da usted carta blanca para obrar en representación suya, con tal de que recupere las piedras preciosas, y que no pone usted límites a la cantidad que puedo gastar.

—Daría toda mi fortuna por recuperarlas.

—Muy bien. Me ocuparé del asunto hasta entonces. Adiós. Tal vez tenga que pasarme por aquí de nuevo antes de esta noche.

Me resultaba evidente que mi compañero ya había tomado una decisión con respecto al caso, aunque yo no podía ni alcanzar a imaginarme cuáles eran sus conclusiones. Durante nuestro viaje de vuelta a casa intenté sondearlo una y otra vez, pero de manera invariable cambiaba de tema de conversación, hasta que lo dejé por imposible. No habían dado las tres cuando nos encontramos de nuevo en nuestro apartamento. Holmes se retiró enseguida a su cuarto y bajó de nuevo a los pocos minutos, vestido como un vulgar golfo. Con el cuello subido, la chaqueta sucia y raída, la bufanda roja y las botas desgastadas era un ejemplar perfecto del género.

—Creo que esto servirá —dijo, mirándose al espejo que estaba encima de la chimenea—. Ojalá pudiera venir conmigo, Watson, pero me temo que no será posible. Tal vez esté siguiendo la pista correcta para resolver este asunto, o tal vez esté siguiendo un fuego fatuo. No tardaré en saberlo. Espero volver dentro de pocas horas.

Cortó una rodaja del rosbif que estaba en el aparador, se preparó un bocadillo con dos rebanadas de pan y, tras echarse al bolsillo este almuerzo elemental, emprendió su expedición.

Acababa de tomarme el té cuando regresó, evidentemente muy animado, agitando una bota vieja de lados elásticos que llevaba en la mano. La tiró en un rincón y se sirvió una taza de té.

—Vengo sólo de paso —aclaró—. Me voy enseguida.

—¿Adónde?

—Ah, al otro lado del West End. Tal vez tarde bastante en regresar. No me espere usted despierto, pues quizá vuelva tarde.

—¿Cómo le va?

—Ah, así, así. No tengo queja. He vuelto a Streatham desde la última vez que nos vimos, pero no he entrado en la casa. Este problema es encantador, y habría dado mucho por no perdérmelo. Pero no puedo quedarme aquí chismorreando. Debo quitarme de encima esta ropa tan indecorosa y recuperar mi respetabilísima personalidad.

Su ánimo me hizo ver que tenía más motivos de satisfacción que los que daban a entender sus palabras. Le brillaban los ojos, y hasta tenía algo enrojecidas las mejillas cetrinas. Subió deprisa al piso superior, y a los pocos minutos oí el golpe de la puerta del vestíbulo, que me hizo saber que volvía a emprender la caza que tanto le agradaba.

Lo esperé despierto hasta la medianoche, pero no daba señales de volver, y me retiré a mi cuarto. No era raro que pasara fuera días y noches enteras cuando seguía de cerca una pista, por lo que su tardanza no me sorprendió. No sé a qué hora llegó, pero cuando bajé a desayunar a la mañana siguiente me lo encontré con una taza de café en una mano y el periódico en la otra, fresco y aseado a más no poder.

—Perdone que haya empezado sin usted, Watson —se excusó—, pero, como recordará, nuestro cliente tiene cita esta mañana, bastante temprano.

—Vaya, si ya son más de las nueve —respondí—. No me sorprendería que fuera él. Me ha parecido oír la campanilla.

Se trataba, en efecto, de nuestro amigo el financiero. El cambio que había sufrido me impresionó, pues su cara, que por naturaleza era de formas anchas y macizas, estaba ahora cansada y flácida, mientras que me parecía que el pelo le había blanqueado de manera perceptible. Entró con un agotamiento y una abulia que resultaban todavía más tristes que su violencia de la mañana anterior, y se dejó caer pesadamente en el sillón que le adelanté.

—No sé qué he hecho para tener que pasar por estas pruebas tan duras —se lamentó—. Hace sólo dos días era un hombre feliz y próspero, sin la menor preocupación. Ahora tan sólo me queda una vejez solitaria y deshonrada. Los disgustos llegan pisándose los talones. Mi sobrina, Mary, me ha abandonado.

—¿Que lo ha abandonado?

—Sí. Esta mañana su cama estaba sin deshacer, su cuarto estaba vacío, y había una nota para mí en la mesa del vestíbulo. Anoche le dije dicho, no con enfado sino con lástima, que si ella se hubiera casado con mi hijo, tal vez él habría ido por el buen camino. Quizá pequé de imprudente al decirlo. Su nota se refiere a este comentario mío. Se la leo:

> Querido tío:
>
> Tengo la sensación de haberte acarreado un disgusto y de que, si me hubiera portado de otra manera, quizá no se habría producido jamás esta desgracia terrible. Con este pensamiento jamás podré volver a ser feliz bajo tu techo, y creo que debo dejarte para siempre. No te preocupes por mi futuro, pues no me faltará de nada. Por encima de todo, no me busques, pues será un trabajo vano y no me harás ningún bien. En la vida y en la muerte, seré siempre tu querida.
>
> Mary

»¿Qué ha podido querer decir con esta nota, señor Holmes? ¿Cree usted que apunta a un suicidio?

—No, no, nada de eso. Se trata, quizá, de la mejor solución posible. Confío, señor Holder, en que las dificultades que atraviesa estén llegando a su fin.

—¡Ah! ¿Lo dice usted en serio? ¡Se ha enterado usted de algo, señor Holmes! ¡Se ha enterado de algo! ¿Dónde están las piedras?

—¿Le parecería excesivo pagar mil libras esterlinas por cada una?

—Estoy dispuesto a pagar diez mil.

—No hará falta. La cosa quedará resuelta con tres mil. Y había una pequeña recompensa, me parece. ¿Lleva usted encima su chequera? Aquí tiene una pluma. Será mejor que lo extienda por cuatro mil libras.

El banquero, con cara de aturdimiento, extendió el cheque que se le pedía. Holmes fue a su escritorio, sacó una pieza pequeña de oro, triangular, con tres piedras preciosas engastadas, y la dejó en la mesa.

Nuestro cliente se apoderó de ella soltando un chillido de alegría.

—¡Lo tiene! —dijo con voz entrecortada—. ¡Estoy salvado! ¡Estoy salvado!

Su reacción de alegría fue tan apasionada como lo había sido la de dolor, y apretó contra su pecho las piedras preciosas que había recuperado.

—Debe usted una cosa más, señor Holder —observó Sherlock Holmes con cierta severidad.

—¡Que debo! —replicó el señor Holder, tomando una pluma—. Diga usted la cantidad y la pagaré.

—No; no es a mí a quien debe usted nada. Lo que debe es una disculpa muy humilde a ese muchacho tan noble, su hijo, que se ha comportado en todo este asunto de un modo que a mí me habría llenado de orgullo si lo viera en un hijo mío, suponiendo que algún día lo tuviera.

—Entonces, ¿no fue Arthur quien las tomó?

—Le dije a usted ayer, y se lo repito hoy, que no fue él.

—¡Está seguro de ello! Entonces, corramos enseguida a su lado para decirle que se sabe la verdad.

—Ya lo sabe. Cuando lo hube aclarado todo, tuve una entrevista con él y, al ver que no quería contarme la historia, se la conté yo a él, y hubo de reconocer que yo tenía razón y me aportó los pocos detalles que yo todavía no tenía claros del todo. Pero la noticia que ha traído usted esta mañana puede servir para abrirle los labios.

—¡En nombre del cielo, explíqueme usted, pues, este misterio extraordinario!

—Se lo explicaré, mostrándole los pasos por los que llegué a resolverlo. Y permítame que le diga, antes de nada, lo que más difícil me resultará a mí decirle y a usted oír: había un entendimiento entre sir George Burnwell y su sobrina Mary. Han huido juntos.

—¿Mi Mary? ¡Imposible!

—Por desgracia es más que posible: es seguro. Ni su hijo ni usted conocían el verdadero carácter de este hombre cuando lo admitieron en su círculo familiar. Es uno de los hombres más peligrosos de Inglaterra: un jugador arruinado, un bribón absolutamente desesperado, un hombre sin entrañas ni conciencia. Su sobrina no sabía que existieran tales hombres. Cuando él le susurró sus promesas, como se las había susurrado antes a otras cien, ella se ufanó de ser la única que le había llegado al corazón. El diablo sabrá qué le dijo, pero el caso es que ella se convirtió en un instrumento en sus manos, y se veía con él casi todas las noches.

—¡No puedo creerlo, y no lo creeré! —exclamó el banquero, con la cara gris como la ceniza.

—Le contaré, entonces, lo que ocurrió anoche en su casa. Cuando su sobrina consideró que usted se había retirado a su cuarto, bajó discretamente para hablar con su enamorado por la ventana que da a la vereda de las caballerizas. Él estuvo allí de pie tanto tiempo que sus huellas atravesaron la nieve en todo su grosor. Ella le habló de la diadema. A él, al oír la noticia, se le encendió su sed maligna de oro y sometió a la muchacha a su voluntad. No me cabe duda de que ella lo quería a usted, pero hay mujeres en las que el amor de un enamorado apaga todos los demás amores, y creo que ella debe de ser una de éstas. Apenas había terminado ella de oír las instrucciones que le daba él cuando lo vio bajar a usted por las escaleras, en vista de lo cual cerró la ventana rápidamente y le contó la escapada de una de las criadas con su enamorado de la pata de palo, que era completamente cierta.

»Su hijo, Arthur, se fue a acostar tras la entrevista que había tenido con usted, pero durmió mal ya que sus deudas en el club lo inquietaban sobremanera. En plena noche oyó unos pasos suaves por delante de su puerta, se levantó y, al asomarse, vio sorprendido que su prima caminaba de manera muy circunspecta por el pasillo, hasta que entró en el vestidor de usted. El muchacho, paralizado de asombro, se puso algo de ropa y esperó a oscuras para ver adónde iba a parar ese extraño asunto. A poco, ella volvió a salir de la habitación y, a la luz de la lámpara del pasillo, su hijo vio que llevaba la diadema en las manos. Bajó las escaleras, y él, estremeciéndose de horror, corrió y se escondió tras la cortina que está cerca de la puerta de usted, desde donde podía ver lo que pasaba en el vestíbulo, en el piso inferior. Vio que su prima abría la ventana de manera discreta, que le entregaba la diadema a alguien que estaba en la oscuridad, y que, una vez cerrada, volvía deprisa a su cuarto, pasando muy cerca de donde estaba escondido él, tras la cortina.

»Mientras ella estaba presente, él no habría podido hacer nada sin poner en evidencia a la mujer a la que amaba. Pero en cuanto se hubo marchado, el muchacho comprendió la desgracia atroz que conllevaría para usted, y hasta qué punto era indispensable resolverla. Bajó corriendo, tal como estaba, descalzo, abrió la ventana, saltó a la nieve y bajó corriendo por la vereda, donde vio a la luz de la luna una figura oscura. Sir George Burnwell trató de huir, pero Arthur lo alcanzó. Forcejearon. Su muchacho tiraba de la diadema, por un lado, y su rival, por el otro. Su hijo le asestó un golpe a sir George y le produjo un corte en la ceja. Después, algo cedió de pronto, y su hijo, viendo que tenía la diadema en las manos, regresó a la carrera, cerró la ventana, subió a la habitación de usted, que apareció justo cuando él observaba que la diadema se había torcido en el forcejeo e intentaba enderezarla.

—¿Es posible? —profirió el banquero con voz entrecortada.

—Usted provocó entonces su ira al insultarlo, en un momento en que a él le parecía que se había ganado su agradecimiento más caluroso. No podía explicarle la verdadera situación sin desenmascarar a aquélla que, ciertamente, no se merecía tanta consideración por su parte. Sin embargo, él optó por adoptar la postura más caballeresca y guardó el secreto de ella.

—¡Y por eso chilló ella y se desmayó cuando vio la diadema! —exclamó el señor Holder—. ¡Ay, Dios mío! ¡Qué ciego y necio he sido! ¡Y cuando me pidió que lo dejáramos salir durante cinco minutos! El buen muchacho quería ver si la pieza que faltaba seguía en el lugar de la refriega. ¡Qué cruel e injusto he sido con él!

—Cuando llegué a la casa —prosiguió Holmes—, empecé por rodearla con mucha atención para ver si había en la nieve algún rastro que pudiera proporcionarme pistas. Sabía que no había nevado desde la tarde anterior, y también que había caído una helada fuerte que habría conservado las huellas. Bordeé el camino de la puerta de servicio, pero lo encontré pisoteado por completo e indescifrable. Pero un poco más allá, pasada la puerta de la cocina, había estado de pie una mujer, hablando con un hombre, cuyas huellas redondas por un lado me mostraban que tenía una pata de palo. Hasta pude advertir que los habían sorprendido, pues la mujer había corrido deprisa hasta la puerta, como mostraban sus huellas, con las puntas muy hundidas y los talones poco marcados, mientras que Patapalo había esperado un poco y después se había marchado. Entonces pensé que podrían ser la doncella y su enamorado, de los que ya me había hablado usted, y mis pesquisas demostraron que así era. Rodeé el jardín sin ver nada más que huellas dispersas, que supuse que serían de la policía, pero cuando llegué a la vereda de las caballerizas me encontré escrita en la nieve ante mí una historia muy larga.

»Había una doble hilera de huellas de un hombre que llevaba botas y una segunda hilera doble que, según vi con agrado, pertenecían a un hombre descalzo. Por lo que me había contado usted, me convencí enseguida de que este último era su hijo. El primero había llegado y se había marchado caminando, pero el otro había corrido deprisa, y, como sus huellas cubrían en algunas partes las de las botas, era evidente que había pasado después del otro. Seguí las huellas y descubrí que conducían hasta la ventana del vestíbulo, donde Botas había estado esperando hasta atravesar toda la nieve con sus huellas. Después fui hasta el otro extremo del camino, que estaba a cien varas o más. Vi el lugar donde Botas se había dado la vuelta, donde la nieve estaba revuelta como si hubiera habido una pelea y, por fin, donde habían caído unas gotas de sangre que me indicaron que no me había equivocado. Botas había corrido luego por el camino, y otra mancha de sangre pequeña me mostró que el herido había sido él. Cuando llegué a la carretera principal, al final, vi que habían limpiado la acera, de modo que allí terminaba aquella pista.

»Pero al entrar en la casa examiné con mi lupa, como recordará usted, el alféizar y el marco de la ventana del vestíbulo, y advertí enseguida que por allí había salido alguien. Percibí la forma de la planta de un pie mojado que se había apoyado allí al entrar. Por entonces ya empezaba a poder formarme una opinión de lo sucedido. Un hombre había esperado fuera de la ventana; alguien le había llevado las piedras preciosas; su hijo había visto aquello; había perseguido al ladrón; había luchado con él; los dos habían tirado de la diadema, y su fuerza conjunta había provocado desperfectos que ninguno de los dos habría conseguido producir por sí solo. Había regresado con el trofeo, pero dejando un fragmento en manos de su adversario. Hasta aquí todo estaba claro. La cuestión era: ¿quién era aquel hombre, y quién le había dado la diadema?

»Una vieja máxima mía dice que cuando se ha descartado lo imposible, lo que queda, por improbable que sea, debe ser la verdad. Yo sabía que no era usted quien se la había dado, de modo que sólo quedaban su sobrina y las doncellas. Pero si hubieran sido las doncellas, ¿por qué iba a consentir su hijo que lo acusaran en su lugar? No había motivo posible. Sin embargo, si se tenía en cuenta que amaba a su prima, eso era una excelente explicación de por qué le guardaba el secreto: tanto más cuanto que el secreto era deshonroso. Cuando recordé que usted la había visto a ella en esa ventana, y que la muchacha se había desmayado al ver la diadema, mi conjetura se convirtió en certidumbre.

»¿Y quién podía ser su cómplice? Un enamorado, evidentemente, pues ¿quién, si no, podía hacerle olvidar el amor y la gratitud que debía sentir hacia usted? Yo sabía que ustedes salían poco y que su círculo de amigos era muy limitado. Pero entre éstos figuraba sir George Burnwell. Ya había oído hablar de él como hombre de mala reputación entre las mujeres. Debía de haber sido él quien llevaba esas botas y quien se había quedado con las piedras preciosas desaparecidas. Aunque sabía que Arthur lo había descubierto, aún debía de creerse a salvo, pues el muchacho no podía decir una sola palabra sin comprometer a su propia familia.

»Y bien, su propio sentido común le hará entender los pasos que di a continuación. Fui a la casa de sir George disfrazado de golfo, conseguí entablar conversación con su ayuda de cámara, me enteré de que su amo se había hecho un corte en la cabeza la noche anterior y, por fin, me aseguré comprándole un par de botas viejas del amo, que me costaron seis chelines. Provisto de ellas, bajé a Streatham y vi que coincidían exactamente con las huellas.

—Ayer por la tarde vi a un vagabundo mal vestido en la vereda —observó el señor Holder.

—Exactamente. Era yo. Vi que ya tenía a mi hombre, de modo que me volví a casa y me cambié de ropa. Entonces me tocaba desempeñar un papel delicado, pues comprendía que era preciso evitar que el asunto llegara a los tribunales para impedir el escándalo, y sabía que un bribón tan astuto se daría cuenta de que estábamos con las manos atadas. Fui a verme con él. Al principio lo negó todo, por supuesto. Pero cuando yo le expuse todos los detalles de lo sucedido, intentó ponerse bravucón y tomó una cachiporra que tenía colgada en la pared. Pero yo sabía con quién estaba tratando, y le puse una pistola en la cabeza antes de que hubiera tenido tiempo de golpearme. Entonces se volvió algo más razonable. Le propuse un precio por las piedras que tenía: mil libras por cada una. Eso le provocó las primeras muestras de pesar que había visto en él hasta entonces. «¡Maldición! —dijo—, ¡y yo que las he soltado las tres por seiscientas!» No tardé mucho en conseguir que me diera la dirección del perista que las tenía, no sin prometerle que no se emprenderían acciones legales. Fui a ver al perista y, tras muchos regateos, conseguí nuestras piedras a mil libras cada una. Acto seguido, fui a ver a su hijo, le dije que todo estaba arreglado, y me acosté por fin a eso de las dos de la madrugada, después de un día que puedo decir que fue de mucho trabajo.

—Un día en el que ha salvado a Inglaterra de un gran escándalo público —dijo el banquero, poniéndose de pie—. Señor mío, no encuentro palabras para agradecérselo, pero se lo remuneraré de tal modo que no tendrá usted quejas de mí. Su habilidad ha superado, en verdad, todo lo que había oído contar. Y ahora debo ir volando junto a mi querido muchacho para disculparme de la injusticia que he cometido con él. En cuanto a lo que me dice usted de la pobre Mary, me llega al alma. Ni siquiera usted, con su habilidad, es capaz de informarme de dónde está ahora.

—Creo que podemos decir con confianza —replicó Holmes— que estará donde esté sir George Burnwell. También es seguro que, cualesquiera que hayan sido sus pecados, no tardarán en recibir sobrado castigo.

La aventura de Copper Beeches

—El hombre que aprecia el arte por el arte —comentó Sherlock Holmes, mientras echaba a un lado la página de anuncios por palabras del *Daily Telegraph*—, suele extraer el máximo deleite de sus manifestaciones menos importantes y más humildes. Observo con agrado, Watson, que usted ha captado esta verdad hasta el punto de que en las pequeñas crónicas de nuestros casos que ha tenido la bondad de escribir y, debo decir, de adornar en algunas ocasiones, no ha destacado tanto los grandes casos y los juicios célebres en los que he figurado como aquellos incidentes que tal vez fueran triviales de por sí, pero que han dejado lugar al ejercicio de las facultades de deducción y de síntesis lógica en las que me he especializado.

—A pesar de lo cual —repliqué, con una sonrisa—, no puedo considerarme absuelto del todo de la acusación de sensacionalismo que se ha formulado contra mis crónicas.

—Ha errado, quizá —observó él, tomando una brasa ardiente con las tenazas de la chimenea, y encendiendo con ella la larga pipa de madera de cerezo con la que solía sustituir a la de arcilla cuando estaba de humor más polémico que reflexivo—. Ha errado, quizá, al intentar dar color y vida a cada una de sus relaciones en lugar de limitarse a la tarea de registrar esos razonamientos severos, de causa a efecto, que son, en realidad, lo único notable que hay en ello.

—Me parece que le he hecho plena justicia —comenté, con cierta frialdad, pues me repelía el egocentrismo que, según había observado más de una vez, era uno de los motores del carácter singular de mi amigo.

—No, no es egolatría ni engreimiento —dijo él, respondiendo, como tenía por costumbre, a mis pensamientos más que a mis palabras—. Si pido que se haga plena justicia a mi arte es porque se trata de algo impersonal, que va más allá de mí mismo. El delito es común. La lógica es poco común. Por eso, debería usted prestar más atención a la lógica que al delito. Ha degradado usted lo que debería haber sido el programa de una asignatura, y lo ha convertido en una recopilación de cuentos.

Era una mañana fría del principio de la primavera, y estábamos sentados, junto al desayuno, ante un alegre fuego en la vieja sala de Baker Street. Una niebla espesa flotaba entre las hileras de casas de color pardo. Las ventanas de las casas de enfrente parecían borrones oscuros e informes a través de las espesas volutas amarillas. Teníamos encendido el gas, que se reflejaba en el mantel blanco y relucía sobre la porcelana y el metal, pues la mesa estaba sin recoger. Sherlock Holmes se había pasado toda la mañana en silencio, repasando sin cesar las columnas de anuncios por palabras de la prensa hasta que, por fin, renunciando al parecer a su búsqueda, había emprendido, no de muy buen humor, la tarea de soltarme un sermón sobre mis defectos como literato.

—Al mismo tiempo —comentó, después de una pausa que había dedicado a fumar su larga pipa y a mirar fijamente el fuego—, no se le puede acusar a usted de sensacionalismo, pues una buena proporción de los casos por los que ha tenido la bondad de interesarse no están relacionados en absoluto con delitos, en el sentido jurídico del término. El pequeño asunto en el que procuré ayudar al rey de Bohemia, la experiencia singular de la señorita Mary Sutherland, el problema relacionado con el hombre del labio retorcido, y el incidente del noble soltero eran cuestiones que estaban fuera del alcance de la ley. Sin embargo, mucho me temo que, al evitar lo sensacionalista, se ha puesto usted al borde de lo trivial.

—Puede que los resultados lo fueran —respondí—, pero mantengo que los métodos fueron novedosos e interesantes.

—¡Bah, mi querido amigo! ¿Qué le importa al público, al gran público no observador, incapaz de reconocer a un tejedor por sus dientes o a un cajista por su pulgar izquierdo, los matices más sutiles del análisis y la deducción? Pero, en efecto, no puedo culparlo de ser trivial, pues ya ha llegado a su fin la época de los grandes casos. El hombre, o al menos el hombre criminal, ha perdido todo su carácter emprendedor y su originalidad. En cuanto a mi pequeño consultorio, parece que ha degenerado en una agencia dedicada a encontrar lápices perdidos y a dar consejos a señoritas de internados. Pero creo que esta vez he tocado fondo por fin. Me da la impresión de que esta nota que he recibido esta mañana indica que ya no puedo caer más bajo. ¡Léala usted! —dijo, arrojándome una carta arrugada.

Estaba fechada en Montague Place, la tarde anterior, y decía así:

> Estimado señor Holmes:
>
> Me interesaría mucho consultarle si debo aceptar o no un puesto de institutriz que me han ofrecido. Iré a visitarlo mañana a las diez y media, si no le viene mal.
>
> Atentamente,
>
> Violet Hunter

—¿Conoce usted a la señorita? —le pregunté.

—De nada.

—Ya son las diez y media.

—Sí, y no me cabe duda de que es ella la que llama a la puerta.

—Puede que el asunto resulte más interesante de lo que usted cree. Recordará que el caso del carbunclo azul, que parecía al principio una mera nadería, condujo a una investigación seria. Quizá suceda otro tanto con este caso.

—Bueno, esperemos que así sea. Pero nuestras dudas no tardarán en resolverse, pues aquí llega, si no me equivoco, la persona en cuestión.

Mientras decía esto, se abrió la puerta y entró en la sala una joven señorita. Iba vestida con sencillez pero con elegancia; tenía la cara despierta e inteligente, salpicada de pecas como un huevo de chorlito, y los modales vivos de la mujer que ha tenido que abrirse camino en el mundo por sí misma.

—Estoy segura de que perdonará que lo moleste —dijo, mientras mi compañero se levantaba para recibirla—, pero he vivido una experiencia muy extraña y, como no tengo padres ni parientes de ninguna clase a quienes pedirles consejo, me pareció que quizá tuviera usted la bondad de decirme qué debo hacer.

—Tome asiento, señorita Hunter, se lo ruego. Con mucho gusto haré por usted lo que esté en mi mano.

Advertí que a Holmes lo había impresionado favorablemente la manera de hablar y de comportarse de su nueva clienta. La miró de pies a cabeza, de esa manera penetrante suya, y luego se concentró, entrecerrando los ojos y juntando las puntas de los dedos, para escuchar su relato.

—He sido institutriz durante cinco años —comenzó— en la familia del coronel Spence Munro; pero, hace dos meses, destinaron al coronel a Halifax, en Nueva Escocia, así que se trasladó a América llevándose consigo a sus hijos y yo me encontré sin trabajo. Puse anuncios y respondí a anuncios, pero sin éxito. Por último, el poco dinero que tenía ahorrado empezó a acabarse y me encontré sin saber qué hacer.

»En el West End hay una agencia de colocación de institutrices muy conocida llamada Westaway, y yo solía pasarme por allí más o menos cada semana para ver si había salido algo que me conviniera. Westaway era el apellido del fundador del negocio, pero en realidad lo lleva la señorita Stoper. Ella tiene un despachito propio, y las señoritas que buscan empleo esperan en una antesala y se les hace pasar una a una, mientras ella consulta sus registros y comprueba si hay algo adecuado para ellas.

»Y bien, cuando me pasé por allí la semana pasada me hicieron pasar al despachito, como de costumbre, pero descubrí que la señorita Stoper no estaba sola. Junto a ella se sentaba un hombre de gordura prodigiosa, de cara muy sonriente y barbilla grande y pesada, con varias papadas que le cubrían la garganta. Llevaba unas gafas sobre la nariz y miraba con mucha atención a las señoritas que entraban. Cuando pasé, dio un verdadero respingo en su silla y se volvió vivamente hacia la señorita Stoper.

»—Servirá —dijo—. No podría pedir nada mejor. ¡De primera! ¡De primera!

»Parecía muy entusiasmado, y se frotaba las manos con la mayor afabilidad. Era un hombre de aspecto tan campechano que daba verdadero gusto verlo.

»—¿Busca usted colocación, señorita? —me preguntó.

»—Sí, señor.

»—¿Como institutriz?

»—Sí, señor.

»—¿Y qué sueldo pide usted?

»—En mi último empleo, en casa del coronel Spence Munro, ganaba cuatro libras al mes.

»—¡Oh! ¡Bah! ¡Bah! ¡Una explotación! ¡Una verdadera explotación! —exclamó, levantando las manos al aire como poseído por un arrebato de indignación—. ¿Cómo es posible ofrecer una suma tan miserable a una señorita dotada de tal atractivo y conocimientos?

»—Puede que mis conocimientos no sean tantos como se figura usted, caballero —respondí—. Un poco de francés, un poco de alemán, música y dibujo...

»—¡Nada! ¡Nada! —exclamó él—. Todo eso no tiene la menor importancia. Lo que importa es si tiene usted o no el porte y el empaque de una dama. Eso es todo, en dos palabras. Si no lo tiene, es que no está usted dotada para criar a un niño que puede desempeñar algún día un papel considerable en la historia de la nación. Pero si los tiene, ¿cómo es posible que un caballero pretenda que acepte usted nada por debajo del centenar? Su sueldo conmigo, señora mía, empezaría en las cien libras al año.

»Ya se puede usted figurar, señor Holmes, que en la situación de necesidad en que me encontraba, una oferta así me parecía demasiado buena para ser cierta. Pero el caballero, tal vez consciente de mi gesto de incredulidad, abrió una cartera y sacó un billete.

»—También tengo por costumbre —dijo, con una sonrisa tan bondadosa que sus ojos quedaron reducidos a dos ranuras estrechas entre los pliegues blancos de su rostro— abonar a mis jóvenes señoritas la mitad de su sueldo por adelantado, para que puedan cubrir los pequeños gastos de su viaje y su vestuario.

»Me pareció que no había conocido nunca a un hombre tan fascinador y tan considerado. Como yo ya estaba endeudada con los tenderos, aquel adelanto me resultaba muy ventajoso; sin embargo, toda aquella operación tenía algo extraño que me impulsó a enterarme un poco más antes de comprometerme del todo.

»—¿Le puedo preguntar dónde vive usted, señor?

»—En el condado de Hampshire. En una casa de campo encantadora, llamada Copper Beeches cinco millas más allá de Winchester. Hay un paisaje muy hermoso, mi querida señorita, y es una preciosa casa de campo antigua.

»—¿Y mis deberes, señor mío? Me gustaría saber en qué consistirían.

»—Un solo niño... Un diablillo muy simpático de sólo seis años. ¡Ay, si usted lo viera aplastar cucarachas con una zapatilla! ¡Zas! ¡Zas! ¡Zas! ¡Tres muertas en un abrir y cerrar de ojos!

»Se recostó en su silla y se rio haciendo que se le hundieran los ojos en la cara otra vez.

»El pasatiempo del niño me sobresaltó un poco, pero la risa del padre me hizo pensar que quizá estuviera de broma.

»—Entonces, ¿mi único deber consistirá en ocuparme de un solo niño?

»—No, no; no el único, querida señorita, no el único —exclamó—. Su deber, como no dudo que ya le habrá dictado su buen juicio, consistirá en obedecer las instrucciones que le dé mi esposa, siempre que una señorita las pueda cumplir con el debido decoro. No tendrá usted ningún inconveniente, ¿eh?

»—Tendré mucho gusto en resultar útil.

»—Desde luego. Por ejemplo, en la cuestión del vestido. Somos personas caprichosas, sabe usted... caprichosas, pero de buen corazón. Si le pidiesen que se pusiera un vestido que le diésemos, no pondría usted objeciones a nuestro pequeño capricho, ¿eh?

»—No —dije yo, bastante asombrada por sus palabras.

»—O que se siente usted aquí o allá, ¿no le resultaría ofensivo?

»—Oh, no.

»—¿O que se corte usted el pelo, bien corto, antes de venir a nuestra casa?

»Apenas daba crédito a mis oídos. Como puede observar, señor Holmes, tengo el pelo bastante exuberante y de un color castaño algo especial. Algunos lo han considerado artístico. No podía soñar con sacrificarlo así como así.

»—Me temo que eso es completamente imposible —respondí. No me quitaba sus ojillos de encima, y vi que se le ensombrecía el gesto al decir yo aquello.

»—Me temo que es completamente esencial —replicó él—. Es un pequeño capricho de mi esposa, y los caprichos de las señoras, sabe usted, señorita, los caprichos de las señoras hay que tenerlos en cuenta. De modo que no quiere usted cortarse el pelo, ¿eh?

»—No, señor, la verdad es que no puedo —respondí con firmeza.

»—Ah. Muy bien. Entonces, no hay nada que hacer. Es una lástima, pues en los demás sentidos habría venido usted francamente bien. En ese caso, señorita Stoper, será mejor que vea a algunas más de sus señoritas.

»Durante toda esta conversación, la directora había estado revolviendo sus papeles sin decir palabra a ninguno de los dos; pero entonces me miró con tal expresión de desagrado que no pude por menos que sospechar que mi negativa le había hecho perder una comisión considerable.

»—¿Quiere usted que mantengamos su nombre en nuestro registro? —me preguntó.

»—Si hace usted el favor, señorita Stoper...

»—Bueno, pues la verdad es que me parece francamente inútil, en vista de que rechaza usted de esta manera las ofertas más excelentes —dijo con tono cortante—. Mal puede esperar usted que nos esforcemos por encontrarle otra oportunidad como ésta. Muy buenos días, señorita Hunter.

»Hizo sonar un gong que estaba sobre la mesa y el botones me acompañó a la salida.

»Pues bien, señor Holmes, cuando llegué a mi alojamiento y me encontré con que tenía bien poco en la despensa, y dos o tres facturas en la mesa, empecé a preguntarme si habría cometido una tontería muy grande. Al fin y al cabo, si esas personas tenían caprichos raros y esperaban que se les obedeciera en cosas muy extraordinarias, al menos estaban dispuestas a pagar sus excentricidades. Hay muy pocas institutrices en Inglaterra que ganen cien libras al año. Además, ¿de qué me servía el pelo? A mucha gente le sienta bien llevarlo corto, y tal vez a mí también. Al día siguiente me sentía proclive a creer que había cometido un error, y al otro estaba convencida de ello. Casi me había tragado mi orgullo hasta el punto de regresar a la agencia para preguntar si seguía disponible el puesto cuando recibí una carta del caballero en cuestión. La tengo aquí, y se la leeré a ustedes:

Copper Beeches, cerca de Winchester.

Estimada señorita Hunter:

La señorita Stoper ha tenido la bondad de proporcionarme su dirección, y le escribo a usted desde aquí para preguntarle si se ha replanteado su decisión. Mi esposa está muy deseosa de que venga, pues la descripción que le he hecho de usted le ha resultado muy atractiva. Estamos dispuestos a pagarle treinta libras por trimestre, es decir, ciento veinte libras al año, para compensarla de cualquier pequeño inconveniente que puedan causarle nuestros caprichos. Al fin y al cabo, éstos tampoco son muy exigentes. A mi esposa le agrada un tono especial del color azul eléctrico, y le gustaría que se pusiera usted un vestido de ese color, dentro de la casa, por las mañanas. Pero no tendrá usted que correr con el gasto de comprárselo, pues tenemos uno que fue de mi querida hija Alice (que está ahora en Filadelfia), que me parece que le sentaría a usted muy bien. Por otra parte, lo de sentarse aquí o allá, o entretenerse del modo que se le indique, no tiene por qué causarle ninguna molestia. En lo que se refiere a su cabello, no cabe duda de que es una lástima, teniendo en cuenta, sobre todo, que no pude por menos que apreciar su belleza durante nuestra breve entrevista, pero me temo que debo mantenerme firme en este sentido, con la esperanza de que el aumento de sueldo le compense la pérdida. Sus deberes, en lo que se refiere al niño, son muy ligeros. Procure usted venir, y la recibiré en Winchester con el *dog-cart*. Avíseme del tren en que llega.

Atentamente,

Jephro Rucastle

»Ésta es la carta que acabo de recibir, señor Holmes, y me he decidido a aceptar. Sin embargo, antes de dar el paso definitivo, había pensado presentarle a usted todo el asunto para someterlo a su consideración.

—Y bien, señorita Hunter, si usted está decidida, entonces no hay más que decir —zanjó Holmes, sonriendo.

—¿Pero no me aconsejaría usted que lo rechazara?

—Reconozco que no me gustaría que una hermana mía aceptara un puesto así.

—¿Qué significa todo esto, señor Holmes?

—Ah, no tengo datos. No sabría decirlo. ¿No se habrá formado usted misma una opinión, quizá?

—Bueno, me parece que sólo existe una solución posible. Me pareció que el señor Rucastle era un hombre muy bueno y amable. ¿No será posible que su esposa sea una loca, que él quiera ocultarlo por miedo a que la internen en un manicomio, y que le lleve la corriente en todo para que no sufra un ataque?

—Es una solución posible… De hecho, tal como están las cosas, es la más probable. Pero, en cualquier caso, no parece una casa muy agradable para una señorita joven.

—Pero… ¡el dinero, señor Holmes, el dinero!

—Bueno, sí. El sueldo es bueno… Demasiado bueno. Eso es lo que me intranquiliza. ¿Por qué van a pagarle ciento veinte libras al año cuando tendrían donde elegir pagando cuarenta? Debe de haber una razón poderosa detrás de esto.

—Pensé que, si le contaba estos antecedentes, usted lo entendería más adelante si le pedía ayuda. Me sentiría mucho más firme sabiendo que cuento con su apoyo.

—Ah, puede usted salir de aquí segura de ello. Le doy mi palabra de que su pequeño problema promete ser el más interesante con el que me he encontrado desde hace algunos meses. Algunos de sus rasgos son francamente novedosos. Si se encuentra usted perpleja o en peligro...

—¡Peligro! ¿Qué peligro piensa usted que puede surgir?

Holmes sacudió la cabeza con seriedad.

—Si pudiésemos definirlo, ya no sería peligro —respondió—. Pero en cuanto me envíe usted un telegrama, acudiré a ayudarla en cualquier momento, de día o de noche.

—Con eso me basta —repuso ella, y se levantó ágilmente de su silla, con el rostro libre de angustia—. Ahora puedo ir a Hampshire con tranquilidad. Escribiré al señor Rucastle ahora mismo, sacrificaré esta noche mi pobre pelo y partiré para Winchester mañana.

Tras dirigir a Holmes unas breves palabras de agradecimiento, nos dio las buenas noches a los dos y se puso en camino a buen paso.

—Parece, al menos —dije, mientras oíamos sus pasos rápidos y firmes, escaleras abajo—, que se trata de una señorita muy capaz de valerse por sí misma.

—Y buena falta le hará —añadió Holmes con seriedad—. O mucho me equivoco, o no pasarán muchos días sin que tengamos noticias de ella.

La predicción de mi amigo no tardó mucho tiempo en cumplirse. Transcurrió una quincena, durante la cual me acordaba de ella con frecuencia, preguntándome en qué callejón extraño de las vivencias humanas se habría metido aquella mujer sola. El sueldo fuera de lo corriente, las curiosas condiciones, la ligereza del trabajo... todo apuntaba a algo anormal; aunque yo no era capaz de determinar si se trataba de un capricho o de una maquinación, o si aquel hombre era un filántropo o un canalla. En cuanto a Holmes, observé que se pasaba con frecuencia media hora seguida sentado, con el ceño fruncido y aire de estar abstraído; pero cuando yo sacaba a relucir el tema, lo descartaba con un gesto de la mano.

—¡Datos! ¡Datos! —exclamaba con impaciencia—. No puedo hacer ladrillos sin barro.

Pero siempre terminaba por murmurar que no habría consentido que una hermana suya aceptara aquel trabajo.

El telegrama que recibimos llegó por fin una noche, a última hora, cuando yo empezaba a pensar en acostarme y Holmes se disponía a enfrascarse en uno de esos análisis químicos a los que solía dedicar noches enteras, en las que yo lo dejaba inclinado sobre una retorta y un tubo de ensayo al irme a acostar y me lo encontraba en la misma postura cuando bajaba a desayunar a la mañana siguiente. Holmes abrió el sobre amarillo y, tras echar una mirada al mensaje, me lo pasó.

—Consulte usted el horario de trenes en la guía Bradshaw —me dijo, y volvió a su análisis químico.

La llamada era breve y apremiante.

> Le ruego que esté usted en el hotel del Cisne Negro, de Winchester, mañana a mediodía. ¡Venga, por favor! No sé qué hacer.
>
> Hunter

—¿Me acompañará usted? —me preguntó Holmes, levantando la vista.

—Tendré mucho gusto en ello.

—Consulte usted el horario, entonces.

—Hay un tren a las nueve y media —dije, leyendo en mi guía Bradshaw—. Llega a Winchester a las once y media.

—Nos vendrá perfectamente. En ese caso, será mejor que posponga mi análisis de las acetonas, ya que quizá tengamos que estar bien descansados mañana por la mañana.

A las once de la mañana siguiente íbamos camino de la antigua ciudad que fue capital de Inglaterra. Holmes había pasado todo el viaje inmerso en los periódicos de la mañana, pero cuando cruzamos el límite del condado de Hampshire los apartó y se puso a admirar el paisaje. Era un día de primavera perfecto, con un cielo azul claro salpicado de nubecillas aborregadas que lo surcaban de oeste a este. El sol brillaba con mucha fuerza, a pesar de lo cual el aire tenía un frescor estimulante que tonificaba la energía. Por todo el campo, hasta las colinas onduladas de las cercanías de Aldershot, se asomaban los tejados rojos y grises de las granjas entre el verde claro de las hojas recién brotadas.

—¿Verdad que son frescas y hermosas? —exclamé, con el entusiasmo del que acaba de salir de la niebla de Baker Street.

Pero Holmes sacudió la cabeza con seriedad.

—¿Sabe usted una cosa, Watson? Una de las desdichas de tener una mente como la mía es que siempre debo verlo todo en su relación con mi especialidad. Usted mira esas casas dispersas y le impresiona su belleza. Yo las miro y lo único que me viene a la cabeza es pensar en lo aisladas que están y en la impunidad con que se pueden cometer delitos en ellas.

—¡Cielo santo! —exclamé—. ¿Quién sería capaz de asociar esas granjas viejas y entrañables con la delincuencia?

—A mí siempre me llenan de cierto horror. Creo, Watson, a la luz de mi experiencia, que en las callejas más sórdidas y viles de Londres no se han registrado tantos pecados espantosos como en el campo sonriente y hermoso.

—¡Me horroriza usted!

—Pero la causa es bien evidente. La presión de la opinión pública puede ejercer en la ciudad un efecto superior al de la fuerza de la ley. No hay calleja tan vil en la que el grito de un niño torturado o el ruido del golpe de un borracho no susciten la solidaridad y la indignación de los vecinos. Por otra parte, toda la maquinaria de la justicia está siempre tan cerca que basta con una palabra de queja para ponerla en marcha, y del delito al banquillo de los acusados hay sólo un paso. Pero vea usted esas casas solitarias, cada una rodeada por sus campos, habitadas en general por gente pobre e ignorante que sabe poco de leyes. Piense usted en los actos de crueldad infernal, en las maldades ocultas que pueden darse en esos lugares, año tras año, sin que nadie se entere. Si esta señorita que nos pide ayuda se hubiera ido a vivir a Winchester, yo no habría temido nada por ella. Son las cinco millas de campo las que provocan el peligro. Sin embargo, está claro que no sufre ninguna amenaza personal.

—No. Si puede venir a Winchester a verse con nosotros, es que puede salir.

—En efecto. Tiene libertad personal.

—¿Qué puede pasar, entonces? ¿No es usted capaz de proponer ninguna explicación?

—Se me han ocurrido siete explicaciones diferentes, cada una de las cuales explicaría los hechos tal como los conocemos. Pero sólo podremos determinar cuál es la correcta en virtud de la nueva información que sin duda nos espera. Bueno, ya se ve la torre de la catedral y pronto nos enteraremos de todo lo que nos ha de contar la señorita Hunter.

La posada del Cisne Negro, de buena reputación, está en la calle Mayor, a poca distancia de la estación. Allí encontramos a la joven señorita, que nos estaba esperando. Había reservado un salón, y ya nos habían servido un almuerzo en la mesa.

—Estoy encantada de que hayan venido —dijo con efusión—. Es muy amable por parte de los dos. Pero la verdad es que no sé qué voy a hacer. Sus consejos serán preciosos para mí.

—Le ruego que nos cuente lo que le ha sucedido.

—Eso haré. Pero debo darme prisa, pues le prometí al señor Rucastle que volvería antes de las tres. Me concedió permiso para venir a la ciudad esta mañana, aunque no sabía con qué propósito.

—Cuéntenoslo todo por orden —dijo Holmes, estirando las largas y delgadas piernas hacia la lumbre y concentrándose para escuchar.

—En primer lugar, debo decir que, en conjunto, no he sufrido malos tratos a manos del señor y la señora Rucastle. Justo es reconocérselo. Pero no los entiendo, y me tienen intranquila.

—¿Qué es lo que no entiende usted?

—Los motivos de su conducta. Pero se lo narraré a ustedes tal como sucedió. Cuando vine, el señor Rucastle me recibió aquí y me llevó en su *dog-cart* a la casa de Copper Beeches. Tal como había dicho él, está en un lugar bonito, pero la casa en sí no es bonita, ya que es cuadrada y pesada, pintada de blanco pero descolorida y con manchas de humedad y de la intemperie. Está rodeada de campo, con bosque por tres lados y, por el cuarto, un prado que desciende hasta la carretera principal de Southampton, que traza una curva a unas cien varas de la puerta principal. El prado de delante pertenece a la casa, pero los bosques que la rodean son todos de los cotos de caza de lord Southerton. Delante de la puerta hay un grupo de hayas cobrizas de las que toma su nombre la casa.

»Llegué en el carruaje con el hombre que me había contratado, que estaba tan amable como siempre. Esa misma tarde me presentó a su esposa y al niño. Señor Holmes, la conjetura que nos había parecido probable en su apartamento de Baker Street no tenía nada de acertada. La señora Rucastle no está loca. Vi que era una mujer callada, pálida, mucho más joven que su marido. No le calculé más de treinta años, mientras que él no puede bajar de los cuarenta y cinco. Por lo que les he oído decir, llevan casados unos siete años, Él era viudo, y con su primera esposa sólo tuvo a la hija que se ha ido a vivir a Filadelfia. El señor Rucastle me explicó a solas que los había abandonado porque tenía una aversión irracional hacia su madrastra. En vista de que la hija no debía de tener menos de veinte años, bien puedo imaginarme que debía de estar incómoda con la joven esposa de su padre.

»La señora Rucastle me pareció sosa, tanto de mente como de aspecto. No me produjo ninguna impresión favorable ni desfavorable. Era una nulidad. Saltaba a la vista el gran apego que tenía tanto a su esposo como a su hijo pequeño. Sus ojos, de color gris claro, saltaban constantemente del uno al otro, observando sus menores deseos para adelantarse a ellos si podía. Él también era bueno con ella, a su manera ruidosa y bulliciosa, y en conjunto parecían una pareja feliz. Sin embargo, aquella mujer tenía alguna pena secreta. Solía quedarse sumida en hondos pensamientos, con una expresión tristísima en el rostro. Más de una vez la he sorprendido llena de lágrimas. A veces he creído que lo que la hacía sufrir era el carácter de su hijo, pues no he conocido en mi vida a un niño tan mimado ni tan malo. Es pequeño para su edad, con la cabeza desproporcionadamente grande. Parece que toda su vida transcurre entre rabietas violentas e intervalos de tristeza y melancolía. Da la impresión de que no conoce más diversión que martirizar a los seres más débiles que él, y da muestras de un talento notable para organizar la caza de ratones, pajarillos e insectos. Pero prefiero no hablar de la criatura, señor Holmes, y la verdad es que tiene poco que ver con mi relato.

—Le agradezco todos los detalles —comentó mi amigo—, le parezcan a usted relevantes o no.

—Procuraré no pasar por alto nada importante. El primer aspecto desagradable de la casa que me llamó la atención enseguida fue el aspecto de los criados y su conducta. Hay sólo dos, un hombre y su esposa. Toller, que así se llama, es un hombre rudo y tosco, de cabello y patillas grises y que huele constantemente a alcohol. Desde que llevo en su casa lo he visto completamente borracho en dos ocasiones, aunque el señor Rucastle no daba muestras de reparar en ello. Su esposa es una mujer muy alta y fuerte, de cara avinagrada, tan callada como la señora Rucastle y mucho menos amable. Son una pareja de lo más desagradable; pero, por fortuna, yo paso casi todo el tiempo en el cuarto del niño y en el mío propio, que son contiguos y están en una esquina del edificio.

»Los dos primeros días, después de mi llegada a la casa de Copper Beeches, fueron muy tranquilos. El tercero, la señora Rucastle bajó después del desayuno y dijo algo a su marido en voz baja.

»—Ah, sí —dijo él, volviéndose hacia mí—. Le agradecemos mucho, señorita Hunter, que haya accedido usted a nuestros caprichos en lo que se refiere a cortarse el pelo. Le aseguro que no menoscaba su aspecto en lo más mínimo. Ahora veremos cómo le sienta el vestido azul eléctrico. Lo encontrará tendido sobre la cama de su habitación. Si tiene usted la bondad de ponérselo, se lo agradeceremos enormemente los dos.

»El vestido que me estaba esperando era de un color azul peculiar. Estaba hecho de un tejido excelente, una especie de algodón crudo, pero tenía muestras inconfundibles de haber sido usado antes. Me venía que ni hecho a la medida. Cuando el señor y la señora Rucastle me vieron con el vestido puesto, dieron grandes muestras de agrado, con una vehemencia que me pareció francamente exagerada. Estaban esperándome en el salón, que es una sala muy grande que abarca toda la parte delantera de la casa, con tres ventanales que llegan hasta el suelo. Habían colocado una silla cerca del ventanal del centro, de espaldas a éste. Me pidieron que me sentara en ella, y después el señor Rucastle, mientras se paseaba por el otro lado de la sala, se puso a contarme los chistes más graciosos que he oído en mi vida. No se figuran ustedes la gracia que tenía, y me reí hasta quedar agotada. Sin embargo, la señora Rucastle, que evidentemente no tiene sentido del humor, no sonrió siquiera, sino que se quedó sentada con las manos en el regazo y con una expresión triste y angustiada. Al cabo de una hora, más o menos, el señor Rucastle observó de pronto que era hora de que empezara mis labores del día, y que podía cambiarme de vestido e ir con el pequeño Edward, que estaba en su cuarto.

»Esta misma escena se repitió dos días más tarde, en circunstancias exactamente iguales. Volví a cambiarme de vestido, volví a sentarme ante la ventana, y volví a reírme de buena gana con los chistes de mi patrón, de los que tenía un repertorio inmenso, y que contaba de manera incomparable. Después, me dio una novela de cubiertas amarillas y, tras ladear un poco mi silla para que no cayera mi sombra sobre las páginas, me pidió que le leyera en voz alta. Leí durante unos diez minutos, empezando por la mitad de un capítulo, hasta que, de repente, a mitad de frase, me mandó que lo dejara y me cambiara de vestido.

»Le será fácil imaginar, señor Holmes, con cuánta curiosidad me pregunté qué podía significar esa conducta tan extraordinaria. Observé que siempre ponían mucho cuidado en apartar mi cara de la ventana, de modo que me consumía el deseo de ver qué pasaba a mis espaldas. Al principio me pareció imposible, pero no tardé en encontrar el medio de conseguirlo. Se me había roto el espejito de mano, lo que me dio una idea feliz, y escondí en mi pañuelo un trocito de espejo. A la siguiente ocasión, entre mis risas, me llevé el pañuelo a los ojos y, con algo de maña, pude ver todo lo que tenía a mis espaldas. Reconozco que me llevé una desilusión. No había nada. Al menos, eso me pareció en un primer momento. En una segunda mirada, no obstante, vi un hombre que estaba de pie en la carretera de Southampton; un hombre pequeño, con barba y traje gris, que al parecer miraba hacia mí. Es una carretera importante, y allí suele haber gente. Pero aquel hombre estaba apoyado en la cerca de nuestro campo y miraba hacia arriba con atención. Bajé el pañuelo y miré a la señora Rucastle, y me encontré que tenía la mirada clavada en mí con gesto inquisitivo. No dijo nada, pero estoy convencida de que había adivinado que yo tenía un espejo en la mano y había visto lo que había a mi espalda. Se levantó al momento.

»—Jephro —dijo—, allí, en la carretera, hay un sujeto impertinente que está mirando a la señorita Hunter.

»—¿No será amigo de usted, señorita Hunter? —me preguntó él.

»—No. No conozco a nadie por aquí.

»—¡Ay de mí! ¡Qué impertinencia! Haga usted el favor de volverse y de hacerle señas para que se vaya.

»—Sería mejor no hacerle caso, sin duda.

»—No, no. Entonces lo tendríamos rondando por aquí constantemente. Haga usted el favor de volverse y despedirlo con gestos. Así.

»Hice lo que me decían, y la señora Rucastle bajó la persiana al momento. Eso sucedió hace una semana, y desde entonces no he vuelto a sentarme ante la ventana, ni me he puesto el vestido azul, ni he visto al hombre de la carretera.

—Le ruego que continúe —dijo Holmes—. Su narración promete ser muy interesante.

—Me temo que la encontrará usted bastante deshilvanada, y puede que exista poca relación entre los diversos incidentes a los que me refiero. El mismo día de mi llegada a Copper Beeches, el señor Rucastle me llevó hasta una caseta pequeña que está cerca de la puerta de servicio de la cocina. Al acercarnos, oí agitarse una cadena y un ruido como el que podía hacer un animal grande al moverse.

»—¡Mire usted por aquí! —dijo el señor Rucastle, y me indicó una ranura entre dos tablas—. ¿Verdad que es una belleza?

»Miré por la ranura, y percibí dos ojos brillantes y una figura confusa agazapada en la oscuridad.

»—¡No se asuste usted! —dijo mi jefe, riéndose al ver mi movimiento de susto—. No es más que Carlo, mi mastín. Digo que es mío, pero en realidad el único que lo puede manejar es Toller, mi palafrenero. Le echamos de comer una vez al día, y no mucho, de manera que siempre está con un humor de perros. Toller lo suelta todas las noches. Si entra algún intruso y el perro le echa los colmillos encima, ya puede encomendarse a Dios. Por lo que más quiera, no pase usted de la puerta de noche, pues le va la vida en ello.

»La advertencia no era en balde, pues dos noches más tarde acerté a mirar por la ventana de mi dormitorio hacia las dos de la madrugada. Hacía una noche hermosa, iluminada por la luna, y el prado de delante de la casa estaba bañado de luz de plata, casi tan claro como de día. Yo estaba de pie, embelesada por la belleza tranquila de la escena, cuando vi que algo se movía bajo la sombra de las hayas cobrizas. Cuando salió a la luz de la luna vi lo que era. Era un perro gigante, tan grande como una ternera, de color leonado, con la mandíbula colgante, el hocico negro y huesos enormes y marcados. Cruzó el prado y se adentró en las sombras del otro lado. Aquel centinela espantoso me produjo un escalofrío en el corazón que no creo que ningún ladrón me hubiera podido provocar.

»Y ahora he de contarles una experiencia muy extraña. Como saben ustedes, me había cortado el pelo en Londres y lo había guardado en el fondo de mi baúl, en una gran trenza. Una noche, cuando el niño ya estaba acostado, empecé a entretenerme examinando el mobiliario de mi cuarto y ordenando mis cosillas. Había en la habitación un aparador viejo, con dos cajones superiores vacíos y abiertos, y otro inferior que estaba cerrado con llave. Yo había llenado los dos superiores con mi ropa blanca y, como todavía me quedaban muchas cosas que guardar, me molestó, como es natural, no poder servirme del tercer cajón. Se me ocurrió que podrían haberlo cerrado con llave por puro descuido, de modo que saqué mi manojo de llaves e intenté abrirlo. La primera llave que probé abrió la cerradura perfectamente, y abrí el cajón. Dentro había sólo una cosa, pero estoy segura de que no adivinaría usted de qué se trataba. Era mi trenza de pelo.

»La tomé y la examiné. Tenía el mismo tono peculiar y el mismo grosor. Pero entonces me vino a la cabeza lo imposible que era aquello. ¿Cómo podían haber encerrado con llave mi pelo en aquel cajón? Abrí mi baúl con manos temblorosas, saqué el contenido y extraje del fondo mi propio pelo. Puse juntas las dos trenzas, y le aseguro a usted que eran idénticas. ¿Verdad que era extraordinario? Por más vueltas que le diera, no entendía en absoluto qué significaba aquello. Volví a guardar el pelo extraño en el cajón y no dije nada del asunto a los Rucastle, pues tenía la sensación de haber obrado mal al abrir un cajón que ellos habían cerrado con llave.

»Soy observadora por naturaleza, como quizá haya advertido usted, señor Holmes, y no tardé en formar en la cabeza un plano bastante completo de toda la casa. Pero había un ala que parecía completamente deshabitada. A aquella parte se accedía por una puerta que estaba frente a la que daba entrada a los aposentos de los Toller, pero estaba siempre cerrada con llave. Un día, sin embargo, mientras subía por la escalera, me encontré con el señor Rucastle, que salía por esta puerta con las llaves en la mano y con un gesto que le hacía parecer muy distinto del hombre orondo y jovial que yo estaba acostumbrada a ver. Tenía las mejillas coloradas y las venas se le marcaban en las sienes como si estuviera furioso. Cerró la puerta con llave y pasó ante mí con aire apesadumbrado, sin decir palabra ni mirarme.

»Eso despertó mi curiosidad, de modo que, cuando salí a dar un paseo por los alrededores con el niño, me acerqué al lado desde donde podía ver las ventanas de aquella parte de la casa. Había cuatro seguidas, tres de las cuales estaban simplemente sucias, mientras que la cuarta tenía echadas las contraventanas. Era evidente que todo aquello estaba abandonado. Mientras me paseaba por allí, mirándolas de vez en cuando, salió a mi encuentro el señor Rucastle, quien parecía tan alegre y jovial como siempre.

»—¡Ah! —dijo—. No me considere usted grosero por haber pasado junto a usted sin decirle palabra, querida señorita. Estaba preocupado con asuntos de negocios.

»Le aseguré que no estaba ofendida.

»—Por cierto —le comenté—, parece que tiene usted ahí arriba toda un ala de cuartos desocupados, y uno tiene las contraventanas echadas.

»Pareció sorprendido y, según creí, algo sobresaltado por mi pregunta.

»—La fotografía es una de mis aficiones —explicó—. He montado allí mi cuarto oscuro. Pero ¡caramba! ¡Con qué señorita más observadora hemos ido a dar! ¿Quién lo iba a decir? ¿Quién lo iba a decir?

»Hablaba con tono humorístico, pero no había ningún humor en los ojos con los que me miraba. Leí en ellos la sospecha y el desagrado, pero nada de humor.

»Y bien, señor Holmes, desde el momento en que comprendí que en aquella ala había algo que yo no debía saber, ardí en deseos de explorarlas.

No era mera curiosidad, aunque ésta tampoco me falta. Era, más bien, una sensación de deber, una sensación de que podía hacer algún bien al introducirme en ese lugar. Dicen que hay un instinto femenino; quizá fue el instinto femenino lo que me dio aquella sensación. En cualquier caso, allí estaba la sensación, y empecé a estar atenta a cualquier posibilidad de cruzar la puerta prohibida.

»Sólo ayer me surgió esa posibilidad. Puedo decirle que, aparte del señor Rucastle, también Toller y su esposa desempeñan sus tareas en esas habitaciones, y una vez vi entrar por la puerta a Toller con un saco grande de tela negra. Ha estado bebiendo mucho de un tiempo a esta parte y ayer, al caer la tarde, estaba muy borracho. Cuando llegué al piso de arriba, vi que la llave estaba en la cerradura. No me cabe la menor duda de que se la había dejado olvidada allí. El señor y la señora Rucastle estaban en el piso bajo y el niño se hallaba con ellos, de manera que se me presentaba una oportunidad admirable. Hice girar la llave suavemente en la cerradura, abrí la puerta y entré con discreción.

»Encontré ante mí un pasillo corto, sin alfombra ni papel en las paredes, que doblaba en ángulo recto al fondo. A la vuelta de esta esquina había tres puertas seguidas, la primera y la tercera de las cuales estaban abiertas. Daban a sendas habitaciones vacías, polvorientas y tristes, una de las cuales tenía dos ventanas y la otra una, tan cubiertas de polvo que la luz del atardecer llegaba muy amortiguada a través de ellas. La puerta central estaba cerrada y atrancada por fuera con un grueso barrote de una cama de hierro, sujeto por un candado a una anilla de la pared y atado por el otro con fuertes cordeles. La puerta también estaba cerrada con llave, y la llave no estaba. Sin lugar a dudas, aquella puerta cerrada a cal y canto correspondía a la ventana cerrada con contraventanas por fuera. Sin embargo, vi por debajo de la puerta algo de luz que me indicó que el cuarto no estaba a oscuras. Como es evidente, había un tragaluz que lo iluminaba desde arriba. Mientras estaba de pie en el pasillo, mirando fijamente la puerta siniestra y preguntándome qué secreto ocultaría, oí de pronto ruido de pasos dentro y vi moverse una sombra sobre la pequeña ranura de luz tenue que asomaba por debajo de la puerta. Al ver aquello, me dominó un horror loco e irracional, señor Holmes. Los nervios, que ya tenía de punta, me fallaron de pronto. Me volví y eché a correr... Corrí como si tuviera detrás una mano terrible que me asiera de la falda. Recorrí el pasillo a toda prisa, salí por la puerta y fui a caer en brazos del señor Rucastle, que estaba esperando fuera.

»—De modo que era usted —dijo, con una sonrisa—. Eso creí, al ver la puerta abierta.

»—¡Ay, qué asustada estoy! —dije, jadeando.

»—¡Mi querida señorita! ¡Mi querida señorita! —dijo, y no se figura usted con qué tono tan meloso y tranquilizador—. ¿Y qué es lo que la ha asustado a usted, mi querida señorita?

»Pero me hablaba con una voz tal vez demasiado zalamera. Exageraba la nota. Desconfié vivamente de él.

»—He cometido la tontería de entrar en el ala desocupada —respondí—. Pero con esta luz tenue está tan solitaria y lúgubre que tuve miedo y volví a salir corriendo. ¡Ay, qué silencio tan espantoso hay ahí dentro!

»—¿Nada más que eso? —dijo él, mirándome fijamente.

»—¿Por qué? ¿Qué pensaba usted? —le pregunté.

»—¿Por qué cree usted que cierro con llave esta puerta?

»—Desde luego que no lo sé.

»—Es para que no entre la gente que no tiene nada que hacer ahí. ¿Se da usted cuenta? —me dijo, sonriendo aún del modo más amable.

»—De haberlo sabido, desde luego...

»—Pues bien, ya lo sabe usted. Y si vuelve a pasar de esa puerta... —y, al decir esto, su sonrisa se convirtió en un instante en una mueca de rabia, y me miró con cara demoníaca—, la arrojaré al mastín.

»Me quedé tan aterrorizada que no sabía qué hacer. Supongo que debí de dejarlo atrás y llegar corriendo a mi cuarto. No recuerdo nada de lo que pasó hasta que me encontré tendida en mi cama, temblando de pies a cabeza. Entonces me acordé de usted, señor Holmes. Ya no podía vivir allí sin pedir algún consejo. Me daban miedo la casa, el hombre, la mujer, los criados e incluso el niño. Todos eran horribles conmigo. Si conseguía hacerlo venir a usted, todo iría bien. Podía haber huido de la casa, por supuesto, pero mi curiosidad podía casi tanto como mis miedos. Me decidí enseguida.

Le enviaría a usted un telegrama. Me puse el sombrero y el capote, bajé a la oficina de telégrafos, que está a una media milla de la casa, y regresé de allí sintiéndome mucho más tranquila. Cuando me acercaba a la puerta me vino a la cabeza una duda horrible, pues temí que el perro anduviera suelto; pero recordé que Toller había bebido aquella tarde hasta perder el sentido, y yo sabía que era la única persona de la casa capaz de dominar a aquella criatura salvaje y de atreverse a soltarlo. Entré disimuladamente sin peligro y me pasé media noche sin dormir, por la alegría que me producía la idea de verlo a usted. Esta mañana no me ha resultado difícil conseguir permiso para venir a Winchester, pero debo regresar antes de las tres, pues el señor y la señora Rucastle van de visita y pasarán toda la tarde fuera, de manera que tendré que ocuparme del niño. Y ahora ya le he contado a usted todas mis aventuras, señor Holmes, y me alegraría mucho si fuera usted capaz de decirme qué significa todo esto y, sobre todo, qué debo hacer.

Holmes y yo habíamos escuchado fascinados esta historia extraordinaria. Mi amigo se levantó y se paseó por la habitación, con las manos en los bolsillos y un gesto de suma seriedad en el rostro.

—¿Sigue Toller borracho? —preguntó.

—Sí. Oí que su mujer decía a la señora Rucastle que no podía hacer nada con él.

—Eso está bien. ¿Y los Rucastle salen esta noche?

—Sí.

—¿Hay un sótano con cerradura buena y resistente?

—Sí, la bodega.

—Me parece que usted se ha portado a lo largo de todo este asunto como una muchacha muy valiente e inteligente, señorita Hunter. ¿Se siente capaz de hacer una hazaña más? No se lo pediría si no la considerara una mujer francamente excepcional.

—Lo intentaré. ¿De qué se trata?

—Mi amigo y yo estaremos en Copper Beeches a las siete de la tarde. A esa hora los Rucastle habrán salido, y confiaremos en que Toller esté incapacitado. Sólo podría dar la voz de alarma la señora Toller. Si usted puede enviarla a la bodega a hacer algún recado, y dejarla encerrada con llave, eso nos facilitaría enormemente las cosas.

—Lo haré.

—¡Excelente! Entonces, estudiaremos el asunto a fondo. Por supuesto, sólo existe una explicación verosímil. A usted la han traído aquí para hacerla pasar por alguien, y la persona verdadera está cautiva en esa habitación. Eso es evidente. En cuanto a quién es esa persona, no me cabe duda de que es la hija, la señorita Alice Rucastle, que así se llamaba si no recuerdo mal, de la que se dijo que se había ido a América. La eligieron a usted, sin duda, por su semejanza con ella en cuanto a talla, figura y color del pelo. A ella le habían cortado el suyo, muy probablemente debido a que padeció alguna enfermedad, y por ello, por supuesto, era preciso que usted sacrificara también el suyo. Por un curioso azar, usted encontró el cabello de ella. El hombre de la carretera era, sin duda, algún amigo suyo; su novio, tal vez. No cabe duda de que, como usted llevaba el vestido de la muchacha y se parecía tanto a ella, la risa de usted, siempre que la veía, y después los gestos que le hizo, lo convencieron de que ella ya no quería ser objeto de sus atenciones. Sueltan al perro de noche para impedir que él intente comunicarse con ella. Hasta aquí todo está bastante claro. Lo más grave del caso es el carácter del niño.

—¿Qué diantres tiene que ver eso con la cuestión? —exclamé.

—Mi querido Watson, usted, como médico, habrá deducido una y otra vez las tendencias de un hijo a base de estudiar a los padres. ¿No se da cuenta de que el proceso inverso también es válido? En numerosas ocasiones he adquirido mi primera visión clara del carácter de los padres observando a sus hijos. Este niño tiene una propensión anormal a la crueldad, a la crueldad gratuita y, tanto si la hereda de su padre sonriente, como sospecho, como de su madre, eso es un mal presagio para la pobre muchacha que cae en su poder.

—No me cabe duda de que está usted en lo cierto, señor Holmes —exclamó nuestra clienta—. Ahora recuerdo mil detalles que me hacen estar segura de que ha dado con ello. Oh, ¡vamos a ayudar a esa desgraciada sin perder un instante!

—Debemos obrar con cautela, pues nos enfrentamos con un hombre muy astuto. No podemos hacer nada hasta las siete de la tarde. A esa hora estaremos con usted y no tardaremos mucho en resolver el misterio.

Cumplimos nuestra palabra, pues daban las siete cuando llegamos a Copper Beeches, después de dejar nuestro carruaje en una taberna de la carretera. El grupo de árboles, cuyas hojas oscuras brillaban como metal bruñido a la luz del sol del atardecer, habría bastado para indicarnos la casa aunque no nos hubiera estado esperando la señorita Hunter, sonriente, en el umbral.

—¿Lo ha conseguido? —preguntó Holmes.

Sonaron unos fuertes golpes sordos en alguna parte del piso inferior.

—Ésa es la señora Toller, en la bodega —dijo ella—. Su marido está tendido en la estera de la cocina, roncando. Aquí están sus llaves, que son copias de las del señor Rucastle.

—¡Lo ha hecho usted de maravilla! —exclamó Holmes con entusiasmo—. Ahora guíenos y no tardaremos en poner fin a este asunto tan tenebroso.

Subimos las escaleras, abrimos la puerta con la llave, seguimos por un pasillo y nos encontramos ante la puerta atrancada que nos había descrito la señorita Hunter. Holmes cortó los cordeles y retiró la tranca. Después probó en la cerradura las diversas llaves, pero sin éxito. No salía ningún ruido del interior, y aquel silencio hizo ensombrecerse el rostro de Holmes.

—Confío en que no hayamos llegado demasiado tarde —dijo—. Señorita Hunter, creo que será mejor que entremos sin usted. Ahora, Watson, échele el hombro a la puerta, y veremos si podemos forzar la entrada.

La puerta era vieja y destartalada y cedió enseguida bajo nuestra fuerza conjunta. Irrumpimos los dos en el cuarto. Estaba vacío. No había más muebles que un jergón pequeño, una mesilla y una cesta con ropa blanca. El tragaluz del techo estaba abierto, y el cautivo había desaparecido.

—Aquí se ha cometido alguna villanía —dijo Holmes—. Esa hermosura ha adivinado las intenciones de la señorita Hunter y se ha llevado a su víctima.

—Pero ¿cómo?

—Por el tragaluz. Veremos enseguida cómo lo hizo.

Holmes se subió a pulso por el tragaluz para asomarse al tejado.

—Ah, sí —exclamó—; se ve el extremo de una escalera de mano larga y ligera, apoyada en el borde del tejado. Así lo hizo.

—Pero es imposible —opuso la señorita Hunter—. La escalera no estaba allí cuando se marcharon los Rucastle.

—Ha vuelto, y lo ha hecho. Le digo que es un hombre listo y peligroso. No me sorprendería nada que fueran suyos esos pasos que oigo ahora por la escalera. Creo, Watson, que no estaría de más que tuviera usted a mano su pistola.

Apenas terminaba de decir esto Holmes cuando apareció en la puerta de la habitación un hombre muy gordo y corpulento que llevaba en la mano un grueso garrote. La señorita Hunter gritó y se encogió contra la pared al verlo, pero Sherlock Holmes se adelantó de un salto y le plantó cara.

—¡Bandido! —dijo—, ¿dónde está su hija?

El hombre gordo recorrió la habitación con la vista y levantó después los ojos al tragaluz.

—¡Soy yo el que debe preguntároslo! —chilló—. ¡Ladrones! ¡Espías y ladrones! Os he atrapado, ¿no es verdad? Estáis en mi poder. ¡Ya os arreglaré yo!

Se volvió y bajó las escaleras con toda la prisa que pudo.

—¡Ha ido a buscar al perro! —exclamó la señorita Hunter.

—Tengo mi revólver —dije.

—Será mejor que cerremos la puerta principal —exclamó Holmes, y los tres bajamos juntos las escaleras corriendo. Apenas habíamos llegado al vestíbulo cuando oímos los aullidos de un perro y, luego, un alarido de dolor, acompañado de un ruido horrible de desgarro que resultaba espantoso escuchar. Un hombre de edad avanzada, de cara roja y extremidades temblorosas, salió por una puerta lateral, vacilante.

—¡Dios mío! —exclamó—. Alguien ha soltado al perro. Lleva dos días sin comer. ¡Aprisa, aprisa, o será demasiado tarde!

Holmes y yo salimos corriendo y rodeamos la esquina de la casa, mientras Toller corría tras nosotros. Allí estaba la enorme bestia hambrienta, con el hocico negro hundido en la garganta de Rucastle, mientras éste se retorcía y soltaba alaridos en el suelo. Corrí hasta el perro, le levanté la tapa de los sesos de un tiro y cayó a un lado, con los dientes blancos y afilados todavía clavados en las grandes papadas de la garganta del hombre. Los separamos con gran trabajo y lo llevamos a la casa, vivo pero con mordeduras horribles. Lo tendimos en el sofá del salón y, después de haber enviado a Toller, que ya estaba sereno, a que llevara la noticia a su esposa, hice lo que pude para aliviar su dolor. Estábamos todos reunidos a su alrededor cuando se abrió la puerta y entró en la sala una mujer alta y delgada.

—¡Señora Toller! —exclamó la señorita Hunter.

—Sí, señorita. El señor Rucastle me soltó a su llegada, antes de subir a verla a usted. Ay, señorita, qué lástima que no me contara usted su plan, pues yo habría podido decirle que se esforzaba en balde.

—¡Ajá! —dijo Holmes, mirándola fijamente—. Está claro que la señora Toller sabe de este asunto más que nadie.

—Sí, señor, y estoy muy dispuesta a contar lo que sé.

—Entonces, tome asiento, se lo ruego, y cuéntenoslo, pues hay varios puntos en los que debo reconocer que sigo a oscuras.

—Se lo aclararé a usted enseguida —dijo ella—, y lo habría hecho antes de haber podido salir de la bodega. Si esto llega a los tribunales, no olvide usted que fui yo quien apoyó a su amiga, y que también me porté bien con la señorita Alice.

»La señorita Alice nunca estuvo a gusto en casa desde el momento en que su padre se casó en segundas nupcias. La despreciaban, en cierto modo, y no le hacían caso para nada, pero la cosa no se puso verdaderamente mal para ella hasta que conoció al señor Fowler en casa de una amiga. Por lo que tengo entendido, la señorita Alice tenía derecho a parte de los bienes, en virtud del testamento, pero era tan callada y tenía tanta paciencia que nunca decía una palabra de ello, sino que lo dejaba todo en manos del señor Rucastle. Él sabía que estaba seguro con ella, pero cuando apareció la posibilidad de que se presentara un marido, que reclamaría todos los bienes a los que le daba derecho la ley, entonces su padre pensó que había llegado la hora de poner fin al asunto. Le pidió que firmara unos papeles en los que le cedía el dinero aunque se casara. Al negarse, siguió acosándola hasta que ella contrajo una fiebre cerebral y pasó seis semanas al borde de la muerte. Después se restableció por fin, hecha una sombra de lo que fue y con la hermosa cabellera cortada; pero eso no desalentó a su novio, que siguió tan fiel a ella como puede serlo un hombre.

—Ah —dijo Holmes—, creo que lo que ha tenido usted la bondad de contarnos deja bastante clara la cuestión, y que podré deducir todo lo restante. Supongo que el señor Rucastle adoptó entonces este sistema de cautiverio, ¿no es cierto?

—Sí, señor.

—Y que hizo venir de Londres a la señorita Hunter para liberarse de la insistencia desagradable del señor Fowler.

—Así fue, señor.

—Pero el señor Fowler, que, como buen marino, era hombre perseverante, puso asedio a la casa y, después de conocerla a usted, consiguió convencerla con ciertos argumentos, metálicos o de otra especie, de lo mucho que le interesaba ponerse de su parte.

—El señor Fowler era un caballero muy amable y generoso —dijo la señora Toller con serenidad.

—Y de esa manera consiguió que al bueno de su esposo no le faltara de beber y que hubiera una escalera de mano preparada en el momento en que hubiera salido su señor.

—Ha dado usted con ello, caballero, tal como sucedió.

—Le debemos una disculpa, sin duda, señora Toller —dijo Holmes—, pues ha aclarado usted, ciertamente, todo lo que nos tenía perplejos. Y aquí llegan el médico rural y la señora Rucastle; de modo, Watson, que creo que será mejor que acompañemos a la señorita Hunter a Winchester, pues me parece que nuestro papel aquí es más bien discutible.

Y así se resolvió el misterio de la casa siniestra con las hayas cobrizas frente a la puerta. El señor Rucastle se salvó, pero fue siempre un hombre abatido, que sólo vivía gracias a los cuidados de su abnegada esposa. Siguen viviendo con sus viejos criados, de los que seguramente no se pueden desprender por lo mucho que saben de la vida anterior de Rucastle. El señor Fowler y la señorita Rucastle se casaron en Southampton, con una dispensa, el día siguiente al de su fuga, y él tiene ahora un destino del Estado en la isla Mauricio. En cuanto a la señorita Violet Hunter, mi amigo Holmes, no sin cierta desilusión por mi parte, no manifestó mayor interés por ella cuando hubo dejado de ser el centro de uno de sus problemas, y ahora dirige una escuela privada en Walsall, donde creo que ha tenido un éxito considerable.